美学与文艺批评丛书

高建平　主编

后现代的现代性

当代理论与文学的转向

陈晓明　著

中国社会科学出版社

图书在版编目（CIP）数据

后现代的现代性：当代理论与文学的转向／陈晓明著 . —北京：
中国社会科学出版社，2022.5
（美学与文艺批评丛书）
ISBN 978 – 7 – 5227 – 0424 – 1

Ⅰ.①后… Ⅱ.①陈… Ⅲ.①德里达（Derrida，Jacques 1930 – 2004）—
解构主义—文学研究 Ⅳ.①I565.065

中国版本图书馆 CIP 数据核字（2022）第 113177 号

出 版 人	赵剑英
责任编辑	张　潜
责任校对	王丽媛
责任印制	王　超

出　　　版	中国社会科学出版社
社　　　址	北京鼓楼西大街甲 158 号
邮　　　编	100720
网　　　址	http://www.csspw.cn
发 行 部	010 – 84083685
门 市 部	010 – 84029450
经　　　销	新华书店及其他书店

印　　　刷	北京君升印刷有限公司
装　　　订	廊坊市广阳区广增装订厂
版　　　次	2022 年 5 月第 1 版
印　　　次	2022 年 5 月第 1 次印刷

开　　　本	710 × 1000　1/16
印　　　张	21. 25
插　　　页	2
字　　　数	351 千字
定　　　价	118. 00 元

修订版序

　　本书原名《现代性的幻象》，现在修订后改名为《后现代的现代性》，没有别的原因，只是因为这个名字更切合主题。本书出版至今有 11 个年头了，如果按我写的再版自序的时间，也有 13 个年头了。这些论题在今天看来并未过时，关于现代性的问题，十多年前是一个比较生疏甚至深奥的论题，即使经过数年铺陈论说，也未见得多少人真正明了。直至最近七八年，学界对"现代性"的论述才算是理解透彻，能准确把握这个概念的含义。虽然"现代性"前些年有滥用之嫌，但也不得不忍受这个术语的超量增殖。因为，它已经成为当今人文学科，尤其是中国现当代文学、文艺学和文化研究的基础性概念，我曾不无玩笑地比喻说，"现代性"就像电脑处理文档的 windows 系统，如果要进入当代学术领地，或者说要有当代学术视野，就必须用这个概念术语工作，否则很难理解基本的理论逻辑。也因为此，拙著经过略加修订，还有勇气拿出来出版。

　　所谓"修订"，这里需要交代的是，有些章节做了调整更换，有些段落、句子和语词做了修改，以求更适合当下的语境。

　　之所以用《后现代的现代性》这个书名，实则是为了强调本书处理的主题就是用后现代的视角来讨论现代性问题。本书初版时有考虑过这个书名，但后来又忌惮于"后现代"在当时的境遇，就用了《现代性的幻象》这个书名。现在看来，更切合的书名应该是如今修订再版的书名。当然，也是因为人们现在对"后现代"业已麻木，或者已经司空见惯。因此，我也就放胆用上这个书名。实际上，"现代性"这个论题的提出就是"后现代"的论题，只有在后现代的视野中，"现代性"才会成为一个问题。学生总是要我给"现代性"下一个简明扼要的定义，我就明确地告诉他们：无限进步的合目的时间观念——这就是现代性。从进步和发展的角度来看待人类历史，看待我们生存于其中的社会，这就是现代性的意识。当然，有人会追问，这个"进步观念"的定义，揭示的是主观的时间意识还是客观的社会存在？毫无疑问，我还是要秉持历史唯物主义的立场，是人们的社会存在决定人们的社会意识。当然是人类社会的实践，人类的生产劳动，导致社会不断变化，甚至生产效率的提高，加快了人类文明的进程，在这个历史进程中，人类形成了进步和发展的观念，并且反过来推动了进步发展的社会实践。进步和发展作为一种抽象表述，在其具体的历史进程中，则要表现出种种激烈、激进甚至剧烈残酷的实践行动和事件。在现代性漫长的演进中，正是在"进步"的理念下，一切剧烈的行径和事件都可以找到合法化和合理化的解释。比如说，为了实现"文明"对"野蛮"的征服，帝国主义可以侵略和压迫弱小民族；为了大多数人的"解放""幸福"和利益，可以对少数人残酷镇压。比如说，"剥削阶级""封建主义""资产阶级""帝国主义及其走狗"，等等，都被一套进步理念编织进"腐朽""没落""丑恶"的范畴，都属于可以打倒和消灭的对象。在这里，另一套进步的概念建立新的政治、法和道德以及审美的表述体系。

"后现代"视域就不把现代性的进步视为理所当然的正当与合法。后现代质疑的并不仅在于：为了进步付出那么多甚至惨烈的代价是否值得？然而，问题如果仅限于是否合算，那么这可计算本身就是"现代性"的企图。后现代从价值的立场出发来提问，这是最低限度的平等观念：不能为某个目的，任意取消和消灭另一个事物——通常是一个生命。不能为了某个被诉诸为更高级的目的，就剥夺掉那些被表述为"落后"的权利。不能以多数人名义对少数人行使压迫和剥夺，总之不能恃强凌弱，不能以多压少，不能以"进步"碾压"落后"……在这一意义上来说，现代性的反思性也是后现代的批判视野，在价值论的意义上有着明确的立场。并非如20世纪八九十年代对后现代的批判与指责所指认的那样：后现代乃是无可无不可的机会主义。这是对后现代最大的误解。

后现代最初进入中国文学和艺术领域的讨论始于对先锋派小说和美术运动的讨论，显然有着鲜明的艺术上的激进和反叛的特征。其反叛性体现在对过分僵化的成规旧序做出悖反——它并不采取现代主义式的直接对抗，而是远离和超越，用罗兰·巴尔特的话来说，就是"胜过"。"胜过父法，胜过所指。"在20世纪80年代后期，"现代派"的讨论深陷于可识别的和已然定性的资产阶级"自由化"和"精神污染"。"现代派"无法从论辩的语境中脱身出来，其政治上和美学上的"非法性"有口难辩。这就为"后现代"的论说提供了逃逸的路径。后现代之超越"现代派"，正在于其更为玄奥和激进的可能性，它暂时不具有可识别的"污染"的特征。作为一个难以被人们普遍理解的"他者"，它一度被料定只是一时的闯入者，它既不接地气，又虚头巴脑，无碍大局，充其量只是一个谈资。"后现代"在学界也引发了一阵讨论，主要限于少部分人群，其驳论大多建立在误读的基础上。"后现代"就以新理论的知识体系逐渐进入人们的视野，也以新批评的话语方式进入当代文学研究领域。"后现代"在中国的普及和常识化，不在于理论论争的深入，而在于中国社会现实迅速的城市化和全球化的经验，以及电子科技和互联网的蓬勃兴起。这使"后现代"经验已经日常化和普遍化，理论上的"后现代"不再是一个陌生的怪诞化的他者，而是与日常经验息息相通的学理化视野。当然，问题也依然发生于此，理论上的后现代，以及原本在中国初起时的先锋派的后现代，与大众媒体娱乐文化显现的后现代性，以及消费文化兴起的后现代现象，如何连接在一起加以阐释，这倒是一个颇为棘手的难题。

确实，不管在西方的视野里还是在中国的语境中，理论上和文学艺术创作实践中的后现代主义，与大众文化中显现出来的后现代性并非完全一回事。前者是一种理论化的阐释和实验性的激进艺术行为——说它激进，有时可能是极其保守，因其怀古和原始性，乃至极简主义，古典的素朴也未尝不可以是后现代主义 ——总之，在学理上可以不归入典型的现代主义的都可以归到后现代主义的论说里。至于大众文化和日常生活里显现的后现代性，那是一种平面化、消费性、娱乐化的、感官的、暂时性的、碎片化、游戏性的……，所有这些，都表征了非历史化的、非中心化、非整体性的生活现实特征，其内里未尝没有与古典主义的规范性、严肃性，与现代主义的深度性和精神性相悖反的特征。这种悖反性经常被看成前卫性，它与后现代的理论论说可谓有异曲同工之妙。也正因为此，随着大众文化和网络的兴起，后现代理论批评突然间变得通俗易懂，年轻一代更是无师自通，虽然偶有不准确的，但一切似乎都已经心领神会。

本书对现代性的反思聚焦于中国当代文学创作中的那些症结性的、从而也是坚韧的社会意识和美学体验。恰恰是那些无意识地触及的历史记忆，审美的表现方式，态度和情怀，都怀有对现代性的深深的眷恋。这是现代性的"怀乡病"，也是眷恋现代性的"怀乡病"，现代性是其挥之不去的窠臼——它很难从这里走向后现代，它还是在历史化的整体把握中，在道德意识的期许中，在对审美惯例的回归中，它既显示出了博大和力量，也受限于既定的建制体例。现代性的反思并非是单向度的批判，而是更多的揭示和呈现，更多的关切和同情。因为我的理解不得不让步于——主体总是深陷于历史给定的情境。

这本书汇集了我一个时期的思考，转眼过去十多年，这十多年对于我来说显得无比重要，这并非所谓走向成熟老道的自许，也无"暮霭沉沉楚天阔"的感悟，——实则只是从中青年时期不得不面向老之将至。岁月苍茫，世事如烟，唯有自己留下的文字，为生命作证。然而，如哲人所说，不过是痕迹的痕迹；诗人却更清醒：泥上偶然留指爪，鸿飞那复计东西！

是以为序。

2019 年 3 月 6 日
于北大镜春园

初 版 序

陈晓明在福建师范大学中文系攻读文艺理论硕士学位的时候，正是
20世纪80年代初期。思想领域里，阴晴不定，乍暖还寒，知识界不时传
递着的小道新闻，是真是假，并不重要，重要的是由此表达对于思想解放
的期待和对于倒退动向的厌恶。福州不是全国性的文化中心，但是，比之
陈晓明生长的闽北来说，毕竟大不相同，起码天天都有刺激思想的信息。
他天生就不安分，具有过剩的思考力和想象力，来到福州无疑使他感到生
活的精彩。很快，明眼人就看出，福建师大校园的思想空间，对于他来
说，需要扩展。结束了初入学的拘谨阶段以后，他放心大胆地活跃起来，
广泛参与校内外的交流，在各式各样的集会上发表高论。他的口才和交际
能力，使他在校内外成为活跃分子。有一次还在一个大学生的演说竞赛中
得了第一名，引起许多同学（包括女性）的意味深长的注目。这当然使
他感到快乐。发表高见和读书一样，成为他的一种享受。当然，福州地处
一个小小的盆地之中，四面高山，挡住了许多同学的目光，但是，对他说
来，这里总算不赖。比起其他省会城市来说，至少还是思想解放的一个突
出的前沿。朦胧诗的论战还没有结束，三个"崛起"正被绑在一起严加
批判。他给我的印象是：在某种压力中作出漫不经心、大大咧咧的姿态，
是很潇洒的。当然，我也知道，比起北京来说，他并不觉得这里十分过
瘾，可是，比起其他省会，福州算是比较自由的。这里是当时闽派文论的
中心。就在他活跃起来以后不久，作为闽派论坛的《当代文艺探索》创
刊了。这当然要感谢当时的省委书记项南，顶住了"清除精神污染"的
压力，对于本省的文坛新秀，包括挨批的人物（如本人），呵护有加。批
判的雷声再大，也是天边隐隐的蚊子的呻吟。

他正处在世界观和文艺观念形成的初期，在这样的文化氛围中，加上

他原本的反叛气质，养成了他日后善于挑战和怀疑，好唱反调的性格。用文字展现自我毕竟是太正规了，不如在聚会上发表异端的议论，对于某些人的侧目，他根本并不在乎，以一种风流才子的粗心大意样子把人家忽略过去，这也许是他追求的一种境界。

现在看来，他真是生逢其时，意识形态大厦解构和重构的时代，为他提供了丰富的思想空间。20 世纪 80 年代初期，正是大学里读书狂热的时代，曾经被视为可疑的、有毒的书籍被笼统地称为"新学科"，如雨后春笋地出现。但是，从严格意义上来说，这种"新"是要打上引号的。因为有些学术思想并不新，例如像弗洛伊德、德·索绪尔，明明是 20 世纪早期的东西。把这些思想当作"新"的，正说明中国的思想界是如何为旧的教条所束缚。他和许多为思想解放寻求理论依据的莘莘学子一样，饥不择食，狼吞虎咽。稍有不同的是，他更关注那些西方前卫性的思想信息。面对这些思想资源，以他的敏感，结合对于生活中一些苗头、动向的关注，就成了他作理论的思考的刺激。而理论本身也正在发生着犬牙交错的变动。和一般研究生不同，他并不满足于惊叹理论大厦的崩塌和重建，而是情不自禁地卷入当时的思想解放的热潮中去。他的活动能力，交际能力和滔滔不绝的口才帮了他的大忙，也带来了非议。一些对他并非怀有恶意的人们，总觉得这个小青年有点"夸夸其谈"。我当然是比较欣赏他的，对于用这样的语言把人一笔抹杀，我觉得很不公平。这倒不是我有多么深刻的先见之明，而是因为自己也曾深受其害。再说，他的一些文章，那的确不是一般的研究生，甚至是当时的教授能够写得出来的。其中有一篇，题目好像是对中国传统思想模式的批判。我并不满意这篇文章的逻辑结构，我记得还提了一些意见，但是，后来《新华文摘》却很快就全文转载出来了。

我当时就感到，自己对他的估计有些保守。

事实证明，我对他的估计不足不仅在学术研究方面，而且在另一个方面。

他和我谈天的时候，总是口若悬河，不知从哪里来的新异的念头，层出不穷。每逢他滔滔不绝，眉飞色舞，我就想起新文学史上一位前驱对胡秋原的描述——"眼花缭乱"。他的语速有时跟不上思想，连我这个有名的快嘴，都不能不耐着性子，故意停下来，欣赏他忘情的神态。

有一次，学生来请我做个讲座，我懒于做系统的准备，又不好意思完全拒绝。正好他在场，就随口说，那就让晓明和我一起讲吧。我开个头，他主讲。他答应了。到了那天，梯形教室里水泄不通，过道上、讲台上，坐满了红男绿女。我和他一走进去，掌声就如台湾诗人所说，如四起的鸽群。场上饱和的热情，对于一个演说内行来说，是难得的好机遇，听众和演讲者有一种心领神会的交流，哪怕是一举手，一投足，甚至一个口误，都会引起热烈的欢笑和掌声。我受到时时卷起的掌声的鼓舞，就信口发挥起来，不知不觉讲了差不多四五十分钟。在享受完掌声以后，把剩下的时间完全留给了他。

他开讲以后，从激起的掌声和欢笑中，我觉察到，原来这个令人眼花缭乱的陈晓明，也是一个演说家。他的现场瞬时反应很机敏。

后来，过了十几二十年，他和我讲起那次的演说。他说，当时，我讲得"如痴如醉"，完全忘记了他的存在，到快讲完了，才回头看看他："嗯，你怎么还没有走？"

我想，事情有多大出入，已经无法查证了。但是，有两点是很真实的，第一，我当时，的确有点"如痴如醉"，低估了他的演说才华；第二，他的确技痒难耐，一定是等得心急火燎。

对于一个有思想又有良好口头表达力的人来说，福州这种地方，思想空间毕竟是比较狭小的。到了快毕业的那年，他已经游窜到北京大学的研究生宿舍里去了。在北京，他和一些只能在报纸上看到的事情和人，拉近了距离。他并不是只带了耳朵去的，而且带去了他那永远不想偷闲的嘴巴。他在那里发表了一些在当时被认为有点惊世骇俗的见解，还引起一个重量级人士的内部批评。当他把事情告诉我的时候，毫无惧色，好像是说着另外一个人的事。

当时的青年知识分子，尤其是其中的佼佼者，一个个都有一种冲击旧思维的使命感。越是春寒料峭，越是勇猛精进。和一般学子不同的是，他的文章，所用的语言术语，带着某种诡异的味道。而且他以这种诡异而自豪，整整三年，不管旁人有什么议论，他都安之若素，旁若无人。

但是，也有一次例外。

毕业论文答辩在即，万事俱备，只欠东风。

当天早晨六点钟，他匆匆闯到了我的床前，脸上失去了往常惯有的漫不经心的神色，满脸恐怖，用福州话来形容，可以说是"脸都发绿了"。原来他获得消息，从外校来的答辩主席和一位权威教授头一天晚上发出话来："陈晓明的论文，看不懂。"这无异于是提前宣判了死刑，但是，留下了余地，说是：要听孙先生的"公论"。其实，我对于他文章中那些在当时还算是"前卫"的术语，例如七八年后，已经成为常识的"召唤结构"，也只能从感觉上去理解，从中感到才气和胆识，有些地方，只能说是一知半解，甚至可以说是不太懂。当然，凭良心说，这和他当年的文风多少有些生涩也有一些关系。但是，在当时，具有前卫性的知识结构而文风不生涩的到哪里去找呢？正是由于这样，我告诉他，我会庄严宣告：不管人家怎么说，我都会理直气壮地告诉他们：我不但看得懂，而且在我的著作《论变异》中引用了他精彩的论点（这一点是真的）。

我这样做，并不是有意降低学术道德，而是因为，作为一个曾经为朦胧诗"看不懂"辩护的人物，我常常禁不住对于自己不能充分理解的理论，有一种神往，而且痛切地意识到在福建这个人才并不多的地方，我有一种保护人才，包括怪才的使命。

答辩不算太顺利，有人提出了什么叫作"结构"。晓明的回答是：他的结构观念已经融合进皮亚杰、英伽登和存在主义的那一套东西，而一般人只有贝塔郎菲要素结构功能的观念。可喜的是，我和他配合得很好，加上主持答辩的先生是个忠厚长者，看见我们一唱一和，加上晓明口若悬河，就无心恋战，放过关去了。但是，这并不意味着他立即就能得到学术体制的认可。那时，我们福建师大并不像现在有八九个学科的博士学位授予权，而是连文学理论硕士学位的授予权都没有。我通过刘再复和何西来的关系，说通了中国社会科学院的研究生院，他们居然网开一面，连外语和政治的考试都免了，重新组织答辩委员会。老问题又出现了，一些资深委员还是表示，论文难以看懂。但是，他们都感到了论文的分量。我记得，只有钱中文先生表示，他完全看得懂，并且很欣赏。他让我转告晓明，建议投考他的博士生。晓明可能第一次遇到了真正意义上的知音，从此他的学术生命开始了一个新阶段。

这是 1986 年年底的事。

现在回顾起来，他最初的道路之所以总是坎坎坷坷，主要是因为他对中国传统的思想，从观念到方法，充满了反叛精神。当时文坛上号称

"正统"的、实质是僵化的那些观念，不但不能满足他的求知的强烈欲望，而且引起他的厌恶。而西方文论又以某种新异的色彩向他展开了诱惑的招徕。从个人气质来说，他又是一个对于新鲜思想资源特别敏感的人，因而从一开始，他的思想就特别前卫，给人一种异端的感觉。他总是把目光投向文学理论最尖端的前沿。在他的论文中，他把文学的感染力归结于格式塔式的"情绪力"，但是，也不是没有他的创造，他把这种情绪力，作为一种"结构"。而他所用的结构的概念又和英伽登的主体与客观之间的还原结合起来。

这种前卫的特点，即使到了20世纪90年代，他成名了以后，仍然没有改变。他一度被当成中国的现代派理论家，人们习惯现代派的理论话语的时候，不久，他又变成了"后现代"的理论代表。当后现代的各种话语逐渐被认同之后，他又被一些论者称为"后后现代"。有一度还被戏称为"陈后主"。

这当然是戏言，实际上，多少对他有些误解。

90年代中期以来，他已经不再是一味以追求新异为荣，对于西方文论早已不满足于第二手的资料的一鳞半爪。以他的聪慧和敏锐，加上他在西欧游学的经历，他很快就超越当年"拣到篮里就是菜"的层次，不再以抢占话语制高点为满足，而以学理的充盈深邃，追求深思熟虑为务了。

他驾轻就熟地、系统地梳理了令人眼花缭乱的西方文论之间的联系。本来，梳理大思想家的理论是需要一点思想家的气魄的，可惜的是，中国近百年的中国文学理论，大都是对西方文论的洗耳恭听，很少与之平等对话的自觉。文化自卑感，成为中国文坛的一大通病。青年学者中对于西方文论有所质疑，有所批判，有所突破的实在凤毛麟角。早期的陈晓明，也难免俗，但是，到了90年代中后期，陈晓明有了很大的变化。

他遨游于解构主义的经典，寻求着它与后结构主义之间的关联，他以西方文论特有的对于基本概念的精致演绎，探索着从后结构主义到其内在矛盾和转化，从而透视了文化研究、从精英文化和大众文化的合流，为后现代潮流寻求出一条逻辑的和历史的线索。在这样的过程中，他一步步走向成熟，不但在思想上而且在文风上。和一些缺乏才气的前卫理论家不同，每当他阐释某种观念的时候，他的思绪总是显得丰富而纷纭，在一个中心话语出现之后，总是有纷至沓来的衍生的话语的洪流推动着论述的进程。单纯转述西方文论，显然难以容纳他在思想领域纵横驰骋的雄心，他似乎立志从中找到一个出发点来展示他自己的思考。在西方文论中，最适合他叛逆个性的莫过于解构主义那种对一切固定观念、一切目的论、一切本体论的彻底挑战了。后来他把他的一本论文集子，称为《无边的挑战》不是偶然的。也许可以这样理解，他全部文论的最核心部分，充满了解构主义的对于绝对主义和绝对的独断论的挑战精神。

他无疑是中国当代文坛上受到解构主义、德里达思想影响的人物之一，也是少数能够用自己的话语来阐释德里达的人物之一。了解他的读者想必能不看文章的署名，也能从他特有的滔滔滚滚的、令人眼花缭乱的语言的洪流中，认出陈晓明式的智慧和雄辩，机灵和诡异。他自由地出没于德里达、胡塞尔、罗兰·巴尔特的恍惚迷离的思想网罗之中，以一种当代学人很少有的轻松、飘逸的姿态表现他的精神的自由。对于一些关键话语，他能追根溯源、原始要终，以自己的才智和中国式的理解，并且力图和中国当代文学的实际结合起来，这用茅盾的话来说，是一个"扛鼎"的任务。

难得的是，他从德里达与海德格尔的终极真理中心神学的矛盾对立，又从德氏与伽达默尔的普遍共同性的对立，沿着德里达有点神秘的话语体系（存在、在场等），用自己的头脑重新体察了西方大师的心路历程，追随着他们的足迹，体验到登上世界学术思想制高点的欢欣。但是，他是清醒的，他知道，即使完成了这样的任务，也不能说明他有多少创造性。以他的个性，他是瞧不起那种跪着念经典的人的，就是他所崇拜的大师，他也是保持着一种黑格尔式的清醒，对于任何事物以寻求其间内在矛盾为务，正是从这种内在矛盾甚至是悖论中，洞察了最神圣的事物的局限和走向自己反面的端倪。继承了这种清醒的、无畏的分析的态度的，并不是只有在解构主义，其实马克思主义所提的辩证法只要是彻底的，也必然是无所畏惧的。

他明知解构主义的要害是颠覆逻各斯中心主义，将一切传统的、现成的话语都包含着有所遮蔽的成见，但是，解构主义的本身就是包含着悖论的。他尖锐地指出，就是把解构主义加以规范化的陈述都是与解构主义的宗旨背道而驰的：

　　试图把解构主义加以规范化理解，不仅是危险的，而且是也是困难的。解构理论本身就包含着一个矛盾：解构理论离不开它所批驳的形而上学和语言学系统，解构理论事实上也在自由运用它以前的术语和概念。为了填补先前的各种理论缺口，解构理论实际已经受到它所反对的传统的损害。

　　特别是由于解构主义的巨大影响，它的不断被阐释，按解构主义本身的逻辑就是不断被歪曲。正是因为这样，他的任务不是学究式地对解构理论作概括，而是"注重重新审视解构理论并加以批判性的校正"。他指出德里达对于符号的绝对拒斥态度的缺失：

　　　　德里达的理论睿智不得不靠走极端来自圆其说，正因为此，德里达异想天开在恢复符号的根源性和非衍生性（non derivative）的同时，消除符号的概念。尽管德里达在这里表达得非常晦涩而模棱两可，他的用意还是明显的，那就是揭示古典形而上学赋予符号的实在本质——它的"在场"的本体—神学意义。德里达消除符号的概念其实也是符号"在场"的实在本质，但是德里达将其表述为"消除符号的概念"，则使人怀疑其可能性和必要性，因为不可能从根本上拒绝符号的概念，特别是在文学文本中，符号的差异性不得不借助"生存论"的意义重新获得它的蕴涵。

　　也许是我的孤陋寡闻，在中国文坛上，对于德里达，敢于用诸如"异想天开""靠走极端来自圆其说"这样的话语来分析的人，是相当罕见的。这不但需要学养，而且也需要勇气。在一百年来习惯于对西方文论的洗耳恭听之后，看到这样的语言，我是十分鼓舞的。基于对德里达神秘概念的原始要终精致分析，他指出解构主义观念的双重性（拒绝历史与对历史的恐惧）和方法的双重性（颠倒历史与修复历史），得出了德里达是"没有退路"这样的结论，而且所用的语言是更加大胆的：

　　　　他不得不在符号的差异性上继续铤而走险。正是基于对写作和符号本性的这种看法，对那些表述思想的传统手段持怀疑态度（在德里达看来，它们正是逻各斯中心主义的工具）。尽管德里达意识到为了攻击形而上学而不使用形而上学的概念和方法是不可能的，但是，他还是尝试采用另一种写作形式。例如，他在 1974 年写作的《格拉斯》（*Glas*），1978 年写下的《油画中的真理》（*The Truthing Painting*）以及 1980 年写的《明信片》（*The Post Card*），在这些令人怀疑是否称得上是"书"的著作中，德里达肆意玩弄双关语、文字游戏和故意模棱两可，读者永远也搞不清楚德里达是否真想说出他想说的事情。多数研究者还拿不定主意，德里达的这种写作仅仅是胡说八道，还是天才启示录式的奇思妙想。

我相信，在中国当代文坛上，进入德里达思想殿堂，得其壶奥，而又能对之进行了这样的深刻的批判的，代表了中国文论从追随阶段发展到与西方文论对话阶段的端倪，对于个人来说，这是需要气魄的。如果说陈晓明是德里达的学生的话，他应该是最佳意义上的学生。

从历史来说，对于西方文论的某一流派达到登堂入室的学子，虽然稀罕，却不能说太少，堂堂的中华人民共和国，毕竟并不缺乏才子，但是，在学术上有才气，同时在艺术上有天赋和修养，对艺术有高度的敏感的人士毕竟是更加难能可贵。在紧密地追随西方文论的当代潮流中，满足于从理论到理论地演绎西方文论的经义者，并非个别。我经常有一种可能是多余的忧虑，如此众多的硕士、博士，在学期间，用百分之八九十的时间去阅读理论，而对于文学作品，却缺乏起码的阅读的感性，长此以往，会不会重蹈 30 年代"辩证唯物主义创作方法"教条主义的覆辙？在西方某些文论流派的对于艺术相对主义乃至虚无主义的思潮的冲击下，在当代文学评论界，有一种令人不安的倾向，就是对于艺术的轻浮的藐视。众多学子，说起宏观理论来滔滔不绝，但是，分析经典文本，常常捉襟见肘。在大学文学系的课堂里，这种现象尤为严重。博士、教授越评越多，学生迫切期待的艺术分析却越来越少。许多年轻学者，误以为艺术不艺术无所谓，就是要弥补，也是很轻而易举的事。殊不知，和理论需要天赋一样，艺术感悟力也是需要天赋的。就是有了一定的天赋，如果后天不努力，仍然可能成为空头的、不懂艺术的艺术理论家。

正是因为这一点，有一个时期，我禁不住以冷眼旁观的姿态看待陈晓明的产量甚多的文章。令人欣慰的是，他似乎并没有把自己的全部精力集中在纯理论的演绎上。他的主要精力似乎更多地集中在当代文学创作的阐释上，他以自己特有的话语在解读中国当代小说方面取得了超越我所能想象的成绩。当我得出这样的结论的时候，也曾反思，是不是自己有所偏爱，但是，对他越来越多的评论使我肯定了自己的感觉。就在写作这篇文章的时候，我看到了《南方文坛》2004 年第 3 期杨胜刚、黄毓的《批评怎样对文学负责》，副标题是"怀念《无边的挑战》"，两位作者对陈晓明的评价比我要高得多了。两位作者非常坦诚地指出，要读懂先锋小说本身就是对评论家的智慧的一种挑战，在这场应战的过程中，"陈晓明无疑是一个胜出者"。

在对中国先锋小说进行艺术探测的活动中，陈晓明调动起自全部的艺术感觉和耐受力，他的艺术触觉像一架高分辨力的探测仪，能捕捉到哪怕是最轻微的艺术脉动，然后将它们记录下来，为其绘制高精度先锋文学地形图留下可循的足迹。《无边的挑战》充满了陈晓明对先锋小说丰盈、饱满的感受细节，这些细节在书中如缤纷的花雨，无边地飘落下。

特别是他对先锋小说叙事"临界状态"的杰出发现更是超凡的艺术感觉力的完美体现。可以说，他所有的这些发现都有赖于他非凡的艺术感受和体验能力的引发和促成。由于《无边的挑战》为陈晓明灵气四溢的体验细节所充实的滋润，以及他令寻常的词语灿然生辉的表态魔力，他就用解手成春的笔触把对先锋小说的分析变成了描述。他是在运用理性研究，然而他也是在感受，因此他就能把先锋小说解读得如此摇曳多姿，楚楚有致，整个的分析和运思过程似乎被转化为一次优雅、意味深长的"复述"。追随他的"描述"，我们可以感觉到陈晓明的艺术直觉有如一艘质地优良、线条流畅的潜艇，剖开水体地向前划行，直达海洋的深处。在这种诗意盎然的读解局部，理论似乎停止了，只有灵感和直觉在那里伸越、跃动，每当它们捕捉到幽灵似的猎物，就发出畅快的尖叫。

也许两位作者，对于陈晓明的文章有点偏爱，多多少少有点溢美了，特别是用了感性的语言，难免情感色彩过浓，但是，排除了文学语言的局限，两位作者对于陈晓明的艺术充沛的感受力和表达力的概括无疑是比较实在的。

当然，我并不认为陈晓明的文章十全十美，但是，我为这篇文章设定的任务，是对其在中国当代文坛上二十多年来之所以是成绩的原因作出一些探索。至于他的不足，例如他的某些理论文章的风格仍然不够明朗，就在我完成这篇文章的时候，一位博士生和我谈起，读他的文章仍然感到晦涩，以至于已经购得多年的一些著作至今还没有读完。我想，这可能不仅仅是行文风格改进的问题，是不是当年一些人们"看不懂"的问题，也有可以考虑的因素在内，这个问题可能并不仅仅是一个行文风格的问题，也许陈晓明应该把它当成一个与自己进一步成熟有关的问题来考虑。

孙绍振

2004 年 5 月 30 日

自　序

记忆与踪迹

　　本书实际上是我近年来写的专题论文，主题是探讨当代理论和文学创作的转向问题，这一转折牵涉到从后现代问题转为现代性问题——这个像是倒退的转向却构成了当代学术运行推进的轨迹。当然，贯穿于其中的论题主要是现代性问题，从现代性角度阐释当代中国文学是近年学术的热点之一，其中有些文章（章节）也涉猎解构主义理论方法，所以，本书还是有一种基本的视角和贯穿的主题。因为是专题论文，所以要努力做成一本"专著"的样子也未尝不可，但它还是留下明显的论文集的痕迹。对专著的迷恋，是中国当代出版机构的普遍爱好，也是对学术著作保持最低限度容忍的标准。似乎只有出版专著才算得上是支持学术（才没有白赔钱），因为专著被看成是学术的中坚力量。专著当然以其体系与完整性表现了对学理问题的全面深入探索，好的专著当然是值得称道的。但真正好的学术专著可能凤毛麟角，大多数是徒有专著的外表，被拉长的教科书，或是由貌似体系实则是武断的拼贴堆积起来的长篇大论。而论文通常因为发表所经过的审查，刊物有限篇幅对写作的限定，论文总是要精练得多，由论文合集成书，应该有更基本的学术水准的保障。在国外，那些影响卓著的"书"经常是论文集，或者绝大部分是论文集。所谓专著少之又少，国外的学术平台主要是由学术刊物构成，决定了论文的学术水准要高于所谓的专著。因为专著总要一章一节地写，很难想象，有真知灼见的章节，不能被学术刊物发表，如果过不了这一关，要直接成为书出版，这在国外的出版机构显然是一件棘手的事。罗德里奇（Routledge）之类的大牌学术出版机构，每年出版的学术著作，百分之八十是论文集。这与国内的出版社出版学术著作的选择大相径庭。尽管我在本书交稿时，为了适应国内出版社的习惯，努力做得像专著，但我还是更愿意坦诚地表示，这本书应该属于论文集性质。它汇集了我近年的理论探讨和对当代文学的思考。前者主要是对现代性理论的一些关键问题的阐述；大部分则是关于当代文学转折变革中隐含的现代性主题。

在我编辑修改书稿时，惊闻大师德里达已经仙逝，德里达的去世意味着法兰西最后一位大师，也意味着思想界最后一位大师的离去。作为一位最有争议的哲学家，德里达的思想直到他离去也没有被人们真正搞清楚。近年来，人们乐于发出"解构主义过时"一类的论调，就这一问题，我特地在 2004 年夏天的中外文艺理论年会上问过米勒，米勒的回答当然不负众望。他肯定地认为，解构主义没有过时，只是解构主义的思想已经化作一种更具有普遍意义的思想方法，在当代学术研究，特别是文化研究中起作用。事实上，我在回答其他人的质疑时，也是像米勒一样回答。答案同样是肯定而不容置疑的。看看当代理论和批评走过的历程，如果没有解构主义几乎不能设想这种历史还能发生。解构主义滋养了美国的文学批评，这才有 20 世纪 80 年代的批评的黄金时代。踩在后结构主义肩膀上的文化研究（以及"西马"的批判理论、后殖民理论、全球化理论、女权主义，等等），把自己想象成一个文化巨人，正在不顾一切地吞噬当代文化的所有现象。这个拉伯雷式的巨人早已数典忘祖，以为文化研究自成一格，拥有拆解晚期资本主义文化现实的精锐武器。然而，只要去除掉后结构主义的那些理论术语，那些思想方法，特别是解构主义打下的思想基础，文化研究还能剩下什么？批判理论还有多少锐气？在解构主义几乎被淹没和遗忘的历史时刻，我们真的为趾高气扬的文化研究和各种批判理论惭愧，也为德里达打抱不平。解构主义几乎是一夜之间就被抢劫一空，在 70 年代的大学讲坛上，人们只要掌握了几个词汇就自以为得其精髓。现在，解构主义似乎变成常识时被人们封存于思想的角落。

德里达已经离去，让我们铭记这位杰出的思想家的贡献。纪念他的最好的方式就是真正理解他的思想的精髓所在，清理那些根本性的混淆。解构主义没有被认真对待，这就是当代思想捉襟见肘的根源所在。事实上，解构主义真正是后现代性思维的基础，是不死的源泉，是建构后现代思想基础的纯朴起点，它依然包含着这个时代思想深化的重要资源。这就有必要重新审视解构的历史性和主体性问题。

我以为在诸多对德里达的误解中，对他理解得最不清晰处，或者说最不应该误解的就是他的关于历史与主体的思想。因为人们把解构历史与主体看成是后结构主义思想的根本特征，当然也是解构主义的根本特征，由此就断定德里达的解构主义是反历史反主体的思想理论。实际上，这只是看到事物的皮毛，并没有真正深入到德里达解构思想的深处。解构的历史性问题历来是一个难题，长期以来，解构主义被看成是历史与主体性的天敌，也正因为此，解构主义被理解成是抽空了人文学科的精神底蕴。德里达及其解构主义也因为此备受怀疑和攻击。当人们把解构理论称之为虚无主义、怀疑主义时，德里达明确声称，解构是一种肯定性的思维，他这么多年就一直致力于反对虚无主义和怀疑主义。这可能让非议者大跌眼镜。然而，德里达近年来却明显在强调"历史性"问题，这不管是他对福山的"历史终结"论的回应，还是他对人文学科在这个时代的功能与意义的看法，以及他反复谈论的"宽恕"和"正义"的问题。这些都表明德里达对"历史性"的重视。而他本人在多年来的访谈中也再三强调，他一直在反对怀疑主义和虚无主义，言下之意，他一直也在肯定和创建这个时代的思想。这都使我们有必要对解构主义重新加以理解和阐释。

特别在今天，我们重新寻找后现代思想理论基础的时候，在把后现代主义看成一种建设性的思想文化的时候，德里达的解构主义关于历史与主体的思想更应该加以认真对待。在我看来，德里达对历史与主体的解构是与对形而上学的历史解构联系在一起的，他解构的是我们已经建构起来的历史与主体的思想概念，而同时德里达强调他的思想中一直就是"历史的"，一直就是在历史中来思考这些问题。对历史的解构踪迹所构成的"历史性"，也就是历史的最小值，而他开始对主体的关注也可以在主体的最小值意义上加以理解，正是历史与主体的最小值可以看成是（理解）重新理解德里达的历史与主体思想的要点，而这一要点也是重建后现代思想理解的起点。

当然，试图从肯定性的角度理解德里达肯定是一项吃力的工作，这需要寻求新的思路，甚至需要在德里达复杂的解构语境中，找到一种线索。在最初引介和运用的有效意义上，人们还是从"破"的方面去寻求理论支持。现在看来，不管是德里达的解构主义还是福柯等人的后结构主义，其实是在开启一种新的历史观和主体观，是在重新寻求历史与主体铭写的思想基础，在逻各斯中心主义的倾覆的废墟上，在"文明与疯狂"过后的基础上，在"千座高原"上，历史与主体有新的展开的形式。这就使我们有必要重新回到解构主义和后结构主义的基地，只有从这里，我们才能建立后现代时代新的知识和话语体系。

从解构主义、先锋派文学转向"现代性"论述，这似乎意味着我被当代潮流所裹挟。确实，现在最热门的问题是现代性、全球化和"帝国"。原有的"后现代"论述都改头换面成"现代性"，而在这个平台上，全球化、后殖民话语和帝国理论可以纵横驰骋。回应当代思想潮流无疑是研究当代文学和文化人所必备的敏感，不想被历史落下，只有选择回应潮流。这使当代思想总是具有时尚的特征。现代性问题在 20 世纪 90 年代后期开始在中国学界显现，这对于熟悉现代化问题的中国学人来说应该不陌生。但其讨论问题的出发点与关注的核心问题都大相径庭，事实上，它是另一个理论问题。更准确地说，现代性是一个后现代性的问题，它是在后现代的知识平台上展开的话语论说。中国当代学人对现代性问题的把握被身份政治与学术政治所影响，这使现代性问题不可能是一项知识或理论的探讨，更像是一种立场选择和方向表态。2001 年，杰姆逊到中国讲演，主题就是"现代性"。杰姆逊的一番讲话让中国学人顿时失了方向，杰姆逊这位中国后现代的神父何以会鼓动中国走现代性的道路呢？这显然是误读，误读早在杰姆逊作为中国后现代传教士时就埋下伏笔。作为西方马克思主义理论家，杰姆逊实际上是后现代的激烈的批判者，那是被他置放在晚期资本主义文化逻辑框架内加以攻击的对象。现代性问题显然也是杰姆逊质疑的一个问题，由于这个问题还牵涉西方马克思主义左派理论阵营的人际关系，其质疑被表达得更加隐晦曲折。更为诡异的原因可能还在于，杰姆逊对中国等第三世界国家如此热心于进入全球化的市场经济痛心疾首——大多数中国学人没有看到这点。对于西方左派理论家来说，批判世界资本主义市场经济是他们的首要任务，至于资本与高技术输入对发展中国家可能产生的积极作用，他们完全没有兴趣。他们更乐于看到和夸大这些发展中国家参与全球一体化经济带来的负面后果。杰姆逊"哀莫大于心死"的态度，被误解为他支持发展中国家介入全球化，他的现代性批判也就顺理成章被看成是鼓吹现代性。整个意义在颠倒中完成了中国学人自身的身份定位。

后现代变成一个现代性的话题，并不是理论和思想的倒退，只是理论不能在原有的框架里花样翻新，而要引入新的资源。显然，后现代转向现代性，是全球化问题、后殖民理论以及后现代话语向历史领域延伸的产物。后现代在其崭露头角时，与现代性直接构成对立，是以反现代性的形式，与现代性断裂的形式来确立自身的历史地位的。随着后现代话语的理论内涵的拓展，以及它对现代性的反思，反倒使现代性问题本身成为在起作用的理论核心。同时，从现代性的框架来看待后现代的更复杂深邃的思想，替代了从后现代立场来反现代性的简单态度。在这个意义上，应该看到现代性问题还是后现代的积极而有效的延伸。对于当下中国思想界来说，后现代与现代性更是紧密地绞合在一起，它们彼此制约纠缠，形成远为复杂的历史情境。

就我本人的选择来说，从现代性来论述中国当代文学也并不是为了趋赶理论时髦，当代文学曾经在先锋派的实验形式触及后现代性，但随着先锋派经验的常规化和普遍化，后现代在中国当代文学中并没有扎下根来，这使我们也不得不重新思考更大的理论框架。在文学上，人们感到疑惑不解的是，随着跨国资本与高新技术的强劲输入，通信与互联网的快速发展，以及传媒的迅猛扩张，商业主义消费也日益成为人们生活的主导想象，应该说中国城市已经在相当程度上向后现代社会转型。但文学方面却并未表现出更为普遍的和更为深化的后现代趋向，先锋派的实验也为更为常规的传统文学所取代，甚至乡土叙事逐渐成为主流，小说变得更为保守、更适合读者的口味。也许文学从精英主义的民族国家叙事转向知识分子话语体系的先锋派挑战性叙事之后，它适应了当代消费社会培养起来的大众公共阅读空间，其后现代性不再表现为激进的语言实验，而只是显现出与大众文化同歌共舞的消费主义特征。这使中国当代文学重新回到中国现代性历史中被割裂和悬置的场景，也就是说，它有必要补上资本主义"私人"文化这一课。这些被中国现代性以民族国家为主导的宏大叙事压抑下去的"私人性"，现在适应消费社会的生长空间而获得存在的基础。这样一种文化存在显然是混合了现代性和后现代，也就是说，它是在现代性的框架内来展开的后现代消费文化的一部分。对其探讨也有必要放置在现代性的谱系中才可以更全面阐发其美学意义。在这样的意义上，后现代性与现代性就不是一种简单冲突的关系，而是相互缠绕和互渗互动的关系。

当然，存在的并不就是合理的，既要看到历史的不可能性——那种历史客观情势存在的困境；同时也要看到历史选择主体本身的有限性，这种有限性并不能全部推给历史本身，主体不只是适应历史，同时也创造历史。显然，在美学上后现代向现代性的撤退，这也表明当代文学写作主体美学挑战意识的弱化。现代性美学与理性力量结合在一起，已经成为我们审美感受的根深蒂固的"无意识"心理结构。年轻一代作家无法在后现代性的美学场域中找到新的起点，因为这需要更为艰难的探索。而回到现代性的完整性和历史编年体的美学场域中，可以与消费社会的大众阅读期待轻易吻合——这是一个双赢的成果，但这并不是当代文学真实的胜利。

在关于中国当代小说的研究方面，我的分析方法倾向于更为自由灵活的后现代笔法，我一直认为文学评论甚至文学论文要写出感觉，写出风格，写出味道。这就需要有完全消化的理论和独特思路，再加上语言。现在的文学论文和评论写得越来越呆板，在合乎学术规范化的同时，也失去了文学性魅力，这是我所不愿屈从的。我试图把文学理论和文学评论都写出独特的个人感觉，文学批评应该是对文学作品文本的再创造，而不是简单的意义解释。我不知道我的设想是否达到，这需要读者们的检验。

陈晓明

2006 年 8 月 10 日改定

2019 年 2 月 2 日修定

目　　录

上编　现代性隐忧

下编 后当代幻象

上编　现代性隐忧

写满了往昔的符号，这符号又盖上了新符号：
你们就如此这般巧妙地隐蔽在符号的阐释者面前！

——尼采《查拉图斯特拉如是说》

第 一 章

替代与补充：从后现代到现代性

"现代性"何以成为当代文学研究中的一个问题？这难道仅仅是疲于奔命的当代文学研究被理论界无事生非的喧嚣拖着走的又一次恶作剧吗？有时候，抓住机遇与误入歧途只是观察角度不同得出的评价，而凑热闹与开拓创新也没有明显的界线。谁让我们生活在一个多元分歧的时代呢？在这样的时代，正如上世纪初绝望而狂妄的斯宾格勒所说的那样，有力量的领着命运走，没有力量的被命运拖着走。在当今时代，不用说民族国家的命运，就是文学研究的命运也同样如此。当代文学研究一直缺乏原创性，在20世纪80年代，因为搭上思想解放运动的便车，当代文学显示出无穷的活力。80年代后期，意识形态的整合性功能趋于衰弱，当代文学界也在寻求新的方案，方法论（新三论）的短暂热闹之后，"向内转"回到文学本体的呼唤确实抓住了当时的理论需求。更靠近创作实践的现代主义论述，一直是依靠"实现现代化"这个时代诉求，才勉强成为最有活力的文学创新的理论动力。然而，现代主义论述显得虚伪和做作，它植根于实现现代化的意识形态才获得合法性，以至于它一开始就没有自身真实的理论论述起点。现代主义在当代文学中的论述并没有扎下根，这并不是说它只是依赖主导意识形态的氛围，或者对西方理论的简单挪用，而在于它并没有深入西方理论与当代创作实践更为内在的关系中展开论述，从而确认自身的理论出发点。

80年代后期，后现代主义论述在经历多种多样的怀疑中兴起，对后现代主义最严重的质疑就在于现代主义还没有站住脚，何以有后现代主义的立足之地？而从中国政治经济条件的直接类比中，更是给后现代主义的合法性以致命的打击。事实上，后现代主义恰恰是扎根于中国当代现实的土壤，扎根于中国当代文学创作的实践。它没有依赖现代化之类的时代意识形态，而是出自理论自身的起点，出自对80年代后期乃至于90年代初期中国特殊的现实确认自身的理论起点。不是出于外在律令的需要，而是出自理论创新和文学创新的需要，出自摆脱既定的规范另辟蹊径的需要。还有什么样的理论论述有如此切实的现实性呢？如此真实的本土化的基础呢？如此真实的文学内在性的需要呢？没有。后现代主义论述真正是中国理论界面对中国当时的历史情境和文学创作实践做出的抉择，这是第一次真正自觉的抉择。

然而，这种理论的自觉也许过分了，后现代的论述进入了理想化的层面，它对文学创作实践的叙述带有相当强的实验色彩，后现代论述是把当代文学创新实践拔高到一个理想化的高度——这个高度的实验特征使得它又带有前所未有的难度。这使随后的文学实践不可能超越这个难度。登峰造极之后必然是下降，先锋派的实验难以为继，却让理论言说陷入尴尬。后现代在相当长的时期里，被人们钉在时间的路标上——它是脱离中国当下现实的未来的幻想。现代性的时间之箭早已把后现代射向了远方，落点却不甚了了，也没有人认真对待。这个错位并不在于后现代理论本身，而是人们对后现代主义持有的误解。后现代的论述者要负一定的责任，因为后现代主义主要是就先锋派的实验文学展开论述；但没有任何理论叙述表明，后现代主义仅限于此。当随后的对大众文化的叙述也具有后现代性时，这种错位就显得相当滑稽，要是风马牛不相及的东西都可以归为后现代，那后现代成为什么东西真是一项疑问。但实际的情形正是如此，后现代在哲学理论层面带有先锋派的特性，而在社会学方面却更倾向于世俗化；在艺术方面（特别是行为艺术之类）已经消除了任何界限，更不用说精英与大众的传统分野。尤其是在文化研究的塑造下，任何社会现实可能都可以读解出后现代的含义。这些文化门类的分别多少还可以掩盖意义的相互矛盾，就在文学内部，短短数年的变化，就使后现代叙述陷入窘境，这无论如何也难以自圆其说。先锋派开创的那个形式主义的道路迅速就半途而废，在这一层面上叙述的中国当代文学的后现代性何以自谋出路呢？看看随后的文学现实，"晚生代"还勉强可以找到一些与原来的后现代叙述相承的东西，再随后的"美女作家群"，70代的个人化写手，"晚生代"趋于老成的作品，更不用说那些时尚杂志上到处涌现的"白领文学""中产阶级"读物，等等，这一切，都使后现代叙述的那个不断变革创新、并且始终前进的历史，突然迷失了方向，历史在这里出现了一片无边的舞台，它不是后现代又是什么呢？我们搜肠刮肚，还能找出什么惊人之论予以命名或加以阐释呢？"现代性"——还有什么比这个术语更莫衷一是，更有和稀泥的本领呢？当然，我们完全可以用更富有建设性的姿态来理解它所具有的包容性，也可以用更审慎的态度去发掘它的丰富的内涵，赋予它以真实而充分的活力。

一　后现代变成了"现代性"问题

"现代性"显然是近年来学术界热门的一个概念。但现代性的确切定义却并不清晰，至于它内在的复杂含义，它所折射的张力关系，并没有得到恰当的清理。

很显然，我们现在理解的现代性是指启蒙时代以来的"新的"世界体系生成的时代，一种持续进步的、合目的性的、不可逆转的发展的时间观念影响下的历史进程和价值取向。吉登斯从社会学角度把现代性定为"社会生活或组织模式，大约 17 世纪出现在欧洲，并且在后来的岁月里，程度不同地在世界范围内产生着影响"。[①] 也就是以启蒙精神为基础，重新规划社会组织制度、新的法制体系、价值观念和审美认知方式的时期。我们所理解的现代性，也正是在以上诸多方面展开的一项强大而长期的社会变革和精神变革。要准确标明现代性起源的年代是困难的，社会学家和历史学家的分析模式大相径庭，分歧颇大，但大体上倾向于认为，现代性的缘起与资本主义起源密切相关。现代性的起源应该是一个更广泛更深远的政治、经济和思想文化的历史变迁过程。以此看来，把 18 世纪启蒙主义运动兴起看成现代性缘起的时期比较合理。

现代性在近几年突然成为一个热门的论题，所有关于后现代的论述都悄悄地或者说在不知不觉中换成了现代性论述，本文在这里讨论的是"现代性论述"。当我们追问现代性到底是后现代的"残羹"，还是"补药"时，我们都是在理论论述的层面上展开讨论。杰姆逊把现代性看成

---

① 安东尼·吉登斯：《现代性的后果》，译林出版社 2000 年版，第 1 页。

一种叙事，他实际上把历史存在也看成一种叙事。但在我看来，现代性不仅只是一种叙事，它还有其实际的历史实践层面，例如社会组织形式、国家机构、制度与秩序、历史事件、科技文明，等等。现代性的这一历史过程，无疑始终存在，并不是因为当今突然时兴的现代性论述才具有"现代性"的意义。我们试图探讨的只是，在后现代之后，现代性论述可以给当代学术带来什么样的活力？是否具有实质性的学理进步？事实上，它只是后现代换了一个说法而已；或者说，后现代把理论视野扩展到历史领域而已。这确实有点蹊跷，城头变幻大王旗，只把新桃换旧符。后现代似乎已经变成陈词滥调，后现代论述持续了二十多年，从最新奇的指认，到殊死的反对。不只是兴奋劲已经过去，而是猛然间发现，大家都"后现代"了。这也许是一个尴尬的处境，当年左派们围追堵截后现代，不想猎人们变成了自己的猎物，左派的理论家们也纷纷变成了后现代。左派们都是后现代的批判者，他们起劲而沉迷于其中的批判，足以把他们塑造成后现代主义者。杰姆逊在中国的被误读就是一个最明显的例子。列奥塔后来一再辩解他对现代性的批判，他要"重写"现代性，目的就是要抵制来自这一所谓的"后现代性"的书写。① 他的这一辩解有谁注意到呢？有谁会给他正名呢？列奥塔一直是作为后现代理论家的形象矗立在当代理论高原上，只有杰姆逊一锤子就把他打中：列奥塔骨子里就是一个现代主义者。② 真不知道这是在褒奖还是贬损。很显然，现代性成为一个热门话题，左派理论家们无疑起了举足轻重的作用。微妙之处也许正在这里，后现代一直是左派批判的对象，或者说是一种批判性的论述。但问题就在于，并没有什么更有效的和更有影响力的后现代的正面倡导性论述，声势浩大的其实是批判性论述。当左派的那些批判性论述变成了后现代的主流

---

①　该文原载 L'inhumain, Galilée, 1988, pp. 33 – 44。中文译文可参见《重写现代性》一书，社会科学文献出版社 2001 年版，第 51—60 页。由阿黛译。但本人以为陆兴华译文更好些，可参见《世纪中国》（http：//www. cc. org. cn/），上网日期 2002 年 12 月 27 日。

②　参见杰姆逊的《现代性的幽灵》，这是根据杰姆逊 2002 年 7 月访问上海华东师范大学时所作的公开讲演稿翻译的文稿。有关该讲演的中文译文未能见到，《文汇报》"学林版"刊登过部分内容，现在的中文译文采用张旭东根据杰姆逊的原讲稿翻译的文本，译文登载在人民大学"文化研究网"（www. culstudies. com）。据张旭东所言，杰姆逊的讲稿由作者尚未问世的新作《现代性的神话》的"导言"和"结论"两部分组成。该书由英国伦敦新左派出版社于 2002 年底出版。

理论时,这个后果不是皇袍加冕,而更像是篡位。可以数过去,杰姆逊、列奥塔、赛义德、霍尔、德里克、安德森、泰勒、伊格尔顿、鲍德里亚、鲍曼、斯皮瓦克、霍米巴巴……这个名单几乎可以把所有著名的左派理论家加上去。难怪人们把后现代论述看成是左派的论述,再也没有什么张冠李戴比这项桂冠的交接更具有弄假成真的奇妙。后现代这个蛋糕被左派理论家做成了巨无霸,那还有什么办法,只好吃不了兜着走。

当左派的所有的言辞都变成了后现代时,危险的时刻也就降临了。修正主义已经病入膏肓,这不是因为人们的观念立场变了,而是所有的知识话语变了。后现代论述不知不觉已经听不出马克思主义的原汁原味了,这让坚定的共产国际战士们大惊失色。只要看看近年来,杰姆逊、安德森等人,对左派阵营多么不满就可以感觉到问题的严重性。后现代论述越来越具有梦幻色彩,自从与文化研究结盟,它干脆就是当代思想的催眠术,哪里还有多少战斗性可言。只有后殖民理论,挥舞着"差异政治"的利剑,在跨国资本主义时代游刃有余。后现代的当代性论述显然很难强化批判性,反倒更容易演变为对晚期资本主义文化现实津津乐道。左派理论家都有一支犀利的笔,文采飞扬,随心所欲。看看杰姆逊对当代后现代文化的分析阐释,谁会注意到这是在严厉批判呢?精彩纷呈的迷幻般的后现代文化图景,杰姆逊被捧为后现代理论大师一点都不冤枉。当后现代变成一种主流论述,后现代的知识普遍化了,批判性变成了叙述,变成了学理式的探讨,这对于左派马克思主义理论家来说却是走到了穷途末路——没有了政治或意识形态的发动机,左派理论还能走多远?现代性就是在这样的历史形势下浮出水面,这是一艘被打捞起来的"泰坦尼克号",满目沧桑,历史丰厚,装上后现代的发动机,挂着现代性的旗帜,又可以来一次豪华旅行。殖民主义、帝国主义、民族—国家、种族、性别和身份,应有尽有,关键是具有历史感。回到了历史中的左派论述,就回到了马克思主义的战斗堡垒。其实质当然还是后现代,不过却是后—后现代了,回到了现代性历史中的后现代,抹平了所有的矛盾和困窘,一切似曾相识,却又大异其趣。想不到是现代性挽救了后现代,一字的改动就可以重新开启一个知识创新的时代,这真是后现代时代的神奇。这也是一个诡计多端的时代,现代性的葫芦里,原来卖的是后现代的药。这就有点让人疑心,当今时兴的"现代性论述"到底是后现代的残羹,还是一剂补药呢?不管怎么样，现代性几乎让后现代起死回生了。就这样，现代性反倒成为一个热门话题，杰姆逊直截了当地指出："这次古老的现代性在当代语言里痼疾复发，真正患的其实是一场后现代病。"① 杰姆逊当然还要明知故问：那为什么不干脆用"后现代"这个概念？这个问题杰姆逊自己早已有看法。按杰姆逊的说法，这是一场对现代性的重新铸造和重新包装，以供它在知识思想市场的大量生产和重新销售。杰姆逊夹枪使棒地指出，这是社会学的那帮人在兴风作浪。这帮人可是杰姆逊的左派同道，看来他们之间的分歧还不小。吉登斯成为现代性最有影响的理论家，并且鼓吹第三条道路，这在杰姆逊看来，与现代性如出一辙，却对吉登斯主张的社会主义构成反讽。在杰姆逊的论述中，似乎其他的现代性论述都是鼓吹与销售性质的，正如我们在前面引述的那样，吉登斯等现代性的论说者，对现代性也是持强烈的批判态度。显然，杰姆逊对其批判性不满足，那只能理解为吉登斯的解决方案也未脱离现代性的基本方略。

现代性之成为热门话题，当然不只是左派以及后现代理论家应急摆脱窘境的意外收获，它可以从更具建设性的和积极主动的方面来看，那就是后殖民理论对后现代论域的拓展，应对全球化的当代现实。现代性论述看上去是回溯历史，着眼点却在当代现实，也就是面对现实问题来挖历史的根。20 世纪 90 年代全球化趋势迅猛加剧，全球贸易额的大幅度增加、国际化资本的急剧聚集，以及高新技术的突飞猛进，促使跨国企业在最近 10 年的惊人增长。同时，为了寻求全球市场，资本和技术向发展中国家介入的力度大大提升。发展中国家由于对资本和技术的强烈渴望，对进出口贸易互惠条件的寻求，为解决国内由于人口持续高增长形成的就业压力困境，以及国内金融体系的严重危机，都不得不通过开放市场，引入跨国资本和跨国企业来缓解矛盾压力。然而，门一旦打开就很难再关上，这些发展中国家也从跨国资本和技术中获得发展的动力。全球化趋势在 90 年代向着发展中国家渗透，这使后殖民论述具有强烈的现实感。

历史的清理再次提醒人们，历史并未终结，这个未曾终结的历史并不是关于它后来的命运，而是它此前的状况，已死的历史在叙述中不断复活，这就足够了。现代性论述不断翻检资本主义的老账，这是一次债务清

---

① 参见杰姆逊《后现代的幽灵》讲演稿。

理，现在的全球化则要为历史买单。资本主义启蒙的历史，不再是自由、平等与博爱的传播，不再是民主与科学彰显的历史，而是充满了帝国主义对殖民地人民的压迫蹂躏的血腥事件。与对现代性的历史反思相一致，后殖民论述对现今全球化现状表达了强烈的不满与恐惧。现今的资本主义全球化在本质上与帝国主义在历史上的侵略如出一辙，所不同的是，现在是跨国资本与高新技术在冲锋陷阵。后殖民理论率先在文学批评领域小试牛刀，随后与社会学结盟，创造出一门跨学科的超级学科——文化研究。其触角遍及纯学术领域、通俗文化和大众传媒，任何被称之为文化的东西，无不可以进入研究的视野。而从文学批评承继来的风格，则使得这些文化分析具有迷幻般的魅力。后结构主义的理论底蕴与后殖民的立场，使得当今的文化研究本质上更像是一门"差异文化政治学"。科尔内尔·韦斯特数年前就指出:

> 新的差异文化政治的显著特征是以多样性和异样性的名义去攻击单一性和一致性;依据具体性、个别性和特殊性去摈弃抽象性、笼统性和普遍性;通过突出偶然的、临时的、变数的、试探性的、活动的和变化的性质来进行历史化、具体化和多元化。……由它产生的文化政治具有新颖性的是:差异构成的方式和成分，在描述过程中差异所给予的分量以及诸如灭绝主义（exterminism）、帝国、阶级、种族、性别、性取向、年龄、民族、自然和地区这些处在这一历史时刻的突出问题，是对先前的文化批判形式存在的某种中断做出反应的。①

新的差异文化政治学给当代的全球化现状作出诊断并开出药方，这种诊断一方面依赖对现代性历史的评判，另一方面是对现实经验进行的理论推导。差异政治学立足于多样性、异样性和特殊性，当然坚决批判全球化一体化。正如现代性被定义为无限前进的合目的性的历史进程一样，全球化也被描述为市场的一体化（即资本、技术、劳动力的市场的一体化），对民族国家的取消和对多样化的弱小文化的同化。现代性与全球化在当代的时空里相遇，它们重叠在一起，并且等待差异文化政治学的诊断。

---

① 参见《现代性社会理论》，第87—88页。

这项诊断在奇特的悖论逻辑中展开并获得圆满的解决：这就是现代性的多样性方案。当代现代性的论说者，试图在全球化的背景上给出不同的现代性方案，可选择的现代性只是一种理论的诡辩，如果它在历史实践中产生实际的效果，那也只是变了形的现代性，而不是真正多样性的现代性。杰姆逊对此表示的谴责论调，仔细辨析却更像是对左派理想的无可奈何的悲悼。

现代性的多样性方案导源于民族—国家的认同，身份差异政治这个想象的标志，却被当作返回历史实践本源中去的论据，它怂恿着人们现实地创造"特殊性"，直到这个特殊性破裂为止。现代性产生了民族—国家，这些民族—国家过去被认为是向着某种共同的历史终极目标前进，现在则被认为是依据不同的历史传统和条件各自走着不同的道路。从历史实践的结果来看，确实可以看到在现代性的发展进程中，西方中心主义与周边的殖民地和半殖民地国家有着非常不同的表现形式。其最基本的可选择方案，无非是资本主义和社会主义（或共产主义）。毫无疑问，社会主义也是现代性的一种方案，而且是更激进的方案。当然，在发达资本主义时代，那些福利国家已经尽可能吸取了社会主义的思想。例如，北欧和德国，市场资本主义与社会主义的融合，确实给人类的发展提供了有益的经验。但是，当今时兴的现代性的多样化以及可选择的方案，并不是在过去的社会主义与资本主义二分法的意义上做出的描述，而是基于民族—国家认同所做出的文化多元和差异基础上的论述。现代性的可选择性被打上民族—国家的标签，并且是以民族主义的姿态展开全球化文化/政治角逐。

二　审美的现代性意义

现代性问题是被全球化与后殖民论述劫持到文化研究领域的，它使面对当前文化状况的文化研究具有了深厚的历史感，同时也给现代性问题自身打上鲜明的政治烙印。把现代性问题引入文学研究，当然没有任何理论上的障碍，关于文学的现代主义研究在相当长的时期内是一个热门的学科分支。很显然，重新捡起文学的现代性问题并不是简单退回到文学的现代主义老路上去，实际上，现今兴起的现代性问题，与现代主义并不能等同，现代主义只是其中一个环节，而现代性则包含远为复杂的社会历史和审美的含义。至于这个概念要在文学学科中显灵,要在文学批评中回光返照,那它能显示出的理论光芒也只能集中在文化研究和文学的现代性美学问题这两个方面。

文化研究不用说,运用现代性概念正是得心应手,顺理成章;而文学研究领域则要重起炉灶,重新展开理论规划。如果简单套用现代性的那些观念结论,那无疑使文学研究本末倒置。因此,问题只能归结为"审美的现代性意义"。

确实,在这里,很有必要重温一下现代性的美学问题。

审美的现代性是指自有现代性以来的人类审美活动表现出的现代性意义,它包含在现代性的实践活动和反思体系中出现的美学现象。从这样的角度来理解,现代性的美学意义则显得过于宏大,它牵涉到庞大而长久的现代文学艺术及各种美学活动的历史。如果抽象地从总体的理论角度来理解,我们当然可以从对现代性的一般理解中去推导现代性的美学意义,现代美学作为现代性的有机部分,它无疑具有现代性的普遍意义;但现代美学,却又是一个非常不同的领域,它始终与现代性的社会历史构成一种紧张性的张力关系。这样,现代性的美学意义可以从三方面来理解:其一是指现代文学艺术作品与社会现实构成的互动关系;其二是指现代文学艺术表达的审美趣味对人类主体的塑造作用;其三是指文学艺术建构的现代的审美文化经验及价值体系。

正如我们在前面讨论过的那样,按照吉登斯的观点,"断裂性"构成现代性的显著特征,那么,现代的文学艺术的显著特点就是制造和强化这种革命性断裂,并且又努力弥合这些断裂。这并不是说那些激进的革命的或先锋派的艺术努力在制造这种断裂,而另有一些保守性的艺术则在弥合这种断裂。问题的复杂性正在于,那些激进的或保守性的艺术同时都在制造和弥合这种断裂。激进的革命艺术提炼出反叛的情绪,它确实放大了历史和社会的裂痕,但这种放大可以用"宣泄"和"欲望释放"这种理论来解释它。因为释放,社会的激烈变异的倾向获得平衡;而且,毁坏的同时,是在为新的社会形象打下基础。至于保守性的文学艺术,何尝不是在表达对社会的不满呢?"向后看"也是对"现在"的反动,也是对现在的强烈不满。但它的这种不满是对激进变革的一种修正,它与正在飞逝变化的现实构成回归。恢复浪漫主义对中世纪田园生活的向往,与现代主义对当下社会的激烈反叛，其最终的效果终究殊途同归。它们都使当时的社会获得了一种内在性的表达形式，建立了一种有效的和谐机制。在这一点上，古典美学如康德，现代美学如海德格尔，最终都把审美作为解决存在终极问题的途径，也可见审美对社会的激烈变异，对人类无法承受的矛盾冲突所起到的化解作用。就是马克思主义批判美学，其最终的方案也寄望于审美。阿多诺、本雅明、马尔库塞都有此种想法。直到最近，杰姆逊还提出美学的颠覆作用。尽管他的美学还是带有较强的政治色彩，但毕竟他看到了美学所包含的重新建构历史与主体的内在能量。

现代性美学通过建构新的审美认知体系和认知方式，与现代性历史构成一种分离、对抗而又弥合的关系。现代性的文学艺术对社会历史始终展开批判性的反思，这种反思当然不同于社会科学，然而，却具有异曲同工之妙。问题在于，理性化的社会科学的反思性并不能使现代性社会始终按照正确的设计好的（假定所有的设计都是好的，或者可以不断校正）路线发展，这种修正还有赖于文学艺术做出。吉登斯认为，现代性的可怕之处在于它具有不确定性，导致这种状况的因素首先在于设计错误和操作失误，但这两点还不足以构成最重要的因素。最重要的因素在于：未预期的后果和社会知识的反思性或循环性。所有的设计都有必要引入到其他系统和人类活动中才能发生，但构成人类活动的这些领域非常复杂，其后果经常难以预期。吉登斯说，根本原因就在于社会知识的循环性。在现代性条件下，新知识不断地被嵌入到社会中去，"新知识（概念、理论、发现）不仅更清楚地描绘了社会世界，而且也改变了它的性质，使其转向新的方向"。吉登斯的忧虑在于，这种现象的影响，对于那"犹如猛兽的现代性来说"，社会将可能导致失控。[①] 吉登斯对现代性社会的自律，以及社会科学的反思性或循环性是持怀疑态度的，但他最终也不得不寄望于他的"乌托邦现实主义"式的第三条路。凭什么就说它的理论性的反思能引导英国乃至当代社会走上一劳永逸的健康之路呢？

现代性的文学艺术一直对现代性社会的发展提出质疑，不断变革的思想构成现代艺术的根本精神，创新成为现代艺术存在的生命力。这种创新的实质也就是相对艺术自身的传统与既定的社会秩序所做出的反叛之举。

---

① 参见吉登斯《现代性的后果》，译林出版社 2000 年版，第 135 页。

文学艺术上的现代主义运动由各种自觉的、被命名的、自我命名的群体构成，威廉斯曾经区分 19 世纪晚期现代主义迅速发展的三个主要阶段。最初一些创新的群体力图在主流的艺术市场里保护自己的实践活动，它们具有反学院的倾向；随后，他们发展成了替代性的更加激进的创新派别；他们创立了自己的艺术宣言，形成自己销售和宣传的渠道；最终发展出了一种与主流艺术（及其社会）完全对抗性的构成。威廉斯写道："它们不仅决心创立自己的作品，而且决心攻击文化机构中它们的敌人；除此之外，还要攻击整个社会秩序，那些敌人从其中获得了自己的权力，正在实施权力并再造权力。这样，对特定艺术的保护先变成了对一种新艺术的自我操纵，然后，关键的是，成了以这种艺术的名义对整个社会和文化秩序的一种攻击。"① 现代主义起始于第二种类型——按照威廉斯所说，替代的、激进的、创新的实验艺术家们和作家们；而第三类完全对抗性的群体则构成先锋派。很显然，先锋派是现代主义艺术的激进表现形式，它自负地把自己看成是走向未来的突破点："它的成员并不是一种早已反复表明的进步的担负者，而是一种使人性复兴和解放的创造力的斗士。"②

　　令人惊异的是，仔细阅读福柯，也不难发现，作为一个反现代性的理论家，福柯也看到现代艺术在现代性历史语境中所起到的特殊作用。一旦回到审美，回到艺术本身，福柯的反现代性，以及反人道主义立场就变得更加复杂起来。正如我们在前面讨论时所指出的那样，当人们把现代性看成一个时代时，福柯更乐于把它看成一种态度。现代性的态度在福柯的理解中是充满着内在冲突和变异的。现代性的态度始终与"反现代性的态度"相连。福柯选择波德莱尔——他的现代性意识被广泛认可为 19 世纪最敏锐的意识之一——作为他阐释艺术与现代性的互动关系的例证。当波德莱尔意识到现代性时代的飞逝感觉时，他正是通过艺术的眼光使飞逝转化为永恒。很显然，福柯认为波德莱尔的现代性态度，或者说波德莱尔艺术地处理现代性的方式，也就是把飞逝留存住。当现代性的飞逝存留于艺术中时，艺术在飞逝的瞬间夺回永恒。福柯指出："对于现代性的态度而言，现时的崇高价值是与这样一种绝望的渴望无法分开的：想象它，把它

---

① 威廉斯:《先锋派的政治》，商务印书馆 2002 年版，第 73 页。
② 威廉斯:《先锋派的政治》，商务印书馆 2000 年版，第 73 页。

想成与它本身不同的东西，不是用摧毁它的方法来改变它，而是通过把握它自身的状态来改变它。"① 在福柯看来，波德莱尔们的现代性是一种实践，在这种实践中，对于什么是真实的极度关切与一种自由的实践相冲突。福柯特别强调这种自由的实践对现实既尊重又违背。如果联系波德莱尔的例子，可以看出，福柯设想艺术与飞逝变化的现在可以区别开来。艺术当然也不是静止的、一成不变的、凝固的客观之物，而是对变化的、断裂的、现在的一种把握和创造。

在福柯矛盾而又晦涩的表述中，我们可以领略到，处在现代性之中的审美，或者说现代性艺术，可能创建一种更为内在的现代性，真正具有主体自由的那种品质。他设想有一种艺术的态度可以表达现代性的态度，就是面对变化的现在创造自身的一种态度。它既把自身从变化的现在中逃离出来，又不是一种固定的静止不变的自我。这个现代性没有在它自己的存在中解放人，它迫使他去面对生产自己的任务。在福柯一贯的反人道主义的思想中，他在这里也面临着一种关于艺术创造主体的自由这样的人文主义难题。福柯也出人意料地在这里如此明确地谈到各式各样的人道主义，与其说"人道主义"这种思想值得怀疑，不如说是与启蒙相连接的那些人道主义虚假软弱。福柯强调了一种对我们的历史时代的永恒性进行批判的精神气质，而他所暧昧地认可的波德莱尔的艺术气质，也属于这种精神气质。在福柯的思想深处，还是存有一种不与历史妥协的艺术的自主性，在这个意义上，现代性艺术也就具有了一种不被历史化，而能不断重新创造反思现代性的主体自己。它就如同福柯的系谱学方法一样，试图为自由的未经定义的工作寻找一种尽可能深远的新的原动力。

福柯实际上也在把握现代性艺术与其生长于其中的现代性历史构成的矛盾关系，以及其内在重建主体自由的可能。就这点而言，同是在论述波德莱尔的现代性，卡林内斯库就明晰得多。卡氏曾经分析过两种截然不同却又剧烈冲突的现代性，即作为西方文明史一个阶段的现代性与作为美学概念的现代性之间发生了无法弥合的分裂。前者是指资本主义的现代性过程及其典型的现代性观念，后者则是以浪漫主义为开端的激进的反资产阶

---

① 参见福柯《论现代性》，汪晖译。转引自：汪晖、陈燕谷主编《文化与公共性》，生活·读书·新知三联书店 1998 年版，第 432 页。

级艺术态度。这种分裂与冲突,也就是美学现代性与现代性历史始终构成的紧张关系,这是美学对现代性的反思批判,也是现代性的自我逆反式的反思。美学上的现代性开始出现时的含义就具有贬义,按卡林内斯库的考证,这个词在 1672 年首次出现,运用到文学艺术评价上则是 19 世纪的事。夏多布里昂早先的运用就倾向于贬义,所谓现代性被用来指日常"现代生活"的平淡与乏味。在把"现代的"那些生活现象贬斥为"现代性"时,作家和艺术家们实际表达了他们的审美评判,那些被描述为"现代性"的东西,当然不具有美感。经历过现代主义的运动,现代性在美学上获得了自我肯定的动力。戈蒂叶在鼓吹"为艺术而艺术"时,他给美下的定义是"无用的东西"。所有有用的东西都是丑陋的,只有无用的东西才可能是美。这是对正在兴起的资产阶级的功利性的沉重打击,在"令资产阶级震惊"的这个著名的美学概念中,戈蒂叶表达了现代性美学对现代性历史的反叛。[①] 波德莱尔给现代性在美学上的肯定含义开创了局面。他把现代性的短暂、易逝、偶然性的特点定义为艺术的一半(另一半则是与传统历史相连的永恒和不变),卡林内斯库高度评价波德莱尔的审美现代性概念,认为它可以被判定为现代性概念史上一个质的转折点。现代性现在可以被定义为一种悖论式的可能性,即"通过处于最具体的当下和现时性中的历史性意识来走出历史之流"[②]。

现代主义艺术运动,特别是其中的先锋派运动,充满了各式各样的胡作非为,它们在初起总是让人不屑一顾,随后又令人厌恶,然而,结果却又成为现代社会的经典。如果按照吉登斯的"反思性"的观点来看,现代主义艺术运动也是以循环式的反思性方式不断加入到当代社会的组织制度建构中来,更重要的在于加入到社会的思想情感的建构中。它们确实引起了像吉登斯所忧虑的那种不确定性,加剧了现代性社会的动荡,甚至颠覆了当代文化井然有序的秩序。波德莱尔一方面鼓吹"为艺术而艺术",另一方面他给现代艺术提供的美学注脚是"特殊的邪恶之美"。本雅明就曾经把现代审美看成恶魔,当然,本雅明的恶魔并不是一味的邪恶,它还具有生动创造的力量,在《巴黎,十九世纪的首都》一书中,本雅明指

---

① 参见卡林内斯库《现代性的五副面孔》,商务印书馆 2002 年版,第 47—52 页。

② 卡林内斯库:《现代性的五副面孔》,商务印书馆 2002 年版,第 56—57 页。

出:"艺术现代性本质上是一种恶魔倾向。"本雅明的这个观点明显受到
马克思对资本主义市场看法的影响。本雅明在波德莱尔的诗歌中找到现代
性审美与资本主义商业社会如出一辙的元素。如寓言、零碎化、闲荡者的
异化、物化、事物降格为商品等。然而,从更长远的历史距离来看,现代
主义艺术对现实及艺术传统的反叛,构成了现代性内在的紧张性关系。它
既是面对现代性社会的对抗,也是现代性最富有活力的标志,同时还创建
与现代性相适应的现代审美感知方式,构成了现代性在文化上最重要的成
果。艺术史家赫伯特·里德对现代主义艺术作了迄今为止最全面也是最高
的评价,在他那本影响卓著的《现代绘画简史》里,他写道:

> 必须认为现代艺术运动是为消除精神堕落而作出的巨大努力,这
> 种堕落,无论它采取建立幻想或抑制幻想的形式,感伤性或教条主
> 义,对于感觉或经验仅仅是虚假的见证。我们的艺术家有时是激烈的
> 或具有破坏性的,轻率的和急躁的,但是一般来说,他们意识到一个
> 道德的问题,一个面对我们整个文明的道德的问题。哲学和政治学,
> 科学和政治学,所有的一切最后都取决于我们观察和理解历史事实的
> 明确程度,而艺术总是形成感情与感觉的明确观念的主要手段,这种
> 形成的过程,是直接通过艺术家和诗人,间接通过观众对诗人和艺术
> 家所创造的符号与形象的运用……提供一个明确而清晰的激发美感的
> 视觉形象——这一直是这些艺术家的始终不变的目标——提供一个他
> 们所创作的形象的丰富的宝库,就是未来任何可能的文明的基础。①

在这里之所以引述这么长的一段话,是因为这段话如此清晰地处理了
文学艺术审美经验与哲学科学之间的关系,并且将其置于后者之上。审美
的现代性意义,不只是未来文明的基础,也是对现时社会矛盾、对抗性冲
突的最好解决方案。在那些具有颠覆性倾向的马克思主义理论家那里,在
现实的政治革命陷入困境之后,也同样谋求审美的解决方案。例如,马尔
库塞、德留兹和居塔里等激进理论家,一方面对资本主义展开猛烈的批
判,另一方面谋求的解决方案也只寄望于审美。德留兹所寻求的历史唯物

---

① 赫伯特·里德:《现代绘画简史》,上海人民美术出版社1979年版,第154—155页。

主义的治疗，也就是解放人的欲望，使欲望无意识地介入社会。他提出的"积极的逃逸"这种观念，只能寄望于革命的艺术有可能消除资本主义的精神分裂症。尽管德留兹和居塔里对资本主义精神分裂的诊断颇为有力，但其治疗却未见得可行。但他们确实看到现代性以来的物质生产和精神生产存在的巨大的内在分裂状况，思想、艺术与人的自我意识一直在努力弥合这种分裂。这一切并不意味着人们可以找到一劳永逸的解决方案，但却让人们积极面对现代性的所有后果。这一切也促使我们把现代以来的文学艺术，既看作现代性的产物，又看成是对现代性进行重新编码的能动形式。这当然不是说在现代性的语境中，所有的艺术都具有相同的性质和功能，而是从现代性的维度去看待文学艺术与社会历史、与生命个体构成的互动关系。

总之，这些论述远不是为审美的现代性意义建立一套理论方案，只是简要提示了一种重新思考的可能性。处在现代性历史语境中的文学艺术，是如何反抗现代性而又在实质上建构了现代性，它在加深现代性的鸿沟的同时，又建立了各种重新联系的、感觉的和情感的纽带，而且恰恰是在那些严厉的批判和超越中建构了现代性最有力的根基。正如罗兰·巴尔特所说的那样:"革命在它想要摧毁的东西内获得它想具有的东西的形象。……文学的写作既具有历史的异化又具有历史的梦想。"在现代性的框架内来重新思考文学与历史和现实的关系，以及文学自主性的审美意义，在当今多重历史折叠的状况中，尤为显得意味深长。

三　"现代性"论述引入中国当代文学

现代性论述引入当代文学研究，确实是一个很有用的概念，它在更为宽阔深远的历史背景中重新整理和展开后现代论述，它把后现代论述从简单的当下性中解救出来，引入到更复杂的历史语境。当然更重要的在于，它使当代文学这么多年一直在寻求的 20 世纪的总体性，或者重写文学史的整体性，有了一个最恰当的框架。当代文学并不只是简单地融入现代文学，而是重新构成一个整体。

很显然，历史的总体性或整体性曾经是后现代坚决反对的观念，然而，经历过从边缘到中心的转移，后现代逐渐成为主流话语时，寻求后现代的建设性方案也开始成为不可忽视的思想。后现代一旦开始显露出创建社会普遍性价值理念的雄才大略时，历史感的重建也就不再能够遮遮掩掩了。例如，德里达近年来对历史的强调就可见一斑。德里达 2001 年秋天在北京《读书》编辑部、中国社会科学院、北京大学等做了演讲。其中在《读书》编辑部的演讲题目是"人文科学的志业与无条件的大学"，在他演讲的结论部分，他提出当代价值建构的七个重要问题，其中六个的主词是"历史"。① 后现代在对历史进行批判与质疑的论述中，也建构了一种后现代的历史方法。福柯的知识考古学和系谱学当然也是一种历史方法，德里达的解构就声称是一种历史的方法。杰姆逊在《政治无意识》开篇就说的是"永远的历史化"，不想后现代并没有超出这个范围。

当然，这里的历史观念，或者说总体性和整体性不是还原古典历史学或现代主义历史观，而是在现代性这一时间跨度内来理解其历史建构的复杂关系，这种关系导致了总体性与整体性的不可靠。也许这里的总体性或整体性是最小值的总体性，也是历史的最小值所呈现出的一组描述体系。由于我们业已建构的理性范畴，总体性和整体性是理性的基本质料，在把它摧毁的同时也就在以另一种方式重新黏合它。只是后现代式的黏合有意显示出暂时性、变异性和相对性而已。这一点，也许正如齐格蒙特·鲍曼所设想的"流动的现代性"那样，已经摧毁了惯例和"确定性"的现代性，它就必然处于流动之中，也就没有确定的总体性和整体性。德留兹和居塔里在对确定性进行了一番攻击之后说道：

> 像古老雕塑的碎片一样，我们只是在等待最后一个碎片被找到，以便我们可以把所有的碎片黏合在一起，创造一个与最初的整体完全相同的整体，我们不再相信这个碎片存在的神话。我们也不再相信曾经存在一个最早的整体，或者最后会有一个整体在未来的某一天等着我们。②

---

① 有关德里达的演讲，可参见《读书》2001 年第 12 期，其中在回答笔者提问时，他特别谈到"历史"在他思想中的意义。

② 英文版参见 Giles Deleuze and Felix Grattari, Anti Oediprs: *Capitalism and Schizopneia*, trans. Robent Hurley, New York: Viking Press, 1977, p. 42. 中文转引自鲍曼《流动的现代性》，欧阳景根译，上海三联书店 2002 年版，第 32 页。

鲍曼对德留兹的观点十分赞赏,在他那本影响卓著的《流动的现代性》中他引述了这段话,并且强调指出,被分割的东西是不能黏合回到一起的。放弃对整体的所有希望,未来就像过去一样,你就进入了这个流动的现代性的世界。"流动的现代性"描述的是现代性的存在方式,也指各种现代性论述,当然也可以用来描述现代性论述的思想方法。这种流动的现代性观念,正是要消除古典批判理论的那种深重的/固态的/系统性的现代性方案——尤其要消除充满着强制的统一性的倾向。鲍曼指出:"这个包含一切的、强行一致性和同一性的极权主义社会,已经不断地、充满威胁地隐隐约约出现在地平线上——就如同它的终极目的、如同一个完全没有拆除引信的定时炸弹,或者如同一个根本没有驱除的幽灵。那个现代性是一个宣誓过的偶然性、变化性、模糊性、不规则性和癖性的敌人,已经宣战对所有这样的异端进行一场圣战。"① 鲍曼在这里没有明确指出古典的批判理论所指的对象,但指法兰克福学派早期宗师的可能性较大,他对马尔库塞的观点就持激烈的批评态度。流动的现代性思想与整体划一的、绝对的独断论式的批判理论的思想方法是根本对立的。"流动"意味着不确定,从流动衍生出来的批判性也就是阐释、拆解,让虚假的本质现形。当然,"流动"还是有基本形状和可把握的基本方向的,我们所要做的,就是把握住它的基本方向形状,同时发掘那些变异的差异的活跃因素。

总之,去除掉过于强烈硬性的意识形态批判,抽绎出现代性的基本主题、理念以及美学风格,这对于在较大的时间跨度内来理解当代中国文学颇有建设性的意义。

当代中国文学乃至于现代以来的中国文学,都在表达强烈的变革愿望。这一方面导源于剧烈的社会革命现实实际,另一方面,文学艺术也强化了这种现实需要。这种变革总是以断裂的方式表现出来,使得文学的历史叙事充满了开始与结束,而每个历史阶段都像是一座历史孤岛。现代性提供了更大的时间跨度,使那些断裂变成了现代性内部的事物,变成了现

---

① 英文版参见 Giles Deleuze and Felix Grattari, Anti Oediprs: *Capitalism and Schizopneia*, trans. Robent Hurley, New York: Viking Press, 1977, p. 42。中文转引自鲍曼《流动的现代性》,第 38 页。

代性自我悖反的内在性的紧张关系。断裂与断裂之间，不再是不可调和的，而是可以重新理解他们之间的联系方式。

当代文学以 1949 年为界，五十多年的历史包含了各种各样的分歧与转折，结束与开始。从大的阶段来划分，可以分为十七年的文学、"文革"文学、"文革"后文学。而"文革"后文学被描述为"新时期"文学，很明显，"新时期"这种说法就是对断裂的强调，一个"新的历史"时期的开始，意味着一个"旧的历史"时期的完结。由于我们始终对新的充满极度的渴望，导致旧的被迅速遗忘或丢弃。而实际上，对新的过分憧憬和理想化，也就必然对旧有的历史妖魔化，这也是埋葬历史的有效方式。革命、变革与断裂在当代文学的短暂历史中，划下一个又一个武断的句号。在"文革"后的"新时期"文学中，不只是还被"后新时期"拦腰斩断，中间还有层出不穷的多种流派、群落、现象、主题等等。伤痕文学、朦胧诗、改革文学、知青文学、大自然主题、寻根文学、现代派等等构成了"新时期"层次分明的历史过程。在被描述为"后新时期"的 80 年代末期以来，当代文学也以它千变万化的热点潮流坚决拒绝过去，不顾一切走向新生的未来。先锋派、晚生代还算是有序的变化，随后的"美女作家群"、60 年代出生、70 年代出生、80 年代出生，则是进入了无法停止的喜新厌旧的运动战。这就像穿上了红舞鞋的舞女，再也停不下来了。

这种无止境地向着飞跃的想法，当然就是典型的现代性的观念。这使得所有的层出不穷的断裂，还是没有超出现代性的框架。这也使现代性用以描述当代文学的更替变异具有了基本的可能性。当然，把现代性引入当代文学研究，并不是为了重新建构一个关于现代性的宏大的历史框架，把原来割裂的那些历史过程用一种新的模式重新组装起来；而是更为内在地去清理那些断裂、对抗、重复所构成的复杂形势。这一切都有赖于回到文本，回到文学的审美品质的把握才有独特的意义。

确实，"新时期"以来的中国当代文学所表达的主题具有强烈的现代性特征：伤痕文学呼唤的人性论和人道主义；改革文学所表达的变革愿望，以及英雄主义风格塑造的理想主义人物；知青文学同样带有强烈的理想主义和英雄主义色彩；寻根文学则是以另一种方式表达了对现代化的反思；值得细究的是现代派文学，它所表达的个性解放思想，对人的自我的强调，很显然是对现代个人主义思想的重温；美学方面的人的本质力量的对象化，以及文学理论方面主体论和方法论等。所有这些，在当代文学的研究中和文学史叙事中，都放置在"思想解放运动"的纲领之下加以论证，浓厚的意识形态色彩其实阻隔了问题的深入探讨。如果移植到"现代性"的论域中重新加以探讨，这些论题应该说可以发掘出更丰富复杂的内涵。包括对那个时期的文学研究的研究，也可以重新编织进"现代性"谱系加以探究，也有可能开拓出一片生动的领域。

当然，"现代性"这一概念所提示的时间跨度，它所具有的理论容量，对于重新梳理 20 世纪中国文学具有积极的意义。中国现代文学所标明的启蒙意义，民族—国家的解放意义，或者说新民主主义的历史意义，这与后来的无产阶级革命文学的关系，通常只能在一个断裂的结构加以理解，在简单的历史进步与革命的关系中来确认各自的意义。如果引入现代性的描述，那些革命、进步的优先性就可以为更富有学理含义的描述体系所替代，从而显示出历史更多的层次。尤其对于中国的社会主义、现实主义文学，它一度被推到文学史的顶峰；随着历史的变异，它又被全盘否定；如今又被有些人重新推崇。这些简单明了的价值判断过分依赖意识形态的立场，似乎此一时，彼一时，这本身就说明这种论述的理论含量不足。如果从"现代性"论述的角度来看问题，可以避免这些生硬和尴尬。社会主义现实主义属于中国的社会主义革命的有机部分，中国的社会主义革命无疑是现代性的表现形式之一，或者说极端的激进表现形式之一，因而，现实主义文学在很大程度上成为建构中国现代性的手段，它为中国持续的社会革命建立了合法性的历史前提，为现实存在的合理性提供了形象的依据。中国的现实主义文学坚持不懈地为中国社会主义革命提供合法性的形象认识依据，这使得文学性与政治性长期处于一种紧张的矛盾关系中。社会主义文学实际上承担了双重功能：社会政治的观念表达与审美地调和社会紧张关系的作用。这使得中国的社会主义现实主义的审美品质与风格具有特殊性，这一切，都有必要从中国的现代性历史去理解，才能抓住丰富的东西。对于中国现代以来的文学艺术来说，它与现代性的关系显得更为紧张和复杂。正如我们在前面讨论时指出的那样，中国的现代性一直是以断裂的方式展开，这些断裂对社会的组织结构、秩序规范、价值观念和思想意识都产生剧烈的冲击。现代以来的思想意识一直站在现代性变迁的前列，现代中国的启蒙主义思想，以"德先生"和"赛先生"为先导，强有力地推进中国的现代性。中国的文学艺术一直也扮演着启蒙主义先驱的角色。"文学革命"在文化层面上率先触发了中国社会由传统向现代转变，白话文学对中国现代性的建构是如此之大，以至于我们完全可以说，如果没有现代白话文，现代性的感觉方式、认知方式和情感价值都无法建立起来。随后出现的"革命文学"，更是以激进的方式，为激进的社会变革，为一个阶级推翻另一个阶级的暴力革命提供情感认知的基础。更不用说1949年以后，中国的社会主义文学成为社会主义革命事业的齿轮和螺丝钉，成为巩固无产阶级专政强有力的意识形态。在现代性不断激进化的历史进程中，20世纪的中国文学始终是激进变革的先驱，它既是一面镜子，更是历史最内在的躁动不安的那种精神和情绪。在那些剧烈的变革时期，在那些猛然发生的历史断裂过程中，文学都在扮演一种推波助澜的角色。

中国现代以来的文学整体上与激进的社会变革保持着同步，它一直充当激进革命的先导和前卫。从一种更宽阔的历史视野来看，它像是在促进这种历史断裂，也是在弥合这种断裂。文学的历史化总是为那些断裂提供合理化的形象依据，这种合理性的解释本身，也缓和了历史断裂带来的紧张关系。当人们从一个历史时期走到另一个时期，例如，从旧民主主义革命时期走向新民主主义革命时期，再到社会主义革命时期，文学艺术最大可能地消除了历史变异的裂痕。毛泽东终其一生，都试图寻找一个理想化的革命文学。这种革命的内容与尽可能完美的艺术形式高度结合的东西，始终没有产生。但事实上，它们或多或少以不同的方式实际存在。革命产生了暴力和陌生化，而革命的文学艺术经常制造温馨的归乡式的气氛。只要看看那些被称之为革命文学的作品，其中总是不能摆脱情爱故事，不能消除小资情调和乡土记忆，从而产生感人至深的效果。这些情调都是下意识的表达，文学自身的那种延续性的方式依然留存于革命文学的历史叙事中，唯其如此，它才有维系历史断裂的力量。

现代性这个概念具有强大的历史黏合功能，这在于它的那种潜在的总体性，它的流动性，可以在较大的历史跨度内，把不同的现象联系在一起，发掘出它们的历史品性。很长时期以来，"文革"后的中国文学与"五四"文学传统的关系很少得到阐述，被描述为与十七年的极左路线文学决裂的新时期文学，显然很难找到与现代文学的连接形式。特别是到了90年代，当代文学更难以辨析它的历史源流。近几年出现的时尚写作和中产阶级写作，更是把当代文学的历史编程打乱。这种状况在"现代性"的框架里加以梳理，显然比单纯在后现代主义的论域中加以阐释要深刻得多。例如，当今反复谈论的"小资情调"，放在现代性的框架内来理解就会发现更多的东西：历史不可以被超越，但会被强行折叠。中国现代的小资产阶级情感，被草率翻过去，正如救亡压倒了启蒙一样，无产阶级的革命情感，也迅速压倒了小资情感。但在中国的现代性发展进程中，现代性的情感建构并不可能随便被跨越，它还会在不同的历史时期去完成未竟的事业。90年代，伴随着经济的发展，以及私有财产的重新获得，个人的情感才真正有立足之地。这些小资情感正是更真实回到个人的必要补充。当然，所有的补充都是不充分的，又是具有替代性的。这种小资情感既有寻求个人自由的早期现代性意义，又打上了当今后工业化的消费社会的特征。它恰恰显示了历史的丰富性和复杂性。正如当今新生代的"无产者"文人（某些自由撰稿人）一样，他们与早期的现代性文人有某种相似，又有现时代的不同特点。

消费时代的审美问题也使现代性美学在当今时代显得杂乱且富有活力。文学写作既是对这个时代审美时尚的适应，也是一种潜在的抵抗。然而，在任何一个方位上，都会产生自身的对立面来建构新的文本机制。在那些适应性的文学作品中，我们可以找到时尚美学被激活的状况；而在那些反抗和贬抑消费主义的作品中，那些宏大而深重的思想主题却经常意外地被消费美学"劫持"。在这些复合性的语境中，当代审美的再生产才真正得以展开和推进。我们看到，现代性与后现代在这样的时代，是以相互折叠、纠缠、挪用、颠倒和再生产的方式发生作用的，唯其如此，文学的那种生长存在的韧性才显得难能可贵。

四　建构现代性的"当下本体论"意义

总之，现代性论述具有很强的意识形态色彩，助长这种倾向显然有悖学理旨归。虽然杰姆逊直到最近还在告诫人们说，意识形态总是难免的，"意识形态不是错误的概念，我们不能用正确的理念或科学来替换意识形态，意识形态是我们生活在世界上的方式"。① 杰姆逊又颇为矛盾地指责现代性论述的意识形态特征，他提倡一种"当下的本体论"。实际上，"当下本体论"显然强调对当前文化战略的重视，其实践意义不言自明。但"当下本体论"只能是意识形态色彩更重的学术战略，而不可能是更单纯的学理论述。杰姆逊同时指出了美学颠覆的重要性问题，回到美学，这倒是一个上好的建议。但现代性之被重用，主要是人们对当下提不出多少新鲜的东西，后现代的当代性已经陷入困境，寄望于现代性的历史叙事重新连接中断的现代主义传统。这使现代性能成为文化研究，以及多种学科相互渗透综合的总体论纲。

　　在我们来说，对现代性这一概念的运用，有三点需要加以强调：其一，尽可能降低意识形态色彩。尽管意识形态难以避免，但我总以为有一些意识形态色彩浓厚的学术，另有一些意识形态色彩更淡薄的学术。我认为，知识的问题应该从知识本身的论述中生发出来，而不应该从预设的立场和目的中推导出来。现代性确实是一个相当有用的概念——具有历史和理论含量的概念，我们可以尝试去除过于明显的意识形态立场和目的，而回到这一概念的基本理论规范中去讨论问题，可能会有富有建设性的收获。其二，不断回到"当下"。当然，因为我们在这里谈论当代文学的问题，这使我们的当代性显著加强。但更紧密地扣紧当下性，应对当下的更具有实践特征的问题，则是当代学科具有优势的意义所在。其三，始终回到美学问题。现代性论述越来越具有文化研究特点，社会学、历史学以及政治学显示出充沛的活力，而文学在现代性论述中反倒像是被拖着走的附庸。在这个时代，人们似乎已经忘记了审美问题，这就更显示出强调审美问题的重要性，这也是我们淡化意识形态色彩的一种有效方式。实际上正是现代性美学建构了现代性的感觉方式和情感结构，并对现代性极度变化而造成的历史破损提供了缓和机制。

　　尽管说，后现代论述换成了现代性言说，这是一次勉强的转向。不过，还是可以设想，降低现代性论述的意识形态色彩，把它作为一种具有时间跨度的历史视角，为当代文学论述的历史断裂找到联系的纽带；同样也可以从中发掘出深厚的理论含量，对当代文学曾经被压抑和简化的主题

---

① 杰姆逊：《回归"当前事件的哲学"》，参见《读书》2002 年第 12 期。

展开重新探讨。这对于开拓当代文学研究的领域,发掘新的学术增长点,无疑富有建设性的意义。

确实,我们深知,一种理论或学说,并不是因为被穷尽了意义而被人遗弃,重要的在于,人们总是从潮流出发来选择和塑造一种学说,然而,潮流又是从何而来呢?它当然也是人们有意酝酿的产物,问题只能归结为人类幼稚的心理在作祟:任何学说和理论的魅力都经不起岁月的磨损。还有什么比创新作为喜新厌旧的借口更冠冕堂皇的呢?这使学术的进步变得合情合理,也让人们心安理得享受进步的成果——这倒真是现代性的精神。这种精神可以化腐朽为神奇,在这个意义上,我们就可以明白:残羹也就是补药。

第 二 章

超越隐忧:现代性之多样性与本真性

现代性论述不知不觉就取代了后现代话语,这确实令人摸不着头脑。何以被后现代跨越的现代性却又死灰复燃,而且把后现代话语扫地出门了呢?这里面的蹊跷与奥秘,并不是一目了然的。以至于杰姆逊这个中国后现代宗师也在前两年匆忙写作一本《现代性的幽灵》回应学界的时尚潮流,不想,宗师的这个行径在中国引发了剧烈反应。① 这里面当然包含不少误读,但现代性论述本身的含混与暧昧,它与后现代的相互缠绕关系,也是造成误读的根源。实际上,当下学界把后现代换成了现代性,不过是秉持了后现代初起对现代性的批判衣钵,并没有多少惊人之举。问题在于,现代性论述向着帝国历史,向着当下的全球化资本市场两个极端展开论述。并且把历史与现实强行绞合在一起,这倒是使现代性的历史变得一脉相承,好像中间根本没有后现代发生一样,这就把后现代挤出局。但挤出局的只是后现代的能指,当今的现代性论述实质上也就是后现代论述。那些观点方法,那些立场和态度,都与后现代脱不了干系。然而,现代性论述本身已经尝到了甜头,另起炉灶已是既成事实。也就是说现代性的能指已经替代了后现代,而后现代的能指真的不见踪影了。现在还有谁在使用"后现代"这个词——这实在是太古老、太不时尚的一个词了。连杰姆逊都在赶趟,虽然他怀着愤懑。

现代性论述的本质意向可以说表现在两方面:其一,对现代性展开深入全面的批判;其二,用文化的差异政治学建构现代性的多样化方案。这两方面的视角和方法都是典型的后现代策略,但问题在于,后现代在这种

---

① 参见拙文《现代性有什么错?》的有关论述,《长城》2003 年第 2 期。

论述中,真正被拖入现代性沼泽地。后现代的当代活力被消解之后,剩余的是现代性的庞大骨架。这就使我们有必要重新梳理现代性论述与后现代的真实关系,清理那些似是而非的后现代含义,建构一种富有当代性活力的后现代知识。当然,建构这种新的当下的后现代知识,并不是要再次颠覆当今已经时兴起来的现代性论述,恰恰不是,而是摆正后现代与现代性的关系。后现代理应是一种更富有包容性的知识范型,它可以而且应该具有更强的兼容性。尽管说库恩的《科学革命的结构》曾提出,一种知识对另一种知识,只能是革命性的替代,这是你死我活的革命。但在这里,现代性并没有构成新的知识范式,依然是在后现代的范畴内进行重新整合而已。因此,在这里,我们需要强调的是,当前需要重新建构后现代知识,重新确认当代思想的根基和新的出发点。

一 现代性之“隐忧”

当今的现代性论述,一方面揭示现代性的内涵的丰富性和深刻性,另一方面又把现代性看成充满危险的历史进程和社会思维。后者当然与后现代对现代性的批判一脉相承,它实质就是一种后现代的反现代性在马克思主义批判理论支持下的深化。但前者却显示出一种含混和暧昧,也正因为此,现代性论述与过去的后现代话语还是存在差异。转向现代性的后现代话语,也不知不觉对现代性的内在的丰富性产生兴趣,这是理论自我设置的圈套。当一种理论要行使批判能力时,它要对理解的对象事物进行全面的梳理,无形中使对象的内在意义得到全面显现。这使得这种批判理论成为对这一对象事物的论述,在某种情况下,批判性被阐释压抑时,那就更显示出这种论述的客观效果。这就正如福柯当年在分析性的话语增殖的状况时所指出的那样,正是对性的压抑和禁忌,导致性的话语以各种方式增殖。

从总体上来说,现代性论述主要来自三个方面:具有自由主义立场的政治学,左翼阵营的社会学领域,以及马克思主义批判理论。显然,这几方面都未必有明显的后现代主义色彩,只是左派马克思主义的批判理论在引入后殖民理论和行使大众文化批判时,后现代主义的意味才突显出来。这几种现代性论述都对“现代性”持怀疑批判态度,在反思现代性时来探究现代性的问题。像列奥·斯特劳斯这样自由主义阵营的政治学家也把"现代性"看成问题重重。在他看来，现代性存在三次浪潮，现代性最大的问题在于，从此（现代）以后，人们就不能分辨什么东西是好的，什么东西是坏的，一切都失去标准。① 列奥·斯特劳斯试图从马基雅夫里之前的前现代政治学哲学家那里（例如，色诺芬的思想里），找到现代政治学困境的解救良方。像他这么大名望的思想家，居然对现代性以来的思想如此不信任，也令人觉得奇怪。当然，色诺芬的思想不过虚晃一枪，色诺芬的思想显然是经过他阐释后才产生如此深刻有力的意义，实际也就是他的思想。

几乎所有的现代性批判者都对现代以来创立庞大的思想体系不满，最激进者当推列奥塔。列奥塔的《后现代状况》几乎把现代性贬得罪莫大焉。现代性创立的宏大叙事，无疑是现代理性犯下的最大的罪过，所有的思想和知识都被装到这个巨大的框架中，都变成一种解决方案。现代性的批判者把现代性的含义加以高度概括时，也让人疑心是不是夸大了现代性的罪过。列奥塔通常都被当作后现代大师来崇敬，但杰姆逊却不买账。杰姆逊一针见血地指出，列奥塔骨子里还是现代主义者。现代主义者也就大体上可以看成是"现代性"中之人。列奥塔自己也语焉不详，让人摸不着头脑。在1986年的一次演讲中，他提出要"重写现代性"的说法，而他的"重写"，目的就是防止被"后现代改写"。这么看来，他又是反后现代的人，要维护住现代性的某种基本含义。②

现代性最得力的论述者吉登斯，显然对现代性相当悲观。在谈到马克斯·韦伯对现代性的悲观论调时，吉登斯说道："即使是韦伯，也没能预见到现代性更为黑暗的一面究竟有多严重。"③ 吉登斯把现代性的特征解释为断裂性、反思性，在他看来，这二者正表明了现代性的巨大风险。断裂、反思引发的社会的脱序，安全稳定性的丧失，信任的风险等等，被吉登斯用以阐述现代性严重后果的标志。在吉登斯看来，现代性的设计错误

---

① 参见列奥·斯特劳斯《现代性的三次浪潮》，中文译文载贺照田主编《学术思想评论》第六辑，《西方现代性的曲折与展开》，吉林人民出版社2002年版，第86—110页。

② 该文原载 L'inhumain, Galilée, 1988, pp. 33 - 44。中文译文参考陆兴华译文，见《世纪中国》（http：//www.cc.org.cn/），上网日期2002年12月27日。

③ 参见《现代性的后果》，第7页。

和操作失误是导致巨大危机的根源，但这还不是导致现代性不确定性的最重要的因素。他认为最重要的因素是：未预期的后果和社会知识的反思性或循环性。这种社会知识的循环促使新知识不断被嵌入到社会中去，影响到社会不断改变它的性质。吉登斯不无抱怨地指出："现代性最有特色的图像之一，便是它让我们发现，经验知识的发展本身，并不能自然而然地使我们在不同的价值观念之间作出选择。"① 作为一个卓越的现代性论述者，吉登斯的批判性立场反倒被人遗忘，甚至连杰姆逊都忽略了这一点。在他看来，吉登斯正是那些"发明"并"鼓吹"现代性的人，他干脆说，吉登斯就是一个现代性者。令人惊异的是，相当多的左派的同道，如今都被杰姆逊钉在现代性的牌坊上。

显然，查尔斯·泰勒也无疑会被认为是现代性的热烈鼓吹者，他的那本巨著《自我的根源：现代性认同的形成》被认为是20世纪最重要的20本哲学著作之一。而泰勒本人却对"现代性"忧心忡忡，他认为，现代性至少存在三种隐忧：其一是个人主义的片面化发展，它可能导致意义丧失，道德视野褪色以及认同的危机；其二是工具主义理性猖獗，它导致了技术的支配地位从而使我们的生活狭隘化和平庸化；其三是"温和的专制主义"，它使当代社会面临自由丧失的危险。② 这三个方面本来是现代性创建现代社会的伟大成果，现在，在泰勒看来，它恰恰是使现代社会走向困境和危险的内在因素。

这些对现代性的批判，在西方的语境中，无疑有其合理性和必要性。经过近两百年的现代性启蒙，现代性的那些普适价值已经作为社会的组织机制、法的观念和秩序，以及作为人们的行为准则、思维习惯在起作用，不管他们如何批判，这些制度和价值都不会被动摇和削弱。这显然与中国的情形大不相同。中国的现代性建构的历史道路曲折反复，现代性的社会组织和法的秩序建立得很不充分，现代性启蒙迅速就为民族—国家的激进革命所取代。尽管说激进的民族—国家革命也是一项现代性建构，这是中国从传统的前现代社会，进入现代性社会的一种特殊方式，共产主义革命也是中国现代性的激进形式，它当然也构成世界现代性的最激进的形式。

① 参见《现代性的后果》，第135页。

② 参见查尔斯·泰勒《现代性之隐忧》，中央编译出版社2001年版，第139—140页。

但中国的现代性的普适性价值的建立则显得很不充分，那些被指斥为"资产阶级的"（和小资产阶级的）思想、情感和生活方式，对于现代性社会建构来说，并不是可有可无的。它是一种最内在的根基，唯有这些文化质素，才能使现代性的民族—国家及法的秩序深入人心，现代性社会的存在和运转才有保障。就从现在的现代性论述对现代性的批判来看，不断质疑现代建构的那些自由、民主、平等、博爱、正义等普适性价值，以及现代民族—国家的社会组织建制等方面。这些现代性状况无疑有这样或那样的弊端，但在建构人类社会时，在与其他的价值和社会组织形式相比较而言，它们显得更好些。不是因为它们完美才选择它，而是因为它们相对更好而确认它。现代性是一个选择的过程，也是一个不断变革的过程，它为进步的理念所怂恿，不断地剔除那些它认为不合理的东西。选择那些"更进步""更有效率""更有价值"的东西，这种选择当然也不能完全保证正确，其盲目性和谬误，已经为历史一再证明。但从总体上来说，如果对人类理性还不至于过分悲观的话，现代性选择总体上还是向好的方面发展。资本主义社会可以进入发达的福利社会，而社会主义国家也普遍选择了改革，像中国这样走了不少历史弯路的国家，最终还是选择了改革，选择了加入 WTO，选择了与国际社会保持更高程度的经贸交往。这些无疑都是理性选择的结果。

从这个意义上来说，在当今中国，过分批判现代性的人类共通性是不恰当的，它可能会影响中国有待于完成的延期的现代性建构，有可能导致中国与国际社会保持更高程度的融合产生再度延迟，或者变形。确实，中国近代社会百多年的历史表明，它一直处于西方现代性的激烈挑战的氛围，也可以说是处于世界资本主义体系重组的结构之中。它虽然以激进的方式回应了西方的挑战，但它的传统文化依然深厚，传统的社会组织形式和政治文化依然在起决定作用。这就导致了中国社会具有多层次重叠的特性。一方面是传统的巨大的拖延力，另一方面是激进的社会变革，这二者都使中国的现代性基础建构显得非常不扎实。在当今中国，后现代与现代性可以也应该并行不悖。现代性的那些过度过激方面当然必须加以修正，但现代性的那些基本价值，那些推动中国社会改革和发展的现代性理念应该加以保留和强调。没有现代性的那些价值作为基础，后现代的文化建构，它的文化批判都会变成无本之木，无源之水。

二　现代性的多样性方案

当然，问题的关键又必须回到理论。现代性是否具有多样性？这正是现代性的普遍性面临的难题。如果现代性具有多样性，那么，由西方创立的那些现代性的基本价值就被置于怀疑的境地。发展中国家就没有必要固守住西方自启蒙时代以来创立的那些诸如自由、民主、平等之类的价值，普遍性价值也无从谈起。显然，这并不是一个理论认识的问题，而是一个实践的问题。就实践而言，它是对的或是错的，它是单一的现代性还是多样的现代性，这在理论上当然可以各执己见，都可以有一套自圆其说的道理。但理论的正确性依然不能逃脱实践的检验，也不能回避现实难题。尽管说历史与现实依然是解释的结果，但基本的历史事实正如基本的常识一样，它是不能被理论轻易改变的。

现代性的多样性是近年来相当热门的话题，不用说，受后殖民理论的影响，更具体地说，受差异文化政治学的影响，现代性的多样性成为颠覆欧洲中心主义和反全球跨国资本主义的有效利器。这无疑是那些在全球化的世界趋势中，试图重新定位、寻求自我认同的民族—国家所热切的主题。"谁的现代性？"这是来自左翼阵营的经典性质问，也是第三世界对发达资本主义政治文化霸权的质疑。这一质问直接关涉现代性是否具有普遍性的共同准则，而且是谁赋予这一准则以必须遵守的权威性。在中国最早直接提出这一追问的是汪晖，他在《韦伯与中国的现代性问题》中提出这一问题。汪晖指出："现代性概念是从基督教文明内部产生的概念，为什么却被用于对非西方社会和文化的描述呢？"① 他认为，现代性的表述不仅需要置于现代与传统的时间关系中，而且需要置于西方与非西方的空间关系中，但这种空间关系是一种时间性的空间关系。汪晖在为《文化与公共性》这本书写的导言中，继续追问"为什么欧洲中心主义能够规划现代的全球历史，把自身设定为普遍的抱负和全球历史的终结，而其他地区的种族中心主义却没有这样

① 该文原载《学人》第六辑，后收入汪晖自选集《死火重温》，广西师范大学出版社 1997 年版，参见第 12—13 页。

的能力"。① 这个提问无疑抓住了现代性历史进程中的本质问题，它用于反思这两种文明面临历史变革所作出的不同反应，去探究由此展开的现代性文明的内在机制和优势资源，对于探究中国近现代历史的根本困境是极有意义的理论出发点。但汪晖在当时发出的提问，也在一定程度上被引向了另一面并加以夸大。它被投放到当时的左派关注的热点问题，这项提问被引向重新思考规划欧洲中心之外的文化/文明多元价值的起源，以及在当代全球化时代反抗资本主义市场化趋势的历史依据。作为后冷战时期，少数有能力全面深入思考中国的国际政治地位和文化价值的学者，汪晖的这种提问无疑具有现实性和代表性。平心而论，汪晖当时也倾向于对西方价值的普遍性进行全面反思，它反映了相当一部分中青年学者的思想立场。

当然，汪晖的追问也是对国际学界的呼应。就现代性的起源、现时代的差异文化政治等问题，西方左翼阵营已经作出相当完备的论述。从历史的角度来看，这些论述揭示西方现代性与帝国主义历史的关系，重新描述帝国主义和殖民主义的压迫史。同时，不少学者还发掘出现代性起源的多样性。先是有弗兰克的《白银资本》，对现代性起源于东方提出大胆推论。随后还有波尔纳的《黑色的雅典》，对西方文明的源头提出质疑，在他看来，西方的文明源头克里特岛的米洛斯文明，受古代非洲、亚洲文明的影响相当严重。既然其文明源头在很大程度上来自非洲和亚洲，至少它就不能看作单纯的西方文明。由此也可以推论后来的现代性起源之内在动力，也未必是单纯西方文明的功劳。

但不管怎么说，这些历史论证可以对西方过往的现代性提出质疑，但如何解决现代性创立的价值是否具有普遍性，依然是一个理论难题。毕竟现代社会的文明在自由民主的理念之下存在与发展，人们必须在这些普遍价值上达成共识，才能构建共同社会。文化的多元性是在这种普遍的价值之外，还是在其内？这显然不是一个单纯的理论认知问题。文化多元性如果与普遍的现代性价值相对，那就必然有另一种现代性（后现代性）出现。这是主张现代性多样性的左翼理论家必须面对的难题。

---

① 参见汪晖《〈文化与公共性〉导论》，汪晖、陈燕谷编：《文化与公共性》，生活·读书·新知三联书店 1998 年版，第 10 页。

对这一难题作出直接回应的人是查尔斯·泰勒。在他那篇影响广泛的《承认的政治》中，泰勒试图解决普遍平等原则与差异政治之间构成的矛盾统一。泰勒显然是把"差异政治"看成是植根于个人天性中的本质属性，他首先论述了"本真性理想"存在的意义。他指出，这是自从卢梭以来，人类意识发展的最重要的标志。存在着某种特定的作为人的方式，那是"我的方式"。[①] 显然，泰勒关注的是人类生活的群体性和社会性。他指出，人类生活的本质是其根本性的"对话"特征。"本真性的理想"不可能从天上掉下来，也不可能在独思冥想中生成，它必然是社会互动的产物，是我与有意义的他者交往的结果。说穿了，就是"有意义的他者对我们的贡献"。[②] 作为一个马克思的传人，泰勒倒是把本真性理想与马克思所说的"人的本质是一切社会关系的总和"的观点相近似，那他给"本真性理想"赋予的规定，也就在个体差异性与群体性中间找到平衡。泰勒既不像启蒙主义者那样，赋予本真性理想以人类普适性的意义，也不像那些后现代主义者那样，使差异性绝对化。他找到一种中间状态，这就是民族/社群的含义。在泰勒的构想中，民族/社群的意义不是普遍性的，而是差异性的。这是当今左翼或者后殖民论述持有的观点。因为他们的参照系在于全球化，在于普遍化的资本主义世界（在大多数情形下，普遍主义等于欧洲中心主义）。任何民族/社群都因此具有了差异性的意义。这确实是有些奇怪的事，后殖民论述以及社群主义者把自己作为民族/社群的代言人，而他们的诉求对象就是世界资本主义这个超级的庞然大物。因此也就不难理解，泰勒的差异性并不向普遍性转化，尽管他向着"有意义的他者"开放，这个开放的限度就在于他的社群主义。普遍性只到了社群就终止了，这就使泰勒轻易就化解了本真性自我、他者与普遍性的矛盾。

这就使泰勒可以着手解决普遍平等与差异政治的冲突。泰勒论述说，从现代认同观念的发展中产生了一种差异政治（politics of diffrence），差异政治也有一种普遍主义基础，故二者有其重合之处。支撑着这个要求的基础是一种普遍平等的原则，而普遍平等则来源于普遍尊重。显然，泰勒

的思想可以看到霍布斯和黑格尔以及康德的脉络，在这里，我们无法深究。泰勒要在普遍平等尊重的基础上，再谈差异政治，这个想法无疑是非常精辟且深刻的。问题在于，在泰勒的实际论述展开中，以及他面对魁北克省的法语居民的社区集体权益时，他的考量明显向着差异政治倾斜。多元文化论述的结果，泰勒倾向于得出这样的假设："所有这些文化差不多肯定都包含某些值得我们赞叹和尊重的东西。在漫长的岁月里，它们为无数性格气质各异的人们提供了意义的视界，也就是说，它们建构了人们关于善、神圣和美的意识……"① 这些不同的文化提供的文化价值，显然是多元文化相互平等尊重的基础，结果似乎被颠倒过来，普遍平等是在差异性的基础上的自我认同。也就说，各种文化都有充分的理由平起平坐，它们天然地价值等同，这些才构成普遍平等的基础。泰勒没有明说，从他的思想意图的最终落点，不难作出这种推论。

吴冠军在他的近期著作《多元的现代性》中，分析了汪晖的"现代性"论述，并进入到泰勒的思想中展开探讨。吴冠军有自由主义的深厚学养，他的分析无疑精辟深入，只是在对泰勒的普遍主义与特殊主义这一点看法上，还有值得再推敲处。汪晖以为泰勒的"承认的政治"不是特殊主义，而是普遍主义的，从汪晖在当时的历史情势下坚持的理论视角得出这个看法，是顺理成章。如果考虑到汪晖写此文时比较明显偏向特殊主义，就不难理解汪晖可以看出泰勒的矛盾处。泰勒虚晃了几枪：诸如他的"潜能"说，他反对将异质文化中的作品列入经典，他关于理论尝试的谦词，以及对文化内在意蕴的发掘最终要交付给文化研究等等，都使人觉得泰勒的观点显得相当温和。但是，这并没有削弱他对差异文化的实质态度，那就是与所谓的现代性的普遍性文化处在平等地位的观点。很显然，吴冠军也是为了给他的"多元的现代性"留下余地，一边批判泰勒，一边也给泰勒手下留情。就对泰勒的基本立场判断上，我以为哈贝马斯的判断可能还是对的，他认为："泰勒的承认政治靠的是'假定一切文化都具有同等价值'，并且对世界文明都作出了同样贡献，这样的立足点显然不牢靠。"② 哈贝马斯的理解更能把握泰勒的原意。泰勒最终还是要把差异

---

① 参见查尔斯·泰勒《承认的政治》，第330页。
② 参见哈贝马斯《民主法制国家的承认斗争》，《承认的政治》，第357页。

政治作为一种普遍主义的基础。这一点倒是绕口令式地回到汪晖的判断中，在这一意义上，差异政治是多元文化存在的基础，差异是绝对的，是本质性的，而普遍则是相对的。这样看来，差异性本身就成为普遍性的原则了。因为所有的文化都平起平坐，已经具有成就的，和没有成就但具有"潜能"的，它们都可能对人类有意义。这就使价值判断变成完全相对的。没有任何一种文化具有优越性，也没有任何一种文化处于更低劣的状态。这就是差异至上主义。泰勒的理想表现在，这里不需要强制性和不可靠的关于平等价值的判断，而是一种对比较文化研究的开放的意愿，这种研究势必在随之而来的融合中改变我们的视界。① 当然，吴冠军还是看出了泰勒的问题所在，他指出，无原则的"保存文化传统"是泰勒"承认的政治"所存在的最大症结:"诉诸强制性的力量的'文化保存'是以完全扼杀'文化民主'为代价的。泰勒认为差异政治的失败之处就在于'没有证明那些旨在确保该文化代代相传的措施的正当性'，而承认的政治则首要地追求文化保存这一所谓集体目标。……'承认的政治'最核心的理论意图就是承认文化保存是'一个合法的目标。'"② 吴冠军的这一分析是有见地的，他进而表示，不能完全接受泰勒的"本真性观念"以及"承认的政治"，还有一个原因就是:"这样的理论主张很可能会演化为对民族文化阐释权的垄断，形成专制的'文化极权'，并导致所有来自在其他文明中的积极批评都无法立足……。"③

　　值得指出的是，普遍性并不只是"本真性理想"决定的，也不是一成不变的。文化的传统主义正是设想有一种传统的绝对性本质，在任何时候它都以它原有的纯粹性存在。这一点招致了哈贝马斯的质疑。哈贝马斯指出:"现代社会的快速转型打破了一切凝固的生活方式。文化要想富有生气，就必须从批判和断裂中获取自我转化的力量。"④ 如果按照哈贝马斯的设想，这种"从批判和断裂中获取自我转化的"能力，本身就是一种现代性的态度，一种文化一旦选择了这种态度，也就意味着从传统主义

---

① 《承认的政治》，第330—331 页。

② 吴冠军:《多元的现代性》，上海三联书店2003 年版，第319 页。

③ 吴冠军:《多元的现代性》，上海三联书店2003 年版，第300 页。

④ 哈贝马斯:《民主法制国家的承认斗争》，参见《文化与公共性》，第359 页。

束缚中走出来，它必然认同了现代性的普遍性价值。当然，走出传统和认同现代性不是截然对立的，但不可能是相安无事，或保持平衡的。在这里，只有现代性占据了上风，才可能摆脱传统主义，而且传统主义一旦遭受到现代性的改造，它才能建构一种新型的现代性。在这个意义上，无疑是现代性占了上风。

由于传统主义总是在各种文化中起到作用，不管是采取何种方式或达到何种程度的"批判与断裂"，传统总是不死的魂灵。有时候，越是激进的断裂，传统魔力越是强大。例如，中国的"文化大革命"，那是一个彻底与传统决裂的时代，但中国传统的某种魂灵反倒是真正被复活了。批判与断裂不是一种单纯的态度，它显然还是有现代性的价值基础，在这里，"自我转化"总是有一种标准和目标，否则，人们无法判定它所包含的真实历史意义。就这一点来说，所有具有活力展开自我转化的文化，它必然都是向着现代性转化，而不是回到传统的特殊性中。

吴冠军非常敏锐地质疑了汪晖的"谁的现代性"的追问，也清理了泰勒的"承认的政治"中的问题，在此基础上，吴冠军还是没有例外地提出了"多元的现代性"。他表示，提倡"多元的现代性"目的在于为多元文明与现代性之间的互动和碰撞提供一个有效的分析框架。在很大程度上，"多元的现代性"是一个交往互动的产物，但是其基础是坚持启蒙的基本理想，"同时则将现代性的具体社会建制方案置于民族特色与精髓的改造、融合之下……在基本的平等权利之上，多元的文化同现代性的各种方案之间则是一个互动交融、互为扬弃、互相改造的不断碰撞与适应的过程"。①

确实，吴冠军的"多元的现代性"论述得相当周密，提出了迄今为止国内学者在现代性与传统主义的关系方面最为完整的解决方案。对他的这一方案进行深入的辨析非本文的任务，在这里，我想有一个技术性的（从而也是关键性的）问题是吴冠军回避或忽略的，并且需要在这里加以解决。即"多元的现代性"是一个一劳永逸的方案，还是一个过渡性的阶段性方案？这个问题显然不是可有可无的，它牵涉到"多元的现代性"到底是一个理想性的方案，还是一个与现实妥协的临时方案？或者说，它

① 吴冠军：《多元的现代性》，第268页。

是在历史实践中"不得不如此"、"只能如此"的勉强方案，还是从理论设计上值得人们极力去实现的文化建构蓝图？就从吴冠军的论述来看，他是把"多元的现代性"当成一个理想性的方案来推崇的。

不管从理论上还是实践上，我们都很难否认"多元的现代性"。假如说，现代性是从西方输入东方中国的，那么，中国的历史文化条件，必然决定了它要打上中国的特色，也就决定了其现代性必然是中国式的现代性；如果说现代性具有一个超越民族—国家，当然也超越西方的普遍主义的性质，那么，美国的现代性与德国、英国、法国的现代性就不是一回事，它们也都是经历这个普遍主义的怪物与本国的历史经验混合后产生的这样一种现代性。这就不用说，它再传入中国这种历史文化深厚的民族—国家，更是走了普遍主义的原样。但是问题正在于此，如果现代性具有普遍主义的本性的话，那么，所有这些被附体的民族—国家的现代性都不过是局部的暂时的表现形式，它们都有量或形态的区别，但没有质的区别。也就是说，有些现代性做得好些，有些做得差些；有些是"如此这般"，另有一些"不得不如此"，有些目前处在这种状态，另一些处在别样的状况。但他们都在按照一种规则，都在向着一个方向迈进。尽管这是所有后发展国家不情愿的解释，但历史的实际很可能就是这种方式。如此看来，"多元的现代性"就不会是一个理想性的方案，终究还只是一个阶段性的临时方案。

按吴冠军的说法，在经过大量的反思—实践后，"传统转变为现代性，成为一种'经过反思的智慧'；而最后现代性的面貌则仍旧是多元的，因为不同年代不同地区的人们始终会有各不相同的反思与实践之结果"。[①] 这一看法，当然不错。问题在于，"反思—实践"的可靠性和正确性如何保证呢？将现代性的具体社会建制方案"置于民族特色与精髓的改造、融合之下"，结果如何？何以加入了立足于传统本位的"反思—实践"就一定是更高明和更好的呢？迄今为止，中国一直在将现代性的社会建制及普遍理念置于中国民族特色的改造之下，其结果到底如何，并不难回答。在这里，想就吴冠军的"反思—实践"在多元现代性的建构中的作用问题作一点补充。

---

① 吴冠军：《多元的现代性》，第368页。

吉登斯就对"反思性循环"提出质疑，他一方面把这种反思性看成是现代性不可避免的现象，另一方面，他也看到反思性构成了现代性的风险之一。正是反思性促使现代性不断处于一种不稳定的状态，无止境地增加新的内容，当然也增加了新的风险。现代性的多元性特征越明显，表明其内在异质性越强，这也表明现代性的不稳定性越强。在当今时代，假定我们以宗教文明来描述多元现代性的话，如果基督教文明的现代性，与伊斯兰文明再与儒教中国的现代性差异越鲜明，无疑造成这个世界的越不稳定状况。中国之所以近来与欧盟及美国的冲突趋缓，并不是因为中国更加强了反思性的现代性，强调了其现代性的多元性特征，而是更深地介入了全球化体系，更加遵守国际准则。例如，加入 WTO，金融业按国际化标准处理呆坏账，资本市场的有序建立，通讯业和互联网的信息化，主办APEC 会议，申奥成功、申办世博会、在联合国安理会采取国际合作的务实态度，主持美日韩朝中俄六方会谈，等等。这些显然不是什么立足于传统主义的"反思—实践"产物，而是非常现实和务实的全球统一市场的建立，以及政治上的国际的协调与合作的结果。"反思—实践"无疑是保持主体能动性和自主性的立场方式，但"反思—实践"却不能一味强调立足原来的主体传统体系。恰恰相反，"反思—实践"是主体不断通过外部对话，吸取外部的活力与能量，重新建构自身的主体的积极创造性过程。所有这些全球化和国际化的合作，使我们才有可能在某种程度上恢复传统的价值准则。但在这样的时刻，传统与其说是自我转化，不如说是中国更坚定开放后的能量投射的部分结果。传统或民族本位，在全球化时代，更像是勉强留下的一点自留地。

如果我们承认在多元性的建构过程中，主体不断重新创造自身的能动性，那么，按此推论，多元现代性可能最终会消失。但人们显然不愿面对，也不会心甘情愿面对一个多元消失的现代性同质化世界。这一难题的解决，还有赖于引入后现代思维。

不管是查尔斯·泰勒、汪晖，还是吴冠军，他们在强调多元文化和文化的差异性时，依然是立足于现代性的立场，其多元和差异都是最大化的，其结果会导致强调民族传统本位。即使是吴冠军相当积极地调和现代性的普遍价值与民族传统的关系，但在此纲领底下，可能也事与愿违。我以为，其一，消除多元现代性的理想性色彩；其二，看到它的妥协性本质；其三，强调一种"最小值"的多元的现代性。如此看起来，多元的现代性实则是抵抗现代性普遍性的结果，只有那些最为内在坚韧的民族传统特质，才可能使普遍性的现代性打上多元差异的特征，这也就是"最小值"的多元的现代性。

三　重新确认的后现代根基

对于中国这样的发展中国家来说，现代性确实是一项未竟的事业，而且很初步的现代性迅速就朝向自身独特的历史道路行进。中国现代性的发展历史是激进而畸形的，暴力革命与威权政治构成其现代性的主导内容，不用说西方现代性的那些基本理念尚未建构就已经严重变形。直到 20 世纪 90 年代以后，中国的现代性建构才开始逐步显示出它的成效。然而，现代性在中国确实是生不逢时，现代性既是一项未竟的事业，又走到尽头。正值现代性的那些价值理念逐步确立之时，后现代的种种学说开始对现代性进行质疑批判。这对于认识现代性的局限性，它在历史上以及始终存在的负面效果，它的未完成性等等，无疑是一项极有意义的批判性视点。但这一视点在中国的作用，并不是在现代性已经比较完善建立的前提下展开批判性功能，而是在非常薄弱的现代性的基础，或者变了形尚未矫枉的情形下展开对现代性的基本价值理念的质疑。这使现代性的某些基本价值理念的建构遭到动摇，例如，自由主义的价值在近几年的思想界就不断遭到来自左派阵营的怀疑。当代后现代话语历经 90 年代的拓展，特别是加入了具有左派色彩的后殖民理论之后，其理论主题与立场发生了较大的混乱。后现代原本的对本土思想文化的一体化和独断论进行的批判，迅速发生戏剧性的移位，它变成了对西方资本主义文化霸权的批判，全球化的政治文化进行的民族主义式的抵抗。随之文化研究的强化，90 年代后期的思想界，明显强调文化差异的政治学，重新确立民族主义本位为出发点，重新强化中西二元对立，批判并怀疑现代性的基本价值准则。不管是现代性言说还是后现代性论述，中西对立与民族本位认同始终是一个难题。无论如何，除了处在现代激进文化潮流中的胡适，很少有人在寻求建构文化中国的方案时，敢于放弃民族本位立场。即使在严密论证充分吸取现代性普适价值、建构多元现代性方案时，也不能放弃中国民族传统本位立场。最后还是回到百年前的中学为体，西学为用的老路。

由此看来，现代性在中国建构的最大困扰及难题，就在于现代性的西方身份难以摆脱，这也就使中国的民族传统认同始终构成建构现代性的巨大屏障。西方的现代如何能穿越这个屏障？人们乐于把这个屏障想象成巨大的资源，它可以与西方的现代性融为一体。即使像吴冠军这样比较彻底地接受西方现代性理念的人，最后也不得不设想依靠中国传统的资源来重新塑造现代性。这显然只能是一种调和的现代性，这只能说，现代性并没有理想的绝对本质的存在，它只能在历史实践中被民族—国家，被不同的文明或文化吸收改造。所谓吸收、调和与融合，这一切只有在后现代的知识基础上，或者说在后现代性的观念方法之下，才会真正产生和谐的情境。否则，其潜在的冲突与对抗，最终还是以民族—国家的认同吞没了现代性，实际上更有可能是传统的惰性导致现代性重建滞后。

如果说在后现代话语初起阶段，人们还并不能梳理清楚二者之间的关系；或者说为了给新的理论话语创建一个崭新的形象，而夸大了二者之间的对立和裂痕，那么，全部理论发展至今，就没有理由还在二者之间制造人为的冲突。在我看来，后现代并不是对现代性简单的抛弃和颠覆，而是在更加合理和从容的境况中，对现代性的修正、拓展和精细化。后现代理应是更丰富、更多元、更富有变化活力的现代性。杰姆逊在强调他的"当下本体论"时，显然是试图超越现代性和后现代这种理论话语，但说来说去，他并不可能真正超出多少。他所设想的是在经典马克思主义的基础上建造面对这个时代当下实践的新型理论，其实质也只能是对后现代性理论做出某些改变而已。"当下性"可以说敏感地在某种程度上抓住了后现代对现代性的修正要点：这就是"当下性"的实践问题。虽然说这未必是杰姆逊的本意，但"当下性"确实是留住现代性在后现代历史境遇中的有效方式。例如，对于中国这样的高速发展的国家来说，在这样的时空堆积了不同时期的历史沉积物，有必要在当代活的历史实践中来理解和重建现代性，这本身就构成后现代的思考的出发点。

现代性与后现代相互包容的想法，齐格蒙特·鲍曼有不少精辟的见解。鲍曼这个地道的左派社会学家，奇怪地对现代性怀抱强烈的眷恋。正如有苏俄背景的柏林明目张胆打出右派的招牌，鲍曼这个有着东欧背景的左派，也敢于对现代性的基本理念持肯定态度。不消说，写过《现代性与大屠杀》的鲍曼对现代性有激烈的批判,对后现代同样持反思态度,但他是少数能够冷静处理这两个难题并将它们联系在一起考虑未来方案的人。鲍曼曾经指出,"后现代的来临"这个命题试图把握的那种含混但却真实的忧虑,暗示了情绪、知识分子的思潮、自我理解等的变化。这个变化对于一般意义上的智力劳动的策略,尤其是对于社会学和社会哲学的策略具有深远的意义。鲍曼告诫说:"只有从保护好后现代时期现代性的希望和雄心的愿望出发,才可能开展起来。上述的希望和雄心指的是有可能以理性为导向来改善人类状况的可能性;这种改善归根到底是以人类解放的程度来衡量的。不论是好还是坏,现代性所论及的都是提高人类自治的程度,但这种自治不是那种因缺乏团结而导致孤独无助状态的自治;是关于如何提高人类团结程度,不是那种因没有自治而导致压迫的团结。"①对于鲍曼来说,怀着这样的雄心抱负去推动那种历史状况是值得加以实现的理想情怀。一个拒绝放弃自己的现代责任的策略之所以会变成一个后现代的策略,就在于它直截了当地承认它的理论前提不过是一些假说。"从一个真正'后现代'的风格上说,这样一个策略指向的是价值,而不是法则;是假说,而不是基础;是目的,而不是'根基'"(groundings)。②

鲍曼把后现代与现代性的长期对立的关系,加以富有活力的调整,虽然他的着眼点主要是建构一门后现代性的社会学。鲍曼特别解释他的设想是建构一种具有后现代性(postmodernity)的社会学,而不是一种后现代社会学。前者可能指的是着眼于后现代社会现实的策略性的后现代社会学研究;后者则是理论层面上的后现代社会学研究。在鲍曼的头脑中,关于前东欧的社会政治情景肯定还记忆犹新,他不能放弃现代性的那些启蒙理想;同时作为一个当代社会最敏锐的观察者,他看到当代社会巨大的变化,不强调后现代的立场和观念无疑不能准确把握当代社会。鲍曼看到,现代性的知识处理民族—国家的系统,而后现代的知识则着眼个人。也就是说,现代性知识旨在实现国家和社会的权力的理性化;而后现代知识旨在实现个人行为的理性化。他说道:"后现代意味着新的状态且要求对

---

① 鲍曼:《是否有一门后现代的社会学》,参见史蒂文·塞德曼编《后现代转向》,中文版,吴世雄等译,辽宁教育出版社2001年版,第269—270页。译文略有改动。

② 《后现代转向》,第270页。译文略有改动。

传统的任务和策略进行反思和重新调整。然而，对于旨在于后现代的新条件下保持现代的希望和宏图大志的这样一个策略而言，谁在运用管理的知识以及为什么样的目的而运用这些知识的问题就变得至关紧要了。"①

　　鲍曼关于现代与后现代知识对社会和个人分别产生作用这一见解极具启示性，这可以用于理解我们反复无法绕出的关于多元文化或多元现代性的怪圈。这些怪圈里，虽然强调多元性，看上去是一种后现代的态度，实际还是现代性的民族—国家的观念在作祟，多元只是立足于某些民族传统、国家主义或是社区集体，其本质还是现代性的权力斗争。后现代知识立足于个人，其差异性真正是个体的差异性，其多元真正是建立在个体—主体利益之上的多元。在这个意义上的无限多元，也就消解了有限的民族—国家立场的多元，也就可以超越诸如民族主义、传统主义和社区至上主义之类的政治诉求。当然，我们并不是说，在后现代时代，民族、传统、国家社区就没有真实意义，其认同都是虚假的；而是说，这些诉求经常是一些政治团体和阶层的权力诉求，特别是在发展中国家尤为如此。鲍曼强调的现代性关怀作为后现代建构的基础，正可解决好二者的矛盾。后现代所有的思想、知识和社会要求，都包含着现代性的那些基本价值，而反过来，后现代着眼于个体的差异性，是对现代性强大的普遍性的一种修正。这项修正不是在普遍价值认同本身，而是在普遍性过分推演的社会化建构中加以修正。

　　后现代的叙事本身显然始终包含着同质化与异质化的矛盾。没有同质化，就没有对异质化的强烈需求；没有异质化，也就没有同质化存在的基础。这并不是黑格尔辩证法的翻版，而是全球一体化的世界潮流涌现出的新现象。也许人们会把经济一体化与文化特殊性区别开来，实际上，文化与经济一样，本身的内在结构都存在同质化与异质化的矛盾。而新的同质化与普遍性当然不只是现代性的简单延续，实际上，它是现代向后现代转化中完成的新的同质化或普遍性。同质化与普遍性并不是令人恐惧的或令人窒息的某种状态，或者如少数主义者或传统主义者所指认的那样，那是西方化或美国化。真正的同质化或一体化，是发生在单一的宗教或文化体系内（例如某些专制政体或宗教原教旨主义），在那里，个体的差异性，

---

　　① 《后现代转向》，第272页。

性别的差异性,家庭与人伦的价值,都被置于某种强制的一体化规则之内。我们很难设想,要用这种一体化的东西,来建构所谓全球的"多元性"。这种"多元性"对谁公平呢? 谁是这种多元性中的赢家呢? 答案应该是很清楚的。

在这样的时代,真正要建构多元性,只能是在依然怀抱着现代性理想的后现代性基础上,以人为本,以个体为要素,建立起多元文化,这才真正是同质化与异质化始终保持着相互转化活力的文化。在保留现代性的基本理念的同时,放低现代性关于民族国家、关于传统本位的宏大叙事,把现代性的理念落实到人的建构上。也就是说,现代性的基本理念在现代阶段,着眼于民族国家的宏大建设,而在后现代阶段,现代性的那些理念主要着眼于人本身的建设。重新回到个体的主体性,个体的内在性。现代性的理念本身也就被后现代重写,建构着后现代的新的价值体系,最重要的在于,建构着后现代的人学。以后现代的人学为本,一切外在化的宏大主题包含的矛盾和困境,都可以得到化解。而后现代的人学,正是带领人类走向未来的人文价值的新的出发点。

当然,回到人本意义上的个体也同样面临理论的难题。个体的异质性在何种情况下才能恰当地建构起一种共存的整体性,而这样建立起来的整体性又在多大程度上保留个体的差异性? 这一切都像是进入哲学的同质/异质性的形而上学迷宫。像列奥塔那样,把个体差异性推到极端,也只是一种浅尝辄止的假说。正如他在《迥异》一书中试图论证的那样,每一个体的存在情境 (语境) 都是根本不同的,列氏上升到语句的表达来看这个问题,这就更使差异性变得绝对化了。在他看来,每个体系都包含最初表达的不同处境,不同的处境包含了世界中实例之间的不同关系,而这个处境由最初的语句产生 (这像是同语反复)。他指出,这些处境是根本不同的,不存在某种把它们彼此联系起来的正确方式,也就是说没有公度性。[①] 所有的存在都追溯到了最初的表达处境,而所有的表达处境都显示了个体异质的绝对性,这也就表明个体存在,或任何个别表达的不可公度

---

① The Dikffrend (《迥异》): Phrases in Dispute, Treans. George Van Den Abeele. Manchester: Manchester University Press. 1988, p. 49。有关论述也可参照詹姆斯·威廉姆斯《利奥塔》,黑龙江人民出版社 2002 年版,第 115—120 页。

性。不用说，列氏的这种观点遭到各派各家的激烈批评；他本人在理论上也未能自圆其说。列氏当然试图通过最初表达来揭示差异性是如何构成世界的基本存在方式，在这里，差异性是如此之重要，以至于我们不理解差异性就不能理解任何表达。但这也把差异性推到极端，这使作为个体的存在无法去建构共同性。

从同质性推到异质性，而异质性也就是个体的差异性。这就追溯到存在的最初源头，这就要回到那个"本真性理想"。关于"本真性理想"这一论说构成了 18 世纪启蒙思想的最重要的根基，现在看上去，更像是一个古老的传说，只有泰勒这种思想大家才敢翻出这些陈芝麻烂谷子来作为他的救世良方的依据。启蒙思想家坚信天赋权利（霍布斯），推崇理性自觉（康德），根源就在于人的存在依据——本真性理想。自从人类从上帝那里回到人类自身，人可以根据人的价值准则来判断人的存在，这就在于人类具有天赋的道德意识。过去与上帝相联系的观念和尺度，现在回到了人自身。查尔斯·泰勒对"本真性理想"在思想史上的重要性的认识，在他的《自我的根源：现代认同的形成》这部皇皇巨著中就充分论述过，在《认同的政治》一文中，他又再次以此作为他对文化认同论述的一个理论出发点。他指出："本真性理想的确立，这个事实是现代文化深刻的主体转向的一部分，是内在性的一种新形式，我们正是由此把自己看作是具有内在深度的存在。"① 泰勒追溯了自卢梭以降的启蒙思想家对此问题的论述，揭示了这一思想在现代性建构中的内在决定性作用，直到今天，还在泰勒的崭新的"认同的政治"学说中再次作为一个基础性的重要命题。作为一个思想精深的理论家，泰勒看到"本真性理想"在自我建构中的开放性特征，亦即它的"对话性"。通过与"有意义的"他者的对话，本真性理想才能建构起来，也才能真正有积极的和不断完善的建构。这一点显示了泰勒惊人的洞察力。但泰勒的"对话"在展开过程中却偷换了主体，这个本真性理想经过积极的对话，结果却是回到了民族、社群式的"文化"。"本真性"的个体特质，被泰勒转换成共名性质的以文化为单位的"民族/社群"。泰勒引用了赫尔德的观点，赫尔德认为存在着某种特定的作为人的方式，那是"我的方式"。我内心发出的召唤要求我

_____

① 参见查尔斯·泰勒《承认的政治》，第 294 页。

按照这种方式生活，而不是模仿别人的生活。这个观念使忠实于自己具有一种前所未有的重要性。如果我不这样做，我的生活就会失去意义；我所失去的正是对于我来说人之所以为人的东西。这种内心的呼唤使人实现了真正属于自我的潜能。泰勒却从中推导出赫尔德在两个层面使用这一独创性概念:"既适用于与众不同的个人，也适用于与众不同的负载着某种文化的民族。正像个人一样，一个民族也应当忠实于它自己，即忠实于它自己的文化。"① 这样，"本真性理想"的主体就由个体转化为"民族"。这使得泰勒推崇的"本真性认同"就具有文化认同的含义。反过来说，这也就使文化认同具有无可辩驳的"纯粹性"，因为它是"本真性认同"。

　　吴冠军并不信任泰勒的"本真性存在"，在他看来，泰勒设计的"本真性认同"具有霸权性质，乃是"家庭、宗教、民族等'天然的'、既有的、预定的身份认同，在这种认同中，个体被彻底剥夺了其主体性，无法自由地选择与改变加诸其上的所谓本真性认同"。② 吴冠军认为泰勒的本真性认同其实质是被社群的"强势评价"左右的压制了个体主体性的认同。于是，他提出"建构性认同"。应该说，吴冠军对泰勒的批评有其合理恰切的地方，泰勒的问题在于他最后的落脚点，他把"本真性认同"小心翼翼地推向文化认同。不管他如何努力揭示本真性认同，如何从发自内心确立个体的真实出发点，但"内心"或个体的真实性结果还是完全等同于民族的文化召唤，这种逻辑推演无论如何是不充分的。都不必从列奥塔极端差异的个体出发，就从一般的个体与社会的关系来理解，也很难得出这二者之间的联系是"本真性的"，这种关系确实是个体顺应和皈依了民族/社群的"强势评价"。在民族认同与个体的本真性存在之间，经常是相冲突的，这在日本的军国主义、德国的纳粹那里已经昭然若揭了。那些内在呼唤一旦向民族国家转化，它留给个人的本真性已经没有多少余地。其实质则是集体/集权对个体本真性的全面专制。但吴冠军的"建构性认同"与泰勒有多少区别呢? 一个是回到社群，一个是回到民族传统文化本位，这里的建构性最终又给"个体的主体性"留下多少余地呢?事实上，泰勒在论述"本真性理想"时，是非常恰当的，他谈到了对话，

---

① 《承认的政治》，第 295 页。
② 吴冠军:《多元的现代性》，第 293 页。

谈到了有意义的他者，谈到了内心的自我召唤。这些都是纯粹个体的主动性的自我建构活动，在这一意义上，泰勒的本真性认同直到这一步为止都是开放式的建构性的。问题都出在最后一步，他们一个没有超出社群主义，另一个没有摆脱传统主义。在主体所有积极的个体性自我建构活动中，最终都倒向了共存性的陷阱。一方面，所有的共存性都设想是充分的个体本真的欲求，是个体的完满性的实现；另一方面又设想，所有的个体性之最后展开，都获得了民族/社群或传统本位的提升。因为，如果没有共存性的提升，似乎个体性就只是一些彻底散乱的沙粒，看来人类从来没有相信过个体，从来没有相信过自我的本真性存在。

这一切恰恰说明我们确实需要从头再来，从本真性的理想出发，重新建构我们的个体的主体性。确实，要设想完全超越社会、民族国家以及社群的个体性是不可能的，但以何者为根基，以何者为最终的诉求则是会有不同的结果。不是对本真性的超越和舍弃，而是回到本真性。真正理想性的个体本真性也就是主体的"最小值"，正是在最小值的含义上，主体才能保证其内在性。确实，"主体性"这个概念长期以来是后现代致力于攻击的主题，谁都知道福柯说过"主体已死"一类的话，但是，福柯后来在《何为启蒙》一文中，在把启蒙定义为一项"敲诈"时，也考虑如何在他的思想中重新思考主体的可能性。他提出，一个人必须拒绝一切可能用一种简单化的和权威选择的形式来表述他自己的事情，应该用"辩证的"细微差别来摆脱这种敲诈。因此，福柯设想，我们必须对在一定程度上被启蒙历史地决定的我们自己进行分析。这样的分析暗示一系列可能精确的历史质询；这些质询将不会往回面向"合理性的基本内核"，这种内核能够在启蒙中发现、也将保存在任何事件中；他们面向"必然性之现在界限"，也就是说，"面向对于我们自身作为自主主体的建构来说并非必不可少的方面"。[①] 事实上，福柯对启蒙的批判并没有全然抛弃"启蒙"，他寻求的反思性质询也必然以启蒙的知识理念为依托。他要摆脱的是那些过多的外在的附加成分，对自我的质询本身，也有点回到本真性理想的意味了。在他所说的，对启蒙的反思意味着回到康德的那种途径，也必然使他的批判性质询像康德一样包含着启蒙的信念。同样，作为解构主

---

① 福柯：《何为启蒙》，《福柯集》，杜小真编选，上海远东出版社2003年版，第537页。

义大师，德里达也一直被塑造为彻底颠覆主体性的怀疑主义者。然而，德里达并没有彻底丢弃主体性的概念，正如他也没有放弃解构的肯定性意义一样。这就是说，在解构的差异性序列中，有一种东西留存下来，一种剩余的意义，一种额外的超级意义重新铭写在差异之中。很显然，解构的重新自我铭写特性从来没有被正确理解，这也可能就是德里达后来反复采取文学文本的手法书写解构踪迹的动机。德里达曾经说过，他曾向哥德曼（Goldmann）谈起过"文字主体"的问题，哥德曼表示十分担心主体以及它的消失。他指出：

"重新思考主体性的结果问题是绝对必要的，因为它是由文本的结构产生的。"① 这里的主体性问题当然不是形而上学意义上的主体，不是人的完整性意义上的主体，这是由文本（广义的和狭义的）在差异性中产生的主体。这是解构的结果层面上思考的主体性问题，说到底它是解构与传统的历史、主体在意义上可以通约的最小单位。但是，这些思想可以成为我们今天重新思考的起点。这样也才能从主体性出发，融合民族—国家，融合社群主义，融合传统与现代的诸多内容，它是人类理性交往的基础和保证。假如未来的社会不可避免地是后现代性的话，那么，后现代性需要建构的不是什么本土主义的民族性或社群主义为基础的差异性（多样性）；而是真正具有人类理想性的以个体本真性为依据的差异性（多样性），这也就是主体的"最小值"。这就是后现代的人学的基础，是未来社会可能的更为真实的牢固根基。

---

① 德里达：《一种疯狂守护着思想》，《德里达访谈录》，中文版，何佩群译，上海人民出版社 1997 年版，第 124 页。

第 三 章

多元的困扰:理论的越界与转向

　　当代文学理论处在深刻的裂变之中,其裂变采取了内在剧烈而外表平静的形式,一切似乎只能是暗度陈仓,其变化像是以时间换空间,只等待着时间的流逝,一切可能面目全非。一门学科的变化采取如此形式,这本身是一种奇怪的形式。作为一门学科,文学理论原来在整个文学学科中具有崇高的地位,并且具有超验的理念形式,可以与意识形态权威中心直接运作,其理论、概念和方法都构成了其他学科的存在基础。在今天,文学理论已经失去这种功能,但是,正如中国社会的象征符号所具有的那种超现实的力量一样,文学理论依然从中分享着它的超现实的能量。一方面,这门学科与它自身原来设定的前提、基础和功能有相当大的出入;另一方面,现实的文学理论研究完全是另一幅图景,这门学科已经远远越出自己的边界,它的理念式的最高存在自我悬置于同语反复的范畴,而现实则与其无关。

　　但当代文学理论确实在超出原来的边界,不再局限于元理论的命题和结构,而是大大拓展了研究疆界。元理论的理念及重新建构是一个自在自为的场域,而其他的场域则来得更为广阔,然而,那也同样是令人困惑疑窦丛生的领域。超出元理论的文学理论研究是否是当代理论的真正出路实际不是一个推论的问题,而只是话语场中的权力角力。从 2003 年以来,文学理论中原来潜移默化的变化开始浮出历史地表,内在的紧张关系被释放出来。但其冲突的要旨,依然偏执在新与旧、中国与西方、传统与现实、经典权威与另类理论等等二元对立的结构。因此,说到底,这就是新与旧的对立,既定的准则与未来面向的冲突。这种冲突不宜理解为是两代人的关系,而是广泛植根于任何一代人的观念中,甚至植根于我们每个人的思想中，只不过代际冲突放大到异常鲜明的地步罢了。

因此，不难理解，当代理论四分五裂，旧有的体系势力强大，而新的却神出鬼没，声东击西，让人不得要领。新旧并不交替，而是各显神通，各行其是。很长时间以来，人们对理论的变化装聋作哑，置若罔闻。这门学科正处在巩固和逃离的奇怪的悖论之中。2005 年的文学理论研究深刻反映了当代理论最后的转折——它的滞重和求新的渴望。本章试图去探讨这一年的理论研究状况，以此对新世纪初文学理论的演变做出一个地形图的勾勒。面对着一片广大无边的现场，要试图反映出它的一个侧面都异常困难。在这里，我不自量力，选取一些文章来加以评析，以求反映出这个年度文学理论研究的某些侧面。

一　理论前沿：越界与多向选择

"理论前沿"只能是一个相对说法，2005 年度的理论热点并不突出。事实上，自从进入 20 世纪 90 年代以来，不再可能有引发学界共振的理论热点。理论前沿经常是与西方理论对话的一种位置描述，进入 90 年代后期，这种对话也已常规化和普遍化，因此也无所谓前沿、先锋之说。仅只是理解的方便，我们把能表达这个年度的理论的某种紧张关系和新的论域的拓展，将之称为理论前沿。因为篇幅关系，这里只谈论六篇。

南帆的《现代主义：本土的话语》① 再次提出现代主义的本土化问题，虽然这个话题并不新颖，但这个问题在中国当代文学理论研究中并没有得到解决。迄今为止，现实主义在中国当代文学理论与创作中都占据主导地位，并且现代主义依然是一个与西方资本主义文化联系在一起的一个他者概念。只要有合适的场合和机遇，现代主义必然是一个被驱魔的对象。因此，现代主义问题在当代中国，并不简单地只是一个学术理论问题，它依然包含着意识形态的残余斗争，只不过当年剧烈的意识形态冲突在相当程度上，或者有相当一部分转化为学术场域的话语权力和象征资本的争夺。南帆这篇文章写得相当缜密全面且深入，它论述了现代主义在西方资本主义文化中作为一个历史性的概念被运用并起到作用，从浪漫主

---

① 该文发表于《东南学术》2005 年第 5 期。

义、现实主义到现代主义再到后现代主义，这是杰姆逊一批西方马克思主义描述资本主义文化历史的概念，显然，这种描述法深受马克思主义的历史唯物主义的影响。这个历史性结构虽然还可商榷，但基本反映出资本主义文化现代性经历的过程。南帆分析了中国现代，特别是 20 世纪 80 年代引进现代主义经历的历史背景，那是在中国走向现代性，走向现代化的历史产物。但中国的社会现实存在着巨大的历史包容性，西方的文化也呈立体的方式进入中国。80 年代以后，中国社会堆积了众多的矛盾，旧有的历史和新的现实转化混为一体，这使中国社会完全有可能把资本主义文化的历史性结构转化为一个平面的结构。因此，对现代主义的理解就不能作为一个历史进化论的简单逻辑推演，也就是说，西方资本主义历经的那样的文化和审美顺序并不能在中国简单重演，中国当代完全可能是多种主义混杂。南帆更为重要的观点体现在于：现代主义在中国是一个本土性的问题，这是基于本土自身的文化创造结果；同时中国的现代性也是包容了其他成分的并不纯粹的现代主义，唯其如此，它才是中国的现代主义。就此而言，南帆清理出中国现代主义的历史行程和在当代的恰切意义。南帆的这篇文章可能是他正在写作的书中的一部分，因此，往后的展开还显得不够，例如，同样的问题可以在"后现代主义""文化研究""身份政治"等很多问题上重述一篇，但南帆并没有论及。这就不是他的问题了。另外，这本来是一个学理式的定律问题，它完全可以归结出一条公理：那就是任何主义都具有本土性，都是本土的文化、历史和现实铸造了它。实际上，对这一条公理展开论述的显然不止南帆一个人，这么多年来，理论界不少文章反复在论证这个公理。但令人惊异的在于，还是有那么多的人不承认这个在经验和学理常识上可以验证的道理。人们不得不一篇又一篇地重新阐释，更深入地阐述。这就表明，这个问题并不是学理能解决的，它最本质之处在于，中国学术场域中的某种观念性的残余斗争从来就没有停息过。

钱中文先生的《文学理论反思与"前苏联体系"问题》①，这是一篇全面阐述当代中国文学理论的历史成就和理论本质定位的文章。钱先生揭示出当代理论如何摆脱五六十年代的政治意识形态走向变革的历程，他的

---

① 该文发表于《文学评论》2005 年第 1 期。

梳理和提炼都显示出理论的高屋建瓴气魄,对当代理论的分析评价充满真知灼见,几乎可以看成是当代理论变革的简史。毋庸讳言,这篇文章同时还对笔者发表于《文艺研究》的《历史断裂与接轨之后——当代文艺学的反思》展开驳论。虽然钱先生可能出于论事不论人的方式,文中没有指名道姓,但主要的批评显而易见还是针对我的文章。作为学生,深感先生厚爱。在驳论这一维度上,主要是钱先生把我的观点放大了,我的指涉范围没有那么广泛。当然在这里受篇幅所限我无法与先生展开讨论,我想有几个要点我有必要试图作出说明。其一,拙文并不是对当代中国文艺学的整体评价,只是指出文艺学在大学文学学科中的权威和优先地位,这就依然带有"苏联"的遗产性质。其二,"苏联"遗产是一个隐蔽的逻各斯,留存在当代文艺学体系中的是一种真理至上的本质主义,现在这种本质面临挑战,但也依然在一定程度上起到维持巩固的作用。其三,指出"苏联体系"的逻各斯作用,并不是全盘否定当代文艺理论研究的成果,这不是拙文论证的范围。拙文的论述是集中在大学文艺学的建构还是抱着要搞一个普遍真理式的元理论,并且这种思维贯穿在文学研究中。其四,关于"后现代真经"这个说法,我想钱先生是有点误会我的意思了。无论如何,我也不会荒唐到认为存在一种"后现代真经",只要取来"后现代真经"就能解决当代中国的文艺学问题,特别是在后现代的文化研究引导下能解决文艺学的问题。对此,我的反讽和怀疑意味是很明显和充分的。只要细读我的原文,整个一段话都是对文化研究放弃文学的怀疑,只关注媒体大众文化并不能真正救赎文艺学。这很明显是对"后现代真经"的反讽和怀疑。多年从事后现代研究,我也不会可笑到还相信存在什么"后现代真经"——后现代就是对一切(包括后现代在内的)真经的质疑。其实,钱先生阐述的当代文艺理论蔚为大观的成就也令我钦佩和心仪,我也看到当代理论走过的行程和取得的不易成就。我只是说那种体系性的构成和本质化的价值取向有所批评,就这个问题,有机会再另行撰文向钱先生讨教。在这里认真实践了一次"吾爱真理,亦爱吾师"的古训。

余虹的《理论过剩与现代思想的命运》①对现代理论过剩现象做出阐释。这是应对当下学界抱怨"理论过剩"之说而言,但余虹具体的驳议

---

① 该文发表于《文艺争鸣》2005年第2期。

并不多，主要还是阐释近年来西方学界开始流行的"理论过剩"或"抵制理论"的说法。实际上，也是近十多年来，西方理论界对 20 世纪理论的各种现象进行反思和批判，其聚焦问题集中在理论对学科建制的冲击、专业化与公共领域的关系、一般与个别的关系以及激进与保守等几个点上。余虹分析了"理论过剩"的一些观点，其中特别讨论了福柯关于理论批评性的看法。这篇文章提出这个问题，其意义显而易见。但有一点似乎还可以强调，保罗·德曼的《抵制理论》一文并不是号召对理论展开抵制，而是揭示出当代理论本身构成的反思性关系。这种反对恰恰在于理论内部发生的反思性批判，理论内部存在着的反对自身的动能，在后的理论总是存在着对在前的理论的抵制和反思批判，在其反思性的基础上才有新的理论学说展开的可能性，这才是理论构造自身的动力和合法性所在。当然，德曼的论述也还有语焉不详的地方，到底是理论内部存在的反对批判的抵制关系，还是一种理论自身构造存在的抑制关系？德曼有一段话是这样说的："反对可能是理论话语的内在构成……很可能正是这种有争议的反对，这种有系统的不解和误述，这种非实质性的但又永远反复出现的反对，成为理论事业本身固有的一处抵制的被置换了的症候……文学理论的真正症结，不在于同论敌的论争，而在于同自己方法论上的种种假设和可能性的论争。"① 如此看来，抵制不只是在理论内部各种不同的理论话语之间展开的反对，而且还在于这种理论话语本身如何克服和抵制自己的元理论设置的那些前提、逻辑和范式的斗争，这个问题直到今天还是值得展开讨论。

张颐武的《大历史下的文学想象》试图重新界定当代中国文学与中国想象的关系。当代中国文学还是现实主义起到主导作用，而现实主义的传统在 80 年代发生深刻变异，现实主义文学更倾向于反思性的叙事。90年代后期以来，中国社会经济高速发展，中国市场给国际资本和世界经济提供了巨大的发展机遇，中国比在任何时候对西方资本主义世界都显得重要。这一发展的核心就是中国的全球化进程打破了原有的"内""外"的界限和中国固有的失败和屈辱的历史角色，"中国开始从自己的近现代历史的规定性中解放，获得了新的空间的定位……"文学如何提供一个当

---

① 保罗·德曼：《解构之图》，中国社会科学出版社 1998 年版，第 104 页。

代中国自我想象的新形象，这无疑也是文学的任务之一。在张颐武看来，中国社会正处在脱贫致富的崭新发展阶段，中国经济的快速发展也处于脱第三世界贫穷落后的旧有形象和自我认同的阶段。中国文学应该在脱第三世界的历史进程中去重新建构中国形象。而他从一系列大众传媒文化建构的中国想象中看到前景，那就是由章子怡、姚明等重塑的中国人的国际形象。当代文学的历史想象应该从中汲取能量。不能说张颐武说的没有道理，但显然，张颐武的观点可能会承受知识分子话语场域的压力。当代中国的知识分子话语还是一种反思性的批判性的话语，对中国当下现实的批判，还是人文知识分子占主流地位的话语，而这种认同性的话语是否能获得广泛的赞同还可存疑，但张颐武的观点无疑是值得重视的。

　　程光炜的《知识·权力·文学史》①一文，对中国现代文学史观提出了一个重新思考的框架，这是属于文学史理论研究的范畴。重写文学史一直是 20 世纪 90 年代以来中国现当代文学研究领域的热门话题，尽管讨论甚欢，也有不少文学史著作出版，但真正具有新的文学史理论和较大突破的文学史著作尚不多见。程光炜显然是想从福柯的话语权力理论那里找到新的文学史叙事框架。显然，并不存在客观的文学史，也不存在不包含价值倾向的文学史评价。程光炜显然在此更进一步，他要引入文学史的话语场的视野，把文学史中的各种资源、各种材料、各种活动都看成一种权力关系，来寻求它们之间的运作结构和建立起的话语形势。过去的文学史研究者，总是把自己装扮成客观公允的视角，但实际上，已经明显包含着对/错，优/劣，好/坏，积极/消极等等价值判断。还原历史的场域就是把各种力量、各种话语资源看成是平等的，去看一种形势是如何被建构起来的，这其中权力是如何形成的，并构成中心化的机制。程光炜要揭示的是，文学史实际上是知识权力合谋的结果，也是象征资本再分配的结果。文学史叙事实际上是由一种更有力量的叙事完成了对其他的知识和资源的"规训与惩罚"的过程，这种文学史观念无疑是对旧的文学史"客观性"提出的严峻挑战。尽管这种理论并不算新颖，来自福柯的理论在中国内地也有时日，但真正引入现当代文学史，真正要建构一种新的文学史叙事，在中国当代学术语境中依然是一项崭新的挑战性工作。

---

　　①　该文发表于《中州学刊》2005 年第 1 期。

曾繁仁先生的《当代生态文明视野中的生态美学观》①打开了新的研究视野，生态文学与美学是后现代时代的一项重要课题，随着环保成为人类生活的重要主题，生态问题也成为文学创作和文化研究的热点。国内这方面的研究方兴未艾，曾繁仁先生把目光投向这片领域是很有远见的。曾繁仁的生态美学试图做出中国自己的民族特色，西方生态美学植根于生态哲学，其理论来源一方面是挪威哲学家阿伦·奈斯的"深层生态学"，另一方面是海德格尔关于"诗意地栖居"的设想。曾繁仁先生则要把基础立在马克思主义的唯物实践论的基础上，而且要超越中国当代的实践论美学。这些设想无疑是基于中国当代学术语境和既定的学术前提，但是否真的能在马克思主义的实践论基础上翻出新意，不是一件容易的事。如果曾先生只是把实践论作为一项例行的前提未尝不可——在中国的话语创新都不得不有这样的话语保护带，但如果一种理论创新事先设定了一种优先性的理论框架或基础，那个逻各斯无疑会极大地限定理论思维的开放性和对更加多元理论资源的运用。这点就像前面谈到的德曼所说的"抵制理论"概念一样，理论自我创新尚且要与既定的理论前提抵制斗争，而我们的研究如何总是要设定一个已经被无数次给定的核心呢？曾先生担当了开拓当代中国生态美学研究的重任，相信他有更大的理论勇气超越过重的理论预设。

二 西学视野：后理论、批判话语与解构

西方文学理论一直是当代中国文学理论的重要资源，在某种意义上，实际上构成当代理论中最有活力的部分。中国当代文学理论主要由三大块构成，其一是中国传统文论，由于现代转化的工作并未有多大成效，而封闭于古典文学领域很难用于当代的阐释，使其影响有限；其二不用说就是马克思主义经典文艺理论，由于体制的力量，这一块力量强大，也因为它真理在握的优先性，其理论威权的特征使得它很难真正有效完成当代更新；其三，就是西方当代理论，它是最活跃的一块，各种学说，五花八门，各显神通，莫衷一是。本年度这一方面的论文数量可观，质量也相对

① 该文发表于《文学评论》2005年第4期。

较好。一部分是译作，另一部分由国内学者撰写。从编辑的角度，我们尽可能选择国内学界写作的论文，但有些欧美理论原创比较有分量，也有重要的参考价值，我们适当选二篇。

王宁的《"后理论时代"西方理论思潮的走向》① 介绍了西方关于"后理论"的一些观点，主要是介绍特里·伊格尔顿《理论之后》的观点。特里·伊格尔顿在 2003 年出版《理论之后》，他认为自"9·11"和伊拉克战争之后，一种新的全球政治阶段已经来临，这是摆在所有的学者眼前的现实。而理论面对这样的现实能有什么阐释能力呢？"文化理论简直无法使对阶级、种族和性别所做的同样叙述作出详细的说明……它需要不惜代价去冒险，摆脱一种十分令人窒息的正统性并且探索新的话题。"作为马克思主义理论家，特里·伊格尔顿显然对左派在这个时代无力呼风唤雨感到郁闷，左派理论家总是希望理论不只能够解释世界，还能改造世界。王宁描述的后理论时代似乎并不十分彻底，随后的几个要点：后殖民理论与少数人的话语；流散写作和文学史的重新书写；全球化与文化的理论建构；生态批评与环境伦理学的建构；语像时代的来临和文学批评的图像转折等等，这些都谈不上特别的新鲜。但作为一个对当下理论的概括和全景图，对研究者了解当下西方理论走向则是十分有帮助的。其中我对"语像时代"的说法颇感兴趣。我本人在 1993 年出版的《本文的审美结构》中重点讨论了这一概念，这是"新批评"当年热衷的一个术语，不想在当代消费主义文化时代翻出了新意。文字书写被图像取代和侵蚀，而文字终至于与图像构成新的表意体系。王宁在 2004 年发表的《文学形式的转向：语像批评的来临》更全面地介绍了这一理论，可以加以参照阅读。

W. 米切尔的《理论死了之后》② 是 2004 年在中外文艺理论年会上的报告，后经原稿翻译发表于文化研究网站。这篇文章反映了时下美国学界对理论的态度以及米切尔本人对此的回应。80 年代末期，米切尔发表一篇文章，题为《批评的黄金时代》，不想多年后，以《理论死了之后》为题来讨论当今理论的状况，可谓今非昔比。时下欧美学界都有"理论死

---

① 　该文发表于《外国文学》2005 年第 3 期。
② 　该文发表于中国人民大学文化研究网站 2005 年 6 月 16 日。

了"之说。但这里的"理论"并非指类似中国的"文学理论",西方没有这种东西,其理论是与批评相当的东西,那些批评本身具有理论含量,与理论通用,不分彼此。新批评、结构主义批评、女权主义批评、马克思主义批评、解构主义批评、后殖民批评、新历史主义批评等,都可称之为理论,实际的"理论"也就指的是这些东西。"理论死了"亦即是说理论不再能花样翻新,有效阐释当下文化现实和社会现实。新理论的特点从根本上来说就是后结构主义的文本分析与马克思主义批判理论的混合物,以此再融合自新批评以来各种批评观点和方法,它基本上是一个大杂烩。因为其具有强大的包容性、转化和再生产能力,因而具有强大的阐释功能。这就使新理论总是在两个层面发挥作用:其一是文本修辞性细读;其二是把这种文本细读与社会意识形态批判结合起来。女权主义和新历史主义批评以及后殖民主义批评就是这种新理论的最典型代表。现在对文本的细读与对历史的阐释都已经老迈陈旧,而现实的新国际政治对马克思主义提出了新的挑战,意识形态批判理论也不太有解释能力。"理论之死"是西方左派知识分子对现实剧烈的政治关系阐释失效而产生的恐慌焦虑。但米切尔显然在避重就轻,他试图挽回新理论的面子,认为米勒、杰姆逊这些左派同道的理论还是大量进入现实日常生活和媒体,具有相当的解释效力。但新理论原有的豪情壮志现在看不到多少作为,这才是问题的实质。米切尔认为,新理论还是有作为,那就是在"图像理论"这一方面翻出新花样。所谓图像理论,那就是文化研究那一路,文学理论变成文化批评才存活下来。米切尔的争辩显得有气无力,像是自己打自己的嘴巴。文学理论变成图像理论的一部分,而且沦落为图像分析,这不是理论的终结是什么?这哪里还有文学理论?但在他自己看来,则是顺理成章的事。文学理论对于米氏等人来说,只是一种批评方法,与大一统的元理论无关,这种方法面对文学文本与面对图像文本有什么区别?那些理论术语,诸如隐喻、象征、表现、相似性、描写、再现、意象、内在的活力等等,这都是文学理论/批评惯用的术语词汇。但米切尔的文化批评理论卷入媒体和日常生活,是否还能像当年新理论在文学文本和历史领域纵横驰骋、左右开弓就值得怀疑了。"新理论之死"不过是"历史终结"和"意识形态终结"的另一种说法,或者说前者是后者的副产品。

艾伦·卢克的《超越科学和意识形态批判——批判性话语分析的诸

种发展》① 由吴冠军翻译,这是一篇相当有分量且有创见的长篇论文,分析和评价这篇论文并非三言两语能说得清。这是一个综合了语言学、社会学、政治学以及文学理论的研究,用一个我生造的词,它可能可以称为"话语社会学",它进行的是对话语作社会政治学分析。其理论内涵综合了马克思主义批判理论、福柯的话语权力、布迪尔的社会学和德里达的解构主义。这篇文章的目的之一,是从历史的角度在理论体系中重新定位批判性的话语分析,评论它的诸种核心原则、种种当前的困难与各种可能的未来。作者认为,批判性话语分析更类似于一系列政治的、认识论的立场的集合体:为了在不断变化着的当代各种社会的、经济的和文化的状况下对于语言、话语、文本和图像的位置与力量作批判性的分析,而对各种立场与实践进行有原则的解读。作者试图作出的努力在于寻求一条更具有建设性的路径:那就是把批判性话语看作话语本身,因各种突然分殊的历史状况、不同的行动者与各种可能性纯粹是偶然的。"它是一个构型中的力量、权力与各种关系的场域。"② 当然,在这里没有必要去复述作者的阐释,只要读读原作就可。当代中国的批判性话语一直非常盛行,学术界一度流行对市场经济、消费主义、全球化以及西方帝国主义文化的批判。在媒体,批判性的话语正在占据着主导地位,形成所谓的酷评或骂派批评。这就很有必要看看人家的批判性话语是如何展开分析的,其学理的水准如何显现出来。从作者分析的数种批判性话语来看有一个现象值得注重,当代的学术理论已经呈现为多种学科和理论的交叉状况,批判性话语分析概括了相当丰富乃至复杂的当代理论。当代的批判话语需要在广度和深度方面双向展开,尤为显著的在于,法国大陆理论起到强大的支撑作用,而且可以看到,左派的经典马克思主义理论与后结构主义得到调和,而且还大量起用了布迪尔的社会学。在当代,要进行批判分析谈何容易,如果不是在具有如此广博的知识概括的基础上来展开分析,那样的分析将难以有学理的水准。作者也认识到,一种有效的规范性的批判性话语分析面临的关键任务是:A,确认与记录——用新马克思主义的术语来说——解放性的

---

①　该文发表于《文化研究》第 5 辑,广西师范大学出版社 2005 年版。

②　艾伦·卢克的《超越科学和意识形态批判》,参见《文化研究》第 5 辑,广西师范大学出版社 2005 年版,第 84 页。

话语的各种首选的模式；和/或 B，分析性地解构——用后结构主义的术语来说——话语中的权力/知识的各种肯定性的与生产性的构造。① 要把马克思主义与解构主义调和起来运用，这不是一件容易的事。但由此也可见到，当代理论的难点在何处。

这篇论文的论述颇为艰深，当代理论发展到这一步，不知道人们应该庆幸还是绝望。如果按照前面特里·伊格尔顿和米切尔关于当代理论的悲观论调，那就可以看出，左派理论家对这种理论是困惑不安的，甚至怀有妒意。老一代的西方左派理论家要守住马克思主义的正宗形象，不可能有如此兼容并蓄的学术开放程度，而年轻一代的左派理论家走到如此混杂的地步，还能有多少马克思主义的原汁原味是值得怀疑的。理论到了如此复杂且具有知识概括力的专业化程度，也就不可能真正在现实的层面上发挥批判的能量。专业化的学术水准必然屏蔽了对现实的直接回应，它所捕获到的充其量也就是现实的影子而已，这无疑是令老一代左派批判理论家忧心如焚的地方。

福柯的《什么是批判？》是一篇非常过硬的文章，大师手笔就是非同凡响。这篇文章是福柯 1978 年 5 月 27 日在巴黎索邦大学发表的演讲，在福柯去世后 1990 年首次发表。中文译文选自《启蒙运动与现代性》，2005 年由上海人民出版社出版。福柯二十多年前的观点和思想方法在今天依然那么新鲜而富有挑战性，这就像福柯在文中反复讨论到康德发表于 1784 年的《何谓启蒙》一样，那也距福柯发表演讲有 100 多年的时间，康德提出的问题依然是那么深刻和具有启示性。福柯认为从 15 至 16 世纪开始出现了一种特殊的思考、说话和行为的方式，一种与存在的、与一个人的所知和所做、与社会和文化以及其他事情的特殊关系，这就是批判性的思考。福柯认为这种批判性关系与基督教牧师或教会发展的观念有关。这就是牧师和教会试图传达一种在对某人的服从关系中走向拯救的过程，这个过程必定跟真理发生三重关系：首先是作为教条的真理；其次是真理对个人特殊化的理解；最后是这种指引显示出的普遍原则、特殊知识和训导以及检讨、忏悔和告解等方法构成的一种反思技巧。我以为福柯对基督

---

① 艾伦·卢克的《超越科学和意识形态批判》，参见《文化研究》第 5 辑，广西师范大学出版社 2005 年版，第 93—94 页。

教教会的强调颇有意义,这或许也可以作为一个角度去理解东西方文明在批判性这点上为什么如此不同。我们的文化中始终缺乏批判意识,一方面,儒家文化讲和,所谓君子和而不同,但转化为政治文化则是服从,政治文化过分发达的文明要成长起批判意识可能十分困难;另一方面,我们文化中的颠覆、造反、大批判、诬陷、栽赃、辱骂倒是十分盛行。这或许与文明中的某种原生的素质有关,特别是与宗教文化也有关。福柯把批判的本质理解为"不被统治的艺术"。在要求进行统治的迫切愿望中,在对统治方式的探索中,存在一个始终要追问的问题:"如何不被那样统治?"福柯对历史的考察表明,不管是对圣经的批判,还是对法律的批判,或是对权威要求确实性问题,批判焦点本质上是权力、真理和被统治者的相互牵连的关系。福柯指出:"批判就是这样的一种运动,通过这种运动被统治者向自己提供了一个权利,以便就真理的权力影响来质疑真理,就权力对真理的述说来质疑权力。批判的本质功能就是在人们称为'真理的政治学'的那种游戏中来消除服从。"① 在福柯看来,批判性在康德那里真正具有了启蒙的意义,启蒙运动本质上就是一项批判性运动。启蒙是一项理性化运动,按照康德的观点,那就是人类为了摆脱不成熟状态而做出的努力。福柯显然是要用启蒙自身的精神来质疑启蒙,福柯的思想转向了对理性化的反思,而理性化的反思理应是启蒙以来的批判精神具有的内涵。在福柯看来,如果理性化的效果是强制,越来越广泛地纳入一个庞大的科学和技术体系当中,那么这种理性究竟意味着什么? 福柯的批判依然在对启蒙的知识所包含的权力效应的反思上,福柯的特别之处在于,他有能力追问在合法性之外的通道(幻觉、谬误、失察和痊愈等等)知识和权力是如何发生关联并运作的。于是福柯对启蒙形成的知识的批判集中在:知识对自己有什么样的错误观念? 我们发现它在什么意义上被过度利用了? 从而,我们发现它跟什么样的统治联系在一起?② 福柯号召人们,通过作出不被统治的决定而颠覆或者瓦解理性化的历史成果,从相反的途径来理解启蒙运动,把启蒙事业再一次变成批判事业的一部分。福柯的批判性概

---

① 福柯:《什么是批判?》,参见詹姆斯·施密特编《启蒙运动与现代性》,徐向东、卢华萍译,上海人民出版社 2005 年版,第 391 页。

② 福柯:《什么是批判?》,参见詹姆斯·施密特编《启蒙运动与现代性》,第 397 页。

念明显延续了他在知识分子考古学问题上对知识与权力关系的看法，同时他也更注重知识系谱学的方法。福柯在此之后还写有一篇文章《何谓启蒙?》，再次探讨了康德的启蒙概念，并试图在启蒙精神中找到重新启蒙的依据。也正是这些论述，哈贝马斯认为福柯与他实质上的分歧并不大。1982 年，福柯邀请哈贝马斯夫妇访问法国，他们交谈甚欢。他们本来有更深入的合作机会，不想次年福柯去世。哈贝马斯与福柯一样，都试图从西方的理性精神中找到西方思想自我更新的依据，这是康德和黑格尔的传统。很有可能是对福柯的持续关注，哈贝马斯看清了福柯所折射出的西方浪漫主义的传统，而这个传统与尼采标志的传统根本不同。尼采是要彻底离开西方，不再是理性对理性的批判，启蒙对启蒙的再启蒙，而是离去、抛弃和逃逸。可能继承尼采的只有德里达和巴塔耶，但后来的德里也与哈贝马斯走到了一起（例如，2003 年关于新欧洲联盟的联合宣言）。哈贝马斯表达的传统就是西方理性主义的正宗，它终究依靠启蒙内在精神来更新西方文明，这就是永远的启蒙和永远的批判。

2005 年度有不少纪念德里达的文章。德里达于 2004 年 10 月 9 日去世，德里达的去世也是当代学术界的一件大事，并且又一次引起对于德里达的评价的争议。22 年前（1983 年）福柯去世，当时引起的反响也遍及国际学界，随后福柯的思想对学界的影响有增无减。德里达的去世是否会像福柯那样具有如此长足的后劲，还很难说。但当代思想从德里达那里获得的观念和方法是如此之多，以至于近 30 年来，没有任何一个学术术语能像"解构"这样被不同的学科、不同的人们提到。解构主义的影响遍及哲学、文学、法学、伦理学、政治学、神学。某种意义上，德里达影响的深度和广度已经超过福柯。福柯的影响还只是一种学术方法和观点引述，而德里达的影响则是立场、观念和方法的全盘性影响，而且还有学术派别的创立（例如，解构主义法学、解构主义神学等等）。接受解构主义观念就等于形成了一种视野，不再可能按过去的眼光来看待世界，不再会容易接受独断论、真理在场的绝对性和永久性的观点。当然，解构主义在中国的流传还限于浅尝辄止，虽然"解构"这个术语被随时提起，但并不是在真正严格的学术意义上被使用，经常只是象征性的比喻性用法。解构主义作为一种批判观念和方法，已经构成欧美文学批评和文化批评的基本法则。但在中国，还并未有严格意义上的解构主义批评。当代中国更经常地把批判性混同于解构，或者把一种反对态度和 PK 方式等于解构。实际上，解构是一套复杂的专业程序，是一种反中心化的文本细读规则。当然，给予解构在中国以通俗易行的品质也是必要的，这是解构要在中国学术中扎下根的前提，没有这种通俗化和普遍主义式的热情，一种学说不可能有立足的根基。因为德里达的故去，解构主义的历史评价，它对中国的影响，它面向未来的意义，这在本书选篇的几篇文章中都可读出。这里选编的尚杰的《德里达对我们究竟意味着什么?》①，分析了《纽约时报》登载的德里达的讣告引起的反应，由此阐述了德里达对当代思想和学术构成的不容忽视的重要意义。文章写得精练明晰，同时翻译了《纽约时报》的讣告，不管是作为对德里达的评价，还是思想意义的概括，都是值得重视的参考资料。拙作《通过记忆和文本的幽灵存活》②，也是对德里达逝世的回应。拙作简要描述了德里达的思想在中国传播的过程，试图揭示德里达对于当代中国思想变革的意义，特别是对于文学批评理论的发展具有的意义。另有一篇弗雷德·达尔马的《德里达与友谊》③ 是一篇值得一读的论文。自从 20 世纪 80 年代后期和 90 年代在法国巴黎高等社会科学研究院讲"宽恕"和"友谊"以来，德里达的思想向着政治伦理学方面发展，而这方面的思想开启引起了追随者相当浓厚的兴趣。同样，德里达对友谊、死亡和正义的新的论述，也提示了解构的另一维度，而这一维度的理解也显得困难重重，达尔马这篇文章对人们理解德里达晚近的思想不失为一篇有益的参考。

2005 年由江苏教育出版社出版的《回答——马丁·海德格尔说话了》一书，为对海德格尔有兴趣的研究者，倒是提供了很有意思的材料，特别是其中的《明镜》杂志对马丁·海德格尔的采访录，值得一读。这是《明镜》杂志 1966 年对海德格尔做的采访，按海德格尔本人的要求，该访谈只能在海德格尔去世后才能发表，也就是直到 1976 年海德格尔去世后公之于世。想一想一篇采访被保存在保险箱整整 10 年的时间，而它一经面世就像一枚引爆的定时炸弹，还有什么文章比这样的东西更有价值更

---

① 该文发表于《世界哲学》2005 年第 1 期。
② 该文发表于《文艺争鸣》2005 年第 1 期。
③ 该文发表于《生产》（汪民安主编），广西师范大学出版社，2005 年第 2 辑。

值得重视呢？这篇访谈相信是任何从事海德格尔研究的人的必读资料，也是了解海德格尔与纳粹那桩公案不可忽略的权威材料。直到2006年才有完整的中文版，所以值得重视。这篇文章意义明确，在此无须赘述。

其他有几本书也可值得一读。福柯的《古典时代疯狂史》，由生活·读书·新知三联书店出版。詹姆斯·米勒的《福柯的生死爱欲》（上海世纪出版集团）算是一本写福柯很到位的书，叙述生平和对他的思想道路的分析都很入情入理。2006年与文学理论有关的热门读物可能是布鲁姆的《西方正典》（译林出版社），他对"憎恨学派"的尖刻批判和对传统文学价值的推崇，在这个时代也不失为一帖清醒剂。

三 文化研究：身体、图像及其向当下转向

文化研究在中国当代方兴未艾，已经要成长为一门最有活力的学科。实际上，在欧美学界，文化研究时兴已经有十多年的历史。由英国文化研究学派，主要是伯明翰学派推动的这场学术转向运动，谁都想不到它具有如此大的能量，迅速就使传统的文学研究相形见绌，并且使其他的学科——人类学、比较文化、大众传媒、娱乐文化和影视研究等汇为一体，形成庞大的研究领域。以至于杰姆逊都慨叹：文化研究已经成为一门超级学科，言下之意，它已经是一个无法驾驭的怪物。实际上，杰姆逊本人就卷入文化研究，他说这种话像是得了便宜还卖乖。不过，西方的学者对自己所处的语境总是带有反省的眼光，经常充满了警醒和反讽。就像杰姆逊始终在批判后现代和现代性之中言说一样，他对文化研究所持的态度，也经常是带着批判和质疑的反思立场。文化研究在很大程度上反映了当代马克思主义研究的转向，英国的文化学派不用说都是左派人物，从威廉斯到伯明翰学派的斯图亚特·霍尔。一部分马克思主义左派理论家把眼光投向社会文化研究，随着电子工业和媒体的兴起，这项研究开始具有了更广阔的前景，深入影响到欧美的社会学和文学的课程教学。文化研究更直接地靠近当代生活，并且把阶级、政治或意识形态分析更加简单明了地结合到研究对象的阐释中去。随着后结构主义理论从法国大陆向欧美更广泛的传播，文化研究有了一套充分完整的分析体系，马克思主义的批判理论在后结构主义那里找到更具有工具和技术传达的学术载体。这是一套新的理论

知识的生产形式,因为当下性,使马克思主义的批判具有了强大的现实感。

文化研究在中国当代也不可阻挡地在大学文学学科中壮大起来。2004年,文艺学领域讨论得最热烈的话题就是"文艺学边界"的问题,简言之,就是文艺学到底是以研究文学为主,还是以研究文化为主? 中国的文艺学本来就是从理论到理论,从概念到概念,从经典阐释到经典阐释。更年轻些的学者不再愿意束缚于旧有的体系,而要去阐释活生生的当下文化现实,并且由于当代文学也受到学科体制的限制和知识准备的限制,当下文化现实就成为理论转型最好的原材料。促使理论与现实对话,这是年轻一代的理论研究者不可遏止的冲动,文艺学边界的破除不是一个学理的问题,而是一种学术本能的冲动。这种冲动一旦产生,就不再可能回避现实活生生的文化。现实的诱惑和魅力对于重新焕发理论的生命力具有举足轻重的作用。

实际上,马克思主义哲学的生命力就体现在它对世俗日常生活的批判上,资本主义批判说到底是一种生活批判,这就是马克思主义哲学与德国古典哲学,特别是黑格尔哲学最根本的区别所在。中国在很长时期内,对马克思主义的接受是混杂了黑格尔主义在里面的,那是对马克思主义重新黑格尔化,也就是重新理念化。马克思主义哲学被解释为一种理念,一种关于理念的理念。而马克思恰恰要把哲学从理念的王国拉回到俗世的社会,这就是马克思哲学的实践倾向。实践的核心就是生活伦理,就是人的伦理。马克思主义学说最终被推向解放的学说,社会解放的根本还在于人的解放。

在这个意义,文化研究乃是马克思主义批判哲学在工业化社会转向消费社会的必然产物,从霍克海默、阿道尔诺对资本主义文化工业的批判,到马尔库塞的单向度批判和解放,再到伯明翰学派的文化研究,它表征着西方马克思主义的批判哲学追踪资本主义文化逻辑展开的历史行程。中国的文艺学之所以固守住自己的历史,除了其体系过度严密的自律性在作祟外,最重要的在于它没有向现实开放。不管是活的文学,还是大众传媒及其更广义的文化,在此之前,很少被纳入当代文艺学研究范畴。这并不是争议文化研究是不是出路,文艺学应不应该扩大边界,而是那句老话依然是真理:随着经济基础的变更,全部庞大的上层建筑都要发生相应的变化。当代中国社会已经从革命理念化的社会转化为一个世俗化的消费化的社会，思想、文化、教育和学术都会在不同程度上面对这个现实发生变化。这种变化是好是坏是另一回事，转向文化研究对传统的学术秩序和学术范式是祸是福难以断言，但这是大势所趋，潮流所向。其后果即使是灾难性的，那也无法抗拒，这就是命运。这就如斯宾格勒当年所说，有力量的领着命运走，没有力量的被命运拖着走。

当然，这里面还有一个问题令人困扰，那就是转向日常生活批判的马克思的传人，何以还要与后结构主义结盟？这可能是更深层次的也更复杂的问题。法国的后结构主义无疑还带着思辨哲学的痕迹或遗产，当年法国的现象学不只是把舍勒与胡塞尔混淆在一起，在科耶夫那里，黑格尔的现象学与胡塞尔的现象学也不过一步之遥。在法国的现象学氛围中，会产生萨特的存在主义，而这种存在主义被声称为一种人道主义。这也表明法国人的思想中，骨子里所具有的世俗化特征和反理念化的倾向。在海德格尔赋闲失业的那些日子里（特别是在六七十年代），他最关心的是他的哲学在法国的影响，海德格尔一定会意识到，他的深奥思想（按德里达后来的说法，那就是其中的神学—本体论的超验遗迹），需要法国人来做日常化和现实化的工作。人们只是看到海德格尔在关于存在主义与人道主义关系与萨特的论辩分歧，而没有看到在历史展开中的萨特的合理性和对未来的面向。福柯和德里达都追随过海德格尔，后者终其一生都没有放弃。但这其中是"马克思的幽灵"在作怪，这点就是海德格尔所想不到的，直到1993年，德里达的《马克思的幽灵们》才道出其中的原委。可以看出，这二人的思想从一开始就是彻底反理念和反先验性的。他们预示了尼采之后的西方思想的发展面向，那就是向着更具有感性特征和个体解放经验的领域开放。这反倒是应了德里达的预言般的说法，马克思的幽灵的无穷性和无限性。

文化研究使文艺学这个学科的边界向着现实生活经验开放，因为当代中国高速发展的市场经济推进的城市化和消费生活，这使当代中国的文化研究还多了一种变化的活力——它与现实的那些"激动人心"的画面混淆在一起，总算是融入了神话般的现实生活。作为文化研究面向日常生活最有效的证明，身体呈现是最具感性解放特征的事物，也是后现代时代文化最蛊惑人心的景观。陶东风的《中国当代文学中的身体叙事及其文化意味》①，谈的是文学，从中要获取的意味是文化。文学在这里不再是鉴赏性的文学性的发掘，而是当下文化批判阐释的灵感依据。从文学文本中读出历史意识和意识形态的意图，同时读出当代文化的症候。文化研究很大程度上不是为当代文化寻求合理性的解释，而是给出批判性和质疑。这依然是延续了马克思主义批判理论的立场。总是去揭示出现实的不合理性，总是给出诊断，知识分子话语从来就无法与当下现实同流合污。陶东风的勇气和犀利都是值得钦佩的。确实，在被指认为理想主义和精英主义残余的同时，我们永远找不到一种知识分子与现实妥协的那条平衡木。木子美的身体解放令当代批判话语狂喜过一阵子，在批判中来重建当代文化图景，这几乎是批判话语包赚不赔的伎俩。既保住知识分子的体面和尊严，表现出高于当下性的姿势；又找到活生生的对话场所，可能产生现实化的影响，这是消费时代的知识分子一想到就会激动的诱惑。文艺学的边界不开放都不行，再强悍的权威也守不住这道边界，一箭双雕，两全其美，何乐而不为呢？

　　金元浦的《消费美丽：时代的文化症候》② 从当代对美丽的狂热追求来读解当代文化的症候。金元浦揭示出，美丽不只是当代的生活时尚，一个庞大的意识形态，也是一个旺盛的经济产业。这是身体符号空前繁荣的时代，身体崇拜是读图和感性解放的核心。在这些问题上，金元浦的分析颇为深入透彻。只是在探讨消费美丽形成的原因时，金元浦的处理可能还有商榷处。金文把视觉文化看成是消费美丽的原因，这可能不那么简单，二者处于同一平面，互相包裹，难以说何者为原因。而身体本身的欲望，反倒更有可能构成视觉文化的原因。原因之说其实是一个逻辑陷阱，历史只是以一种可能性展开它的运作，逻辑也同样如此。视觉文化或美丽消费，都不过是感性解放的后现代的明证。美丽对时代的压迫是一个悖论难题，我们既不能弃绝，也无法有效地掌握度，"消费美丽"是一个人类回到自身身体的无限延异的游戏，是一个人类无限想象自身的游戏，是一个纯粹的游戏。

---

① 该文发表于余虹主编《问题》，中央编译出版社 2005 年第 2 期。
② 该文发表于《粤海风》2005 年第 3 期（参见文化研究网，2005 年 11 月 5 日）。

王德胜的论文《走向大众对话时代的艺术》① 就洞悉了真相，大众化已经是当代艺术的新方向。在分析了一部分现代主义和后现代主义的装置艺术和行为艺术之后，王德胜认为：所有这些事实，都已在一个新的、当代审美文化的价值取向上，向我们摆出了一种明确的姿态，当代艺术及其创造活动的大众化努力，标榜并正在不断实现着艺术与当代大众的广泛对话过程。这一对话的基本核心，就是艺术活动、艺术家、艺术作品与当代大众日常生活状态之间的相互趋近和认同，而不是彼此的间隔或分享。通过这一大众对话时代的诸种可能性及其现实活动，当代艺术愈益明确地显示了自己在人的生活和文化创造中的位置，愈益明确地显示了自己作为一种文化活动及其过程的现实力量。王德胜概括得无疑相当精到，而在今天还要对此加以强调，则看出中国文艺学前进的艰难。关于艺术走向大众化，这是五六十年代，西方现代主义向后现代主义转向的话题，从那时的先锋派作品，从早些时候的沃霍尔、劳申伯格，以及杜尚等的装置艺术，就显示反映消费时代到来的艺术与现实领域混为一体的倾向。彼得·比格尔在其影响广泛的著作《先锋派理论》中反复论证的所谓先锋派反现代主义艺术自律性的趋势，其实就是面向大众的后现代主义策略在作祟。几乎过去了半个世纪，我们还在阐述或争议，艺术及其审美理论向大众化领域开放，而日常生活的审美化这个问题，还带有旁门左道的特色。

当然，读图时代对传统文学研究的挑战可能是更为激烈的，这在周宪的论文《"读图时代"的图文"战争"》② 中表达得淋漓尽致。周宪认为，当今中国的文化传播空间里，图像已经对文字行使霸权，文字有可能沦为图像的配角和辅助说明，图像则取得文化主因的地位。他指出："读图时代"存在着一场不见硝烟的图像对文字的"战争"。这场"战争"还广泛地延伸到越来越多的文化领域。周宪引述了拉什的观点，揭示出这种转向动因在于"表意体制"包含两个层面：其一是"文化经济"，包括特定文化产品的生产关系、接受条件和消费结构；其二是意义模式，亦即符号学所规定的文化符号的能指、所指和指涉物的复杂关系。这两个层面确实揭示了图像时代的社会动因和由此建构起来的新的认知世界方式。但周宪笔

---

① 该文发表于《思想战线》2005 年第 2 期。
② 该文发表于《文学评论》2005 年第 6 期。

锋一转讨论"拜物教"问题,如果把这一观点移到后工业化的生产方式和中国当代文化语境来理解也许是更值得展开的讨论。文化经济其实是第三次产业革命的主导产业即电子工业的产物,电子科技最充分和集中体现在图像信息的处理上,电子信息视听产品构成了当代高科技生产的支柱产业。仅此一点,它来源于麦克卢汉当年所说的,电子媒体是人性化的延伸,同时又再生产了这种人性化的需求。人类的视觉和听觉被当代高科技无止境地再生产,这就迎来了感性的彻底解放,图像才是德里达所说的能指的时代,图像本身只是能指,已经最大可能脱离了所指及实在世界的关系。看看好莱坞现在的影片,以及中国的大片《英雄》《十面埋伏》《无极》,这些"假大空"的影片,就是图像的极度霸权,图像自身的能指,它不再有所指的逻辑和实在的逻各斯在起作用。

周宪看到这样的"语言学转向"到"图像转向"的重大变迁,同时也看到了"语言学转向"本身就包含着"图像转向"。这不只标志着文化的深刻的变迁,同时也标志着语言中心的思维模式和研究方法论受到严峻挑战。周宪呼吁说:"重要的不仅是看到这种变化,而且是理解这一变化根源,进而从容地面对这一变化。"

杨乃桥可能对此会有不同的看法。尽管杨乃桥的《图像与叙事》① 并不是与周宪论辩的文章,它重在讨论图像与叙事的关系,但杨乃桥显然不同意"图像时代"已经到来的说法。在杨乃桥看来,所谓图像时代到来不过是玩弄小叙事的小众知识分子对时代的强行命名。杨乃桥认为:问题在于,这个仅在学理上被定义的"全球化时代"从学术上来讲无法不隶属于"后现代"或"视图时代"什么的,因为这个世界作为一种存在于时空中的延展,其本身无所谓"后现代"还是"视图时代",只是被小众知识分子所建立的学术体系以理论和术语来强迫命名而已,并且这种命名对于那些真正的持卡消费者来说既毫无兴趣也懒得关注。话说到这一步就有点强人所难了。从理论来说,任何对一个时代的概括,再进一步,任何关于存在世界的认知话语,从来都是小众知识分子的话语,就是把世界说成是文字叙事构成的也是一样。认为任何一种言说都是叙事,对时代的概括都是一种叙事,这并不是说这种叙事与世界或时代毫无关系,仅仅是说

---

① 该文发表于《文艺争鸣》2005 年第 1 期。

它只能存在于话语中。而这种认知具有效力，具有认知的可能性和优势，它总是要获得更多的认知者的响应和认同，而在这种认同中，集体经验和现实体验还是会起作用的。维特根斯坦说"我的界限就是我的世界的界限"，并不是一个形而上学的问题，而是一个活着的生命体验的问题。当然，这变成讨论另外一个问题，那不是三言两语就可扯清楚的话语与实在世界的关系问题。学术话语总是在一定程度上揭示了世界的存在，不能说那是学术话语就与世界存在无关。世界是沉默的，但语言构成了人们的直接现实。这并不只是对小众话语适用，对大众话语也适用。杨乃桥认为"图像时代"到来只是一小部分玩弄小叙事的知识分子的自言自说，或者是蛊惑人心的无稽之谈。这可能值得再加讨论，读者是否同意，可以读读这几篇文章，做出判断。

在我看来，"图像时代"到来是一个正在发生的事实，但这并不意味着文字叙事就兵败如山倒，文字就再也没有立足之地，可能文字还有挣扎的余力。问题不在于未来文字只是依附于图像才存在，而是文字写作是否还具有自身独立的方式和形式。在过去，我一直坚持认为文字始终是不灭的，因为那是人类认知世界最原初而古老的方式，这将与人类的生命同在。但直到出现博客写作，我对此的信心开始动摇。只要看看博客，粗通文墨的徐静蕾写些私生活再贴点图片，她的博客的浏览量超过千万人次，就足以宣判精英文字写作的危机。而这个写作早在木子美用身体撞击文字就开始了，但木子美奇怪地对文字有一种敬畏，她用身体充当文字的诱饵，最终是文字的在场遮蔽了身体，这是她展开身体的动机。但在徐静蕾的博客时代不同，文字的功能已经降到最低限度，不能说徐静蕾对文字不虔诚，她越是虔诚，她的写作越是与文字无关。她的所有的文字都不是文字，都只是依附于她——一个影视明星在场的图像化的存在，一种形象的拜物教。徐静蕾的书写只是象征化的书写，是写作的象征化。是一种写的不写，是不写之写。她成为这个时代的写作之母，一种反写作的写作之母。写作历史的终结从这里开始，从此之后的写作，不管是大师的写作，还是小众的叙事，都只是苟延残存。也许这个断言还要经历一百年才会成为现实，但那能有多大意义呢？

实际上，文化研究的领域相当广泛，并不只是应对当下光怪陆离的消费社会，文化研究在向历史领域，特别向中国更具有体制化的现实领域延伸时，其更为确实性的意义也会突显出来，这方面孟繁华的《大众文化与文化领导权》①一文可以看出其独特的意义。"文化领导权"概念是葛兰西"文化霸权"（culture hegemony）概念的替换，因为"文化霸权"在当今中国政治语境还是会引起误解，换成"文化领导权"就好接受些。文章考察了大众生产与社会主义文化领导权建构之间的历史互动关系，阐释了社会主义文化领导权如何利用通俗文学来获取民众对现实政治及其统治形式的认同，通俗化或大众化创建的文学想象，有效地建立起社会主义文化内在凝聚力。因此就不难理解——正如孟繁华指出的那样，民族性、理想教育和阶级斗争教育构成了这个空间的支撑性主题。当然，文中提到的当下文化多元格局的问题，以及全球化就是美国化等问题，还可再展开讨论。

　　文化研究并不是在认同的意义上来展开所有的主题，文化研究在当下的学术实践一直伴随着质疑和警惕，有些警惕是非常有勇气且值得重视的。陈太胜的《文学经典与文化研究的身份政治》②，就从布鲁姆的《西方正典》提出的"憎恨学派"的观点，对后殖民批评的文学观念提出质疑。文化研究热衷于在作品与反映对象之间建立起直接关系，正如卡勒所说，在这种关系下，文化产品就是一种处于社会—政治结构之下的表征。实际上，并不只是文化研究有此问题，意识形态理论批评就一直是这么干的，布鲁姆称其为"憎恨学派"的那些批评流派，其根基就立在批判理论上。而后殖民批评不过是把种族问题换成阶级问题而已，就此而言，德里克（Arif Dirlik）就曾批评过后殖民理论，称其为"后革命"。在德里克看来，"后革命"就是"反革命"，把革命的阶级斗争偷换成种族问题，而这些后殖民知识分子，实际不过是殖民国家的资产阶级和帝国主义的双料买办而已。这就是指着赛义德、斯皮瓦克、哈米巴巴的鼻子大骂了。可惜的是，陈太胜没有提到对后殖民批评最激烈的德里克，陈太胜还是依据他对文学文本的解读来展开论辩。这主要反映在对叶芝的阅读中，赛义德居然把叶芝读解成一个为爱尔兰民族解放斗争的义士——这样当然也未尝不可，但这成为衡量和评价一个诗人的诗的意义和美学价值的标杆就有点

---

① 该文发表于《文艺争鸣》2005 年第 3 期。

② 该文发表于《文艺研究》2005 年第 10 期。

不可思议了。在陈太胜看来，赛义德是挟持文学以达到政治批评的目的，具体地说，就是挟持叶芝远离欧洲和西方文化（文学）传统，而与反殖民统治的历史嫁接到一起，更深刻的动机，则是与亚非反殖民化斗争的运动史连接在一起。作者提出文学研究要超越文化研究的身份政治，把握文学研究的多元性内涵和多义的丰富性。并且敬告文化研究学者，避免成为"业余的社会政治家、半吊子社会学家、不胜任的人类学家、平庸的哲学以及武断的文化史家"，再加上"不合格的文学评论家"。看来作者还是坚守文学研究的底线，这到底是一种抱残守缺的遗老作风，还是一种真知灼见的清醒，就有待日后的历史来验证了。

第 四 章

变革的极限:现代性与
文学的非历史化

一 现代性与历史化

文学的历史化表明文学与社会现实构成一种特殊的想象关系,通过历史化,文学使社会现实具有了可感知和可理解的形式和意义,并且使自身成为社会现实的一个有机组成部分。文学的历史化问题不只是关于文学如何建立自身历史的问题,更主要的是关于文学如何使它所表现的社会现实具有了"历史性",如何以历史的观念和方法来表现人类生活。

历史总是被人们描述为"客观化"的历史,历史具有铁的必然性,其真实性和实在性都是毋庸置疑的。但在另一种观点看来,历史是一种合目的论的叙事,它依赖特定的理念,历史总是被描述为有目的地朝着某种预先决定的目标运动,而这个目标始终是历史内在固有的,它为这一不可抗拒的必然性展开提供了动力。历史叙事显然包含权力的运作,因为目的、方向、信仰都有赖于权威话语来确认。

"历史化"说到底是一种现代性现象,文学的"历史化"起源已经难以追溯,它与人类最早的经验相关。它可能就植根于人类生存本性中,即人类生存非常依赖前人的经验这个事实。生存环境越为艰难,生存规划越为庞大,对前人的(经验和权威)依赖性就越强,因而,确认和建立前人的"历史性"的冲动也就越为迫切。中国文化源远流长,文学的历史化当然可以追溯到古代社会,例如,先秦诸子的典籍,中古及近代时期的各种历史著作等等。中国古代文史不分,以史为文,以文作史,这使文学与历史的关系特别密切。但是，这种情形还只是对历史进行编年史的处理，是对过去的记叙，并不具有"历史化"的意义。它是在对人类已经完成的和正在进行的实践活动建立总体性的认识，并且是在明确的现实意图和未来期待的指导下，对人类的生活状况进行总体评价和合目的性的表现。

现代性即是指 18 世纪以来在社会组织、政体制度和精神生活方面发生的巨大变迁，它表明人类生活开始具有了整体性和方向性，并且无限制地在空间和时间结构中延伸。人类社会因此趋于建立高效率的民族—国家；建立一系列的法律制度；形成有效的经济秩序结构；并且创建了各种价值体系和知识体系。总之，现代性的本质就是使人类的实践活动具有整体性、广延性和持续性。但是，现代性并不只是客观世界的绝对精神的自在自为的活动，它是人类的物质生产实践和精神文化创造合力的结果，它反映了人类的理念引领社会发展的那种主体能动性。现代性规划确实使人类的生产实践提升到空前的规模，但现代性最根本的特质还在于它反映了人对其自身的认识评价达到了前所未有的高度。现代性作为一场社会的总体转变，它最深刻之处在于现代人的精神价值结构趋于形成。德国哲学家社会学家舍勒（M. Scheler）从人的精神气质，也就是体验结构来理解现代性。他指出，现代性是深层的"价值秩序的位移和重构，现代的精神气质体现了一种现代型的价值秩序的成形，改变了生活中的具体的价值评价"。① 吉登斯对现代性的阐释就偏重于人的主观认知体系。他认为现代性建立了一套反思体系，对现代社会生活的反思构成了现代性最根本的特征。社会实践总是不断地受到关于这些实践本身的新认识的检验和改造，从而在结构上不断改变着自己的特征。他写道："只是在现代性的时代，习俗才能如此严重地受到改变，由此才能（在原则上）应用于社会生活的各个方面，包括技术上对物质世界的干预。人们常说现代性以对新事物的欲求为标志，但这种说法并不完全准确。现代性的特征并不是为新事物而接受新事物，而是对整个反思性的认定，这当然也包括对反思性自身的反思……"② 现代性建立的这套反思体系当然是由各种知识体系，特别是

① 参见刘小枫《现代性社会理论》，上海三联书店 1998 年版，第 16 页。
② 参见安东尼·吉登斯《现代性的后果》，中文版，田禾译，译林出版社 2000 年版，第 34 页。

人文学科和文学艺术来完成,正是在现代性展开实践中,近代文学艺术才获得如此迅猛的发展。

现代性创建出一套引领社会变革发展的理念,同时也在反思这些理念。这使现代性在思想文化方面的起源与发展并不是那么单一绝对,始终包含着自身内部的矛盾与冲突,因而才使其自身具有持续的创生动力。

现代性在中国的起源与发展无疑是西方影响的产物。现代以来的中国文学当然就是中国现代性的直接体现,也是对中国现代性发展的独特反思。中国现代文学被确认为以 1919 年的五四运动为起源标志,就足以说明中国现代文学与中国强烈而深刻的社会变革密切相关。在某种意义上,中国现代文学始终就是社会变革的思想前卫,就是中国现代性不断伸延的精神资源。

中国现代文学最根本的现代性意义就表现在"历史化"方面。正是历史化,使中国现代文学与传统文学做出显著区分;也正是历史化,使得中国现代文学具有如此宏大的社会能量,具有前所未有的思想的和精神的震撼力;也正是历史化,中国现代文学成为中国革命事业的一个有机组成部分。

从理论的层面来看,历史化包含着以下几方面。

其一,文学艺术对表现的社会现实具有明确的历史发展观念;其二,文学艺术的表现方法本身具有了时间发展标记;其三,文学艺术,特别是文学叙事表现的"历史",具有完整性,这种完整性重建了一种历史,它可以与现实构成一种互动关系;因而,其四,历史化的文学艺术也是历史化现实。

以上四个方面,说到底,所谓历史化,就是说文学从历史发展的总体观念来理解和把握社会现实生活,探索和揭示社会发展的本质和方向,从而在时间整体性的结构中来建立文学世界。当然,在中国现代以来的文学历史化的建构过程中,文学的历史化也经历着不同的阶段,以不同的方式和性质展开实践。这一切都意味着中国文学表达的现代性所具有的特殊含义。

很显然,社会主义现实主义是文学历史化的充分阶段。通过建立历史元叙事的模式,元叙事(mate narration)或总控叙事(master narration)

可以理解为安排历史阐释与写作的总纲。近代历史学的三个重要的元叙事：科学带来进步的英雄主义模式；民族—国家史诗故事；"现代"的观念。中国社会主义现实主义的元叙事显然是以民族—国家革命的史诗模式展开的，其中包含着英雄主义的叙事模式，以及社会主义必然战胜资本主义的进步发展的观念，从而支配文学围绕中心主题展开实践。在这一阶段，文学具有完整的历史观，并且以再现客观历史为最高原则。揭示历史发展的本质规律，建构完整的时空叙事结构，为现实存在的合法性和合理性找到充足的形象依据。在特殊的历史时期，文学过度的历史化无疑有其必要性。

　　"历史化"的文学也确实创造了中国文学的特殊经验。在"文革"后的改革开放时期，文学始终存在艺术创新的压力（这些压力当然也是来自现代性自我反思的挑战），这些压力最终导致文学从意识形态的历史化层面转向了语言本体，转向了个人化经验。以至于在一段时期内出现了非历史化的状况，这种状况既是一种解脱，也是一种虚无，中国文学似乎又重新面临历史化的压力。现代性在中国始终按照中国的方式展开历史实践，在现时代的中国，现代性既走到了尽头，又是一项未竟的事业。这使当代中国的文化建构呈现为极为复杂的形势。在文学的历史化与非历史化的交互结构中，写作主体也不断表现出解脱与反思的双重姿态，并且努力在现代性/后现代性的两难语境中寻找出路。我们确实不是历史决定论者，但是关注如何把握历史的客观性基础与主体能动的表意方式所建构的辩证关系，并且将这一问题放置到文本修辞学的复杂结构中理解。那个历史——阿尔都塞的"缺席的原因"，拉康的"真实"——并不是文本，因为从本质上说它是非叙事的、非再现性的；因此，正如杰姆逊所说："还必然附加一个条件，即历史除非以文本的形式才能接近我们，换言之，我们只能通过预先的（再）文本化才能接近历史。"① 所有这些，都促使我们去思考中国当代文学的历史化/非历史化的内在结构问题，它的内在变异，以及这些变异如何预示着中国文学正在敞开的可能性。

---

① 杰姆逊：《政治无意识》，王逢振等译，中国社会科学出版社 1999 年版，第 68、70 页。

二 非历史化叙事与反本质主义写作

"文化大革命"后的中国文学围绕时代的思想解放运动展开一系列主题,尽管20世纪80年代初期以来,文学界一再表示寻求文学的独立自主性品格,但实际上,文学与时代的意识形态关系依然非常密切。就从"伤痕文学"到"改革文学",从"知青文学"到"寻根文学",以及"现代派文学"等,其中明显可以见出这一时期的思想意识运行的轨迹。文学讲述这个时期的历史,建构一整套的历史表象。在这样一种被称之为"新时期"的历史进程中,文学使历史的延续与断裂具有合理性,从而使历史整体上具有了合法性。新时期文学伴随着剧烈的意识形态冲突而行进,这使它蕴含深厚的社会意识,也激发强烈的社会反响。文学确实构成时代精神最有活力的一部分。在80年代中期以后,思想解放运动告一段落,意识形态反反复复的斗争也逐渐失去了绝对的支配功能。更重要的也许在于,这一时期中国社会开始把重心转向经济实践,文学艺术原来赖以存在的广博的意识形态根基开始弱化,文学必然退回到更为有限的"文学的"领域,而新时期文学一直寻求的艺术创新突破,在80年代后期,就变得更加突出。80年代后期,中国文坛出现一批年轻作者,他们以明显不同于前代作家的风格写作,他们中有些人特别注重小说的表现形式,甚至于语言句法。他们中有一部分人被称为"先锋派",关于先锋派这种说法经历了一些变化。在80年代后期,我使用"后新潮小说"这个术语,当时主要指苏童、余华、格非、孙甘露、北村等人,以此与"85新潮"相区别。90年代初期我改用"先锋派"这种说法,这种说法在当时比较流行,容易获得认同。

历史化的弱化既促使文学艺术转向文本实验,同时,文本实验也加剧了非历史化的趋向。实际上,从80年代上半期,中国文学狂热追求现代派就潜伏着向个人主义和文学本体转向的趋势;而寻根文学并没有在原有的艺术规范框架内来建构历史叙事,不如说它更多地表现了对既定的历史叙事的反动。同样,寻根派对艺术创新的兴趣要大于它对历史文化内涵的兴趣。因而,它当然既没有损毁既定的历史叙事,也没有建立新的历史叙事。不管如何,"实现现代化"这一时代纲领,一直也是文学在80年代的精神动力，"现代派"和"寻根派"都借助它的力量才获得广泛的艺术冲击力。从整体上来看，现代派和寻根派依然带有较强的历史化的冲动，只是这种历史化是在新的历史形势下所表现出来的取向。因此，作家的集体性的象征意义大于其文本的创新意义。直到80年代后期，马原、莫言和残雪偏向于语言本体的表意策略，更明显表现出非历史化的美学倾向。

从总体上看，马原、洪峰、残雪既是一个转折，也是一个过渡，在他们之后，文学的历史观念和叙事方法发生深刻的变异。马原的意义是重大的：过去"写什么"可以从已经完整的历史化叙事中找到与意识形态直接对话的重大题材，写作只有主题的类别之分；而"怎么写"明显地见出才情技法的高下之别，写作不仅要发掘个人化经验的非常独特的角落，而且要去寻找动机、视角、句法、语感、风格等等多元综合的纯文学性的要素。只有独特的话语、技高一筹的叙述，才能在失去意识形态热点的纯文学的艺术水准上得到认可。在这一意义上，马原既是一个怂恿，一个诱惑，也是一个障碍。马原的出现表明，当代中国文学发展的动力，不再来自为宏大的历史化叙事增加延续的动力，而在于开拓文学本体的广度、深度和难度。

当然，直到苏童、余华、格非、孙甘露、北村和潘军等人的出现，先锋派形成一个群体的效应，那种文本实验的倾向才构成一种持续的力量。这股力量明显与长期占主流地位的历史叙事有别，小说的艺术方法活动具有首要的意义。

当历史化演变为文学叙事的经典模式时，它必然要对表现对象进行本质化处理。例如，经典现实主义叙事最重要的美学命题，就是如何把握历史的本质规律。本质主义写作依赖意识形态强势话语展开，而主导意识形态发生变更，对历史和现实的本质性规定也必然发生变更；同样，当意识形态强势话语开始富有弹性时，本质规律的规定也趋于含混。在八九十年代之交，中国社会的意识形态实践实际已经发生深刻的变化，潜在的多元化情境使真实的历史面目变得模糊，当然也使历史本质变得难以把握。尽管表象系统依然非常发达，但它与历史/现实的实践发生脱节，"本质"从历史表象中滑落，这就使表达变成纯粹的表达，变成符号指涉自身的运动。先锋派的形式主义策略回避了既定的意识形态，没有人可以准确把握符号后面的"本质规律"，所有的思想意识更像是表意策略的副产品。90

年代的文学叙事似乎更接近传统现实主义,故事与人物的复活,美学规范似乎又回到历史之中。但纵观90年代的文学叙事,找不到总体性的意识形态轴心实践,也无法确认真实的历史本质,更多的是一种表象式的概括,一种单纯的文学话语,一种指向文学自身,或是与现实表象处于同一平面的符号秩序。因此,非本质主义的写作是历史化解魅(disenchant)的根本手法,它使整体性的历史无法找到中心意义,建立有序的思想/审美范畴。

王朔的小说确实没有什么深邃的思想和形而上的理趣,它在叙事方法方面也无多少特别之处,它的主题既不明确也不完整,从传统的观点来看甚至不突出。但是王朔的小说有非常自然而人性化的感觉,这种感觉在80年代末至90年代足以构成某种思想冲击力——王朔作品的思想不是意义模式统合的结果,而恰恰是无可确定和不必要统一的生活块状撞击产生的思想意向,这种思想意向可以被称为"反本质主义"意义。由于对既定的本质主义先天性的不信任,王朔的小说里的人物都有一种抗拒被体制化和规训化的功能,怀疑主义是王朔赋予人物的基本性格功能,信仰和神圣性的事物在王朔的作品里经常惨遭亵渎。权威与真理的绝对性有赖于对事物本质深信不疑,而王朔恰恰与此相反。他嘲弄了生活现行的价值范型,他的叙述感觉正是从这些现行的价值规范的破裂中迸发出来。代表王朔小说特色的那些精彩对话大都是政治术语和经典格言的转喻式运用,特别是"文革"语言的反讽运用。王朔撕去了政治的和道德的神圣面纱,把它们降低为插科打诨的原材料,给当代无处皈依的心理情绪提示了亵渎的满足。信仰是什么?理想是什么?我们是谁?我是谁?王朔抓住了那个时期人们潜在而又暧昧的怀疑情绪,直接危及现行规训化的原命题。人们依靠的本质观念,人们追求的目的被彻底解除之后,人变得轻松自由,变得胆大妄为。王朔的那些嘲讽性对话不过是人物"反本质"行为的注脚而已。

"反本质主义"意识在王朔的作品里不是通过那些激烈的反抗行为来表达,恰恰是从那些最平易的生活事实里透示出来的。王朔的叙述具有向着生活最原始的状态还原的可怕趋向。王朔一方面嘲弄了庞大的生活信念,另一方面把生活推到最简陋的状况,在这种状态中,生活以最原始的形态显露。王朔的反本质主义态度在这些人物身上确实透示出一种所谓

"新型的世界观",这就是对生活的"不完整性"的认同。出现在许多小说中的能随意变换角色的人物,并不是那种不按传统主角样品塑造的反英雄,而是一个歪斜的不完整的人,一个抗争的人。

在王朔之后,一大批更年轻的作家出场,他们是历史的迟到者、反叛者和逃逸者。他们的写作直接面对当下中国变动的社会现实,特别是90年代中国经济高速发展,全面市场化引起的现实变动。因而他们的写作面对"现在"说话,而不是面对"历史"或面对文学说话。他们的写作没有文学史的观念,先锋派的写作一直在思考小说艺术的既定前提——当代中国的和西方现代主义创立的小说经验,面对这个前提进行叙事革命,这是他们存在的历史依据。然而,90年代这批人的写作没有这个前提,一方面是因为文学史赖以存在的价值体系陷入合法性危机,不再有一个明确的文学规范体系制约着文学共同体的写作;另一方面,这些"现在主义式的"写作冲动来自个体的生存经验,而他们个人的文学经历在很大程度上远离既定的文化秩序。他们就从世纪末的分崩离析的现实边界切入文坛,带着他们的直接经验,充满了表演的欲望,他们就是这样一些末世的舞者。因而,他们关注对"现在"的书写,特别是对中国处在现代化的历史进程中表现出的非历史化特征进行直接表现,使他们的叙事没有历史感。在艺术表现方法上,他们乐于使用表象拼贴式的叙事,倾向于表现个人的现在体验和转瞬即逝的存在感受,并且热衷于创造非历史化的奇观性。所有这些,使得他们的叙事具有某种"现在主义"特征,表示了90年代与80年代迥然不同的文学流向。

韩东一直就以他的反历史叙事而引人注目。在他重写知青故事的几篇小说中(如《西天上》《母狗》等),可以看到知青一代作家企图历史化的叙事,被改写成一些自我反讽的生活片断,一些可笑的欲望。韩东有意掏空了那段记忆的历史内容,他不再以历史主体的角色反省大是大非,也不去找寻所谓丢失的青春。那种超距离的零度叙述,仅仅是在追溯一些奇闻轶事,那个巨大的历史神话被分解为一些无聊而有趣的日常生活,被处理成一些欲念化的表象片断。关于选择、怜悯和命运戏弄的故事,并不是以它的装模作样的思辨特征而引人入胜,那些反讽性的描写和各种不协调情境的随意配置,才是叙事的奇妙之处。韩东的叙述有一种虐待历史的快感,把那段厚重的历史加以漫画化的处理,改变成一些戏谑的表象材料,却也有强烈的反讽效果和解构力量。韩东转向讲述当代生活的小说，致力于呈现生活的非诗意特征，他把生活那些毫无意义的环节逐一展现，像流水账一样重现生活。但韩东的这类叙事并不算成功。他总是期待在他的叙事中出现一个奇特的转折——这个转折不仅仅会给他带来叙事方法上的突变，使小说叙事在这个关节点上被全盘激活，同时又能带来思想性的突然深化，不能不说这种叙事动机用心良苦。韩东过分追求瓦解整体的叙事效果，反抗虚假的历史本质。为了达到这个叙事效果，韩东不断地铺叙，不断地堆砌各种无关紧要的过程和细节，这使他的叙事变得松散而拖沓。韩东的小说的叙述时间过分细密，他总是严格按照那些过程的自然时间推进故事，他的小说几乎没有多少环境描写，也很少插叙，缺乏空白和跳跃，这使他的小说叙事紧凑却显得单调。尽管韩东有很强的把握过程的能力，但在总体上却找不到故事的时空结构和想象的落差。既拒绝思想性的发掘，又无法找到奇特的叙事转折，韩东的小说叙事就不得不忍受了无生气的后果。当然，应该注意到，韩东最近的几篇小说有一些变化，韩东抓住生活中锐利的东西，他的小说立即就显得很出色。《双拐记》写一位残疾人李先生与房客之间的故事，他把残疾人李先生的刁钻古怪，变态式地侵入他人的生活写得入木三分，人性的卑劣、自私和自欺欺人的情境，都刻画得有棱有角。特别是以反讽性描写去表现那种妄想狂的心态，显得生动而有力。《杨惠燕》写一位女子被时代和环境扭曲的性格，终至于患上绝症英年早逝。杨惠燕因为家庭的变故，小小年纪就承担起支撑家庭的责任，结果，一个勇于承担责任的人，却变成责任的附属物。她成为一个利他主义者，却对自己的生活浑然不觉。血缘关系和婚姻关系的矛盾，在她的身上变成永久的冲突，她可能是宗族社会最后残留的后裔？一个理想主义造就的悲剧人物？总之，这篇小说的主题似乎难以概括，但可以使人明确感觉到个人的生活与环境，与责任构成的那种悖论，人是如何成为自己的局限，成为自己的敌人。韩东的小说叙事虽然有些有意扭曲人物性格，人物的遭遇也有些刻意推向极端，但韩东的叙述从容不迫，依靠对生活的整体性把握，对人类的那些根本困境的揭示，显示出小说叙事的内在力量。

新时期的"宏伟叙事"解体之后，当代文学不可避免倾向于"小叙事"。文学不再去表现时代惊天动地的变化，去呼唤或指引人们朝某个共同的目标行进。文学在很大程度上不得不变成生活的抚慰剂，变成填补闲暇的精神消费品。回到纯粹个人经验的晚生代，在当代生活中再也难发掘激动人心的伟大故事，而制造"性的奇闻轶事"，也就为他们的叙事提供了自由驰骋的天地。

值得注意的是，新时期的中国文学以讲述爱情而开启人们的情感世界，因而具有思想解放的意义，如张洁的《爱，是不能忘记的》（1979）。即使是由爱情向性的主题转化，在新时期阶段也可以看到在精神领域产生的冲击力，它是和人的解放，和个性、自由、人性论等等启蒙主义命题联系在一起的。而到了20世纪90年代，晚生代讲述的性故事，就只是性故事，它是满足人们幻想的临时替代品。

张旻、述平、刁斗等人在90年代上半期率先表现了他们的敏感。张旻的《生存的意味》（《作家》，1993）是一部别具一格的作品，张旻的叙事出人意外地坚决超然于情感之外，直接切近那些裸露的事实。

述平以直接彻底写作当代男女性爱传奇而引人注目。他的《凸凹》就是写男女相互诱惑的故事，只不过那种超越现实的浪漫主义情思掩盖了那些色欲的成分。在此之后，述平的小说随着大众流行趣味的高涨而变得毫无节制。他的《晚报新闻》对男女之事和城市暴力有着惊人的表现。《某》居然花费大量笔墨细致表现一个年轻妇女渴望被强暴的故事，述平对女人心理的刻画，细致、不留余地，也充满着东北大男子主义的姿态。对城市男女之间的暧昧情感，相互诱惑和逃脱的困境刻画得淋漓尽致。而《此人与彼人》（1994）又是一次对两性关系的毫无保留的揭露。《此人与彼人》看上去是一篇好读的通俗读物，它有舒畅的故事，细致的人物刻画，那些露骨的欲望总是表现得优雅。他的叙述从容而俊秀，尤其是对男女性爱的大规模渲染，它们充盈着一种末世学的意味，颇有引人入胜的效果。然而，仔细推敲也不难发现，述平的大部分小说隐含着一个严重的（而不是严肃的）主题：那就是对这个时代"没有爱情"的生活状况作出惊人的表现。尽管述平的小说试图揭示当代情爱游戏的虚妄性，但他的反复书写和对那些场景的生动表现，更像是无本质的情爱游戏呈现的巨大景观。述平确实描写了游戏的人们并不是玩得轻松自如，每一个游戏的背后都隐藏着一个摆脱不掉的历史前提和难以逾越的后果。

刁斗的小说主要热衷于设置悬念和男女之间的诱惑。反常规的生存体验，拒绝被既定的生活模式同化，这是刁斗写作的中心。即使在表现那些最落俗套的男欢女爱，那些作为阅读兴奋点来设置的欲望化场景时，刁斗也促使它们处在错位的境地，使它们显得与众不同，别有趣味。然而，刁斗并不是简单在玩弄叙述技巧，在这种强有力的叙述视点作用下，人物的存在并不是被动地被叙述任意驱使，"你"的存在，"你"的行动却是不断地反抗，以各种反常规的方式显示出生存的偶然性。在强制性的叙述与反常规的人物行动之间，刁斗不断地发掘出生存的极端状态和不可思议的多样性。刁斗的人物总是有某种程度的反常，处在非常规的生存境遇，他们怪模怪样又生气勃勃。对于刁斗的写作来说，故事整体性正是他反复突破的障碍。尽管刁斗过去就十分看重悬念之类的故事整体性的设置，他的叙述从未以整体性令人惊叹，倒是那些片断和细节，那些情境和状态的表现令人快乐。现在，刁斗不顾一切地描写"你"的故事，顽强地表达他的叙述视点。虽然刁斗未必有多少热情去追踪"先锋"或"实验"的流风余韵，但他关于"你"的叙述，无疑又在当代中国小说叙事领域，打开一片生动的天地。

三 无法历史化的女性写作

20世纪90年代的作家既不能不顾一切进行艺术形式实验，制作纯粹的叙述学文本，又不愿回到现实主义的老路，他们处在矛盾的境地，这使他们的小说叙事经常处在虚构/纪实的双重矛盾中。个人记忆不断侵入历史虚构中去，以至于那些历史叙事结果变成个人的精神自传，客观化的历史被个人的自我意识所替代。1998年，刘震云的《故乡面和花朵》备受瞩目，但真正引起深入讨论的可能性已经没有。一方面是巨大的篇幅令人望而却步，另一方面则是后现代主义式的解构历史的叙事让人摸不着头脑。由于本书后面有专章讨论，在此不加赘述。同时期《花城》推出几部重头长篇小说，备受关注的有徐小斌的《羽蛇》和阎连科的《日光流年》。它们当然在艺术上创造了不少新型的经验，从思想深度和艺术形式方面来看，都表现出难得的丰富性。但在这里，我更乐意看待这种历史虚构叙事隐含的内在矛盾。

进入90年代，中国作家普遍有一种回到个人直接经验，回到个人化写作的诉求。特别是一批女作家，以讲述个人的内心生活，个人的直接经验故事，激起文坛持续的兴趣。但是，是否真正回到个人生活，回到个人的自传文体中，这也使作家陷入矛盾。在虚构与纪实之间，正如在个人与历史之间，作家并不能准确找到一个平衡的支点。刘震云不得不用语词的狂欢戏谑打碎重建历史叙事的幻想；对于其他作家来说，进入到个人化的经验中，则是摆脱历史整体性的有效方式。

女作家的写作一直被塑造为"反历史化"的典型，由于历史宏大叙事是由男性话语占据统治地位，反男权历史，当然也就是反历史化。早在 80 年代中期，残雪的小说就以她的语言碎片和仿梦式的叙述而令人惊异。在残雪的叙事中，女性的内心独白顽强地逃脱男性的历史，女性宁可生活在自己的幻想中也不愿与男性同化。当然，在 80 年代中后期，人们并没有过分强调残雪的女性意识，更多关注的是残雪的那种非时间化的内心独白式的叙述方式，这种话语表达被读解为文学创新的标志。在同时代的女作家中，残雪是最早的另类，更多的女性作家怀有历史叙事的冲动，这与她们的经验和文学观念相关。但是，在 80 年代后期直至 90 年代，女性作家的历史叙事冲动显然被她们实际面对的现实经验所打断，在历史与反思之间，她们的叙事倾向于建构非主流的女性神话。

王安忆的写作一直缠绕着深沉的历史语境，这是王安忆的作品始终有内在蕴含的缘由所在。从伤痕文学时期的《本次列车终点》到寻根时期的《小鲍庄》，都可看出王安忆对时代潮流的敏锐把握，她的写作始终构成"新时期"文学主流的重要组成部分。进入 90 年代，王安忆的写作更多偏向于个人的经验和记忆，她试图从女性个人的视角重新审视历史，她确实想重新找到连接历史的那些思想逻辑和新的精神支点。90 年代初，王安忆发表《乌托邦诗篇》《叔叔的故事》《歌星日本来》等小说，这些作品都贯穿着对五六十年代成长起来的那代人与知青群体的反思。重要的是叙述人始终投射进的 90 年代的视点，这使作者的历史叙事无法找到衔接的逻辑，这些时代都已经消逝，叙述人所怀有的那种眷恋，已经无法复活历史的完整性。这些时代相互断裂，只能以相互拒绝的形式封存于各自的历史档案馆。

在所有的女作家中，王安忆可能是最具有历史情结的人，这并不只是说她经常讲述历史故事，重要的是她的叙述总是隐含着清理一个时代的动机,她不断地面对历史说话。对于她来说,历史回音壁才使她的叙述具有真实性和踏实感。王安忆会花费大气力去写作《纪实与虚构》这种历史感很强的作品,就可以看出她怀有清理历史的巨大冲动。当然,王安忆绝不是去简单修复现代性的主流历史,在这部作品中,王安忆倾注笔力疏理"母亲"的历史,她试图把"女性"历史与父权历史加以区分,但她无论如何也找不到一个独立的"母亲"的历史,"母亲"的历史还是深深地镶嵌在父权制的历史中。尽管王安忆揭示了父权制历史的残酷无情,但对历史之合目的发展的肯定性评价,还是使父权制历史保持了完整性。王安忆的历史叙事无法完成内在分裂,她也反复书写母系历史的边缘化,这些叙事是非常出色的,它们所具有的美学意义,同时也在叙事文本方面,使历史的整体性受到威胁。很显然,王安忆的历史观念,她关于历史完整性的想象,与经典现实主义的那种历史谱系其实相去甚远。她一直设想一种纯粹的历史,一种史前史的那种时间物自体——类似杰姆逊所说的历史潜本文。她努力促使历史文本化,但她女性的艺术敏感还是压抑住了历史完整性的呈现。从艺术表现的角度来看,王安忆既没有颠覆历史的整体性,也没有建构历史的完整性。她的那些生动细致而敏感的艺术表现构成她的小说叙事的实际主体,它们与关于历史的完整性想象和动机反倒相互脱离,它终究使王安忆的小说逃脱历史梦魇,而是以丰富的审美质素完成艺术的充足性。

尽管 20 世纪 80 年代成长起来的那代女性作家,在 90 年代并没有全然放弃现实主义创作方法,但准确地说,她们的现实主义已经脱离了经典化的元叙事,也就是说,她们的现实主义方法也不再能重建历史化的谱系。相反,她们的叙事带有很强的改写经典历史叙事的意向。90 年代初被称为"新写实主义"的那股潮流,在艺术表现方法方面,没有任何新颖特别之处,但是所有的阐释者几乎都感受到这些作品与经典现实主义存在的严重差异。根本原因当然不在艺术创作方法方面,而是一个时代的思想意识所发生的深刻变化。经典现实主义赖以存在的历史元叙事已经不再起支配作用,"新写实主义"徒剩下"写实"的外表,而没有促使历史神圣化、神秘化和权威化的精神动力。相反,那些"写实"反倒是"解魅"历史的有效手段。池莉被看作"新写实"的代表作家,她在 80 年代末至 90 年代初写下的一系作品,如《烦恼人生》《太阳出世》《不谈爱情》

《冷也好热也好活着就好》等，一直在反映普通人的日常生活的平庸化过程。英雄主义和理想主义的神话已经不再是生活的目标，小人物的日常琐事则成为文学津津乐道的东西。在90年代初，在强大的历史期待压力之下的中国文学，其历史潜意识除了"逃逸"，不会有对自身的任何更高期望。小思想和小叙事这种低调化的文学理念，在理论上被定位为"原生态"，这种说法模棱两可，与其说在确定一种东西，不如说是规避。罗兰·巴尔特式的"零度写作"这种先锋派的形式主义实验概念，在新写实主义的阐释者中，与"原生态"混为一谈。如果说它们有什么共通之处的话，那也只是在缩减时代精神的意义和历史叙事的野心方面如出一辙。这两个概念以含糊其辞的方式流行，并不只是以讹传讹，它反映了人们一时还无法确认，也没有勇气确认的那种深层次的历史变异。所谓的"新写实"文学已经远离了由来已久的现代性期待，文学既没有继续建构历史的那种信念，也没有关于未来的宏大愿望，"新写实主义"虽然阻止了文学向内转的先锋派倾向，但它减约了历史，打破了整体性和目的论，放弃了集体乌托邦而转向了个人经验。

当然，也有一部分新写实主义作家无意中在重写历史，那些被经典历史叙事固定的故事模式和价值标向现在被改写，或者被推到一个疑难重重的领域。方方的《风景》（1987）和池莉的《你是一条河》（1991），这两部小说都写六七十年代的故事。在经典化的叙事中，这段历史显然被描述为充满幸福、理想和希望，然而，这两部小说却以底层民众极端困苦的生活和命运，对经典历史叙事进行改写。不用说，如果有历史的实在性的话，有历史的真实性的话，这种改写无疑更贴近历史本身。原有的历史神话，随着乌托邦的消失而解体。李晓的《相会在K市》显然是一部非常独特的作品，这部小说试图去考证一位中共早期革命时期的"叛徒"的身份。这个"叛徒"到底是被共产党处决，还是被日本人杀害？他是"叛徒"还是真正的革命者？他的死因隐藏着疑点、错误和阴谋。小说叙事显然不是要澄清历史，而是致力于发掘经典历史叙事中隐含的那些偶然性因素，从而使"革命历史故事"变得不那么完整。《相会在K市》似乎在澄清刘东的革命者身份，这使人想起方之的《内奸》，后者辨明"内奸"的革命者身份乃是叙事的根本目的，它使"革命史"变得更完整和完美；而《相会在K市》通过辨析刘东的"革命者"身份，却使"革命历史故事"变得疑难重重,那些偶然性的细枝末节却造就了一系列意想不到的后果。令人惊异的不仅是革命者的冤屈,还有"历史"所掩盖的那些偶然环节——它们使"革命史"变得复杂沉重。

20世纪90年代的女性写作的主导倾向被塑造成个人写作、私人写作、身体写作等。女性作家讲述女性逃避主流社会,拒绝男性的故事。试图把这些故事定位为女性主义是困难的,然而,通过汉语玩弄的狡计,女权主义变成了女性主义,似乎女权主义的政治色彩可以被抹去,而女性的性别特征就足以撑起女性主义的旗帜。对于英语世界来说,并没有一个区别于女权主义的女性主义,它们都是"feminism",它们的根本含义就在于它们的政治诉求和社会运动方面。在西方当然不是所有的女性写作都具有女权主义倾向,只有那些表达了明确的女权主义政治态度和立场的作品才能称之为女权主义写作。但汉语的"女性主义"这个词汇确实是必要的,它可降低中国女权主义的政治色彩。在中国特殊的语境中,只能考虑女性写作的美学意义。90年代的女性写作为理论批评和阅读提供了新的资源,这就在于女性写作与经典化的历史叙事有明显的区别,那种退守的逃逸性的个人性和私人性话语,被赋予了革命性的含义。

90年代的理论与批评如此急切地,多少有些夸大其词地塑造女性主义的革命性,这本身是在强制性地建构一种非历史化的话语。90年代典型的女性主义写作,如徐小斌、迟子建、林白、陈染、海男等人,她们的叙事确实倾向于女性的个人生活,倾向于逃避主流社会,她们的语言构成了一种女性自恋式的乌托邦。

当然,并不是说这些典型的女性写作就是超历史的,而是说她们的写作与原有的历史谱系构成一种复杂的分裂关系。陈染的《与往事干杯》是"历史性"很强的作品,故事发生的年代背景、家庭与个人的命运遭遇等等,都打上了特定的历史印记。但在这里,对历史的反思已经完全让位于对一个女性的心理感受的反复刻画。同样是写作关于"文革"时期的故事,同样也是一个女性受伤的故事,但在这里,没有关于历史的理性批判。小说反复呈现的,是一个少女如何建立自我认同的机制,被历史误置的"性别认同"和"成长经历",并不导向对历史本身的认识,而是意指着女性的内心感受——对于这部小说来说——它远比意识到的历史深度更为重要。当然,林白的《一个人的战争》也是一部当代性很强的作品,她讲述了一个少女在中国变动年代的成长经历，这个经历始终被外部的（男权）社会蹂躏肢解，所有女性的愿望投射到外部社会，就被碰得粉碎。但是女性如此倔强地行走在自己的道路上，正如这部小说中写到的那样："她拿着手电筒走在漆黑的乡道上……"这是多米在农村生活岁月的象征性的描述，同时也是这个女子在迅速的成长经历中的写照。林白几乎是偏执而欣赏地书写她的小说中的女主人公的那种孤独感，那种坚硬、绝望却义无反顾的遗世孤立的姿态。林白的主人公总是被环境随意摆布，各种失败纷至沓来，然而，她们不能接受社会给予她们的限制和压迫，甚至不能接受社会给她们安排的角色，她们怀抱着那些绝对的女性观念，那种超乎寻常的女性的感觉方式。她们倔强地在生活的尽头行走，她们并没有一味沉入内心世界而无法自拔。多米在孤苦伶仃的岁月中却滋生了一些不切实际的念头，她打着电筒走在漆黑的乡道上，想到了"奋斗"，她甚至异想天开要写"电影"或"诗"，成名成家。作为一次对女性内心生活的全面梳理，林白没有回避外部社会的那些困境，但是小说叙事并不导向建构一个与时代和解的情境，而是始终回到女性内心体验本身。林白的人物总是被社会肢解，而她的人物并不屈服，她们一路上不断拾掇碎片，永不妥协地拼装，建构着破碎的女性历史。"她的身上散发着寂静的气息，她的长发飘扬，翻卷着另一个世界的图案。"这就是林白的女性形象，中国式的女性主义者，她们没有自己的历史，也不被穿行于其中的历史所同化，她们是另一个世界的精灵。

就从文学叙事本身来说，海男是一个典型的拒绝历史叙事的人。她拒绝的方式是偏执地建构一种女性失忆的历史，在她企图恢复历史的完整性时，她对语词的过分迷恋，则使她恢复历史记忆的努力归于失败。因而，与其说她是在恢复历史延续性，不如说是把历史记忆推入毫无节制的语言修辞游戏中。对历史的记忆如同进入一个无底的游戏圈，或者说语言的迷宫。

对于更年轻一代的女作家来说，客观化的总体性历史与她们的写作无关，也无法与她们的直接经验发生关联。过去的作家总是历史地生成的一代人，一个群体，而这一批作家，没有坚固的历史纽带，因为历史在当代已经失散。历史也不再具有经验的同一性，历史存在于提高现实意义的理念中，当现实无法固定其统一意义时，历史也就难以被虚构。这些作家确实没有历史,只有个人记忆,只有当下展开的生活,这些生活与我们此前的历史脱节或断裂。她们每个人不是依靠历史意义来加以自我认同,而只是根据个人的经验来确定自我。

例如,卫慧、棉棉、戴来、朱文颖、金仁顺、周洁茹等人,这些作家与当代城市生活密切相关,她们与经典性的历史神话没有关系,与乡土中国的文化记忆也相去甚远。历史不需要重写和改写,历史本来就是缺席的。而中国的城市化和市场化,以及全球资本主义化是她们写作的现实背景。而她们经常讲述的个人的历史,那些受伤的、自恋和自虐的历史,更像是割裂宏大历史的一些碎片。她们乐于寻找生活的刺激;各种情感冒险和幻想;时尚生活和流行文化;漂泊不定而随遇而安……总之,一种后现代式的青年亚文化成为她们写作的主题,她们当然也在建构当代商业社会和城市幻象的非历史化的符号谱系。

她们以及她们身后有着一批批的青春写手,构成当代文学不可遏止的一股潮流,这股潮流已经混淆了传统的纯文学与通俗文学、严肃文学与大众读物的界限。她们虽然未必具有什么革命性的冲击,但却可能改变传统文学的审美趣味和传播方式,改变文学的社会功能,提供完全不同的精神视象。没有任何一代中国作家写作情爱像她们这么大胆直接,又这么透明绚丽。青春期的躁动不安,故作轻松又自怜自爱,这些构成她们小说持续不断的基调。这些关于城市幻象、关于中国早熟的后工业化时代的高情感平衡的叙事,已经最大限度地改变了经典小说所设定的那些人物形象模式和价值取向,生活的非连续性和渴望变异,他们只是存在于现在进行时的失忆者。这里没有历史,这里面的人物都是逃避历史,或者根本就没有历史感的城市寄生者。她们叙述的故事,她们的叙述方式,都是非历史化的,瞬间的感觉,生活的破碎感,无着落感,自怜与自谑,这就是她们想象的生活现场——现在,没有历史。

四　现代性与重新历史化

现代以来的中国文学积极能动地创建着现代性的历史,并且打上鲜明的中国烙印。文学成为现代性变革的一个有机组成部分,文学被纳入到现代性启蒙的历史规划中去,并且被寄寓了改造社会的强烈愿望。现代中国文学伴随着现代性的历史进程而成长壮大，它在书写历史化民族—国家的奋斗史时，也建立了中国文学独特的历史叙事。在现代性规划的边界上，文学被历史化的同时，也历史化了它所表现的社会现实。现代中国文学发展出一套特定的历史叙事，它构成了中国现代性独特的自我反思体系，同时也是对西方现代性规划进行的反思体系。也许我们可以很明显地看出，那些"过度历史化"的文学叙事，显得过分的概念化。然而，我们也要同时看到，中国寻求的现代性道路就有别于资本主义世界体系，中国的存在本身是对现代性的反思、修改和强行超越。而现代性的中国反映了中国在世界体系中所处的特殊地位，它显然也只能以独特的方式来建构中国文学的现代性。

　　确实，我们回过头看，会认为中国现代以来的文学始终存在给"历史化"不断加码的趋势，以至于最终导致过度历史化的状况。同样是现代性的文学，欧美的文学在其现代性的建构过程中，更多地朝着个人化或私人性方向发展；而中国这种第三世界文化，却承受着民族—国家表意的巨大期望和压力。在现代以来的历史发展进程中，中国文学的历史化之内在动力在于强烈的社会变革，文学迅速成为无产阶级革命事业的有机组成部分。我们也许不难从充分的历史化到过度的历史化的过程中，看到中国文学越来越浓重的政治色彩。过度的历史化必然导致概念化。我们也许可以理解，文学不可避免地要承载如此重大的社会/政治功能，中国现代性文学必然有着历史化的强烈要求。在这里，历史化也是将历史神秘化和权威化，因此，历史化也就是将历史文本化，因而寓言化成为历史文本化的根本表现形式。正如杰姆逊所说的那样："要说历史的这些文本，以其幻影般的集体'行为者'、其叙事组织、其承载的巨大焦虑和力必多投资，是由当代主体的真正政治历史的野性的思维加以实现的，这种野性的思维必然充斥于从现代主义高潮时期的文学制度直到大众文化产品的全部文化制品之中……这种野性的思维的最得心应手的形式表达将见于我们正当地称之为政治寓言的结构之中……"弗里德里克·杰姆逊在描述第三世界文化的寓言特征时指出：我们从一开始就必须注意到一个重要的区别，即所有第三世界的文化都不能被看作是人类学所称的独立或自主的文化。相反这些文化在许多显著的地方处于同第一世界文化帝国主义进行的生死搏斗之中——这种文化搏斗的本身反映了这些地区的经济受到资本的不同阶段或有时被委婉地称为现代化的渗透。这说明对第三世界文化的研究必须包括从外部对我们自己重新进行估价（也许我们没有完全估计到这一点），我们是在世界资本主义总体制度里的旧文化基础上强有力地工作着的势力的一部分。杰姆逊认为，正是资本主义对第三世界实行经济的文化的侵略，导致第三世界文化出现特殊的形式。他分析说，资本主义文化的决定因素之一是西方现实主义的文化和现代主义的小说，它们在公与私之间、诗学与政治之间、性欲与潜意识领域以及阶级、经济、世俗政治权力的公共世界之间产生严重的分裂，只能重申这种分裂的存在和它对我们个人和集体生活的影响之力量。他说:"我们一贯具有强烈的文化确信，认为个人生存的经验以某种方式同抽象经济科学和政治态度不相关。因此，政治在我们的小说里，用斯汤达的规范公式来表达，是一支'在音乐会中打响的手枪'。"杰姆逊对比主观、客观、政治等方面的连接关系和方式，指出第三世界文化中艺术表达方式与政治的特殊关系:关于个人命运的故事包含着第三世界的大众文化和社会受到冲击的寓言。[①] 杰姆逊看到现代主义之"野性思维"所建构的历史化文本，而在社会主义现实主义的历史建构中，那种强烈的现代性焦虑和走中国特殊的现代性道路所压抑的巨大的孤独感，全部投射到过度历史化的超级文本中去。

现实主义文学在很大程度上成为建构中国现代性的手段，它为中国持续的社会革命建立了合法性的历史前提，为现实存在的合理性提供了形象的依据。中国的现实主义文学带有很强的意识形态色彩，在相当长的时期里，它就是政治的派生物。但是，在另一方面，我们也要看到，中国的社会主义革命并不是在现代性之外，或是对现代性的悖反;它应该被看成现代性的一种形式，它是发展中国家根据自身的社会历史条件所做出的一种选择。这种选择很难从已有的全球化经验或资本主义世界体系中找到根据，因而，文学艺术提供的合法性和合理性的依据就显得尤为重要。

存在的不一定是合理的，但存在的总是有理由的。文学的历史化及其变异当然包含着很多的历史必然性因素。经典的历史叙事明显是适应冷战时期社会主义革命的需要，它反复讲述革命历史的起源，塑造革命历史英

---

① 参见弗里德里克·杰姆逊《处于跨国资本主义时代中的第三世界文学》，中文译文载《当代电影》1989 年第 6 期，第 45—57 页，张京媛译。

雄人物，建立统一的美学规范。在冷战时期严酷的政治环境中，文学成为论证社会主义革命的正义性和合法性的有效工具，成为展开阶级斗争和无产阶级专政的辅助手段；同时也创造了一大批的英雄人物形象，激励中国民众进行社会主义革命。然而，文学建构的这种意识形态的历史必然要随着意识形态赖以生存的社会条件的改变而改变；历史的元叙事实际就是意识形态的元叙事，历史观念就是意识形态观念的投影，当特定的起决定作用的意识形态发生变更时，历史观念（以及历史元叙事）也必然发生相应的变化。

20 世纪 90 年代后冷战时期的国际政治经济形势也深刻影响到中国的意识形态建构，尽管中国始终走着自己的路，但它不可避免是现代世界体系的一部分。国际政治文化思潮必然投射在中国的意识形态结构体系中，使得原有的强制性的思想观念和表象体系发生变化，这也必然使历史元叙事的统一模式发生变异。历史的解魅化，同样也是历史的潜本文与主体辩证互动的结果。中国在改革开放的二十多年时间，始终以积极的姿态回应世界政治经济形势发生的深刻变动，在思想文化方面逐步走向多元化，从而使文学的非历史化（历史解魅化）趋势得以形成。

确实，这种转向并不是简单的线性和表面化的，也不意味着 80 年代后期以来的中国文学就进入一个脱序的阶段。历史化的内在变异，显示了当代中国文学的内在矛盾和复杂性特质。不理解这一点，就不能正确评价和把握 80 年代后期以来中国文学发生的那些剧烈变革。非历史化趋势当然反映了一部分具有历史敏感性的青年作家所做出的探索，但同时也表现了历史内在的变革需求。不管是从先锋派还是晚生代，或是其他具有鲜明个人风格的作家那里，在脱离宏大历史叙事的艺术转变过程中，开掘出当代中国文学崭新的艺术经验。

非历史化确实使年轻一代的中国作家的写作在某种程度上进入一个"平面化狂欢"时代。"平面化狂欢"表明当代文学叙事不再承受历史元叙事的压力，但也因此使人对其缺乏思想深度和力度感到不满足。当人们认识到还有那么多的现代性思想资源没有被使用时，却发现现代性已经力不从心，当代社会似乎脱离现代性的轨迹向着不同的方向行进。就从思想文化方面来说，后现代的各种思想理论已经进入人们的视野，后现代社会的各种现象和现实愿望也在当代社会中产生影响。前现代、现代与后现代的混合，使得当代中国社会现实异常复杂矛盾，所谓的多元化格局，并不是在一个层面上的多元，而是多个层面的混淆、无序、交叉和错位。现代性走到了尽头，它却依然反反复复地出场。

当然，当代中国消费主义占据主导地位的文化潮流与文学可能建构的历史认同相矛盾，这使历史叙事的重构呈现更为复杂的状况。例如，那些试图重新寻求思想冲力的文学写作所呈现出的矛盾，就预示着当代中国文学在现阶段的困境及可能性。

第 五 章

虚妄的强加:文学的道德诉求

　　强烈的道德诉求一直是人类精神生活中的最重要的组成部分,它是社会共同体得以存在的精神的和心理的基础。没有道德准则,人类社会得以存在和发展将是难以想象的事。但道德显然具有双重性,它是自我认同、自律与他律的界限,也是自我提升和贬抑他人的有效手段。道德就意味着一种限制、给予、享有和剥夺。"有道德"和"不道德"并不只是在精神的自我意识、在知识的自我生成、在纯粹的概念反思体系内加以命名或给予意义。道德是一种社会性的、历史性的命名,是一种等级、权力和权威的利益交换。

　　文学一直与道德结下不解之缘,文学总是被指称为提升人类精神品质的有效手段,这就使文学既把道德作为一种目标,也作为一种动力,甚至转化为一种标准。然而,文学的历史并不是道德的历史,特别是现代以来的文学,总是在道德的临界线上走着自己弯曲而又激烈的道路。

　　20 世纪 90 年代以来,中国文学确实发生某些深刻的变化,其显著特征之一就是过去那种宏大的历史感,那种共同的价值观衰减了。取而代之的是个人化的写作,个人的经验和内心感受,个人化的语言风格,甚至个人隐私和欲望都构成文学的内容。相当多的人感到文学软弱无力,感到文学越来越卑微和琐碎。人们怀念 80 年代文学在社会上不断引发的轰动效应,怀念文学给人们带来的精神震撼。甚至人们由此开始怀念五六十年代,那种激昂的理想主义也能提升人们的价值追求。这种对现状的不满与对历史的怀念,在 90 年代初期曾经风行过一阵,关于人文精神的讨论构成了当代贫乏的文化史的高昂的部分。但倔强、变化多端的现实却按照它的历史逻辑蛮横地前行,它没有让那些深思熟虑的理论有所作为,也不给它悔过自新的机会。现实执迷不悟，理论固执己见。几乎是 10 年过去了，问题并没有解决。尽管现在的历史诉求的声音要低沉得多，但思想却一脉相承，而且更具有学理性和历史感。人们再次寄望于道德来拯救文学，当代文学的问题和困境重新被归结到道德问题，解决方案也明白晓畅。

最近一段时期，道德谱系学再次把当代中国文学进行了分门别类，一些作家被作为有理想追求，有道德情操的榜样；而另一些人则被作为不道德的没有精神价值追求的反面典型加以批判。在通常的意义上，这种划分可以说得过去。例如，当代中国确实有一些作家讲究人格操守，他们坚守文学阵地，对文学有着认真严肃的态度，他们不以文学作为沽名钓誉的主要手段，这种态度和精神无疑值得赞赏。另一类更年轻些的作家良莠不分，鱼目混珠，急功近利，下半身写作，出卖隐私，无所顾忌地走向市场，把文学作为名利来经营。在一定限度内进行分类，并且加以肯定和否定也未尝不可。但是，把道德性的话语提升到某种高度，把它作为重新规划文学史的尺度标准，把它作为文学的本质，甚至把它作为审美的决定性因素，那就值得商榷。

近读张光芒君的文章，题为《道德形而上主义与百年中国新文学》①，是一篇很大气的文章。作者的论述纵横恢弘，对百年中国文学进行一次道德谱系的梳理，显示出作者宽广的理论视野。作者把十七年文学看成是"反启蒙"文学，他认为："反启蒙文学"却起了启蒙的作用，且启蒙的效果要大得多，而功利性极强的启蒙文学反而尴尬地陷入启蒙功能的无效缺失状态。作者写道："这说明十七年至文革文学必然蕴含着某种魅力独具的审美精神，它隐藏在文化/文学价值的深层结构之中。我认为这种深藏于内的审美力量之所以强大就在于它建构起了一种道德形而上主义。"②作者的理论气魄确实值得赞赏，这是对现代以来的中国文学一次果敢的诊断和彻底的命名。启蒙/反启蒙对中国现代性文学的内在分裂作出了一个二元对立的尖锐概括，而"道德形而上（或形而下）"再次对百年中国文学进行了价值指认——准确地说，还不只是精神价值性的，更重要的在

---

① 《当代作家评论》2002 年第 3 期。

② 张光芒：《道德形而上主义与百年中国新文学》，《当代作家评论》2002 年第 3 期，第 123—124 页。

于,"道德形而上"构成了"某种魅力独具的审美精神"。"道德形而上"可以随时转化为审美的内在力量,并且构成了审美的最重要的规定性。

这些命名和概念的转化是如何建构的,又是如何轻而易举地转换的呢?当然,在这篇两万多字的长文中,作者有着他自圆其说的逻辑。但是,这些命名的依据,这些诊断和判定,这些转化和替换,还是令人不可思议。何以"五四"现代时期的启蒙文学是"功利性极强"的文学,而十七年文学反倒更具有形而上的意味?这是令人奇怪的判断。本篇并不想与张光芒君展开逐文逐句的争辩,实际上,张光芒君的观点代表了时下的卷土重来(也许从来就没有退潮,从来就占据主流)的看法。翻开最近的刊物看看,那些呼吁,那些对话,那些张扬和抨击,都如出一辙,都异口同声。因此,本篇只想就"道德/理想主义"是否就构成了文学的内在价值,构成审美(表现主体、文本)的决定性因素,构成中国现代性文学的历史本质进行一次浅尝辄止的梳理。我说"浅尝辄止"并不是谦逊,面对这样一个敏感而庞杂的问题——它并不复杂,而是简单却庞杂,我们需要的不只是时间和篇幅,还有我们的习惯、我们可能享受的思想空间,以及"道德"所给予的可能性。

一 什么是道德? 谁的道德? 谁道德?

从柏拉图到康德以来的西方的古典哲学或启蒙哲学,确实把道德作为建构人类思想意识和精神秩序的基础,由此建立起的人类思想的那种理性力量,有效地推动人类社会前进。柏拉图把道德根源定位于思想领域,在他看来,当人们受理性支配时就向善;当人们被自己的欲望所控制时就向恶。康德把道德律令看成人类自我意识的根基,康德的道德律令在于人类自由本性的需要。在康德的思想中,自由就是服从道德律令,因为道德律令不是从外部强加的,而是理性自身的命令。更重要的在于,理性是普遍适用的,真正理性的主体的行动,都是依照被理解为普遍适用的原则和理性。所有符合人的本性的事物或行动,也就顺应了普遍律令,因而也就是自由的。康德的思想在那个时代具有革命性,正如查尔斯·泰勒在《自我认同的根源》一书中所指出的那样:"它似乎提供了一个纯粹自我活动的前景,在那里我的行为不是由仅仅被赋予的本性(包括内在本性)因素确定的，而最终是由作为理性法则阐释者的我的主体性确定的。"① 这就是现代性思想的本源所在，普遍性法则不是外在，不是实证性的历史、传统或自然法则，而是根源于人本身，是在人的自主性的确立中达成的，因而普遍性与人的自由完全统一。对于康德来说，道德所表征的普遍善，也不能在人类理性之外的地方发现（例如，它不能是意识形态的强加），它是人对自身的内在性的领悟才得以产生的。因此，普遍正义的原则也就是人对理性的认识，也就是按普遍准则行事，并且把所有的理性存在物作为目的来看待的决定。康德关于普遍性的观念，直接影响了费希特、黑格尔、马克思，构成了现代性思想的前提和基础。

普遍性准则给现代性思想提示了行动的根基，人类的实践和思想活动，都因此统一在共同的社会理想和目标上。自由、平等以及普遍的正义，启蒙主义探求的理念，不是意指着人性，或人的行动后果的可能性，而是人的活动先验存在的依据和要义。因此，在普遍性的基础上，现代性的反思活动具有了充分的合理性，同时，也保证着对现代性创立的那些准则的持续推演、质疑和检讨。

这些普遍性的准则受到康德以后的现代思想家的质疑，这种质疑贯穿于整个现代思想领域。一方面是千百年来人们对理性为基础的普遍自由、平等和正义的信仰；另一方面，则是人的本性、实现过程、表达的可能性以及特殊性的要求。这两方面的对立，与其说是对与错的对立，不如是说是知识在历史演进中所采取的轮换形式。更为中庸一点的说法，后者不过是把一直被一种历史强势知识话语遮蔽的那些方面加以发掘。在尼采和福柯看来，那些普遍性原则在很大程度上，是强加的"真理制度"。

也许迄今为止还没有谁像尼采那样直接而彻底地对道德进行了清理。尼采这个三十五岁就退职，四十多岁就疯狂的人，他持续地构成了现代哲学的思想源泉。海德格尔、福柯、德里达的思想至少有一半来自这个人，我真拿不定主意在多大程度上他的思想可以作为我们今天谈论一个敏感问题的依据。但不管如何，《论道德谱系学》这部被作者自己称为"一篇战斗檄文"的著作，依然是一篇学理透彻、精妙绝伦的文章。在道德的神

---

① 参见查尔斯·泰勒《自我的根源：现代认同的形式》，译林出版社 2001 年版，第561 页。

圣不可侵犯面前，我们除了求助于道德谱系学，还能有什么更大胆的动作呢？

尼采确实具有种族优生学的偏见，但他的这一偏见只限于对日耳曼民族的偏爱，除此之外，他对历史业已建立的那些优越性则给予严厉的拆解。很显然，道德来源于对"善"的判断。但什么是善？什么样的行为准则被认定为善？尼采对道德史学家试图确定"善"的概念和判断的起源进行揭示，道德等级的建立恰恰是依赖特权，依赖这些特权阶级的命名权威才得以成立。尼采认为，对"善"的判断并非起源于那些受益于"善行"的人，而是那些"善人"自己才是这一判断的起源。"也就是说那些高贵的、有权势的、上层的和高尚的人们以为，他们自己和他们的行为是善的，他们是属于第一等级的，与他们相对的则是低下的、卑贱的、庸俗的乌合之众。他们从这种等级差别的激情中为自己获取了创造价值和彰显这些价值的权利。"① 道德判断的那些准则并没有本质性的起源，"好的"与"坏的"，"自私的"与"无私的"，在其最初的意义上，并没有先验的、天然的意义，它依靠在社会中占有优势地位的集团加以定义。

在启蒙主义者那里，"善的""好的""高尚的"这些概念之所以被人们认同，是因为与人类的利益相一致，并且是在社会历史实践中被反复证明有益的东西。赫伯特·斯宾塞认为，"善的"概念在本质上是与"功利的""合乎目的的"概念相连的，于是人类在"好"与"坏"的判断中，恰恰就综合和确认了有关有益的、合乎目的的和有害的、不合目的的、尚未遗忘的和不可遗忘的经验。启蒙主义者把所有的利益和合目的性都看成是人类共享的，但尼采并不这么看。尼采看到这些名称统统都回归到同一个概念的转化上——社会等级意义上的"高尚""高贵"等词汇到处都成为基本概念，由此就必然演化出"精神高尚""高贵"意义上的"好"，即"精神贵族""精神特权"意义上的"好"。一种演化总是与另一种演化并行发展的，这就是"平凡""俗气""低级"等词汇最终演变成"坏"的概念。尼采举例来证明他的推断：在德语中，"schlecht"（坏）这个单词与"schlicht"（朴素的）是通用的，它同时还与"直率

_____

① 尼采：《道德谱系学》，中文版，谢地坤、宋祖良等译，漓江出版社 2000 年版，第11 页。

地"和"实在地"这些词义相同。"朴素、平凡的人最初就这样被不屑一顾，简单地被称为高尚者的对立面。"① 尼采对道德谱系进行词源学的拆解，这些本来是指平民普通社会阶层的词，后来就转化为贬义词，直到现代，这些词却又打上道德的标记，它们有些被赋予正面的意义，有些则被赋予反面的意义。

在古希腊，高贵者干脆就按照自己的权力上的优势称呼自己，比如"富人""占有者"就称自己是"真诚的人"。尼采分析希腊贵族诗人狄奥格尼斯的用词。εουνλόs 这个词根表示这个人存在着，他有实在性，他现实地、真实地存在着，因为他有真实的财产，所以他就现实地存在着（直到现在，房地产在法律上的名称使用的词是 real estate，不动产，亦即这是真实的存在物）。这个词随后就转化为"贵族的"词义。不诚实的人显然是与之相对的下等人或平民，用以指称下等人的词，同时含有胆怯的意思。拉丁文中的 malus（坏）可以表示平庸的人，同样也可以表示黑头发和深肤色的人（他们是意大利早先居民），以此区别于金黄头发的雅利安人。Fin 最初的含义是表示金黄头发的意思，与深肤色的土著相对照，后来就成为表示贵族的单词，最后就用来表示善者、高贵、纯洁。拉丁单词 bonus 的含义是好、善、优越的，也是勇敢的、忠诚的，然而它最初的含义是指武夫，而这个词根最早的含义则可以解释为挑拨离间、制造纷争的人。② 很显然，武夫占了上风成为征服者，这个词就变成"善""忠诚""勇敢"的了。这个占据优越地位的阶层的所作所为，当然也就代表善行。

在尼采看来，道德的那些内涵最初并不是普遍性的，而是具有明确的等级含义。古人在最初使用的那些词也不具有德行的象征意义，而是简单粗糙甚至浅薄狭隘。例如，"纯洁"与"不纯洁"。"纯洁"最初只是指这样的人，他洗脸洗澡，拒绝食用某些传染皮肤病的食品，不和生活条件差的异族妇女睡觉，厌恶流血等等。尼采不无尖刻地指出，僧侣们的那些具有道德象征意义的修行，肉类禁忌，斋戒，以及性生活节制，甚至逃往

---

① 尼采：《道德谱系学》中文版，谢地坤、宋祖良等译，漓江出版社 2000 年版，第12—13 页。

② 尼采：《道德谱系学》，第14—15 页。

"沙漠"的苦行，都不过是一种饮食疗法而已。当然，这些方法对身体治疗徒劳无益，却产生了道德的象征意义。对僧侣阶层怀有敌意的尼采，则把这些行径看成是人类的精神病症。

尽管尼采的道德谱系学批判不无偏激和狭隘之处，特别是他对僧侣的攻击与对犹太人的攻击混为一谈，这不能不说是他的日耳曼种族优越感在作祟。但尼采的那些词源学的分析无疑是可信的，他提示了道德的那些内涵品质，在最初的时候并没有任何精神性的象征意义，它被有权势的阶层，被征服者用来进行自我命名才产生了道德的象征意义。

深受尼采启发的福柯并不买尼采的账，他比尼采走得更远。在福柯看来，根本就没有什么道德谱系的起源，起源是不存在的，因为事物并没有最终的，也没有最初的同一性。福柯说，寻求这样一种起源，就是要找到"已经是的东西"，而这个东西的形象足以反映它自身；这就是把本来能够发生的转折，所有诡计和伪装当作偶发的东西；这就要求摘掉面具，最终揭露出一种原初的同一性。福柯写道："如果谱系学家去倾听历史，而不是信奉形而上学，他就会发现事物背后'有一个完全不同的东西'：那并非一种无时间的、本质的秘密，而是这样一个秘密，即这些事物都没有本质，或者说，它们的本质都一点点地从异己的形式中建构出来的。"福柯认为，理性、真理、普遍性原则、自由，等等，都不过是"统治阶级的一种发明"。在事物的历史开端所发现的，"并不是其坚定不移的起源留下的同一性；而是各种异它事物的不一致，是一种悬殊"。①

当然人们不可能全盘采纳尼采和福柯的观点，就他们作为独创性的思想家来说，矫枉过正不难理解。在相对的意义上，还是有必要信奉普遍性的原则，同时又保持不断的反思性。人类总是有某种共同性，总是在长期的传统中建构起来某种普遍的准则，人类才能构成一个共同体，至少在民族—国家的范围内是如此。但是尼采、福柯的观点也在提醒人们，完全相信道德的绝对性和普遍性，把道德作为某种思想的根基，秉持道德观念来评判一切事物，那就掩盖了历史实际，并不能建构一种恰当的认知体系。

---

① 福柯：《尼采、谱系学、历史学》，参见汪民安、陈永国编《尼采的幽灵》，社会科学文献出版社 2001 年版，第 117—118 页。

二　历史之外的强加：道德与 意识形态的力量

　　道德显然是一种意识形态，但道德确实具有一种实践的品格，并且我们应当承认道德是基于人类本性中的或培养起来的善的观念。这就使道德与意识形态还是有明显的区别。我们可以说道德所根源的和后来所指认的那些"善"，经历过意义的转换，但它总是在相当的程度上凝聚了人类的共识，它符合人们的共同利益。但是，过分政治化的意识形态就有所区别，这不能归结为道德范畴，它属于政治的领域。它在特定时期具有强大的组织动员功能，时过境迁，人们看到这种意识形态短时效的功能，稍微拉长历史距离，就可以看清它的弊端。例如，现在有不少文章，就把五六十年代甚至"文化大革命"的文学作品，称之为具有"道德理想主义的精神"，前面提到的张光芒的文章就认为："1949—1976 年文学正是在这一层面上将道德实用主义上升为革命道德形而上主义，还原了道德主义的先验本质。由于它的内涵与古典传统道德主义已经不同，不妨称之为红色道德形而上主义。在这一层面上，文学的政治性已与主流政治话语失去了直接关联，而成为一种自足自律的审美道德体系。"[1] 作者颇有创见地把十七年的文学作品进行"政治伦理化"和"伦理的政治化"的区分，在一定限度内这种区分是可能的，但如果笼统而全面地推论那些政治色彩浓重的作品普遍转向了政治伦理化，可能就难以符合实际。作者的推论显然是过于理想浪漫了："'政治的伦理化'意味着人性的社会学层面的确立，社会人生的政治性因素业已转化为一种发自灵魂深处的情感诉求、一种由衷的宏大叙事情结、一种普遍性的'民间精神'。"这种转化的实际情形如何？依据何在？可能性何在？确实值得推敲。如果这种推断成立的话，那就没有必要搞什么思想解放运动，"新时期"对文学与政治关系艰难困苦的讨论，人性论和人道主义的诉求都是多余的，也是虚假的。

　　当然，在强大的政治压力之下，依然有艺术的自主性可能存在，但这一切并不是反映在道德伦理的层面，而只能是以语言艺术的表现形式加以

---

　　① 张光芒：《道德形而上主义与百年中国新文学》，第 130 页。

体现。艺术的符号记忆方式有可能偏离政治意识形态，获得独立的审美效果。在这里唤起的是心理的和感性的审美经验，而不太可能在思想意识内容方面造成分裂。无论如何，那些革命历史叙事，或者红色经典艺术形象在当时的审美活动中可以与政治意识形态的意义分离，而转变为艺术的表意形式。但是，不管是政治伦理化，还是伦理政治化，二者实际就被混淆在一起。更有可能是处于强势的政治吞没了道德。如果一定要确认一种文化意义上的纯粹的道德伦理的话，那么，它与意识形态强权并不相容。道德伦理就是道德伦理，政治意识形态就是政治意识形态，这里的转化并不是像火箭的分级脱离一样，最后剩下的就是直奔轨道的纯粹的伦理道德，纯净的"民间精神"。

"民间精神"在这里是被作者廉价地挪用了，或者说有意混淆了民间精神与意识形态权威的含义。只有毫无民间意识的人，才会把二者随意混为一谈。作者的本意是把意识形态权威作为中国民族本位意识、本土性，当然也包括民间精神的当然体现来理解的。这位作者很清楚地写道："马克思主义在中国的胜利并不意味着传统思想资源的彻底失败，而正是其内在推动力发生作用的结果。"① 漫长的中国传统在茫茫岁月中耐心地等待，就是等待马克思主义的来临，岂止是"并不意味着传统思想资源的彻底失败"，按照作者的观点，应该说是真正的胜利。不管从哪方面来看，都是对马克思主义的中国本土化进行了庸俗化的处理。在历史整体性观念的支配下，作者不只是看到马克思主义在中国的必然性，同时看到，启蒙主义，反启蒙主义的红色伦理，以及无产阶级文化大革命在中国顺理成章的历史：

> 只有解放了全人类，才能解放自己——这一信念使 1949 年前、后文学取得了逻辑上的一致性与承传性。可见，如果说悲剧性启蒙文学只是从否定的方向证明了任何个人主义的道路都是行不通的，那么更多的启蒙作品沿着叶绍钧等现实主义作家"为人生"的现代传统，并加以发扬光大，解决了一个人人都要追问的方向与道路的问题。而十七年文学不正是将这一答案作为一个新的起点吗？既然方向已被确

---

① 参见张光芒《中国现代启蒙文学思潮的内在思想资源》，《文艺争鸣》2001 年第 6 期。

定，接下来的任务自然是如何永葆胜利果实的问题、如何"将革命进行到底"的问题。于是我们看到，"时间开始了"，徘徊者为改造的洪流所"刷新"或者淘汰，英雄形象"在烈火中永生"（《在烈火中永生》），"新人"形象则无需犹豫地走上"创业史"（《创业史》）。①

　　历史被完全合理化了，存在就是合理的，合理的就应该存在。这就是在历史之外对历史进行强加。在概念的领域完成的逻辑推论，被重述为历史的客观的运行轨迹，并且获得了客观的真理性。这样一个逻辑，不仅是严密的，环环相扣的，同时（更重要的）也是历史本身发展出的必然性。从中国的本土传统历史中找到根源，启蒙/反启蒙，反革命/革命，摧毁/新生……这些都按照铁的必然性向着历史的高处与完满，向着道德形而上的天国升华。不断的激进化的历史固然有其合理性，有其历史的必然性，但历史绝不是以理想而完满的形式展开的，并不都是永恒的正义的胜利。只要想一想农村合作化运动在中国历史中的实际意义，大跃进给中国农村留下的"自然灾害"，无论如何不会推导出一个如此圆满自足的道德形而上的历史怪圈。

　　实际上，未必需要什么崇高的道德形而上理念，对于已经改造了世界观或正在改造世界观的革命群众而言，就是政治意识形态也有可能具有审美效果。革命完全可能具有美感，不必要转化为伦理道德，道德在文学作品中并不是万能或必不可少的。在革命化的年代，革命就直接构成审美对象，直接诉诸人们的崇高感之类的心理反映。艺术不仅生产了审美大众，审美大众也反过来生产艺术。也许在革命的再生产中，不仅革命生产了道德，也生产了艺术。革命把一切都变成了革命，审美变成了革命，革命当然也就审美了。在革命的年代，革命就是美学的领路人，革命本身就具有审美的震撼效果。但是，要紧紧把握这一点：这一切只有在革命的年代能做如是观，时过境迁，一切都昭然若揭，我们看得很清楚，革命的意识形态是如何吞没了审美的意识形态。这里不需要道德伦理作中介，道德伦理远要比革命稳定得多，深层得多，它经常是冬眠的动物，它是惰性的，

---

① 参见张光芒《道德形而上主义与百年中国新文学》，第 129 页。

被压抑得很深。

在谈论革命文艺的艺术性时，在谈论革命文艺的主体与历史客观化的关系时，要审慎些。我们并不认为革命就完全压垮了写作主体的能动性，以至于革命文艺没有溢出政治边界的美学趣味而存在。这一切都只有在艺术形象和文学文本的范围内来理解，一种溢出政治伦理道德边界的艺术形象具体形式中来把握。意识形态的政治动员是一回事；革命所采取的审美形式是一回事；而在艺术形象与文本形式方面所建立起来的审美意味是另一回事。这些方面是不能简单等同和混淆的。① 在这篇文章中，我试图分析在革命文艺的创作中，那些个人记忆是如何越出革命的边界，使革命文艺还具有形象的可感性，还可以被指认为"文学艺术"。显然，这一切是与生活本身的东西在起作用，那些不能被历史化的，不能被政治完全裹胁的东西起了作用。这也是梁斌后来在创作谈中津津乐道的东西。

在很大程度上，革命本身就是反伦理道德的，革命历来就是伦理道德的天敌，革命总是首先被认为不道德的——特别是从既定的传统伦理秩序来看就是如此。法国大革命是道德的吗？在雨果的《九三年》中，激进的革命是被作为反人道反伦理加以怀疑的对象；托尔斯泰的道德诉求很显然是远离暴力革命的。而在革命的叙事中，既定的道德传统则是其嘲弄颠覆的对象。其他姑且不论，就革命文学反复书写的打土豪分田地，无情地剥夺地主阶级的私有财产等等，这又如何与既定的传统道德吻合呢？革命就是反道德，革命的本质是"正义"，它就是反（"没落的""统治阶级的""传统的"）道德。

革命创建了革命的艺术，培养了革命的审美大众，这是在革命的名义下进行的审美活动。狂热的意识形态诉求本身就具有美学气质，革命本身变成了行为艺术。当然，我们并不能否认艺术符号记忆方式的独立性，有良知和艺术才华的作家艺术家，在革命的名义下，依然会保持艺术表现自身的规律。在这里，革命与艺术表达有时能达到高度的统一，有时是分裂的。但不管何种情况，均不可能，也不必要发生道德形而上的转化。

道德——不管是形而上还是形而下并不能构成审美的重要因素，或者

---

① 参见拙文《个人记忆与历史的客观化》，《当代作家评论》2002 年第 3 期，第 113—122 页。

说并不是文学艺术作品审美价值的决定性构成部分。不管是从作品文本还是创作主体来说，道德品质的高低并不决定一部作品的艺术水准和艺术价值。文学史上的情形可能恰恰与之相反：相当多的有影响的作品或作家，其道德水准值得怀疑。我们都不用去列举那些臭名昭著的例子，就看看那些头脑上戴着道德光环的作家作品，实际是怎么回事。雪莱确实有很好的口碑，马克思从革命性的意义上肯定了他；雪莱那个时代的著名批评家阿诺德称赞过他的德行；拜伦对雪莱的爱心和无私也有很高的赞美。雪莱自己也是个道德狂想家，他说过："道德的最大秘密就是爱；或者说超越我们自己的本性，把我们自己同他人的思想、行为或人身上的美融合起来。""诗同自私自利和物质的算计进行斗争，它鼓励群体精神。""人为了达到至善，就必须深刻而周密地想象，他就必须把自己放在另外一个人和其他许多人的位置上；他人的痛苦和快乐必须成为他自己的痛苦和快乐。道德的伟大工具是想象，诗则作用于原因而有助于效果。"[①] 然而，雪莱的传记作家不这么看，从雪莱的信件中，可以读出他不是个讲道德的人。他向家里要挟要钱，欠账而且赖账，不断地诱奸少女又把她们遗弃，鼓励群居，甚至让他的妻子和情人与别人乱交，还试图引诱他的妹妹们参与到他的大家庭中，他与拜伦共享一个情妇（克莱尔·克莱蒙特）。他让手下的仆人冒险去贴传单，却并不为他付罚金，结果仆人被投入监狱。雪莱有七个孩子，但雪莱从来不关心他们，连做做样子都没有。当然，雪莱在钱财方面的拙劣也许要归结于他身边的两个坏人，激进哲学的伟大代表葛德文，以及一个知识圈里的混混李·亨特。传记作家不得不说："雪莱这位信奉真理和美德的人，变得终身都在躲避债务，成了骗子。他到处借钱，向各种各样的人借钱，对其中多数人从来没有还过。雪莱无论什么时候搬家，通常都是匆匆忙忙的，丢在后面的是曾经信任过、而现在对他非常气愤的一群人。"[②] 雪莱29岁时去世，可以想见，他做这些事情时有多么年轻。雪莱的这些品性并没有投射到他的作品里去，也没有构成他作品评价的参考资料。他的品性既没有抬高，也无法贬损他为英语文学变革所作出的贡献。他的作品在他活着的时候销售困难，死后却开始走俏，他的

---

① 转引自英保罗·约翰《知识分子》，杨正润译，江苏人民出版社1999年版，第41页。
② 转引自英保罗·约翰《知识分子》，第67页。

影响日益彰显，这一切都与道德无关。他本人关于至高的善、关于德行的设想，并没有构成他的作品的真正主题。他的作品的思想内涵，要么是远为抽象的柏拉图式的关于永恒时间观念的问题，要么是更具体的有关解放与革命的想象。

如果说雪莱太年轻，他无法对自己的道德承诺负责，那么其他的作家又如何呢？

托尔斯泰历来被当作道德完善的榜样，这不只是就他的作品，也是就他的生活经历而言。实际上，这完全是人们想当然的结果。托尔斯泰年轻时倒是对自己的道德感自命不凡："至今我还未遇到一个像我这样有道德的人，一个能够相信我时刻铭记着一生向善并随时准备为之牺牲一切的人。"① 托尔斯泰一直想着解放奴隶，但他的行径从来没有得到过农民的理解和支持。等不到他解放，沙皇亚历山大二世就颁布法令解放农奴，而托尔斯泰则痛斥了这项法令，这与他要解放农奴的设想到底有什么区别？托尔斯泰的青年时代是在赌博和引诱农妇中度过的，他的那种罪恶感，那种赎罪的强烈诉求，并不是来自于道德的自我完善的要求。对赌债的恐惧，对性诱惑的无法抗拒，以及对土地的占有，这些既是他的主动行为，又是他自责的依据。如果托尔斯泰觉得靠继承遗产占有土地是罪恶，那就没有必要后来还用大量的稿酬收入去购买土地。托尔斯泰周围的人经常提到他是一个具有独裁品性和刚愎自用的人，甚至有些人干脆就说托尔斯泰是一个冷酷的人。托尔斯泰对婚姻，对女人的看法都极度悲观，他的婚姻也是完全失败的。在过去的文学史中，或者大部分传记作家那里，责任都完全推到托尔斯泰的妻子那里，但也有传记不以为然。后来披露的托尔斯泰晚年的日记，就使托尔斯泰后半生的形象严重受损。当然，作为作家的托尔斯泰来说，并不见得他本人就有多高尚的道德品质。他的作品倒是不断地被提到其中的道德感，那种动不动就要赎罪的虔诚的精神品格。这只是从小说的某个角度去看，托尔斯泰的小说具有文学价值的地方，显然不在于那些装模作样的道德感，恰恰是这些道德上的虚伪使他的作品令人生厌。他的作品真正感人的地方，真正具有文学力量的地方，远比简单的道德诉求复杂得多，深刻得多。那种东西才是文学存在的根基。

---

① 转引自英保罗·约翰《知识分子》，第116—117页。

　　欧内斯特·海明威也是人们经常从道德方面去谈论的一个代表作家，海明威留下的形象是坚毅刚强，这得自于他被媒体塑造的形象，以及他的作品反复表达的主题。他确实热衷于在他的作品中展现人格的力量，这些力量也经常被指认为道德。但实际上，这种道德在当时不过代表了一种新兴的美国精神，它正是与那时还支配着美国的所谓欧洲道德相对立，那是美国的实用主义的行为特色：精力充沛、积极主动、强健有力，而且带着强烈的暴力色彩。这就是新兴的美国所需要的实干家、创造者、征服者、追求者、成功者、建设者的形象。海明威本人为了把自己塑造成这种形象，显然做了很多手脚。在海明威的作品中，始终存在一个绝对的道德信念，那就是真实（诚实），人必须真实地活着，真实地做他的一切事情。不管他是小偷还是杀人者，一个人的人格力量就表现他的诚实性上。在这一意义上，海明威的作品确实有一种强烈的道德感。海明威的传记作家发现，海明威创立了自己的风格和道德标准后，他落入了自己设定的圈套：他不得不在现实中按照他的小说来扮演角色，他变成了想象物的受害者、囚徒和奴隶。① 结果就是，海明威不断撒谎，以此来维护自己的硬汉形象。最令人不可思议的事，他关于自己在第一次世界大战中的服役经历，大多数故事都是胡编乱造的，其夸张和荒谬到了可笑的地步。②

　　到底文学作品中的道德力量来自何处？他是文学写作者的道德感的延伸和升华吗？显然不是。那些在文学作品中被识别为道德的人格形象或某种精神品格，并不是在道德层面产生效果。那是一种远为复杂丰富甚至矛盾的思想情感和审美意味，道德因素或力量并不具有最高和最终的决定作用。道德化的形象标识或思想意义，在文学作品中只能是粗浅的和辅助的要素。要理解这一点其实很容易，要把一部作品写得道德上正确很容易，但它与是否有艺术感染力，是否具有艺术价值毫无关系。

　　文学史上那些优秀作品，在问世时，很少不被当作伤风败俗的典型来对待。包括像乔伊斯的《尤利西斯》和中国古典名著《西厢记》和《红楼梦》。就是托尔斯泰那些拯救道德灵魂的作品，也被人怀疑有伤风败俗之嫌。《安娜·卡列尼娜》是关于通奸的故事；《复活》的自我忏悔，很

---

① 转引自英保罗·约翰《知识分子》，第 187 页。
② 转引自英保罗·约翰《知识分子》，第 189—191 页。

难掩饰住那些引诱女人的情节所产生的感官刺激效果。霍桑的《红字》写了一个通奸的故事，它可以被看成是对合乎人性之爱欲的赞扬，对清教的大胆抗议。但那个绣在海丝特身上的红"A"字，就清楚表明了那个时代社会道德观念对这种行为的判断。《红字》在它的那个时期依然受到道德感的质疑。至于海明威的作品，连他的母亲都认为道德上产生极坏的作用。当然，另一种观点认为，海明威是个人主义式的美国精神的集中体现，但他的伦理道德并不具有普遍性，与欧洲的传统也相去甚远。福楼拜就说过，所有的名著只有一个主题，那就是通奸，福楼拜的作品一直都没有离开这个主题。乔治·桑的作品也是如此，而且她一直身体力行。拜伦的《唐璜》在相当长的时间内是禁止少男少女阅读的，纳博科夫和劳伦斯的作品则被大多数家长视为洪水猛兽，就是在成人世界里，关于他们诲淫诲盗的说法也一直就没有停息过。这些道德上的评价无法掩盖它们在文学艺术方面的价值和在文学史上的地位。

三 文本内的错位：道德与审美表现力

当代中国不少作家都被塑造成道德理想主义的典型，这成为一种主流叙事，作家本人也乐于接受这种定位。然而，实际上，这显然是一种误导，也是对文学史真相的遮蔽。一部分作家确实比较强调作品中的人物形象的那种道德感，那种正义品性，人物形象因此具有了某种正面品格。但这种人格化力量并不是作品艺术性以及产生影响的决定因素，其他类型的作家自然不必赘言，就是这类作家的作品，实际情形也不是那么简单。他们作品的意义和影响来自更为复杂的美学品质。

张承志确实被当作道德理想主义的典型，到底是什么样的道德？什么样的历史之"善"使张承志具有超人的品格？在《黑骏马》《老桥》和《北方的河》时期，是他对历史的那种眷恋，那种狂热的青春期自恋，他不忘怀自我的历史，他把那种历史赋予了"追求""战斗""坚忍不拔"的品性。这是一种历史叙事，给予历史以重新起源的那种叙述。中国红卫兵一代人的历史当然没有理由要这一代人自己全部负责，但无可否认那是被强大的意识形态完全支配的非理性的历史。除了极少数殉道的自觉者，从整体来说，这代人的历史没有什么值得夸耀的地方，更没有理由作为其他群体仿效的榜样。张承志从未认真反思那种历史产生的复杂情势，更没有反思红卫兵一代人身上所包含的中国政治文化的专制情结，而是怀着一种"后红卫兵"的历史优越感，对历史合谋的遗产进行发扬光大。当然，作为个人都有权珍爱自己的生活，珍爱自己的经历和记忆，但在意识形态起决定作用的时期，文学书写具有强大的象征意义，不管是写作主体还是其客观社会功能都是如此。人们可以在情感认同的层面上感受到那种重述的历史具有的思想冲力，在意识形态给定的历史条件下，表达主体与接受主体都获得了思想共鸣。在那个被称为百废待兴的历史时期，在寻求人性解放、个人精神自由的年代，张承志的自恋式的个人主义激情获得了广泛的反响。这是典型的意识形态的诉求，一种把个人记忆历史寓言化的叙事，意识形态的实践（实用）品格决定了它的审美品质。这里既没有什么道德形而上的东西，也没有永恒的终极价值。这是特定时期的意识形态实践所决定的时代精神——这种精神本身也是一种历史建构，它并不具有历史的客观性，它不是历史的客观精神的自我起源。它是诸多的历史象征行为合谋的产物，是历史的实际需要决定的象征意义。

至于张承志后来的《心灵史》所表达的那种宗教情绪，那种态度和思想风格，只能提示一种思想极端，并不具有普遍性的意义。与其说是其中的宗教观和道德姿态令人激动，不如说给张承志的语言表达提供了一种特殊的资源。张承志的作品始终具有一种力量，这并不得自于他的思想具有怎样的正确性，具有那种普遍有效的形而上冲动，而是他的片面与极端，这一切与他的语言叙述结合成一种富有张力的美学风格。那是一种富有个性的表述方式，如此而已。如果要追究他的思想、立场和姿态，那种无人可及的"绝对性"倒有可能指向一种哲学。

张炜也一直被叙述成道德理想主义的代表人物，在一些人的热切期盼中，张炜最近也就这一问题发表了看法。[①] 张炜确实是少数几个一贯坚持道德理想主义立场的作家，在很大程度上，他的作品折射出他的这种思想信念。毋庸置疑，张炜的坚持与讲述具有现实意义。但有一点要搞清楚，张炜不是因为讲述道德理想主义话语，他的作品才显得出色，才具有特殊的力量。作为文本之外的现实批判的话语，有必要与作品本身区别开来。

---

① 参见《当代作家评论》2002 年第 3 期。

就张炜的作品而言，里面包含着不少的道德理想的诉求，但这并不构成他的作品在文学/审美上的优越性。这一点正是被众多的张炜研究者反复强调的地方，而实际上，张炜的作品并不取决于这种道德诉求，相反，它们更有可能成为张炜探究更复杂的历史与人性的障碍。道德伦理诉求充其量只是文学叙事中的一种因素，一种资源，它并不具有优越性。正如那些"伤风败俗"的作品在道德方面的疑问，并没有构成文学/审美上的劣势一样。

看看张炜最近的作品《能不忆蜀葵》，这部长篇并没有获得评论界和媒体的嘉许。我是少数几个欣赏这部作品的人之一。那种激情，那种锐气，那种果敢的肯定与否定，都显示出叙事收放自如，任意穿越时空，显示出美学表现上强劲的张力。

小说显然是以诗意的荒诞感来描写一个绝对的理想主义者失败的故事。主人公淳于怀抱着艺术至上的纯粹主义态度，过分自信，以自我为中心，以自我为绝对的尺度，他的笛卡尔式的怀疑主义怀疑一切，但从不怀疑自我。对于他来说，艺术与生活已经混为一谈，并且都推到极端地步而获得绝对性，而自我就是绝对的依据。理想因为绝对才有蛊惑人心的力量，理想导源于对现实的不满及其超越的企图。对于淳于来说，没有任何具体的真实的事物，只有形而上的绝对观念。他对爱也是如此，他爱的是他主体意识投射的观念，米米、陶陶姨妈、苏棉、雪聪等人，对这些人的爱，始终受着观念的支配。这就是一种绝对之爱，爱的绝对性。一个人因为怀抱理想他就可以超越现实，也必须超越现实。淳于从来没有与他的环境融合过，也没有屈服过。

尽管张炜本人的道德立场令人肃然起敬，但他这部作品的道德含义却相当暧昧。小说反复书写了淳于与陶陶姨妈的暧昧关系，他们类似于乱伦关系的故事，构成这部小说引人入胜的部分，也被出版商作为小说最重要的卖点打上封面的广告宣传用语。而淳于接连不断的乱交和群居行为，看不出小说是在批判、揭露还是呈现、渲染和赞赏。

张炜在淳于的身上寄寓了相当强烈的理想主义品格，当然，在一定程度上，通过淳于这个人物，张炜也展开了对当代道德危机的现实，对商业社会的功利主义，对人们的平庸化和卑琐性的批判。但淳于并不是一个成功者，也不是一个坚守者，他后来也落入商业主义的功利陷阱；桤明及其妻子也没有成功，他们成为天真幼稚的受骗者。但无法断定张炜是赞许他的人生态度，还是批判。对于坚守艺术与道德的纯粹性，张炜在这部作品中的态度始终是暧昧的，张炜的同情与批判的界限也被混淆了。不管是作品中的主要人物，还是叙述人，都没有坚守道德理想主义的彻底性。也就是说张炜无法在正面去确认道德理想主义的胜利，所有的坚守者都是失败者和逃逸者，要么是这种坚守错了，要么是这个时代全部错了。这种立场观点只能理解为一种对现实客观呈现的个人话语，而不是对这个时代的全面诊断，更不是济世良方。

张炜对这个时代的叙述，对现时代艺术与商业社会的关系的看法，对精神的超越性的寻求等，都显示出他的片面性和极端性。这一切饱含批判性的观点，却是张炜小说叙述的必要前提，唯其如此，他才能展开主观性很强的叙述视点、语感和句法。他的那些抒情式的、隐喻性的以及反讽的修辞手法才能充分施展开。在淳于那里，艺术的绝对性观念与怀乡的情感是如此天衣无缝地勾连在一起，以至于追寻艺术就是怀乡，而怀乡——那片反复出现的蜀葵也就是最纯粹而绝对艺术的象征。在张炜的写作中，某种农作物所包含的怀乡情感，是他反抗现时代工业主义异化的象征之物。当然，怀乡病不是什么新鲜的东西，但也不是乡土中国与生俱来的情感，它恰恰是现代性的衍生产品。在 18 世纪欧洲工业革命兴起时，它才应运而生；在中国，它主要是在现代化高歌猛进时才有浅吟低唱的机会。怀乡病不仅是古典主义的后遗症，同样也是张炜热衷于攻讦的后现代的精神病。对于张炜来说，把一个人从历史、现实中强行剥离出来，而后再把他推到绝对的地步，体验绝对性，也就是在荒诞感中体验诗性。这种荒诞感再加上时空的自由穿插，使这部小说的叙事产生一种空灵通透的感觉。叙事时间由于空间的开启和穿插而获得绵延的效果。这部小说从头至尾都流宕着一股浓郁的诗情，这来自于叙述人不顾一切地把描写对象观念化和虚拟化，使人物的行为、关系、语言和情感心理，始终处于一种仿真的状态。浪漫主义和写实主义的诗意显然不能令当代人满足，只有这种荒诞的诗性才能创造陌生化的效果，才能开启反常规的无边存在领地。

文学最终是语言的艺术，张炜自己曾经谈到文学写作的秘诀，那就是纸和笔，他要寻找粗糙的纸，笔并不顺畅地划过纸的那种感觉。① 这种反电脑的书写并不是张炜的姿态，而是他要找寻的叙述感觉，一种在叙述中呈现的语言和修辞的力量。正如本文反复强调的，所谓道德诉求，在这里只是文学叙事的一种原材料，有时候能够提供有效的表达平台，有时候就只能是绊脚石了。张炜以他的敏锐，以他对文学叙述的驾驭能力，他轻而易举地穿过了道德的沼泽地，他的书写飞向了艺术高地，飞向了更为辽阔的思辨空间。

四　道德与当代审美意识聚合

在文学作品中，所谓道德批判总是伴随着不道德现象和场景的呈现。所有道德升华都经过不道德的反复纠缠，而后才有所作为。不用说那些经典名著，或是当代被推为道德理想主义的代表，还有不少青年一代作家，也怀着现实的责任感展开文学叙事。例如，鬼子、熊正良、荆歌等人的作品。② 实际上，道德/不道德这种观念性的判断在文学文本中的表现并没有一个绝对界限和标准，在批判与呈现之间有时也很难做出区别，即使面对张炜的《能不忆蜀葵》以及《白鹿原》这样的作品也是如此。在鬼子、熊正良和荆歌等人的作品中，在表现当代下层民众的苦难生活时，也大量涉及性话语，那些企图揭示民众苦难的叙事——道义的代言人的道德感，却在很大程度上变成性话语的呈现。苦难主题（以及道德批判）作为动机，并没有贯彻到底而成为目标，它转化为艺术表现的基础，依赖这样的基础，艺术表现可以找到尖锐犀利的感觉。而艺术表现力的推进，反过来使这些苦难情境得以强化，但艺术效果越是强烈，苦难的本质则越是虚空。苦难先是被性的话语所分享，同时也被艺术表现力所利用。苦难是一个基础，是一种资源，同时也是一个巨大的遮蔽。苦难使非法的性话语获得了合法化的表现机遇。在这里，苦难、性话语、艺术表现力，三者既相互分裂，又相互补充黏合，使得书写苦难的文学，使得这种痛苦的书写，在这个时代获得了一种美学表现的优越性。这里说的"优越性"，并不是

---

① 参见《当代作家评论》2002 年第 3 期。
② 参见拙作《无根的苦难》，《文学评论》2001 年第 3 期。

说它们在这个时代得到主导意识形态的支持，或者说在流行的消费文化潮流中如鱼得水。恰恰相反，它们的表意动机和策略都与主导文化相左，但它们可能是最有生长力的一种书写方式。这种矛盾的复合体，这种分裂的重新聚合，都使这种书写最大可能弥合了突然断裂的当代审美意识。恰恰是在道德终止的地方，美学产生了作用。所有这一切，都是以无意识的矛盾转化的形式加以完成的。

很显然，道德并不构成文学艺术作品的决定性因素，文学艺术作品的思想力量也不是道德形而上或形而下这种概念所能概括的。用这种概念来重新定义文学史的做法无疑粗暴且片面，它不过是那种已经缩减的意识形态幽灵的复活而已。意识形态诉求经常采取道德的姿态，道德与意识形态乃是一枚硬币的两个背面。被称为道德的那种东西，在更多情况下就是一种强制的意识形态。丹尼尔·贝尔曾经说过："意识形态这个术语处理的是这样一些社会运动，它们千方百计地动员人们为实现这些信仰而奋斗，并且在政治公理和热情的这种结合中，意识形态提供了一个信仰和一系列道德姿态……借助于它们，目的被用来为不道德的手段作辩护。"① 意识形态这个词经常与道德相互置换，意识形态经常偷换了道德（在文化上）的真正含义。丹尼尔·贝尔对意识形态的针砭显得极其严厉，他甚至尖锐地指出："文化的连续性是背离了任何一种历史主义的，其对真理的生生不息的渴望是一只不断地轰击极权权力磐石的重锤。没有一个政治体系可以存在于道德判断的语境之外，但是，一种道德秩序，假如它想要不用高压和欺骗而生存下去的话，那么它就必须超越利益的狭隘主义，就必须克制其诉诸激情的欲望，而这是意识形态之所以失效的原因所在。"② 在贝尔看来，某种思想意识，某种伦理规则被定义为是优越性的，被自我命名为正义的、崇高的、永恒的，这本身就是不道德的。而道德，既不是一种狂热的召唤，也不是一种强制，它是文化中自然形成的那种内在性。它不能被随意命名，不能被任意获取，它是一种"不在的"存在。

在当今流行的道德理想主义诉求中，用道德的尺度来诊断当代文学现实就显得更加褊狭。20 世纪 90 年代以来的文学当然存在种种问题，但不

① 丹尼尔·贝尔：《意识形态的终结》，江苏人民出版社 2001 年版，第 506 页。
② 丹尼尔·贝尔：《意识形态的终结》，江苏人民出版社 2001 年版，第 519 页。

是"道德沦丧"这几个字所能定论的。在相当程度上，90年代的文学从统一的时代意识中走出来，那些宏大的观念性诉求，那种寓言式的叙事改变为个人化的表达，这没有什么可大惊小怪的。文学的那种悲剧性因素为嘲讽式的风格所取代，这未必就是历史的倒退，或是文学末日的来临。文学作为民族—国家的宏大叙事，乃是现代性的伴生物，随着历史的变化，随着民族—国家在不同时代的存在方式，在全球化时代，在资本、技术和市场占据时代主导方向的时代，个人的存在显然有了更大的自主空间。人们更多关心个人切身感觉，关注个人的经验与想象，文学是人性化的自然延伸，不是组织和分配社会资源的手段，不是把全体民众变成某种集体的一分子，某种机器的齿轮和螺丝钉，文学更多感性的经验，这没有什么不好。人们阅读文学，就是为了获得快乐，获得知识，获得宣泄，获得高情感平衡——这是缓解个人压力，也是缓解个人与他人、与社会的紧张关系的一种形式，这就是后工业化社会的文化/文学的功能。这是一种正常的文学，在未来，人们也许会把现代性的宏大叙事的文学，那种狂热的时代意识诉求，看成是文学史中的特殊时期。所谓的"红色经典"的那些法则，不过是一种特例。用它的标准来作为理想的法则，来规范所有的文学，那可能是理念偏执狂才有的想法。强制性的道德给人们提供的只是自我阉割的妄想，并不是什么道德形而上的教育。假定那些教育是成功的话，就不会在五六十年代至七十年代发生严酷的各种政治运动，各种匪夷所思的行径。有些甚至发生在家庭中，发生在师生之间，发生在友人之间。

对于文学来说，写得好不好，不是一个文学的道德问题，而是一个人的职业道德问题，一个人的艺术表现能力问题；不是写什么的问题，而是怎么写的问题。本文并不反对人们对道德关切，也完全理解人们提升当代道德的迫切愿望。有一部分人，一部分作家站出来，对当代道德危机的现象，特别是对知识分子集体的道德危机做出针砭，这无论如何都是必要的。但这是一个社会/文化问题，一个社会学和政治学的问题，是在任何时代作为知识分子都要面对的问题，它不是今天才出现的，也不是文学中的问题。任何时期都存在道德危机，从苏格拉底时代和孔子时代就存在这样的问题。提升一个民族的道德水准，根本上有赖于民主法制建设，有赖于社会的文化教育的综合作用。在一个民主法制相对健全、公平、公正的社会里，不需要那么多的道德监督者，在法制给定的条件下，每个人只要不损害他人的利益，不损害社会利益，他完全可以按照自己的意愿生活或者写作。这种状况恰恰表明现时代人们在道德上的自觉与宽容：我们不需要通过压制和迫害别人来证明自己思想上正确，或是道德上清白。

因此，有些基本的问题不要弄混淆：其一，道德危机在任何时代都存在，当代中国只不过更迫切一些而已；其二，革命年代，或者说五六十年代的道德感并不比现在强多少，那是在极"左"路线彻底压制人性的严酷惩罚制度下建立起来的行为规范，谈不上道德上的崇高性；其三，道德不能决定一部作品的艺术价值和审美品质，道德过去不是，现在更不是文学的救命稻草；其四，当代文学的问题不是一个道德问题，个人化的话语，感性经验，快感写作……用道德低下来解释这些现象，是严重的错位，应该去理解后工业化社会文化功能和价值构成的变化；其五，用道德来理解中国现代当代文学史，来重新规划当代文学史，这是一个伪问题。

对于急切发掘某些遗产的人来说，不妨读读德里达数年前说过的一段话："我们是继承人，这并不意味着我们拥有或是我们接受了这宗遗产或是那宗遗产，也不是指那些可以在一天之内就以这宗或是那宗遗产使我们暴富起来的遗产，而是意味着我们所有的存在就是最重要的遗产，无论我们喜欢它知道它，还是不喜欢它不知道它。就此而论，荷尔德林说得非常好，我们只能为存在作证……"① 我们只能为历史、为我们自己作证——这就是文学、也是学术的德行。

---

① 　J. 德里达:《马克思的幽灵》，何一译，中国人民大学出版社 1999 年版，第 79 页。

第 六 章

文学的韧性:历史化与个人记忆

也许人类历史上没有任何一段文学史像十七年的中国社会主义文学史一样轰轰烈烈,如此有效地影响和建构着一个民族—国家的政治想象和情感,支配着全体民众的认知方式,如此强有力地建构着它自身的历史。然而,也没有一段文学史如此迅速地变脸,并被人们自相矛盾地辨析。现在,十七年的文学如同一个巨大的往事,在中国现代性飘忽不定的历史叙事中,被花样翻新地"再通读"。

当然,并不是人们特别健忘,或有意遗忘这段历史。这不只是为了避免"非文学性的"窘迫;更主要的还在于它是如此简单明晰,不管是肯定,还是否定,其本质一览无余。人们只能赞美它,或拒绝它;逃避或者乞求;这使它更像一个幽灵。那些极其武断的准确无误的陈述和判断的辞藻,其实是在对它进行神秘化和幽灵化。① 这段历史始终被悬置于某个停滞的阶段,相对于后来的文学史,它反倒像一个没有下文的悬念。人们已经不再追究历史是怎么起源,怎么中断,以及怎么被重新建构的。

重新理解十七年的文学史,是如此重要,它所唤起的不只是一种记忆,一种自诩的思想史的责任,更重要的是真正面对历史中的那些症结性问题,清理我们现在依然立足的根基。

中国现代性的历史包含着剧烈的社会变革,反映在思想文化、文学艺术方面,同样是以无数阶段性的裂变作为历史连接的形式。由十七年社会主义文学所表征的文学史,承继着左翼文学的传统,无疑是中国现代性文学变革最激烈的产物。这种激进化的文学思潮是如何从中国现代性经验中

---

① "幽灵化"这个概念来自德里达在 1993 出版的著作《马克思的幽灵》一书的那种用法。

生长起来,并分离出来,形成新的历史主潮,这确实值得我们认真探讨。因为文学艺术这种传统承继关系极其紧密的历史实践,它要实行革命性的变革——那种观点、立场方法、趣味的彻底变革,肯定是一个极其复杂的系统工程。从中国现代性的资产阶级启蒙文学,到无产阶级的革命文学,这种转变——不是局部的,而是整体性的裂变——是如何完成的呢?在这种转变中,外部施压的革命是否就真的彻底改变了文学本质?文学是如何作为一种记忆残余留下来?正如罗兰·巴尔特所说的那样:"革命在它想要摧毁的东西内获得它想具有的东西的形象。……文学的写作既具有历史的异化又具有历史的梦想。"

本章试图去追寻历史的那些断裂/转换的环节,去把握一种完整的革命历史叙事得以建构的那种表象体系,写作主体被去势却依然保持的一种记忆形式,由此去探寻革命历史叙事内在的"多重结构"。在这里,选取《红旗谱》作为一个分析参照,由此来揭示革命历史叙事的内在结构。

一　尖锐的断裂:启蒙叙事与革命写作

中国当代文学一直被认为承继了"五四"新文学传统,被认为是"五四"反帝反封建的进步传统的进一步发扬光大。在某种意义上,可以这样认为,在现代性框架内,解放区的文学,以及1949年以后的十七年文学,当然属于中国现代性追寻的一个阶段性成果。但这个阶段与"五四"时期的文学现代性有着明显的不同。根本不同之处在于,"五四"新文学的基础在于启蒙主义的理念,作家自认为是作为启蒙的历史主体进行写作,他是这种历史叙事中的主体,他的认知、情感和态度都是主动地呈现的;而在革命历史叙事中,作家是作为革命历史的叙述者,他的功能在于展现一个客观化的历史,他并不是这种历史中的主体,他的思想情感和认知体系退居到次要的位置。

这样叙述可能很抽象,如果回到具体事例就很好理解。《红旗谱》一直被文学史家看成是社会主义现实主义的经典代表作,《红旗谱》表征着中国文学的革命历史叙事所达到的成熟阶段。它所建构的那种革命历史观念、那种叙事法则,它的审美趣味,都标志着中国社会主义文学的高度。《红旗谱》为什么能获得成功?是怎么获得成功的?梁斌是如何完成他的革命历史叙事的呢?

1964 年,他谈到创作经验时说道:"60 年代的中国正处在社会主义革命和社会主义建设的伟大历史时期。任务艰巨,认真学习政治、积极参与政治活动,比任何时期都显得更为重要了。"在这里,梁斌明确地把社会主义时代的作家与其他时代的作家作出区别:

> 十八九世纪的文学高峰,资产阶级的进步作家们,在资产阶级革命当中,他们只要懂得一些自由和民主,具有资产阶级民主主义启蒙思想就行了。那个时期的作品,像海燕一样,站在自由、民主和个性解放的前列,就会受到广大读者的欢迎。但是在今天,在社会主义革命和建设的时代,就不同了。社会主义革命和建设,是人类历史上最彻底、最广泛、最伟大的一次革命,它要求作家深入到社会主义革命、生产斗争、科学实验三大革命斗争中去。有人说,抗日时期的作家是在游击战、土地改革运动中锻炼成长起来的。这话说得很有道理。因为当时的作家,参加了一系列的运动,在运动过程中认清了当时我国农村的阶级关系、阶级矛盾和阶级斗争,认识到了当时社会人与人的关系,正确地在作品中反映那一历史时期的生活和斗争。①

尽管这篇讲话作于 1964 年,距离《红旗谱》开始创作的 1953 年有 11 年之久,距正式出版的 1957 年有 7 年之久,当时正值中国刚过困难时期,也是阶级斗争最激烈的年份。但梁斌显然是在这个时期最清醒地意识到社会主义文学与资产阶级启蒙主义文学最根本的区别。

意识到这二者的区别并不难,问题在于,这里指出的"十八九世纪的文学高峰",可能也隐含着指称"五四"时期的中国现代文学。在五六十年代,在中国的社会主义意识形态的思想斗争中,特别是经历过反右斗争,作家们已经很清楚地看到中国社会主义文学与"五四"时期的文学有着本质的不同。尽管说,通过对"五四"时期的文学史进行重新解释,而使这两个不同的时代找到一种连接方式。但这种强制性的重叠并不能使

---

① 转引自《梁斌研究专集》,海峡文艺出版社 1986 年版,第 47 页。

历史真正改变，在人们的观念中，特别是这些经历过现代和当代历史转换的人们，他们心中清楚这种转变。

这种区别和转变既是根本性的，也有可能藕断丝连。其根本性的转变反映在，现代以来的中国知识分子所接受的资产阶级启蒙主义理想要全盘性地转变为社会主义的革命世界观。世界观的转变，也是立场和方向的转变。启蒙主义的写作也是主体性的写作，写作主体承担着先知者的角色；一旦转化到革命性的写作时，写作主体其实成为革命叙事的一个记录者，历史/现实获得了客观化的本质，写作者主要是去还原这种客观化的历史。这意味着把写作主体从自己以往的历史剥离出来，但他又不可能完全进入另一种历史——人民的历史。

剥离过去历史的必要性和进入另一种历史的困难性，这一直是自《讲话》以来的中国社会主义文艺思想斗争的根本难题。早在 1942 年，毛泽东就意识到革命文艺与资产阶级启蒙主义文艺的根本区别（甚至于后来发展到根本对立），因而，《讲话》最重要的主题，归根到底就是作家的世界观转变问题。毛泽东在讲话中明确指出，"为什么人的问题"是一个"根本的问题，原则的问题"。很显然，为工农兵群众服务，这并不只是一个文艺的写作形式问题，正如温儒敏指出的那样：更主要的是指"作家、艺术家的政治立场如何转变，思想感情如何朝工农兵靠拢，与之打成一片的问题，也就是世界观和思想情感改造问题"[1]。毛泽东明确指出，文艺作品都是一定的社会在人类头脑中的反映的产物。革命的文艺，则是人民生活在革命作家头脑中的反映的产物。对此，温儒敏分析说：无产阶级文艺的建立与发展，既取决于"革命作家头脑"这个主观条件，就是看有没有去掉非无产阶级思想，有没有获得与工农兵一致的立场、思想、情感，又取决于"人民生活"源泉这个客观条件，只有具备了这两方面的条件，"才能有真正的为工农兵的文艺，真正无产阶级的文艺"。[2]最根本的问题就是实现世界观的转变，阶级身份与文化的彻底改变。说到底，深入人民群众的生活，深入火热的斗争实际，也是为了完成"世界观的转变"，和人民群众打成一片，才能站在工农兵的立场，才能用工农

---

① 参见《中华文学通史》第七卷，华艺出版社 1999 年版，第十七章，第 99、100 页。

② 参见《中华文学通史》第七卷，华艺出版社 1999 年版，第十七章，第 100 页。

兵的观点、方法写出人民群众喜闻乐见的文艺作品。

世界观与立场的转变，并不只是思想改造的问题，它包含着与中国现代启蒙主义写作的决裂。由现代新文化运动培养起来的中国作家，绝大部分秉持资产阶级启蒙主义理想投身文学写作，他们理所当然认为自己最接近启蒙主义理想，最接近自由、民主、科学，他们是启迪民众的思想先驱。现在，他们突然面临与自己过去的历史断裂的困境，他们要做工农兵群众的小学生，向工农兵学习，他们必须清除自己头脑里的资产阶级残余。也就是说，他们作为革命文艺的写作者的阶级身份和文化身份都受到根本的质疑。当他们放弃自己的历史，放弃过去作为历史主体的姿态、身份之后，进入工农兵的历史时，才能确立新的写作起点。

革命文艺在最初的历史起源时刻，毛泽东就非常敏锐地看到，重要的是完成主体的建构，只有重建革命文艺的写作主体，革命文艺的历史实践才可能展开。改造世界观，建构革命写作的主体，实际上是进行历史客观化的处理，以宏大的革命历史叙事来吞并具有自我意识的写作主体。由于革命写作的主体依然要通过知识分子来完成，而解放区的知识分子绝大多数都经历过现代启蒙主义思想的熏陶，矛盾以及转换的困难由此产生。中国革命之所以得以开展，得以取得胜利，离开知识分子的参与是不可想象的，同样，离开现代以来中国的启蒙主义理想教育也同样是不可想象的。中国革命乃是现代性的启蒙主义理想发展到极致的一种表现形式，在革命的起源时刻，毫无疑问要借助资产阶级启蒙理想；在革命向前推进时，则要清除启蒙主义的资产阶级残余。而在文艺领域，则是通过清除小资产阶级思想残余来建构革命文艺的历史起源。

"五四"新文化运动提倡的反帝反封建口号，以及新文化的传播都带有很强烈的文化民主倾向，启蒙当然不是单纯的知识分子向民众启蒙的居高临下的文化训化过程，它也是知识分子介入民间接近民众的一种方式。直到1936年下半年，以艾思奇、陈伯达、张申府、胡绳等为代表的受共产主义思想影响的进步知识分子，继承"五四"启蒙精神。他们倡导的"新启蒙"思想运动，也就是进一步推进"五四"的启蒙思想，具有更广泛的群众基础，使启蒙变成一项爱国群众运动。艾思奇在1937年第8期的《国民周刊》上发表文章解释"什么是新启蒙运动"时，就强调指出新启蒙的群众性。同时期的陈伯达撰文的思想倾向更明显,① 现代以来的启蒙文化运动一直都有强烈的大众化和民族化的诉求,朱自清说:"所谓现代的立场,也可以说是偏重俗人或常人的立场,也可以说是近于人民的立场。"② "五四"新文化运动的大众化和通俗化倾向是毋庸置疑的,但这种大众化依然是自上而下,知识分子启迪民众,知识分子依然保持知识和文化上的优越性,知识分子始终是历史主体。

毛泽东阐释新民主主义文化时,显然没有突出知识分子的历史作用和位置。毛泽东明确指出:"所谓新民主主义的文化,一句话,就是无产阶级领导的人民大众的反帝反封建的文化。"③ 毛泽东设想的新民主主义文化,就是以无产阶级为历史主体的、人民大众普遍参与的民族文化。在这种新文化构想中,知识分子奇怪地被排除在外。在毛泽东的观念中,知识分子的阶级身份和文化身份始终是暧昧不清的,知识分子显然不是无产阶级,是"人民大众"吗? 是,又不是。在毛泽东的意识中,作为小资产阶级的知识分子在大多数情形下不属于"人民群众",只是在结成广泛的统一战线时,知识分子才可能成为人民大众的一部分。这不需要引经据典,只要从中国几十年的阶级斗争实际中就能得到印证。

对中国知识分子在整个现代性历史中,接受资产阶级启蒙主义思想教育之深之重,毛泽东有非常清醒深刻的认识。他意识到这个问题的严峻性、长期性和复杂性。根本之点在于,毛泽东设想的中国革命文化,是与资产阶级启蒙主义文化最终要实行彻底决裂的。在新民主主义革命与旧民主主义革命之间,在革命文化与中国现代性的启蒙文化之间,将要产生一个深刻的断裂带。这就是为什么建构革命文艺既离不开知识分子,但又要通过对知识分子的彻底改造才得以完成。历史的建构只有重新建构新的历史主体。只有在新的历史主体的建构下,历史建构才得以完成。

这一点确实令人不可思议,毛泽东在那个年代,就如此英明、如此清楚明确地认识到建构一种历史所需要展开的逻辑程序。革命文艺,与此前的现代以来的启蒙主义(新文化运动)有密切的承继关系,它借助启蒙

---

① 陈伯达文《论新启蒙运动》,见《新世纪》第 1 卷,1936 年第 2 期。
② 朱自清:《论雅俗共赏·序》,《朱自清全集》第 3 卷,江苏教育出版社 1988 年版。
③ 毛泽东:《新民主主义论》。

主义理念建立的民主、科学、平等、进步等一系列思想文化基础，由此推进更深刻的革命。如果说毛泽东思想是革命文艺的纲领，那么，革命文艺在其全部的历史发展进程中，都在演绎毛泽东革命思想的精髓。这个精髓就是不断革命，彻底革命，与旧世界决裂，建设全新的无产阶级革命文艺。毛泽东终其一生，都不满意中国的革命文艺，其根源就在于，毛泽东自始至终都在追寻全新的无产阶级革命文艺——它从现代性的启蒙历史分离出来，随之被设想为发生根本的断裂，进一步被理解为有着自在自为的历史起源，从而有着崭新的历史结果。

所有的难题都在于：这样的历史建构无法离开知识分子的参与，而且知识分子必然要以历史主体的地位参与建构。因而，所有的难题都汇聚在改造这个历史主体的世界观上。这样一种历史创造，这样一种纯粹的历史，只有一种可能，一种不可能的可能，那就是：这个被动的、勉强的、不得不选用的历史主体，它完成世界观的改造，它与工农群众打成一片，它的思想感情、它的语言、它的说话方式，都变成工农群众——也就是说，它不再是知识分子，它是真正的工农群众，这样，它才能建构无产阶级文艺的历史。

确实，这是一个完整严密的逻辑体系，又是一个始料不及的悖论。一个被改造了世界观的主体，也就是被彻底地历史化了，它只能讲述一种客观化的历史，非主体化的讲述，也就是历史客观化的自我呈现。全面理解了工农兵历史的作家，也就可能建立"真正"客观的人民群众的历史——真实反映人民群众火热的斗争生活。梁斌曾经谈过《红旗谱》的主题形成过程：

> 在我来说，主题思想又是和小说的内容同时形成的。从我的青年时代开始，受到党的阶级教育，亲身经历了反割头税运动及二师学潮斗争，亲眼看到"四·一二"政变及高蠡暴动，一连串的事件教育了我。后来在党的培养之下，读了马列主义书籍，渐渐明白马列主义革命哲学中最主要的一条真理是阶级斗争。阶级斗争可以打倒统治者，阶级斗争可以推动社会进步，所以我肯定了长篇的这一主题。我考虑，阶级斗争的主题是最富于党性、阶级性和人民性的。同时，我们党自从诞生以来，就是马列主义的党，他领导我们在各个历史时期

贯彻了阶级斗争,领导我们从一个胜利走到另一个胜利。毛泽东同志把马列主义与中国革命的具体实践相结合,使革命具有了鲜明的民族气魄与民族特点。我想如果深刻地反映中国的革命斗争生活,这个革命是在马列主义的普遍真理指导之下的,就会透露出中国的历史特点和民族特点的。①

作家世界观的培养确实是一个循序渐进的过程,青年时代的革命经历,党的长期教育,以及后来受到党的培养,学习了马列主义,完成了世界观的塑造,终于认识到历史的本质规律,他的立场完全站在党和人民一边。现在,"阶级斗争"成为历史的本质规律,革命斗争是文学书写的正确主题。在这样的书写中,书写者不再是自以为是的、并且能动地探求未知的精神领域的历史主体;他是一个已经信服一种客观的普遍真理的书写者。在这样的一个完整的历史中,书写既不在历史之内——它不是这个历史的主体,也不是它的一部分;也不在历史之外,它并不是能动地居高临下式地书写另一种历史。它是隐匿的,它消失在它书写的历史中,消失在它的书写中。

不过,我们依然怀着偏执找寻主体隐匿的那些痕迹。

二 书写的妥协:个人记忆与历史化的叙事

革命历史叙事就是要建构一个客观化的历史,这个历史是被事先约定的经典意义所规定的。这里所说的文学的历史化,也就是说,文学写作按照特定的历史要求再现式地复述一种被规定的已然发生的历史,从而使文学艺术作品反映的生活具有历史的实在性,具有客观的真理性。"历史化"问题是弗里德里克·杰姆逊的《政治无意识》中的主题,这部书开篇就表明将"永远历史化"问题作为其理论关注的核心。杰姆逊的"历史化"问题明显受到阿尔都塞"历史总体性"思想的影响。在杰姆逊的理论构想中,"历史化"的实质是一种阶级意识,它是历史客观化和主体

---

① 梁斌:《漫谈〈红旗谱〉的创作》原载《人民文学》1959 年第 6 期,参见《梁斌研究专集》,海峡文艺出版社 1986 年版,第 39—40 页。

化相互作用的结果。他写道："通过根本的历史化利用，那种封闭的理想，起初似乎与辩证思维不相协调，现在证明是揭示那些逻辑和意识形态核心的不可或缺的工具，而这些核心又正是某一特定历史文本所不能实现或反之所竭力遏制。"① 历史化也是将历史文本化和寓言化。

当新民主主义的历史，被确定为无产阶级领导广大人民的反帝反封建的历史时，所有的文学都在努力呈现这个历史，还原它的经典意义。社会主义现实主义之所以要真实地反映历史本质规律，采用第三人称式的全知全能的叙述视角，运用冷静的非主观化的白描式的叙述语言，这一切都是为了建构一个客观而完整的封闭历史。这个历史叙事被确认为一个新的历史阶段，是对此前所有历史的超越，并且预示着一个新的历史纪元的降临。这个历史的意义、它的合法性、它的可认知和可感觉的形态，这一切都有赖于文学艺术提供一套符号体系。现实主义的叙事使讲述的历史变成了客观化的历史，讲述隐没了，讲述者也隐匿了，只有历史自在自为的绝对客观化的呈现，这使历史具有客观的真理性。

《红旗谱》在五六十年代获得极高的声誉，被认为是社会主义文艺的最高成就，典范之作。它所展开的是一幅壮丽和广阔的历史图画——评论家写道："小说描写了 1927 年大革命前到'九一八'事变后将近十年间北方农村和城市的阶级斗争，以及阶级关系的变化；并在这一宽广的时代背景上，描写了革命斗争和革命英雄人物的发展与成长。"② 还有评论写道："这是一部比美玉珍贵千倍的书。作为史诗，它记录了三十年代战斗的声音；它以令人信服的真实的艺术形象描述了党和劳动人民直可追溯至远祖的血缘谱系；从而也有力地感召了我们，以使他们的后代：要无愧于前辈，把绵延不绝的革命谱系，更加发扬光大地接续下去，直到千秋万代。"③ 权威评论家邵荃麟写道："作者从几十年来的中国农村重重苦难和前仆后继的农民革命斗争过程中，从农民自发到自觉过程中，从无产阶级先锋队深入农村与农民群众相汇合，从而领导了农村革命斗争的曲折过程中，深刻地描绘出中国贫苦农民的坚韧、强毅、朴直和善良的灵魂和性

① 《政治无意识》，中国社会科学出版社 1999 年版，第 38 页。
② 方明：《壮阔的农民革命的历史图画》《文艺报》1958 年第 5 期。
③ 胡苏：《革命英雄的谱系》，《文艺报》1958 年第 9 期。

格……写出了他们那种斗争韧性、他们的希望、欢乐和梦想……这部小说可以说是比较全面地概括了整个民主革命时期的中国农民的生活与斗争，在艺术上达到相当深度与高度的作品。"①

在这样一个断裂的、自我起源的革命历史叙事中，我们确实看到其中包含的强烈的政治诉求，不容置疑的绝对真理在场。然而，我们还是可以设想，在主体隐匿的客观化历史建构中，是否说文学写作就不再有个人起作用的空隙呢？隐匿的主体是否可能从那些字词、从那些生活的质朴状态中透示出他的能动性呢？这牵涉到一个理论问题：那就是在革命化的写作中，是否只有历史叙事的客观化运动，而没有写作主体的痕迹？如何理解革命化写作中主体的位置和作用，以及字词的修辞所提示的可能性呢？

在左派激进主义运动退潮的 20 世纪 70 年代初期，罗兰·巴尔特发表了后来影响卓著的《写作的零度》。巴尔特设想一种先锋派的语言形式主义，来抵制资产阶级意识形态，他追寻一种纯粹的无止境的语言实验，并且赋予这种写作以一种革命性的意义。巴尔特也同样设想清除一切资产阶级残余，甚至清除传统和记忆。虽然巴尔特在这一点上摇摆不定，但他坚持认为，语言的形式主义策略可以成为作家个人的自由选择，超越于历史、现实、社会压力之上。巴尔特设想的这种激进式的写作只是一种写作自由的理想化境地，但他从另一方面提醒人们，写作本身所具有的那种自由和妥协的顽强性，这使写作不可能完全屈服于单一的现实压力。激进的巴尔特也不得不承认：一位作家的各种可能的写作是在历史和传统的压力下被确立的。他写道："因此存在着一种写作史。但是这样一种历史有其双重性：当一般历史提出（或强加）一种新的文学语言问题时，写作中却仍然充满着对其先前惯用法的记忆，因为语言从来也不是纯净的，字词具有一种神秘地延伸到新意指环境中去的第二记忆。写作正是一种自由和一种记忆之间的妥协物，它就是这种有记忆的自由，即只是在姿态中才是自由的，而在其延续过程中已经不再是自由了……"② 尽管巴尔特的表述

①　邵荃麟:《〈红旗谱〉是概括中国民主革命时期斗争生活的有高度艺术水平的作品》，载《文艺报》1959 年第 18 期。

②　罗兰·巴尔特:《写作的零度》，参见罗兰·巴尔特《符号学原理》，李幼蒸译，生活·读书·新知三联书店 1988 年版。

向来都很晦涩，但是，我们还是可以从他的论述中把握基本的意义。巴尔特追寻写作的自由，他认为个人写作的自由应该可以超越历史与传统，但字词的记忆形式却顽强地把写作拉回到过去的状态。巴尔特也不得不承认传统以及字词的记忆依然起到的作用，即使是革命性的写作，一种对零度写作的追求，也不得不与传统和字词的记忆达成妥协。不管是先锋派的实验性写作，还是革命性的写作，都是一种激进的与此前的文化传统决裂的写作，前者服从于个人的绝对选择，后者则臣服于社会化的集体意识。但对于文学写作来说，终究不能彻底摆脱传统和字词的记忆形式。字词的记忆形式在写作中，同样可以扩展为个人的记忆形式，以至于个人记忆的经验内容，它使写作始终能回到文学本体。那种被称为文学规则的东西，以及个人的记忆，在先锋派的或革命性的激进写作中，依然在起着潜在的作用。

也就是在这个意义上，那些激进的文学实验，那些颠覆性的革命写作，才与文学传统在最低限度上可以衔接上，才可以被文学共同体认可为文学。字词的记忆正在于它与现实生活保持习惯指涉关系，它使文学的那些修辞方式，那种表意形式得以存在。而个人记忆则是使文学作品的发生和存在具有创造性品格的根本依据。

在革命文艺的激进实践中，这些字词记忆和个人记忆是以非常隐蔽而暧昧的方式保存下来，并起作用的。在革命文艺的理论阐释中，"来源于生活"，何以被推到如此重要的地步，这是令人奇怪的。没有任何写作者会认为文学离开了生活会有创造力，也没有人可以离开生活而写作。每个写作者每时每刻都在生活，这个自明的真理，这个真理性的常识，在革命文艺的理论表述中被强调得有些过头。"来源于生活"在这里掩藏着清除/填补的双重矛盾：从直接的意义看，"深入生活"是作家改造世界观的途径，到群众中去，体验人民群众火热的斗争生活，小资产阶级的作家才可能把立场转变到工农兵方面来，文艺为什么人服务的问题也就迎刃而解。但是，要写出人民群众喜闻乐见的文艺作品，则并不能单纯依靠正确的世界观，依靠革命的纲领和概念，只有生活，活生生的现实才能构成文学作品的形式。对于革命文艺的写作来说，也就是用透明性的语言，描摹生活的实际情状，这才能获得民众的欣赏。这个看上去顺理成章的事情，其实包含着根本的矛盾。没有生活，没有真实的个人经验和记忆，作家无法写文学作品。生活是一个被理想化的飞地,在那里,作家既可以改造世界观,站在党和人民的立场,又可以获得个人的经验和记忆。这个矛盾的双方,与其说是对立面的统一,不如说是妥协的结果。世界观的改造既要通过"深入生活",而且更重要的在于,"深入生活"成为世界观改造的补充形式,成为革命与艺术连接、融合、妥协的方式。生活本身的那种多样性,那种质感,那种气息,使革命文艺最低限度保持了审美要素。

一切被称为生活的东西,如何转化为文学艺术作品呢?对于革命文艺的写作来说,并没有例外。实际上,深入生活,获取经验性的素材,这一切都要转化为个人记忆,转化为可理解的字词记忆。是什么使《红旗谱》成为一部"成功的"革命文艺作品?按照当时的解释,当然是指它反映了党领导下的人民群众反压迫的斗争。在当时众口一词的评论中,人们只是审慎地谈到它的艺术性,首先要肯定的当然是它的政治性。但是什么使《红旗谱》成为一部成功的文学作品?梁斌在谈论创作经验时,是什么东西支撑着它的写作被称为文学性写作?

在1959年,梁斌发表的最重要的创作谈《漫谈〈红旗谱〉的创作》里,反复谈到了他的经历、经验和个人记忆。按照他的说法,朱老忠、严志和、运涛、江涛、大贵、二贵、春兰等人物,都有原型,都是他少年、青年时代经历的人和事,并且在他过去的中短篇小说中都出现过。梁斌不经意地说出革命文艺所需要加强的美学因素:"书是这样长,都写的是阶级斗争,主题思想是站得住的,但是要让读者从头到尾读下去,就得加强生活的部分,于是安排了运涛和春兰、江涛和严萍的爱情故事,扩充了生活内容。"[1] 这些情节,被作者称为"生活内容",而那些革命、斗争,显然是属于另一个范畴。当然,《红旗谱》在当时引起轰动,据说印数达到数百万册,正如我们已经首先承认的那样:这得力于它所表现的革命历史内容,它正面塑造的革命人物形象。但是,这些革命性的内容,也只能保证它在政治上的正确,保证它具有足够的政治色彩,并不能使它理所当然成为一部成功的文学作品。只要仔细推敲就不难发现,这部作品的革命内容其实非常有限。小说一开始就表现阶级斗争,地主阶级与农民阶级的对立冲突。这场做足了功夫酝酿气氛的序幕,并没有多少激烈的斗争场面,

---

[1]　梁斌:《漫谈〈红旗谱〉的创作》,参见《梁斌研究专集》,第24页。

地主冯老巩也就是要砸一口钟而已，这里面连中国传统小说中的杀父之仇都没有。农民阶级与地主阶级深仇大恨也看不出多少凶狠的暴力行径，一个阶级压迫另一个阶级，一个阶级推翻另一个阶级的历史神话，并没有坚实的根基。就朱老忠的故事而言，这部小说看上去，与传统小说的"冲突—去乡—归乡—复仇"的模式并没有多少区别。严志和直到走投无路要到济南去探监看望运涛，他居然还想要去找地主冯老兰借钱。这当然也可以用于说明农民阶级觉悟不高，也反衬出地主阶级的冷酷和狡猾。但它也不自觉地表现出乡土中国农村的人伦关系并不是绝对的阶级对立，地主与农民之间的经济关系，还带着浓重的小农经济色彩，远没有到无产阶级革命的地步。这里面呈现的历史，被打上了无产阶级领导人民革命的印记，但也只是印记；在这个印记的下面，依然可以看到乡土中国的那些自然经济关系和人伦关系。

很显然，在具体的文学叙事中，并没有一个客观的还原经典意义的历史。作为一部革命史诗，一部典型的革命谱系学，《红旗谱》在"文化大革命"期间遭遇到猛烈的攻击。1970 年 1 月 21 日《河北日报》发表评论员文章，题为《向反动小说〈红旗谱〉〈播火记〉开火》，历数其罪状是：歪曲历史事实，不表现正确路线，专写错误路线。文章写道："小说借贾湘农之发尸，还王明之魂。妄图把叛徒王明打扮成正确路线的代表，党的化身，把给中国革命造成了不可饶恕罪孽的王明左倾机会主义路线，无耻地吹捧为'火种''红旗'，标榜为'历史前进的轨迹、可以与日月同辉'。"当日的《河北日报》还发表署名冀红文的长篇批判文章《评为王明路线招魂的反动作品〈红旗谱〉〈播火记〉》。文章声称，经过查考历史档案，小说所描述的历史以及表达的观点，完全抄袭自王明集团，是王明"争取一省与数省首先胜利"谬论的翻版。这显然与伟大领袖毛主席在《中国的红色政权为什么能够存在？》所表达的光辉思想大相径庭。当然，"文革"的大批判文章可以视为胡说八道，所谓"欲加之罪何患无辞"。但历史在理解中肯定要发生歧义，革命历史叙事的意义无疑是被"概括出来"的，文学叙事文本并不能固定一种客观化的历史，正如客观化的历史也不可能封闭一种文学叙事一样。对于梁斌来说，他所能遵循的，不过是革命历史的基本原理、纲领性的思想。他试图还原历史，只有回到个人记忆，回到他所熟悉的乡土中国的生活氛围中，他才可能呈现完整的历史。在这里,完整的革命历史是建立在不完整的个人记忆基础上的。在梁斌反复叙述的创作经验谈中,不断出现那些片断的乡土中国的往事,那些有着深挚情感的个人记忆。正是这些被称为"生活"的东西,与革命历史并没有本质的联系。例如,那些生活细节、家庭伦理、婚姻情爱等等,这些作为革命历史叙事的补充和佐料的成分,其实是小说叙事的血肉,它们支持那些革命故事得以存在和展开。革命确实要清除那些真实的个人生活、个人记忆,然而,还是它们,给"革命"以一种具体的形象,给革命以一种可感知的可体验的存在方式。革命的命名并没有真正改变历史,但命名使革命获得自己想要的假象。

在这种客观化的革命历史叙事中,依然有一种主观化的东西在起作用。那些被认为是冷静、客观的描写,其实是与作家个人长期的经验,个人的内心生活,个人的情感记忆相关涉。在这里,也许有必要引入福柯的系谱学观点,福柯的系谱学怀疑历史中的确定性和一致性,系谱学不得不揭示的最深刻的真理就是这样一个秘密:事物(历史)没有本质,或者它们的本质是用事物的异化形式零碎地拼凑起来的。福柯坚持认为,如果历史是对规则体系的极度而秘密的盗用,这种规则体系本身就没有本质含义,如果为了强加一个方向,使其服从一种新的意志,强迫它加入一个不同的游戏之中,以及使其受制于次要的规则,那么人性的发展过程就是一系列的解释。[1] 福柯把注意力放在事件、历史性运动,以及历史的力量关系中。他到处寻找统治策略,那些转让、耍花招、技巧、行使职责等等,他看到始终处在紧张状态下的历史情境。系谱学的观点使我们有理由认为,革命历史叙事并不具有客观的绝对性,也未必不可能与个人的情感记忆形成一种复杂的指涉关系。即使在如此典型的革命历史叙事中,在如此严酷的历史情境中,依然有着一种被称为个人经验的东西,个人记忆和个人修辞的东西存在。那些字词连接的不只是一个被固定和确认的历史,同样有可能是一个未知的、非本质的、有着无数隐秘要素的那种历史关系项和文学场。

---

① 参见福柯《尼采,系谱学,历史学》,上海三联书店 2002 年版,参见《尼采在西方》,第 282—283 页。

三　结语或文学的非历史化问题

　　本章并不想证明社会主义现实主义经典作品具有某种不可磨灭的艺术魅力，当然也不想为其提供具有美学上永久合法性的理论佐证，本章只是试图去揭示那些人为的历史断裂及其后果。历史断裂的复杂性和丰富性提示我们可以重新审视那些被忽略的问题，因此，我试图去开启文学的历史化叙事与文学性的那种素质，那种在写作中不能完全压抑的个人记忆（经验）所能起到的作用，以及二者构成的复杂关联形式。

　　我们确实可以从理论上，同时从经验上认定《红旗谱》这种作品带有很强的意识形态色彩，按照一种政治律令（例如，阶级斗争原则）去选择故事，塑造人物，安排情节和人物的行动。早已为政治律令确定了本质的历史，决定了《红旗谱》这种作品反映的历史。但是，即便如此，依然不能把文学写作简单化。在历史的客观化过程中，作家的立场观点和方法都受制于历史化，但文学艺术作品，文学写作总有一种内在特质无法被完全历史化。虽然，革命文艺重新建构自身的历史起源，它切断了与过去历史的连接，甚至改变（抹去）历史主体的地位，这一切都使新兴的革命史清除了任何的（非无产阶级的）个人主义杂质。然而，如果深入到文学文本内部，回到文学写作的具体环节，则可以看到：即使像《红旗谱》这样典型的历史化的小说，即使处于那种特别的历史时期，依然有某种属于文学性的东西，它与作家个人的独创性相关，它是作家个人记忆的呈现，是文学性字词的本能记忆方式。个人记忆在任何时候都有一种倔强性，都有其超历史的，或者说不能完全被历史化的那种潜能。

　　尽管"永远历史化"（杰姆逊语）是社会主义现实主义的最根本特征，这一点是毋庸置疑的，但如何理解在这种历史化中，那些被称为文学性的要素始终能够起到作用，它们依赖什么资源？以何种途径得以实现？经历过作家的生活体验，经历过回到内心的运动，那些个人记忆拒绝了被历史简单同化，它们顽强指向一个另一种存在，指向历史之外的可能。对于生活来说，历史在别处；而对于历史来说，生活也在别处。这就是文学得以永久存在的根基。

第 七 章

鬼影底下的历史虚空

小说《平原枪声》算是比较充分表现抗日的作品，其中有一个场景描写游击队长马英看到日本兵在强奸中国姑娘，他从地窖里跳出来，与日本兵扭打在一起。小说是这样描写的：

> 当他刚把身子转过来的时候，鬼子已经像猛兽一样地扑上来，将他按倒了，月光下，马英第一次看清了鬼子狰狞的面目，那凶神般的眼睛，锯齿似的胡子，他狠狠地用双手扼住这魔鬼的脖子……①

经过剧烈的搏斗，最后还是在那位姑娘的帮助下，马英杀死了鬼子。

这是游击队战士第一次看清鬼子狰狞的面目，这个场景十足就是人鬼战斗，其时间和地点都具有鬼出现的特征。那是在夜里，在月光下，鬼的面目只有在月光下能看清，因为白天或阳光照射下，鬼就要消失。其实也是我们第一次在文学作品的叙事中看清鬼子的面目。说第一次有些夸张，但无论第几次其描写都是大同小异，鬼子的面目就是如此狰狞而已。它每一次出现都是第一次，又都是最后一次。因为其重复的呈现就是重复的消失，不是固定的一个面目，狰狞而不清晰，每一次都要仔细辨认，似曾相识，但都不能留下记忆，因为这是鬼的面目。我们也惊异于马英这样的抗日英雄何以要在月光下才能看清鬼子的面目，也许是因为不管是文学作品，还是实际的抗日游击战士，都把日本侵略者视为鬼子、魔鬼、禽兽。

---

① 参见《平原枪声》，红旗出版社，电子图书，第二卷，中国文学，《平原枪声》第119页。

这场战争是与鬼的战争，是遭遇鬼的战争。在历史上，日本人经常侵犯中国东南沿海边界，历史上的日本侵略者被定义为"倭寇"，寇也就是强盗之类，而在抗战时期，日本侵略者被广泛定义为"鬼子"。抗战时期最有号召力的歌曲是"大刀向鬼子们的头上砍去"，所有的文学艺术作品表达的抗战精神和意志都可归结为"大刀向鬼子们的头上砍去"。那是一个时代的号角和誓言，也是一个时代的咒语，同时，这里面还包含着所有故事的母题。

"大刀"是一种历史的客观化的表达，面对装备精良的日本侵略者，中国人民唯有勇敢，而大刀则是表达了装备落后的中国军队和人民的历史形势，当然，更重要的是表达了一种人民总动员的历史形象。以大刀参与抗战，这是人民奋起战斗的形象写照。抗战是全国人民的愿望，是人民的伟大行动。"大刀"表达抗日的主体形象、形势和行动方式。通过大刀的举起，把日本侵略者变成"鬼子"，这样的历史现场和历史关系就被建构起来了。最重要的是通过改变客体的形象，那是"鬼子"，其凶恶的本性，其残暴的行为，其恐怖的状态，都因为被命名为"鬼子"而被严重消解了。"鬼子"这项命名就彻底改变了主客体的地位，不管日本侵略者力量多么强大，多么凶暴，多么可怕，它不过是"鬼子"，它是鬼，这是人和鬼的战斗，这是人间正义战胜阴间的鬼的战斗。

在中国的传统文学和民间传说中，"鬼"一直是一个十分活跃的形象，它的最直接特征无疑是令人恐怖的，但"鬼"有一个致命的弱点，那就是它不能见天日，它害怕人间的事物。它既令人可怖，又有不可克服的局限。在所有的传说中，鬼最终都要招致失败。对付"鬼"不用什么精良的武器，也不用什么复杂的程序，只需要举起大刀向鬼子的头上砍去就行。这种豪迈的誓言，在广泛和反复的传诵中，它成为人们幻想的真实，成为人们渴望实现的理想，成为人们在想象中完成的历史事件。

一 关于"鬼影"的文学叙事

鬼的面目始终不清晰，也无法清晰。鬼总是在月光下出现，在白天，在战场上，鬼戴着钢盔，在萧红的《生死场》中，那些野蛮作恶的日本兵都是戴着"铜帽子"出现，"一个日本兵在铜帽子下面说……"或者那个"长靴人用斜眼神侮辱赵三一下……"① 日本兵隐藏在钢盔底下，没有人看清他们的面目，也不敢看，因为那都是一些杀人魔鬼。有时候日本兵来了，"多半只戴了铜帽，连长靴都没有穿就来了！人们知道他们又是在弄女人"。② 请注意，在这里，"连长靴都没有穿就来了！"是加了感叹号，这意味着这种装束不符合鬼子的身份。事实上，中国的鬼的出现总是穿得很随便，一袭的白衫长袍，戴盔甲那是西方的鬼魂。

这样的鬼魂很早就出现在莎士比亚的《哈姆雷特》中，那是哈姆雷特的父亲的鬼魂。那个鬼魂的出现戴着盔甲，正是这个盔甲使这个鬼魂看上去"正像已故的国王的模样"，因为"这恰恰就是他曾经穿过的甲胄……"《哈姆雷特》中的这个鬼魂（或幽灵）及其盔甲，引起了解构主义者德里达的强烈关注。在他看来，这个甲胄，也就是面甲效果是讨论鬼魂或幽灵的先决条件。甲胄，这是没有哪一次舞台演出能将其省略的"服装"。德里达说："那甲胄可能只是一个真实的人工制品的实体，一种技术性的假体，这个假体与那个穿着它、被它遮盖和保护的幽灵的躯体全然无关，它甚至掩盖了后者的身份。那甲胄使人根本看不到那幽灵的躯体……和面甲一样，那个头盔也不仅仅是提供了保护……"③ 很显然，《哈姆雷特》中的鬼魂是中性的，德里达在讨论这一鬼魂或幽灵时也是中性的，但我感兴趣的在于，同样穿着盔甲（戴铜帽和穿长靴）的日本鬼子，如何躲藏在这个盔甲底下（之内）而始终让人看不清面目。他们也是一群穿着盔甲的鬼，而且是偶尔才露一下面目的狰狞恶鬼。

实际上，在萧红的《生死场》中，日本侵略者还露过一次面目，而且是"带着笑脸"。这同样是令人惊异的描写：

> 王婆什么观察力也失去了！不自觉地退缩在赵三的背后，就连那永久带着笑脸，常来王婆家搜查的日本官长，她也不认识了。临走时那人向王婆说"再见"，她直直迟疑着而不回答一声。④

① 参见《生死场·萧红选集》，人民文学出版社 2004 年版，第 68—69 页。
② 《生死场·萧红选集》，人民文学出版社 2004 年版，第 76 页。
③ 德里达：《马克思的幽灵》，中国人民大学出版社 1999 年版，第 14 页。
④ 《生死场·萧红选集》，第 76 页。

《生死场》写于 1934 年，二十多岁的萧红还是本着对生命和生活本身的体验来展开小说的故事，《生死场》中演绎着抗战时期中国东北乡村贫困伤痛交加的生活现实，人民走投无路，却遭遇日本帝国主义的侵略压迫。在这部小说中，日本人的侵略者的出现是在小说的后半部分。前半部分的中国乡村贫困现状与后半部分出现的日本帝国主义没有因果关系，萧红并不想解释日本帝国主义侵略中国的历史原因，对于她来说，她看到和感受到的生活现实就是她书写的对象。她的描写是血淋淋的，没有修饰，也没有概念和观念，因而才有那种生与死构成的存在现实的刻骨真实。也是在这种真实中，透示出生死存在更真挚的力量。日本帝国主义对中国的侵略从东北开始，开始还打着大东亚共荣圈的旗号，还摆出伪善的面孔，有些侵略者还像萧红描写的那样时常"带着笑脸"。但日本兵搜查，拿刺刀捅妇女去破"红枪会"，弄女人，以及不断传来日本兵杀人的消息等等，这些都足以揭露日本侵略者在中国东北农村的残暴行径。但萧红的这一切描写都是在现实的层面上发生，都有面对日本兵的具体场景，都还是在人对人的现实冲突或暴力关系中表现。当然，在萧红的描写中，日本侵略者也接近半人半鬼。随着日本对中国的全面侵略，日本侵略者的野蛮残暴激起中国人民的极大仇恨，这种仇恨足以把对方塑造成野兽和魔鬼。实际上，当时中日军事力量对比悬殊，反抗的仇恨成为勇气的动力。文学在这样的历史时刻，成为动员和组织的有效手段，只有把反抗的人民塑造成为大无畏的英雄，把敌人描绘成魔鬼，这样的历史暴力冲突才能获得精神和心理上的平衡。文学和一切战时的动员宣传，都要彻底地贬抑敌人，而强大的敌人不是在现实的意义上贬抑，而是在道义上加以贬斥，在现实性上加以根本否定，其存在的非法性只有归结为事先的死亡，在咒语中预期的死亡，那就是事先它就是鬼。日本侵略者是如此面目可憎，他们戴着铜盔，穿着长靴，已经没有人看得清他们的面目，也没有人愿意看清他们的面目。这是一场与魔鬼的战争，与鬼魂的战斗，敌人已经被定义了，被概念化了。文学艺术作品实际上把对方悬置起来，只剩下反抗的主体自身在行动，自己表现自己。在文学作品中，与鬼魂的战斗实际上变成自己表现的战斗。一种没有对立面的文学叙事，也是一种没有自我反思的叙事，主体的行动没有回应，没有他者的响应，没有转化和深化。只有主体的行动，外化的、无限升华的行动。

因此，不难理解，中国的抗战文学一直以高昂的格调和英雄主义激情耸立在中国现当代文学史上，主流的文学史著作几乎都以相同的笔调，相同的规格给予历史定位。在由张炯先生主编的《中华文学通史》中关于抗日战争时期的中国文学，其标题被命名为"反侵略反压迫旗帜下的国统区文学"，而且被分为上和下两部分。抗日文学与解放区文学奇怪地不相干，但抗日文学无疑打上左翼文学的烙印，就迄今为止的文学史主流来说，当然是左翼的文学传统占据主导地位。抗战时期在国统区影响较大的两大刊物《抗战文艺》和《文艺阵地》，就是左翼刊物。以群主编的《战地生活丛刊》，胡风主编的《七月文丛》等，都是抗战时期活跃的左翼刊物和文丛。在抗战时期，大量的左翼作家或称为进步作家投身于用文艺作品形式反映抗战。如郁达夫、台静农、楼适夷、夏衍、丁玲、沙汀、丘东平、何其芳、卞之琳、萧乾等，几乎囊括了当时所有的左翼作家群。他们几乎都写过报告文学或战地通讯之类的文体，这些作品实际上构成了抗战文学的主流。这些作品无疑反映了左翼进步作家对日本帝国主义侵略和压迫的揭露，以及表现了中国人民和中国军人的英勇反抗。报告文学和通讯的形式有效地表达了左翼作家的抗日的时代情绪，鼓舞了人民的斗志，其伟大的进步意义是毋庸置疑的。如果我们看看这个时期发表的以抗战为题材的小说，其数量相对而言不算少，但对抗战的表现，对那个时期的人们的精神状态和人性的揭示则很难说取得很高的成就。现在被写入文学史的那些代表作品，如姚雪垠的短篇小说《差半车麦秸》，中篇小说《牛全德与红萝卜》等，茅盾的《你往哪里跑》，齐同的《新生代》等作品，描写了与抗日直接相关的故事，但这些作品也并未更深入地触及民族矛盾和民族压迫在人的内心反应。不少写于抗日时期的作品，其作品的时代背景属于抗战时期，著名的如萧红的《生死场》《呼兰河传》，萧军的《八月的乡村》，路翎的《财主底儿女们》，林语堂的《京华烟云》《风声鹤唳》，徐訏的《风萧萧》，等等。这些作品都表现了那个时期人们的精神生活，无疑也在某种程度上或多或少地反映了中日的民族矛盾和冲突。有些作品涉及面更广些，如《风萧萧》《风声鹤唳》，而这两部作品恰恰不是"左翼进步"作家的作品。就整个抗战时期的文学来说，对中日两个民族及其具体人物的表现并不充分，尤其在主流的左翼文学中，可以留下的反映日本侵华历史，以及对这种历史有反思深度的优秀之作并不多见。

　　抗战文学在中国现代文学史中是一个情绪化和概念化的作品群。这样来评价历史上的作品似乎有失公允，而且是那样的一个特殊的战争年代，也许可以把责任推到历史本身。自从中国现代文学的左翼传统占据主导地位之后，文学写作本身就难免在强大的意识形态历史化的推动下展开。在抗战之后，例如，解放区的文学或新中国成立后的文学，几乎少有对二战时期或抗战时期的历史和人性进行深入剖析的作品。当然也有一些作品影响和发行量都很大，如《平原枪声》《吕梁英雄传》《新儿女英雄传》《铁道游击队》，电影《地道战》《地雷战》《红灯记》，等等，这些作品都从正面表现了中国人民抗日的决心和斗志，讴歌了中国人民视死如归的英勇气概。但客观地说，这些作品在正面塑造抗日英雄的同时，一味丑化矮化最后鬼化日本侵略者。侵略者无疑是可憎恨的敌人，问题在于，作为文学作品，一味地、一律地在简单的二元对立的关系中来演绎抗日的故事，把复杂的历史和人性都简化了。

　　因此，在现当代文学中，对日本侵略者的表现不只是概念化、脸谱化，更重要的是将它"鬼化"。"鬼化"的结果是双重的，一方面使日本侵略者变成鬼一样的东西，它们的存在是虚幻的，面目是不清晰的。所有的鬼都是诡秘的，没有真实面容，更不用说人所具有的那些特征。徐訏的《风萧萧》算是比较具体描写了日本人宫间美子，但那是一个日本女间谍，其阴险诡秘也如女鬼一般，最后被美军间谍梅瀛子设计毒死，国民党女特务白苹以身殉国，而梅瀛子也隐匿而去。想想徐此前的中篇小说《鬼恋》，他的那些女性也跟鬼一般。《风萧萧》作为为数不多的直接描写日本人的小说，那个宫间美子也是半人半鬼。靳以的《前夕》是一部相当直接表现抗日的作品，作品描写了"九一八""一二·九"之后的日本侵华历史背景。这部小说对现实现象的表现比较庞杂，人物刻画也不够细致，同样，对日本侵略者的描写寥寥无几，而对投身抗日运动的女主人公黄静玲的表现也缺乏对自我经验的处理，根本原因还在于小说缺乏对时代、对民族、对人性、对日本侵略者更内在的反思。我们当然不能要求那时的所有的文学作品都对日本侵华事件做出反应，或者在抗战结束后中国作家和知识分子对这一巨大历史创痛做出深刻反思。然而，实际情形是，这一巨大的创痛并未在中国知识分子的内心留下多少印记，它只是一个历史事件，只是历史，而不是深入到每个人的内心创痛。中国现当代文学对此做出的深刻表达和深刻反思如此之少是令人奇怪的。

二　被历史覆盖的文学经验

1949 年以后的中国文学投身于急迫的建构历史想象的运动中，这种运动采取了政治召唤和艺术创新的双重结构。不能不说社会主义文学是一种激进的全新的文学，因为面对着一种全新的历史，文学没有可以直接掌握的现实经验和个人自我的经验加以表现，文学只有借助于政治给定的关于历史的想象和现实的任务来建构它的表象体系。在时代需要决定真理性的年代，政治上的正确就表达了历史的正义。解放战争的胜利所代表的历史正义一点也不亚于抗日战争，抗日战争的经验迅速被解放战争的经验所遮蔽覆盖。在某种意义上，抗日历史还是有意遗忘的经验，抗日战争所依凭的世界大战背景，国共两党在战时复杂的合作关系，国民党在主力战场上承担的主导作用和无数的英勇事迹，这些都使中国社会主义文学在表现抗战这一巨大的历史事件上陷入困局。社会主义文学在面对历史的时候，要完成的是历史神话和英雄主体，或者说是党作为英雄主体建构的历史神话。这使历史经验都有必要转化为革命经验，转化为集体经验，使之在革命史的整体性上获得意义。

因此，1949 年以后的文学在触及抗日题材时，其更为明确和强烈的动机是完成革命史的塑造。革命英雄主义成为这种叙事的基调，在这种叙事中，重要的是表现主体的历史形象，而敌人则只是一种对象化的概念，敌人只是从主体派生出来的对立面。宏大叙事给定了历史意义，就不再需要个体经验投入反思性的探究，这些探究的多种可能性、自我的深邃性、怀疑、质询等，都会妨碍宏大意义的坚定性和明确性。事实上，在中国激进化的现代性宏大叙事的历史场域中，也不可能产生个人的经验以及对自我反思意识的处理，这使建构历史神话的现代性叙事总是带着过强的概念化和普遍性的色彩。我们可以对比描写抗战的作品和描写解放战争的作品，它们在 50 年代末期共同大量产生，它们表达的主题和人物都没有实质区别，历史的客观性实际上被主体的英雄主义塑造所覆盖了，实际上看不出抗战的历史与解放战争的历史在"敌人"这一名义下的本质区分。所不同的在于，解放战争的国民党"敌人"还有人的可辨别的具体细节，而关于日本侵略者几乎全部被"鬼化"替代了。十七年的"红色经典"以"三红一创保林青山"为代表，几乎无一有关抗日题材，反映解放战争和打败国民党反动派的作品反倒占据绝对多数。

对于《平原枪声》这样的作品来说，其中的日本鬼子都被脸谱化，其中作为汉奸的女性人物"红牡丹"也不过是一个妖精的变种。这部小说的叙事基本上是按照鬼化/神勇模式来展开。所有的日本鬼子，野村、中村及其走狗，都是一群嗜血成性的恶鬼，我方的游击队官兵，如马英、杜平、二虎都是神勇异常，神机妙算。尽管小说非常鲜明地揭露了日本侵略者在中国犯下的罪行，但我们看不清他们的面目，他们千篇一律，都是"鬼子"，说着叽里咕噜的"鬼话"，行为方式和思维方式都是鬼怪式的不可理喻。事实上，几乎所有反映抗日战争的作品都是以这种二元模式展开的，《敌后武工队》《铁道游击队》《新儿女英雄传》《吕梁英雄传》《地道战》《地雷战》，等等，鬼子凶恶野蛮、怪戾愚蠢，我方总是神勇无敌、所向披靡。

那些写实类的作品，也很少直接描写敌人，因为处在战争的氛围中，在战场与敌人相遇，这只是一个你死我活的现场，一个简单明了的杀戮的现场。这类作品关注的（记录的）是事件，无法关注事件中的人物。在描写平型关大捷的纪实性文学作品中，可以看到这样的描写方式：

> 战士们瞪大了双眼看着进入伏击地域的日本鬼子，对于八路军战士来说，"北上抗日"是他们梦寐以求的事情，但这时却是他们第一次见到真正的日本人，几乎每个人都瞪大眼睛，想把日本人看个清楚。以前在心里总是想："日本人到底是什么样子呢?"这下他们看清了，原来日本人与中国人没有区别，没有三头六臂，只是他们的穿戴比我们好一点，装备比我们精良一些……①

这类作品力图写出当时战士们的切实感受，写出他们"第一次见到真正的日本人"的感受。这里的修辞经历过微妙的转变，"进入伏击地域

---

① 参见红旗出版社，电子图书，第二卷，中国文学，《山河呼啸·八路军 115 师征战实录》，第 42 页。

的日本鬼子"，这时还是"鬼子"，那是始终存在于战士们的想象中，事实上也是存在于中国人民的想象中的敌人。当第一次真正见到时，原来那个日本敌人也是人，甚至外表与中国人没有区别。中国人很长时间难以理解，为什么外表与中国人一样的日本人那么凶残，那么野蛮，那么强大。他们是什么？为什么？在亚洲的天空下，中国人无法思考。只有把日本侵略者"鬼化"，既表达了对侵略者的仇恨与蔑视，又化解了历史性的迷惘与困惑。

是不是看清敌人的真实面目，决定了我们是不是看清历史真相，看到历史本质，甚至于我们是不是真正面对历史。抗日的历史叙事迄今为止还是莫衷一是，包括像平型关大捷这样的具体战役，我们通行的历史书籍与国民党的历史书籍记载和描写的这场战役就大相径庭。历史被卷入政治，这就使历史真相扑朔迷离。

总之，文学叙事总是受到历史正义观的影响，对恶势力的鞭挞，对人民和正义的歌颂，这是现代性文学叙事必然的表现模式，但是在这种以民族国家为背景的历史正义观决定下的文学叙事，也总是需要有一定的个人性经验参与其中。在描写其他题材的作品中，即使像描写解放战争的作品也有个人的经验，例如，敌我双方的人们的直接面对面的交流，敌方人物的具体的具有人性化的生活情节和细节，等等。但是在描写抗日题材的作品中，这一切都显得尤为简单。其根本原因还在于，日本侵略者已经被确认为"鬼子"，就是按照"鬼"的类型化模式去描写他们。没有人认真探究过日本鬼子为什么就可以长驱直入，一个小国为什么可以打得中国没有还手之力，大半江山迅速沦陷。迄今为止，在文学作品中我们找不到恰切的答案，在学术书籍中也颇为困难。另一方面，文学写作的主体本身并没有多少与日本侵略者面对面的直接经验，一切都是凭空想象和虚构，这个对立面的人物形象的虚构与虚构的历史一样，它只需要依赖历史正义观的支持就足够了。但是失去了对立面的现实性和具体性的文学表现，同时也导致了自我认同一方的空洞化，神勇的历史主体只是一味地按照意识形态的观念去构造，文学创作的主体并没有真正给予其以血肉之躯和活的心理情感与性格。这也许恰恰就是现代性宏大叙事的根本特征，历史化压制着个人经验，民族国家（以及阶级）认同压倒了个体的反思性叙事。

三　个体经验与反思性的匮乏

对英雄主义的历史渴望，实际使主体减弱了自我反思的能力，对于文学叙事来说，也就是不顾及对自我经验和自我意识的处理。历史只是外部的历史，而主体只是历史中的主体，很难产生更具有本真性的个体。在抗日题材的处理上，抗日是一个重大的历史事件，这一重大事件实际并没有与中国知识分子，或者说中国作家发生更为内在的联系。这一事件主要是一个外部的客观化的事件，没有内化为个人经验，没有与个人的思想、反思构成基础性的有冲击力或震撼力的内在经验。这一点，中国的作家知识分子对待第二次世界大战的态度与西方知识分子颇不相同，甚至与日本的作家对第二次世界大战的态度和方式也很不相同。日本战时的文学充斥着反华协战的论调，日本军国主义实施"文坛总动员"，鼓动文学力协侵华战争。除了少数几个作家，当时所有的作家几乎都支持军国主义的侵略中国的行径，有的人干脆直接应征入伍，大多数人则加入了军国主义的各种文学组织。这些作家狂热炮制战争文学，煽动国民充当战争机器，把侵华战争说成是"圣战"，把战争的责任强加到中国头上，大肆美化皇军，丑化中国人民。大江健三郎后来反思日本战时文学说，他那时作为一个少年人都被煽动起来只想参战去为天皇战死，可见日本战时文学具有强大的蛊惑人心的凶恶力量。战后的日本文学同样难以摆脱第二次世界大战的阴影，但这片阴影却成为他们反思历史、重建文学的强大依据。战后日本一片废墟，战败的情绪并没有使青年一代精神崩溃，文坛上的少壮派重整旗鼓，在短短的一年多的时间里，就推出了《新生》《展望》《近代文学》等杂志，影响卓著。少壮派的作家能够通过反思的方式与西方沟通，其主题和表现方式，其哲学基础和个人经验都与西方的战后文学相当接近。这种方式，在战后短期内，日本文学就出现繁荣的局面，出了不少对第二次世界大战、对日本军国主义反思的作品。例如，当时较有代表性的作品主要有永井荷风的《舞女》，正宗白鸟的《战争受难者的悲哀》，井伏鳟二的《今日停诊》，井上靖的《猎枪》和《斗牛》，志贺直哉的《灰色的月亮》，宇野浩二的《沉浮》和《龙胆草》，里见淳的《精彩的丑闻》，野上生子的《狐》《迷路》。还有一部分战前被禁止发表的一批作品也开始解禁，谷崎调一的长篇小说《细雪》的出版引起相当热烈的反响，野间宏的长篇小说《真空地带》可算是战后文学的高峰。这些虽然不足以反映日本战后时期的文学的整体状况，但也可见第二次世界大战经验对日本民族和文学界所留下的深刻印记。战时的那种战争狂热被战败的绝望所冲淡，作家们可以更冷静地思考历史，思考历史与民族国家和个人的关系。这些作品在艺术上还是有可圈可点处，其他姑且不论，作家可以把个人对历史的反思表达得比较透彻，个人经验与历史的关系也处理得相当细致深入。

反思性与个人经验进入历史，这是文学叙事深刻性的根本机能，而且一些重大的历史事件正是个人经验深化的最好契机。我们关注中国现当代文学的个人性与历史化的关系时，二者总是难以做到恰当的互动深化，或者个人性与历史脱节，或者历史吞没了个人。

就这一意义而言，钱锺书的《围城》也许可从另一方面来读解。这部现在极负盛名的小说描写的背景正是日本侵华时期，小说完稿正是抗战胜利后的 1946 年。小说非常深刻而全面地讽刺了那个时期的中国知识分子，但令人惊异的是，小说中看不到多少这些青年知识分子对日本的态度，对日本侵华的反思。这里面活动的知识分子似乎与正在发生的日本侵华历史没有多大关系，实际情形则是因为日本侵略占据北平导致大学迁徙，也许钱锺书是最真实恰切地反映了那时中国知识精英的精神状态和思想意识。作为钱锺书这样的杰出的知识精英，在那样的年代，刚经历过抗战的历史磨难，也没有在小说中触及日本侵华给中国人留下的历史/心理创伤，也没有留下这样重大的历史过程如何在人们思想中打下的深刻的烙印。

同样的情形也发生在，或者说更严重地发生在张爱玲身上。在张爱玲的写作高峰期，她的如日中天的名声正是在日本占领期间得到提升，而贡献最大者是大汉奸文人胡兰成。不用说，张爱玲的作品中找不到多少反日的蛛丝马迹。我们看到一些日本人为非作歹的场景，但这只是客观化的场景，这些烽烟四起的背景与作者、与小说中的人物奇怪地没有构成内在关系。在她最著名的小说《倾城之恋》中，那个兵荒马乱的背景到底起着什么作用呢？它肯定不是决定性的，它只是旧时代灭亡，一个无法把握的混乱时代的一部分而已。小说的点题居然是要倾覆整座城来成全白流苏和范柳原的婚姻，这个"倾城"实在毫无道理，在情感上和逻辑上都说不通。造成这座城市的倾覆的是日本侵略者，难道说这样的"成全"可以和那场无聊的婚姻相提并论？这二者之间的对比或联系有什么意义？对爱情婚姻的失望实则是对爱情的厚望，把它凌驾于历史悲剧之上，小说的最后思考的是个人的生活结局，而不是历史、民族、人类的命运。小说实际上对战乱的态度相当冷漠，只是作为"动乱年代"来对待，一种外部世界的混乱，与个人（白流苏）的内在情感无关。那个把蚊香踢开的动作是一个无聊的动作，是回到小资产阶级的有限世界中去的习惯，是小市民的精神和趣味始终在起作用。

事实上，张爱玲与汉奸文人胡兰成的关系，并没有招致多么严厉的谴责，反倒一直为人们所称道。在 1942 年至 1944 年的抗日烽火不息的年月，胡兰成几乎每天与张爱玲幽会。他们时常在静安公园散步，或者在张的闺房吟诗论文。胡张的爱情看上去是中国现代史上最动人最精彩的浪漫故事，直到今天还为人们津津乐道。但它无论如何也摆脱了那个时代的阴影——他们背后的日寇铁蹄。有证据表明张爱玲不欢迎日本人，据说侵华日军最高将领宇恒一成大将提出要见张爱玲，被胡兰成婉拒，可见张爱玲厌恶日本人，要不这个机会对于胡兰成是求之不得的。但也有事实表明当时日本驻中国大使馆书记官池田笃纪会见过张爱玲。对于二十三四岁坠入情网的张爱玲来说，她对胡兰成的爱，无论如何也超越不了历史和政治，民族和战争，道义和良知。尽管我们找得到无数的理由为她开脱，但张爱玲自己应该找不到开脱的理由。只有用她的作品去反思历史，去填补历史，去超越历史。也许张爱玲后来对她与胡兰成的交往所包含的历史含义确实有所顾忌和反省，1947 年 11 月，张爱玲在《传奇》增订本序言中，写了《有几句话对读者说》，试图澄清她与政治及历史的关系。在表明她一生与政治无关的宣称中，她也想把她个人的生活与政治和历史区别开来，她希望有一种她私人的生活与政治和历史无关。个人被卷入政治的历史，这确实是现代社会对个人生活的不公平残害，但这也是每个人都不可幸免的，每个人都必须平等地获得历史给予的一切，不管是幸运还是不幸。人们可以是无辜的，但人们有必要对历史和人身处其中的境遇保持反思性。事实上，张爱玲肯定有反思性的，她在把新中国成立后写的《十八春》（1950 年）改为《半生缘》时，同时做了一些细节调整。例如，张慕瑾遭国民党逮捕改为被日本人抓走，其妻遭酷刑致死改为被日本人轮奸而死。揭露日本侵略者残暴，也许可以弥补在特殊历史时期她的表达缺席。问题蹊跷处还在于，80 年代以来，人们狂热地欣赏张爱玲，从未有人对张爱玲在日本占领时期与汉奸胡兰成的交往有过微词；甚至近几年来，胡兰成的行为（与张爱玲的情事）和文章广为人们津津乐道，胡兰成的文章观点也成为人们热衷于引述的典籍。因人废言固然不足取，但我们实际上连起码的最低限度的历史记忆和反思都没有，这就成为问题。

四　告别历史或过激的补充

对于战后的西方知识分子来说，第二次世界大战、德国对欧洲的占领，构成大多数知识分子反复和始终思考的出发点。在某些知识分子那里，甚至成为思想转变或思想发展的直接动力。但中国知识分子对日本侵略中国这一事件的反思性要弱得多，它几乎没有构成个人思想直接的参照系。它迅速被别的历史事件覆盖和替换，沉入历史记忆中，或者说被悬置于历史的客观化情境中，与个人并没有直接关联。

相对于张爱玲与胡兰成的情爱佳话，第二次世界大战期间与战后的萨特和波伏娃的情爱有过之而无不及。二者可相比处实在少，仅仅只是他们都发生于第二次世界大战期间，都是文学史或思想史上的爱情传奇，在这里，我感兴趣的在于，第二次世界大战的经验如何影响了身处历史中的萨特。正如张爱玲在战后对自己在日本占领时期的态度和立场可能有所反省，而在后来有所表白并且在她的后来的作品中加入某些细节而弥补历史缺失，萨特的情况要复杂得多，也深刻和深远得多。1991 年，吉尔贝·约瑟夫（Gilbert Joseph）出版《如此甜蜜的沦陷期：1940—1944 年的西蒙娜·德·波伏娃和让—保尔·萨特》①。实际上，关于萨特在第二次世界大战时期的表现在 80 年代以来就一直引起争议。有人认为，从 1941 年春萨特从战俘营归来到 1944 年夏巴黎解放的三年里，萨特是一名沉睡的知识分子，只是在 1939 年从深沉的政治睡梦中稍微醒了一会儿，然后又昏然睡去。在沦陷时期的灰色年代里，他只顾埋头

---

① 该书由阿尔班·米歇尔出版社出版。

雕琢他的文学和哲学著作①。最激烈的抨击就是上面提到的那本书，对于萨特和波伏娃来说，那段历史仅仅是"一个如此甜蜜的沦陷时期"。这两个人，在这样的战争年代只顾发展自己的文学事业。更有甚者，在法国解放后，他篡夺了抵抗分子的头衔。1942 年夏天，萨特和波伏娃做了一次长途自行车旅行，他们先南下巴斯克地区，然而去了马赛，再经中央高原北上返回。1943 年 6 月 2 日（这个时间差不多是张爱玲与胡兰成缔结婚约的时间），西蒙娜·波伏娃走进被维希政权改名为旧城剧院的萨拉·贝因哈特剧院，萨特的第一部戏剧《苍蝇》正在这里上演。萨特与波伏娃都认为"这是他们能做的唯一有效的抵抗行动"②。但维希政权的批评家并不这么看，他们认为在被占领的首都演出这样的作品是不道德的。那时，萨特在高师的同学们不少在前线浴血奋战，或者在集中营中被折磨致死，有些被卷入敌对阵营而死，这个名单可以列出几十人之多③。这种对比或责难显然过于苛刻，让弗朗索瓦·西里奈利在所著的《20 世纪的两位知识分子：萨特与阿隆》中说道："把我们所列举的死者名字变成某种攻击萨特的材料，并且使人不由自主地想到他在法国沦陷的阴冷日子里，坐在富罗尔咖啡馆的软凳上和火炉边的情景，这是不恰当的。但是，我们能否因此而在做总结的时候，忘掉这些烈士的名字呢？我们曾经强调过，这些名字能帮助我们更好理解，为何当萨特在战后开始鼓吹'参与政治的义务'时，许多他这一代的高等师范毕业生会被激怒。"④ 西里奈利显然也是站在责问萨特的立场上，但他的态度还算客观一点。他试图解释战后萨特何以在政治上如此激进，如此狂热地站到历史前台：追随共产政治，为斯大林的镇压政策辩护，为阿尔及利亚的革命暴动助威，在"五月风暴"中的激进，无数次的签名和游行示威……在五六十年代至七十年代的法国政治舞台上，以至于在欧洲的所有政治运动中，都少不了萨特最激进的姿态。西里奈利认为，其根子在第二次世界大战之前和期间，萨

_____

① 参见《20 世纪的两位知识分子：萨特与阿隆》，让弗朗索瓦·西里奈利著，陈伟译，江苏人民出版社 2001 年版，第 163 页。

② 参见《自由情侣——萨特和波伏娃轶事》，克洛迪娜·蒙泰伊著，边芹译，译林出版社 2001 年版，第 69 页。

③ 参见《20 世纪的两位知识分子：萨特与阿隆》，第 183—191 页。

④ 参见《20 世纪的两位知识分子：萨特与阿隆》，第 190 页。

特在政治上一直处于躲避的状态，他要填补历史的虚空，既是一种矫枉过正，也是一种弥补。按照西里奈利的观点，其台词即是在说，第二次世界大战经验几乎伴随着萨特后半生全部的思考和行动选择。

看一看萨特在战后的第一个剧本《死无葬身之地》（1946），就可明白他对第二次世界大战怀着怎样的情结。战争期间写的战后陆续发表的《自由之路》三部曲（1945—1949）是萨特对自由探讨进入深度的作品，同样可以看到第二次世界大战的经历给予他的思想刺激。如果了解在80年代以后发生的关于萨特的争议，回过头来就更好理解萨特在这部作品中描写的主人公马蒂厄，何以他的性格转折是那么不合乎逻辑。马蒂厄是个独立不羁、崇尚自由的知识分子，但实际上他并不比周围的人更自由。他一直处于身不由己的困惑之中，不能果敢行动，也不想承担自己行为的后果。直到后来，在工人皮内特的带动下，参加了钟楼的阻击战。他终于用自己的行动证实了自己的意志、价值和力量，由此才获得真正的自由，这是典型的萨特式的对自由的注解。要行动，要用行动证实自己的意志，战后的萨特几乎是狂热地信奉自己发现的时代的真理。而这里面隐含的动机，按西里奈利的推论，那是对自己第二次世界大战经历的一种强烈反拨。至于《死无葬身之地》《脏手》强烈的政治指向性，对维希政府或共产政治的探讨，都表达了萨特用关怀现实的写作行动承担自己责任的努力。从整个50年代到60年代，法兰西几乎可以说是萨特的时代，团结在《现代》期刊周围的知识分子，构成了战后欧洲最激进同时也最富有时代精神的人群，萨特当之无愧是这群人的领袖。这个时期的萨特始终坚持自己的信念，不畏强暴，不怕孤立，他的勇气和人格赢得世人的尊重，人们称他为"世纪的良心"。1980年萨特去世，有近十万人参加他的葬礼。萨特身后还有那么多的争议，但不管如何颠覆不了萨特为那个时代作出的巨大贡献。这些争议不过表明，第二次世界大战的梦魇依然在困扰着一部分人，依然让那么多的人走不出这段历史，实际上，还有不少的西方知识分子的思想长期受到第二次世界大战的影响，特别是那些犹太知识分子。海德格尔在第二次世界大战后没有为自己在纳粹时期的行为明确道歉，这让很多曾经追随他的知识分子耿耿于怀。例如，列维纳斯在第二次世界大战后致力于犹太人的教育问题，他放着大学教职不要，一直担任民间性的犹太人培训学校的校长。他一直对自己在第二次世界大战前过分追随海德格尔而感到羞愧，他之转向研究《塔木德》，也与他更加明确而努力地寻求耶路撒冷进向有关。

中国知识分子庆幸那么迅速而彻底地走出了那段历史，迅速就被别样的历史替换。以至于多年之后，也就是 60 年之后，那段历史在个人经验中，在个人思想中还留下什么或者说曾经留下什么都显得非常虚空。萨特以及西方战后的知识分子如此深地把自己的个人经验与第二次世界大战联系起来，那些民族国家的创痛也如此深刻地铭写在个人的灵魂深处。既不能菲薄，也不必过分称道，不同的文化有不同的处理历史的方式。但日本侵华的历史不管是在文学上还是在思想中，都被过分简单地处理了，被遮蔽和舍弃了这是不争的事实，这是需要我们今天认真反思的。尽管可以找到很多为个人开脱的理由，甚至可以找很多为知识分子集体开脱的理由，例如，中国现代以来的历史战乱频仍；帝国主义列强对中国欺压的也不只日本；随后的内战及新中国的经验；社会主义革命和建设的新任务要求向前看；要求民族充分的英雄主义和理想主义，而不是沉湎于历史创伤中的反思等等。事实上，或许的确如此，中国的现代性以其激进的形式超越历史和现实，无限急迫地向未来前进，它蔑视历史也遗忘历史经验教训。

我们不能认真地对待历史，根本的问题在于：不管是以文学的形式，还是思想的方式，我们都没有把历史经验转化为个人经验，不能在个人的意识深处以个体生命的自觉意识去追问历史，去承担责任。历史不被个人的生命体验和追问穿透，就只能是虚空的历史，只能是被看不见的历史之手任意摆布的历史。在这一意义上，文学的书写不过象征性表现出整个时代对待历史的态度和方式而已，如何回到生命个体本位反思历史和书写历史，今天依然是一个尖锐的课题。

中国与日本的关系在新的世纪依然异常复杂，伴随着中国经济的崛起，中日之间的政治经济摩擦无疑有加剧的趋势，而日本的军国主义始终蠢蠢欲动，随时都在等待时机死灰复燃。尽管日本不少有识之士对此也倍加警惕，也呼吁日中世代友好，但日本的极右势力从来就不甘寂寞，并且有深厚的社会基础。中国对日本的了解从来就没有端正过，不是"倭寇"就是"鬼子"，以至于在甲午战争一败涂地，还输得不明其里。新的世纪面临新的中日矛盾冲突，并不只是激烈的民族主义情绪可以奏效，需要我们全面检讨对历史的认知态度，需要对一个从近代现代化以来突然强大的邻国有更全面深入的认知和更切实的理解。而文学是一个时代认知的直接形象和感觉体系，我们期待新世纪的中国文学可以更深刻揭示鬼影背后的现实。

第 八 章

多义的记忆:历史"回归"
或者在别处

一　历史再次无法拒绝

　　由于文学理论中"题材"这个概念始终在作祟，当代文学经常被一些简单而表面的现象困扰，同时也在对当代作品进行表面粗暴的处置。按题材的划分，当代文学创作经常以时间、行业或地域的属性划分为各种谱系，在所有的划分中，以二元对称的形式划分的历史/现实的对立，则是当代文学经常自我困扰的一对矛盾。当代文学一直存在一种严重的焦虑感，那就是要时刻把握"现实"，一旦文学远离了现实，当代文学就显得焦灼不安。关于把握现实的焦虑感，一直是当代文学挥之不去的心病。"现实"显然在文学写作中占据着优先的地位，这个优先性一半来自文学的传统定性，另一半来自文学对现实始终无能为力的困扰。文学一旦表现现实，就难逃在似真性的水平上与现实相互参照的命运。文学在这一意义上，已经事先把自己放在二手模仿的地位上，它只能充当现实的奴仆，怎么可能有更主动的作为呢？

　　人们一直期望文学能生动反映现实，文学一直以此作为自身的首要努力，但结果却不尽如人意。人们赋予文学太多的功能，对文学的要求期望高到令文学写作者望而却步。而在所有的要求期望中，"反映现实"及其附带的美学期盼经常高到不切实际的形而上学水准。所有的现实都是被命名过的，都被先验性地给定了"本质规律"。除非是在高度整合的时代，否则人们对现实的看法大相径庭。文学稍有不慎，就只能弄巧成拙。当然，总有那些不信邪的人们斗胆冒进，多数情形下，年轻的作家更倾向于把个人的直接经验当作他的写作资源。只有年轻人才会盲目自信自己的生活是独一无二的，自己的经历足以惊人心魄。确实，年轻人对现实有独特的敏感性，他们易于把握生活的那些变化和新动向。在某种情形下，对生活的新奇变化给予表达也可以满足人们对反映现实的期待。然而，新的、变动的生活现实本身就是一把双刃剑，它生动新奇，但却没有内在性，写作者也不可能把握更复杂深厚的底蕴。结果，近年来的晚生代的"表象化"叙事，或是美女们的"时尚化"写作，虽然新奇热烈，却总是受到各种质疑。奇怪的是，这些质疑的声调过于普遍高昂，它造成的错觉就是，当代文学创作就被"现实题材"占据，并且所有的问题都出在这上面。

实际上，当代中国文学分化得相当严重。如果我们在最低限度的意义上来使用"多元化"（一种简单的状况描述）这个概念的话，当代中国文学分成不同方位的"多元化"写作这种说法是可以成立的。相当一部分的年轻作家迷恋时尚化写作，把当代生活的那些新奇经验呈现出来；但另一些作家则更乐于回到历史中，重现已逝的历史或是与历史进行对话。在题材的意义上区分"历史"与"现实"的某种倾向是难以成立的，任何时候这两种题材都存在，孰轻孰重，偏向于哪一方面，并不容易严格区分。变化的是人们的心态——那种始终为把握现实的焦虑感所左右的心态。满意和不满，都在制造错觉，文学的潮流一直就是这种错觉的产物。当人们期盼文学反映新奇的现实时，"历史"就隐退到幕后；当人们对新奇的"现实"已经厌烦时，历史就浮出地表。历史与现实一直在玩跷跷板游戏，支点就是人们的兴趣偏好（说得更堂皇点，就是时代的需要）。

正是因为这些状况和前提，本章分析几部描写历史的小说，这并不表明作者试图说明"历史又在回潮"这类观点，只是想打破人们的错觉，似乎当代文学已经完全为时尚化写作所占据。当然，这些描写"历史"的作品，在某种程度上，也显示出当代文学处理"历史"的不同观念和手法。在这一意义上，"历史"虽然失去了宏大完整和深厚有力的品性，但是，历史也显示出某种新的活力，一种可能重新醒觉的情态。这种状况，确实是我们生活在"后历史"时代的人们很有必要认真面对的问题。

如果跳跃到新世纪之初来看，历史似乎又被大规模书写。例如，2002

年从文学或文化上看显然不是一个特别的年份，这些讲述历史故事的小说也不可能有什么惊人之举。然而，它们在历史背景下讲述的故事，讲述故事的方式却值得关注。2002 年，引人注目的小说不少是属于历史题材，例如，这一年李洱的《花腔》（人民文学出版社）以某个革命先烈为原型，讲述新民主主义革命时期扑朔迷离的历史；阎连科的《坚硬如水》（长江文艺出版社）以狂欢化的笔调重写"文革"，这是对"文革"进行荒诞化处理最有特点的作品；李锐的《银城故事》（长江文艺出版社），则是在某种形而上的意义上对中国现代性的历史展开探究。这些作家都经历过一段时期的深思熟虑，写出这些颇有分量的作品。

最近，又有一批讲述历史的作品纷至沓来，潘婧的《抒情年华》（作家出版社）显得相当独特，以浓郁的抒情笔调重述"文革"岁月中的理想主义情怀；作家出版社同时期还推出姝娟的厚厚的长篇小说《摇曳的教堂》，讲述 20 世纪上半叶东北雪城的往事；紧接着人民文学出版社出版张懿翎的长篇《把山羊和绵羊分开》，以一个小知青的视点，讲述"文革"期间一群被流放的知识分子处于荒诞境况的故事；《收获》2002 年第 4 期发表刘建东的《全家福》，叙述了一个普通家庭在压抑年代的命运，揭示亲人之间的仇恨与屈辱，使得这部小说显示出某种不同凡响的穿透力。这些作品当然不能概括文坛的主导趋向，也不一定就表明文坛的倾向。但是，由几家重要的大出版社推出的作品，并且引起相当程度的关注，就可以看出它的气势，至少也说明"历史"在当代文学中并不是无足轻重的。

二 现代性反思与历史内在性

不管有意还是无意，有一部分比较注重思想性的作家，通过对似是而非的历史表面现象反复探究，或是对那些微妙的事与愿违的人物命运的刻画，当代作家把中国现代性历史（及其经典性叙事）推到一个疑难重重的领域，直至对现代性历史的必然性过程进行拆解。

在这方面，李洱的《花腔》值得重视。不管从叙事方法还是它所要把握的主题来看，《花腔》都是一部奇妙怪异的小说。把历史改变为小说叙述的时间支点，一方面使小说叙事的展开具有交叉的立体结构，另一方面也使历史形式的变化重新给定不同的内在性。也就是说，历史既是叙述的时间性标记，同时也是以它的多重错位获得象征意义。

小说围绕葛任的死亡与营救的事件展开叙事。作为一个参与革命的知识分子，葛任身居高位，但他却不能掌控自己的命运，他似乎被各种不同的力量所裹挟，卷进针对他的阴谋之中。在所有的事件的推进过程中，葛任似乎始终不知道他的真实处境，小说的叙述视点不断转换，但有两个基本视点可以把握：小说一方面描写葛任被软禁与世隔绝的生活状态，和他那独自面对自己的思考方式。这使葛任看上去好像与他周边的环境毫无关系，他是一个超现实和超历史的个人。另一方面，围绕葛任的生与死，展开了一系列的活动。它们布置在葛任的周围，如同无数的陷阱，而葛任对此一无所知。参与营救或谋害葛任的各路人马也都是葛任的好友同乡，他们也是知识分子，他们参与革命并且共同建构一个革命历史。这个历史形成一个强大的集体力量，任何个人都只能被一种神秘的力量所支配。投身于革命的知识分子并不一定能把握革命的本质，成为革命的主导因素。葛任过分的思想化、个性化，他的文人气质，似乎与革命斗争并不一致。对于葛任来说，他身处革命之中，而革命（历史）却在别处。他的思考，与环境的分离，这些并没有改变他被革命选择的命运。

小说叙述的结构不断开启，由此展开一个密密麻麻的关系网，扯出了一部中国现代革命史的草图。葛任这个人物使人想起瞿秋白或陈独秀这类早期革命知识分子；而这个名字所唤起的音位联想，又有如"个人"。事实上，这里面的每个人物都有特殊的经历，都把自己的生命和理想与民族国家的命运紧密连接在一起。个人就这样进入历史，参与创造伟大历史的活动。这些生命虽然也被历史的深不可测的无底的游戏所裹胁，但也始终表现出一种坚定而不可屈服的个性。如此真切地写出历史中的个人，这得益于李洱精细的叙述笔法始终把握住人物的性格心理，在人物与环境的对立关系中，极有分寸地显示人物的语言、行为和状态。

这部小说的主题可以说是在思考知识分子与革命的关系上。知识分子无法拒绝革命——这是现代性的最重要的主题之一。当然，"革命"一直是中国现代性文学表现的主题，包括知识分子与革命的关系，也不难从中国现代以来，特别是新中国成立以来的小说以及各种文体中读出。但带有反思性的表现知识分子与革命的关系，则并不多见。李洱显然试图在业已建立的宏大革命叙事之外另辟蹊径，重述这段革命史，把历史引入疑难重重的领域。对于每一个人的叙述来说，对于每一种叙述来说，历史都没有绝对的意义，历史总是在别处。

当然，说到底，李洱这部小说最显著的特征在于他的不断变换的叙述视点，通过每个人物的叙述，使历史产生歧义，使革命史变得如此复杂丰富。李洱可以相当贴切地抓住人物的身份和性格展开叙述，使每个人的叙述都别有滋味，这也令人称奇。当然，小说依然有一种总体上的叙述风格。也许是以知识分子为主角，特别是葛任这样一个有着浓郁书卷气的知识分子，小说的叙述也始终散发着醇厚的诗情；也许是小说的叙述语言精致凝练，小说复杂多变的故事又无不呈现出纯净舒畅的质感。这部小说以多视角的叙述打开了一个异常生动的革命史画卷，特别是以有意混淆真实与虚构界限的手法，使这段革命史变得真切而意味深长。不管是葛任这个人物，还是其中隐约可辨的早期革命领导者，都给人以强烈的亲历历史的感受。尽管叙述视点变换频繁，但每个叙述人打开的一道历史之窗却显示异常清晰，每片历史风景都独具一格，给人以深刻的印象。

总之，这部小说运用不断变换叙述视点的方法，来透视中国现代性的困境，使历史变得疑窦丛生，变得矛盾重重。李洱打开的这个角度，也可以说是中国文学展开现代性反思的最有成效的探索。它没有默认那些固定化和经典化的历史叙事，也不进行正面的拆毁，他只是平易朴实地调动叙述视点，使历史在重述和叠加中显示出多种可能性和可疑性。很显然，历史被叙述形式结构所分割拆解，这些形式并不只是起到艺术表现手法方面的作用，这些改变时间的技巧，使完整性的历史本身陷入（自我解释）的困境；现代性的历史不只是不完整的，无法整合的，更没有必然性的动机和方向。这不是把历史简单推翻，而是小心翼翼地打开，巧妙地重新拼贴，在重述历史中使之变得栩栩如生。重述历史绝不是粗暴地损毁拆解历史，而是去发掘更多的可能性，去激发被隐匿的历史活力。尽管说这部小说依然是虚构的作品，但确实相当准确而细致地呈现了那个时期的历史面目，其艺术提炼则在更为深远的意义上呈现出革命年代的精神地形图。

李锐的《银城故事》（长江文艺出版社，2002 年 5 月）从表面看上去确实是一个经典性的历史故事，这在刘恒的《苍河白日梦》，李锐自己写的《旧址》，以及陈忠实的《白鹿原》等小说中都可以看到。这并不是说它们的故事似曾相识，而是说它们的主题都属于反思历史、文化和现代性革命那种宏大的民族寓言性故事。这是一个经典性的主题，当然不可能几部小说、几十部小说就可以穷尽。实际上，重新反省中国现代性革命这一主题，在当代中国文学中还不过开掘不久，尽管故事的年代背景和故事内容并不少见，但其中包含的反思和历史解构却是相当新颖锐利。李锐对现代性历史的看法显然趋于谨慎，他给予这种历史的命运以悲剧性的底蕴。

小说讲述富家子弟欧阳朗云刺杀清廷官僚失败身亡并且导致一个地方乡绅家族的悲剧。这个关于革命暴动失败的故事，又牵扯到一对日本兄妹在行动上和感情上的参与，而使得故事变得复杂诡异。这里又一次让人们看到：知识分子无法拒绝革命（这是自法国大革命时代以来的现代性现象）。在中国这样的现代性后发国家，这种现象更加普遍，矛盾也更加剧烈。面对西洋和东洋的挑战，中国急迫地想摆脱传统封建主义制度，暴力革命则是迅速改变历史的有效手段。在这部小说中，李锐的思考显然有一番深意。小说开头就写到牛粪饼和老百姓的休养生息，写到银城这个地方的经济繁荣，写到刘家的财富名望。所有这一切生产力和生产关系都是在既定的历史条件下形成的，它不仅是一种有形的制度，而且是人们的习惯习俗，渗透进民众的血肉中去。而革命能迅速改变这一切吗？小说没有在更大的历史跨度内来写历史的后果，而是在相当紧凑的时间内通过人物命运来对历史选择作出思考。

在这里，历史的必然性逻辑无法抗拒给定的宿命，暴力革命以及历史理性并不能改变生活真实的内涵。在这里，暴动是一个计划周密的行动，这出自于历史必然性发展的需要，也是以历史理性形式展开的实践，但它在每个环节都遭遇到具体的生活过程的抵御。欧阳朗云在实施爆炸时，目睹了人体肢解的惨状，他的生理反应还是压不住革命理念。他后来去自首，因为不愿看到更多的人为他蒙受无辜的砍头之冤。这是现代教育产生的作用，还是传统的或者说单纯人性的良心与革命发生的冲突？总之，在革命之外不断地有各种生活事实、精神价值以及不可知的东西在发生作用。刘振武赶来平叛，其实是革命暴动的外援（历史总是节外生枝），但他这样一个受过现代教育和军事训练的人，并没有战胜暮气沉沉且老谋深算的聂芹轩。更有甚者，最后在离开故土的船上死于非命。死得如此轻易，这就是人算不如天算，历史的必然理性敌不过一个偶然的报应。革命失败了，这些革命党轻易地献出了年轻的生命，但银城这个地方还是按照原来的轨迹休养生息，往常的贩牛的习俗依然如期举行，轿子上下来的还是戴着二品翎顶的刘三公。

李锐当然不是一个革命的悲观主义者或怀疑论者，但他确实是在思考现代性引发的历史变革与历史本身的内在规律到底构成什么关系，是否有一种改变历史传统、既定条件、习俗文化的革命性力量？最后支持历史、生活存在的是什么？小说中还特别令人费解地写到一对日本兄妹与中国青年的情谊，乃至于爱情，那个日本姑娘秀山芳子居然深挚地爱恋后来成为革命党人的欧阳朗云。初读之下觉得这种爱情关系显得勉强而难以置信，但如果考虑到作者试图从总体上反思现代性历史变革，到底人性、人的血肉之躯，以及休养生息的日常生活，这些东西与概念化的历史理性（理念），与民族—国家的政治、对立和冲突，等等，到底构成什么关系，在这样的总体性的框架中来理解，就可以体会到作者的用心良苦了。

在本章的分析中，似乎李锐的这部小说太多历史反思的含义，事实上，这只是本文理论阐释的我的读解。在李锐的叙事中，这段历史被描写得相当精彩，环环相扣，紧张而富有变化。这部小说触及的历史内涵，它要思考的历史宿命，始终被牢牢扣紧。可以看出李锐的叙述艺术已然炉火纯青，那些平淡的描写，那些不经意的伏笔，那些自然形成的呼应，这些都可以看出李锐不同寻常的功力。

三　叙事的神奇性与历史的他者化

尽管近年来人们不断质疑宏大完整的历史存在的实在性，这并不等于人们要放弃历史。在消费时代或后现代语境中，历史经常显灵，过去的故事也以它的神秘性或传奇性令人神往。抓住历史，重温已逝的历史亡灵就可能造就现时代的文化通灵术。拼贴那些历史碎片，就足以让生活于当代时尚中的人们打造临时的精神家园。后现代的历史就这样成为一个虚无缥缈而又无处不在的幽灵，一个挥之不去的内心缺失和随时消费的精神填充物。从这个角度来看，历史既是一个不可或缺的"不在之在"，又是一个我们不一定要斤斤计较的断简残篇。如果读读青年女作家妹娟的《摇曳的教堂》，就能感受到宏大的历史如何转化为小说叙事的背景，如何成为传奇故事的容器。

当然，这部作品无疑有其历史感，小说选择的历史年代就非常特别，那是一个动荡不安的古旧帝国崩溃，而且新的帝国主义兴盛的时代。作者无疑大胆而潇洒地运用矫健的笔墨，把已逝的历史强行拼合在一起，勾画出丰富、生动而有张力的历史轮廓。

这部小说可以看成是帝国文化弥留之际的图像志。故事发生在中国东北偏北的冰城，时间是俄国十月革命之后，中国的国民革命初起阶段，日本规划大东亚草图时期。通过陈苏儿这个绝代美人的遭遇，书写出那段历史的内在魂灵。其手笔最令人不可小视的地方，就在于把雄浑的碰撞与细致的叠加能处理得如此恰到好处。俄罗斯、中国、日本这都是现代历史进程中最后的三大帝国，也是古旧的帝国体制向现代帝国转型的时期。日本自"明治维新"后，俄罗斯自彼得大帝后开始进入现代化，而中国的清王朝却还沉湎于泱泱大国的旧梦中无所作为，等待它的命运就是任人宰割。在冰城这个地理位置特殊的地方，有五十多座教堂，一百多家银行。这是帝国文化和殖民文化碰撞而共生的地方，汇集了俄罗斯的旧贵族，日本的浪人间谍，中国的遗少和革命党人。三种帝国文化在这里相遇，既带着各自的没落陈腐，又涌动着辞旧迎新的激情，垂死与蓬勃的精神风貌在这里并行不悖。这一切在姝娟的笔下都不是散乱的背景资料，而是以陈苏儿为纽带聚合起的历史死结，它成为姝娟表现人物性格、心理和命运的强有力的关节点。能在这样一种背景上来表现人物，给人以十分厚重和宽广的感觉。但在小说叙事中，历史背景也就只有传奇化的作用，人物的效果才是作者所关注的核心。人物并不受历史的羁绊，陈苏儿之能汇集那么多的传奇色彩，这显然是对历史挪用的结果。历史本身也没有真实的逻辑，历史也传奇化了，历史变成各种传说和故事的汇编，历史变成了一个神奇的"他者"，它外在于人物，不断地给人物提供需要的环境、事件和氛围。

当然，作为小说故事的主导线索显然是作者对非现实化的浪漫主义精神的渴望，小说贯穿于始终的陈苏儿与安德烈的情感纠缠，以及在学校这个新文化的象征场所出现的青年男女的情爱关系，都洋溢着清新明媚的气息。在早期新文化运动中的新青年，与当今时尚消费文化的新新人类仿佛只有一墙之隔。不管怎么说，陈苏儿与安德烈的感情关系的表现，还是得了俄罗斯文学的神韵。相比之下，陈苏儿与林慕云的情感就徒有革命文学其表。

说到底，这样一种历史在陈苏儿这里相遇，陈苏儿凝聚了如此渊源迥异的历史，它们共同造就了历史与人性的冷酷之美。诚如在小说的序言里莫言所说，陈苏儿是一个聊斋式的妖精，她本身就是一个三代混血儿，一个文化杂种。美艳惊人却又神秘莫测，浪漫可人却又冷酷无情。小说中多次提到那一幕，目睹着那个伐木者锯下被毒蛇咬伤的腿，所有的人都不堪忍受，只有陈苏儿横眉冷对，看完了这惨痛的全部过程。也许在她看来，这就是冷酷之美。这个现场是，她本人也是。也许这个场景还富有更加丰富而深刻的象征意义。被毒蛇咬伤，而后锯掉这条腿，一位美女始终目击着这个场景——这是什么样的历史现场，什么样的历史隐喻呀!? 小说也一直怀着对人性之恶的恐惧，这是不可洞见的神秘。小说的题目"摇曳的教堂"，既是对历史进行诗意化书写的象喻，更是对人类精神信仰根基深陷情欲与原罪困扰的无边忧虑。

人性与历史、文化始终纠缠，构成这部小说最有内在品质的方面。那个面目不清的日本人八木（他可能与陈苏儿还有某种神秘关系），他把阿耐的肌肤作为吸墨的纸张，在她身上反复书写文字和图画，这也是惊人场景。历史、文化与性在这里交合，惊世骇俗，显现出人类生存最绝望的那些侧面。爱欲与文明的崩溃和转型在这里就如此轻而易举地交合在一起，我知道这并不是出自于作者意识到的历史深度，只是年轻一代的作者在后现代的祭坛上，对昔日的乡土中国，对已逝的历史表示怀念和祭祀的一种方式。

实际上，现在被称为"历史故事"的那种作品，并没有试图给予历史以特定的本质规律。历史失去了绝对的同一性之后，它只是故事的时间容器。如果说那些故事、人物及其命运，最终可以回到历史，可以重新给历史勾画草图，甚至重新投射出历史意义，那也只能是"故事"的副产品，正如在宏大的历史叙事中故事是"历史"的副产品一样。历史只是一个时间定语，在这个前提下，作家的写作获得了更多的可能性。不管是"文革"，还是"知青"，文学叙事可以不再拘泥于原有的历史规定，可以用不同的观点和手法加以重写。

2002 年,人民文学出版社推出一部厚厚的长篇小说《把绵羊和山羊分开》(懿翎著)。这显然是一部奇特的作品,它与过去讲述"文革"或知青的小说很不相同。它难以定性,难以用"主义"去归类;它土得掉渣,又前卫得让人望尘莫及;它客观到就像直接面对你叙说她过去的经历,主观得又如同语言在任意喷涌狂欢。

这部小说以一个十多岁的小知青的口吻,叙述一段奇特的上中学经历。十四五岁就从北京到山西当知青,这种经历在当时并不特别少见。这个被称为"小侉子"的小知青,被生产队以完成上级给定的升学指标任务而到一个县城中学读高中,这个中学的老师汇集了各路的牛鬼蛇神,数学奇才、化学研究生、体育健将……这是那个年代的特殊产物。小说围绕这个"小侉子"与数学教师江远澜之间的关系展开叙述,这段磕磕碰碰的师生关系,逐渐演化成怪模怪样而又铭心刻骨的爱情。如果认为这是一部关于师生恋或青春期爱情记忆的小说,那就错了,在这部小说叙述的大多数时间里,都与爱情无关,它是对一段奇异生活的奇异复原。

很显然,我的概括不得要领,令人摸不着头脑。但面对这部小说,我们无法准确说出它的主题,在某种意义上,它真正是无主题变奏的作品。这不是说它多么抽象,而是它是如此具体,具体到只有生活事物本身,具体到可以触摸到叙述人的所有主观感受。作者竭尽全力要把那种奇异的生活情状表现出来,至于这种生活情状到底表达了什么意义,这些局部的情状是否可能构成一种整体性,并不在追求之列。这是一部反整体的局部主义小说,一种真正具有原生态的生活流的小说。因此,试图从总体上概括出它的主题意义,显然是吃力不讨好的事。

从大的视角来看,这部小说的情节框架显得荒诞不可思议,14 岁的小知青,永远学不好数学,但一个数学奇才孜孜不倦而徒劳无功地辅导她。在这个学校里,教师、学生、领导之间的关系,也呈现出荒诞不经的格局,所有的事情的出现与结果、人物的命运,从来不按照理性的逻辑推演,而是偏执狂般地向着怪异方向变化。

如果说这部小说有什么可概括的主题的话,那就是历史的荒诞性如何被个人的偏执荒诞地抗拒着。这是一个哲学思辨的抽象主题,它只存在于小说最初的叙述动机中,在小说叙事的背后若隐若现。大多数情形下,我们能感受到的只是那些具体而生动怪诞的生活情境,它们在播放无穷的快乐的同时，流露出一些无奈的苦涩。小说塑造的两个男女主角，小侉子和江远澜，都具有典型的偏执狂性格，在完全异化的生存状况中，他们我行我素，本着自己的意愿顽强生活，这就使他们的个性和行为，都陷入更加荒诞的境地。小说中多次描述了"尸体"这个意象，主人公以及其他人对尸体的随意和漠然态度，都令人吃惊。生命的存在如此麻木不仁，小说越是冷静地不动声色地叙述这种状态，就越发显示出存在的悲哀。小说也多次提到"零"这个数，小侉子在愤怒的时候就骂江远澜为"零"，也许这部小说无意中触及一个主题，那就是：对历史进行"零"的描写。那种荒诞感，那种在荒诞中奔涌出的诗意，生活、个人的存在变成"零"，而且在"零"中倔强地存在。在这里，历史再度变成神奇的"他者"，只不过在这里，历史没有被人物所挪用，而是成为历史"他者"的一个要素。

小说的题目标示为"把绵羊和山羊分开"，但小说叙事最终并没有分开。历史是如何被混淆的？它最终也无法被清理。荒诞对抗荒诞，生活在这里（零度状态）获得平衡，人的尊严和权利也以扭曲的形式（零的变形）得以保全。在这种对抗中，小说叙事写出了人物性格的倔强力量，同时表达出自嘲和反讽的无尽快乐。这一对师生、两代人，不同的命运，在那样的时代他们相遇，虽然荒诞无比，但也透示出一种深挚的人世情怀。小说最终给这两个人赋予了铭心刻骨的爱情，悲剧性的情愫最终驱散了江远澜身处其境的荒诞感，历史的荒诞感下一步步地升起了悲剧意识。当然，这些人物的命运，这些事物的存在方式，这些经验，都会呈现出特定的意义，而其最终给定的结果，也是对这种生活和经验的一种定性和判断。

这部小说在审美经验方面颇具挑战性，它确实具有一种原始质朴的客观性，这在当今时尚美学流行的时代，显得与众不同。这当然不只是因为它采用了第一人称的视角，也不是因为它无拘无束的铺陈手法。实际上，恰恰是因为它极其主观化的态度，叙述人如此彻底而倔强地回到我的生活的本来历史中，这种主观化的态度给我们提供了一种诚实性，一种以个人记忆的无保留状态作抵押的历史的诚实性。我们习惯于认同为真实性或客观性的认知标准，来源于现实主义的写实原则，而现实主义的写实方法恰恰是以其清晰、冷静的视角为依据。实际上，这种视角最大限度地修改了客观世界的存在状态，给予了它以一种必然性的逻辑展开。最客观的，往往是最主观的假象。实际上并没有客观的叙述，只有主观的视野。在懿翎的叙述中，我们感受到一个幼稚单纯的女孩的视角里所看到的世界，她和这个世界一起存在的状态。她尽可能无保留地把那种状态和情境全盘托出，那些在人们通常的观看和感受中，在人们通常的叙述被隐瞒的内容，在这里都被暴露无遗。在这样的视野里，历史没有完整性，历史全部转化为个人的经验，这是一些片断，一些被不断涂抹的记忆碎片。然而，每一片都能划破人的心灵，都能刺穿人的命运。

四　抒情性叙事与历史的自我化

我们在哪里错过了历史？是我们捣毁了历史，还是历史自行消失？或者说是我们对历史视而不见？我们一次又一次叙述历史，可是历史却离我们越来越遥远，历史变得越来越模糊。然而，历史并不只是一层窗户纸，一捅就破，一撕就碎。历史过分强大厚重，压得人们喘不过气来；历史过分模糊迷离，也让人觉得不踏实。

不管从哪方面来说，《抒情年华》在新世纪初的出现都是必要的。当代文学一直找不到真切的历史感，既忘却了当代现实的历史起源，也无法辨认那些深刻的裂痕和转折。更重要的也许还在于，难以找到一种叙述语式，赋予已经模糊的历史以近距离的面目。从这一角度来看，《抒情年华》（以下简称《抒》）的出现就有不同寻常的意义。就当下潮流而言，这部小说显得别具一格：它强调叙述的主观视点和内心感受，抒情性很强，怀旧的情调勾勒出已逝的往事，生动展示在压抑中滋长的叛逆性格等等，这些都远离这个时尚化的时代而给人以强烈的印象。《抒》再次让人们感受到了 80 年代后期先锋派强调的那种主观化叙述，那种自我始终在场倾诉的故事，感情充沛，具有清晰的流畅感。并不是说第一人称的叙述就具有主观化的感染力，重要的在于叙述人对一个时代，对个人与这个时代的关系，它们之间的连接方式，那种内在性的相互交融，通过自然而直接的语言叙述出来。

主观化的视点并不是游离于客观的历史记忆过程之外，而是真正能达成一致。作为某种不断被书写的历史的亲历者，潘婧以她的视点和语式重述那段神话般的历史。她给这段历史以个性化的面目，她的理解感悟与她的命运，从而与那段历史完全融合在一起。也就是说，外在的历史不断转化为自我的经验，以至于历史也获得自主性的存在。那些故事、那种情感，似乎也是历史自在自为的经验。对历史的反思与个人真挚的记忆能达到高度的融合，这并不容易。可以说，那段历史全部融入叙述人的生命生长之中，构成她生存的全部要义，而她的理解、反思和感悟也复活了已逝的历史。在这里，小说叙述的这种效果并不只是来自文本的力量，作者本身的署名权所包含的历史确实性，使这种效果显得不容置疑。能把个人的生活史和时代，和一代人的命运完全融合在一起，第一人称真正的亲历性起到不可忽视的作用。在这部不足 20 万字的小说中，作者融入了全部青春年华的生活，概括了"文革"中期到"文革"后的改革开放时期的历史变故。所有个人的青春生活，始终都反射着那个时代的本质要义，都令人真切感到那个时代的压抑、生存道路的崎岖艰险、个人的性格心理是如何为时代/艺术所塑造，又为时代/艺术所扭曲。主观化的叙述及其视点，那种情绪与思想意蕴持续造成的冲力，始终敲打时代的要点，犀利而睿智，随处可见思想火花闪烁其中。小说的叙述因此显得饱满而有韵味。

当然，作者的抒情与反思可以显示出独特的力量，这得力于作者选择的历史，或者说作者的青春记忆所具有的特殊内涵品质。小说讲述白洋淀一群知青的理想抱负与时代碰撞的故事，这批人在颓废与困顿之中执拗行走在偏激的人生与艺术之旅，他们的才情、不可避免的错乱、那种绝望感，以及反抗和屈从的矛盾，这些都具有独特的意味，它们是放大了（或浓缩）的那个时代的愿望和病症。白洋淀的诗群已经构成当代文学史和文化史的神话，成为重写文学史的重要资源。在某种意义上，80 年代的知青一代人，以及后来成长起来的具有前卫意识的作家诗人和艺术家，在精神上都与白洋淀有着内在联系。在后来的文学史和理论话语叙述中，"白洋淀"成了这个时代的"沉沦的"艺术圣殿，整整一代人的精神之父。它就像是镀上一层童话色彩的古拉格群岛，没有人可以越过这个地方走向思想变革的异地他乡。

运用第一人称"我"的视点来叙述历史，容易流于空洞和虚张声势，但《抒》却显示出真挚和细腻。潘婧得天独厚，她享有这段历史，成为这段历史的亲历者，她用她的爱、精神和肉体、温情和绝望重写了这个神话/童话般的地方（的历史）。她不是历史的主角，这使她可以随时跳出来观看这段历史，而 N（小说中的男主人公）则成为这段历史的聚焦人物，一个分裂的多重性的笛卡尔。再也没有什么样的写作比叙述这段历史更能展现那个时代的理想主义和浪漫情怀，再也没有什么比艺术与性使那段历史的本质更加袒露无遗。不断地披露个人的内心感受，持续性的反思和评价，以及细致的日常生活和身体体验，这些都使这段历史得到前所未有的表现。在这一意义上，这部小说可以说是那个已逝的理想主义年华的绝唱。

确实，很少有人能将对历史的书写与个人的切肤之痛结合得如此紧密。全部历史就是我的活生生的生活、感受和体验，爱、亲情、伤害和逃避……这些被历史分裂又被历史推动。潘婧能够把握个人与历史相处的那种独特方式，个人被历史摧毁之后的那些情感的多种层次的延伸状况。这些真正是这代人的独特体验，生命被伤痛镌刻的那些深层痕迹。

尽管作者有意对这段历史进行祛魅，使它的平凡、偶然甚至是卑琐的一面得以体现，对 N 们的凡夫俗子的嘴脸进行揭示。作者也几乎是竭尽全力把庞大的历史神话击碎，把那个年月的艺术理想主义、精神超越性的追求、爱欲与人的品性，以及亲情和友情等等，进行全面的审视和质疑，但作者最终没有使历史解体，没有使神话祛魅，作者对那个时代的眷恋、对那种情怀的偏执关注，反倒使历史获得了一种新的质素。总之，作者坚韧的笔触和浓郁的抒情风格，还是使那段历史保持着它的乌托邦的诗意。作者不断地用思想去撞击历史的残墙断壁，她确实指出了历史及其主角的虚妄性，但我想人们还是会对那段历史神往，因为，在潘婧的书写中，历史还是被复活了，被还魂了，仿佛历史和我们都突然恢复了诗性。从那个时代绵延至今，过去的历史还剩下什么？是历史真正的死去，还是我们心灵的早已干涸？就像那片曾经浩渺的水域？《抒》在招魂，在呼唤我们的记忆……

这部小说也许主观性稍显强烈了些，反思性的评价对于某一类读者来说也不无累赘之感，但从总体来看，这部小说确实是一部近年少有的精粹之作。它毕竟凝聚了作者多年的心血，毕竟与作者的最真挚的青春记忆相连，与我们的精神深处始终不能平息的情绪相连，它理所当然打动我们。作为一个理想主义时代的绝唱，它不只是给历史还魂的抒情，它也是给我们还魂的抒情。

五 历史始终 "在场" 或者断裂

尽管我们一直处在表现现实的渴望之中，同时也对表现现实的作品之不尽如人意而焦灼不安，但"历史"并没有因此被淡化，实际上，历史一直"在场"。最近十年来，历史观念在当代文学中已经发生了深刻的和根本性的变化，历史不再以完整性的结构起到支配作用，但"历史"作为一种与现实相区别的叙事模式并没有退化，它依然是作家得心应手的一种题材。当然，在任何情形下，我们无法在文学艺术作品中把现实与历史区别开来，现实总是与历史相连。在这里，我们当然是指那些在叙事时间上限定在"过去"的那类文本，至于它们在隐喻的意义上，或是在别的修辞意义上与现实的关联，则暂时不加考虑。

我们说历史始终在场，是指90年代中国现实社会发生的变化毋庸赘言，相当一批年轻作家热烈地表现现实，特别是中国城市化和消费化的社会现实。但另一方面，日臻成熟老到的一批作家却更深地进入历史。80年代那一批走在时代前列的作家，或者搁笔，或者走向历史，少有人青睐现实。对于这一代作家来说，历史是文学叙事的背景和平台，他们更乐于在较大的历史跨度内来表现人的本质与命运（例如王蒙、张洁或更年轻一代的作家，例如，王安忆、铁凝等人）。历史对这些作家来说是活的对象，是时间性建构的具体情境，它们具有可把握的内在（实在）性。当然，有必要看到，尽管他们始终生活于主流历史中，但他们所处理的历史，或者说他们的文学叙事所依赖的历史，与经典化的历史相比（例如，五六十年代的革命历史叙事建构的经典历史体系）也发生了相当重要的变化。他们的文学叙事所处理的历史形式同样具有完整性，具有明显的时间向量，但个人与历史的关系或结构方式已经变异。在经典化的历史叙事中，个人始终是历史的一部分，它是那种历史的"产品"，是历史本质的体现。个人的所有活动最终都可以回到历史中，都使历史获得完整性。但即使在王蒙、张洁和铁凝等人在90年代的历史叙事中，个人与历史也经常产生分离。文本中叙述的历史，其完整性只限于故事与人物的命运，并不与经典化历史确认的实在历史完全等同。特别是在张洁的《无字》中，文学叙事聚焦于个人身上，对个人的叙述并不必然归属于历史，文学叙事只是对个人表达，而不是对历史完整性的允诺。

但是不管怎么说，不同代的作家总是有不同的历史记忆，经历过"文革"的那些作家的历史叙事终归有一种明确的完整性（具有本质、意义和明确的结构）。而在后来的这些更年轻一代的作家的叙事中，历史的完整性遭到严重损毁。这二者之间没有优劣等级方面的区分，只是一种差异。对于年轻一代的作家来说，历史只是时间的容器，是文学叙事的一种资源。多年前，先锋派作家群就反复地写到历史。苏童、余华、格非、北村都写到过去的故事，他们在语言实验的阶段所处置的历史年代不明，也没有特定的意义指向，只是作为故事发生发展的空洞的时间容器。他们后来的作品开始有可辨认的实在性的"历史"，但都在相当严重的程度上改写了经典的历史。当然，在当代小说中对历史施行最彻底损毁的作家，当推刘震云，从《故乡天下黄花》，到《故乡相处流传》，再到《故乡面和花朵》，刘震云把历史当作戏谑化的原材料任意处置。在王朔之后，现实就不再有崇高的本质；在刘震云之后，历史也没有神圣性。

现在依然有作家在书写历史，讲述历史故事，正如我们在上面提到的那些作家作品，每部作品都有自身的思想内涵和表现手法，都以不同的方式处理历史。从总体上来说，历史不再具有完整性，不再具有被共同认定的本质规律，历史对于这些生活于其中的人物也不再起到明确直接的决定作用，历史与人物的关系可能出现歧义。历史作为主词，它具有客观存在的实在性时，它构成作家进行现代性反思的对象；历史作为定语，它只是小说叙事的时间容器和背景，而且小说叙事并不需要与这个背景紧密相连，它可以传奇化或神奇化；而历史作为状语，则可以是一种语境，它成为回到自我经验的一个场所。

所有这些状况，都表明历史在当代文学叙事中发生的深刻变化，尽管人们还在书写历史，但历史原有的那种权威模式已经无法修复。这并不是人们的表现力不足，最关键的问题在于，历史与现实的连接发生断裂。也就是说，我们现在生活于其中的历史，没有在本质上与过去的历史紧密相连。它们虽然还存在形式上的（例如制度结构上的）关联，存在某些表象方面的延续性，但过去历史与现实无法一脉相承，而且现实在无止境地演变。现实离历史而去，历史不再是压在我们身上的包袱，也不再是套在思想上的枷锁，历史与我们若即若离。它是一个外在他者，又是一个存在于我们内心的幽灵。对于这个时代的写作者来说，历史始终在场，历史又在别处。这就是现时代写作历史的理由，也是历史永久存在的方式。

下编　后当代幻象

在日常生活和伟大作品中间存有一种古老的敌意。

帮助我，在说这些时，能理解它。

……

但帮助我，如果你能不带有任何焦虑，有时最远的事物最有帮助：

对于我。

——里尔克《给一位朋友的安魂曲》

第 一 章

记忆的解脱:"私密"与历史陷阱

2000 年，女作家铁凝发表长篇小说《大浴女》，这部作品代表了铁凝创作的高峰，反映了这代作家在艺术上的成熟经验，更重要在于，它反映了这代作家面对当代中国文学转型的时期，在处理个人与历史关系时所面对的那种复杂矛盾。本章旨在梳理这部小说中私人性的表意动机和故事内涵，如何在叙事中转化为历史反思和自我完善这样的主题，从这里可以看出当代中国文学开始出现的个人化叙事，却又依然被历史无意识所支配，不得不重新打上历史印记。如何看待当代中国文学向个人化写作转化显露出来的意义，以及这种意义包含的矛盾和悖论，这对于理解当代中国文学所发生的深刻变化无疑具有积极意义。

一 动机与假象：原罪、隐私的修辞意义

《大浴女》讲述一个年轻女编辑对少女时代的回忆以及在不同时期与两个男人的情爱关系。显然这一回忆追究的故事和生活的实质意义，与她后来经历的情爱挫折和自我超越有紧密的内在联系。

这部小说一开始试图从作者个人的真实记忆展开叙事。小说女主人公的身份是一个年轻的女编辑，她与某个极为走红的名人的情爱纠葛，故事发生的时间地点等等，都在某种程度上暗示与作者的关系，都表现出浓厚的自传体的意味。小说试图接近个人隐秘的生活，从年幼时就留在内心的罪恶感，这显然加强了这部小说与个人隐私的关系。但是，这部小说并没有停留在个人内心生活的剖析上，而是一步步走向了历史，个人的原罪从对历史的理性思考中获得了解脱，而个人的隐私式的情感记忆，同样在道

德感的重新强调中获得升华。作者试图去揭示个人的内心生活，也倾向于把个人真实的隐私式的经历作为小说叙事的基础，但它终究没有摆脱习惯性地反思历史的倾向。

我们可以从分析这部小说的开头开始。这部小说的开头"引子"部分从回忆往事开始，而回忆的情结是关于妹妹尹小荃的死。这个情结构成了小说叙述最原初的动机，当然也构成了主人公尹小跳始终摆脱不了的心理死结。这使她陷入了自我反思的烦恼，到底人的底线和终极意义何在？也就是说，小说一开始并不是单纯地在讲故事，而是去触动揭开个人生活史上那些最原初的情结，甚至于彻底审视个人内心深处的原罪情结，构成了小说叙事的动机。

幼年时期的尹小跳在一次目击妹妹尹小荃掉进一个没有井盖的洞里丧生，她觉得自己从内心嫉妒幼小的妹妹，或者说怀疑妹妹可能是母亲与唐医生偷情的产物，从而排斥妹妹。她认为自己当时有可能阻止妹妹死去的悲剧发生，但她没有阻止，很可能就是内心的嫉恨和排斥在那一瞬间起到了决定作用。这使尹小跳在后来的年月里陷入深深的自责。这部小说的叙述就从这个记忆事件开始——这个开始是重要的，它使这部小说具有了反省个人内心生活历史的特征，也许可以说是对个人私密生活进行一次梳理。

小说一开始就把个人的生活史推到极端，直逼人性的痛处。像尹小跳这样看上去纯洁正直的女性，她的内心隐藏着抹不去的记忆阴影。这个动机一直潜伏在故事的主导体系中。但是，小说的叙事并没有按照这个原初动机展开，这个动机只是在必要的时候给叙述人以思考的契机。这种原罪应该归结于个人？历史？还是归结于人性？就这一症结问题，作者一直没有给予正面回答，而是在叙述中使之悄悄地普遍化，并且随着自我审视和道德升华，叙述人使尹小跳逐步从这个原罪般的动机中解脱出来。爱欲的快感代替了对原罪的审视，关于人生错误的思考代替了原罪的忏悔。

关于原罪的审视并不是真的要进行忏悔，而是进入个人的隐秘内心生活的捷径。这是一种坦诚，也是一种掩盖，当一个人把她内心深处的悔恨，即见到亲妹妹死而不救的那种罪恶感都能表达出来，还有什么可隐瞒的呢？在小说的叙事中，这一原罪感的发掘，实在是为更具有真实的隐私意义的情爱故事提供一个铺垫，它同时也是对潜意识泄露的反向遮蔽——

不自觉的表达真实意图的一种改写。

　　如果小说从这里切入个人的内心生活，这部小说也许是中国少有的真正审视个人心理历程并具有个人忏悔意识的作品。但关于个人的精神探索很快就被置换，被超越，个人的故事迅速被思考历史的评价性体系所替代。这个故事的主体已经逐步演变为爱情失败主义者的挽歌。到底那个原罪般的动机与这个动人的挽歌有什么关系呢？原罪被改换成错误，那个不能逾越的人生障碍，又是如何轻易地超越了呢？通过反思，通过与我们的过去对话，铁凝那些饱满而细致的笔调，使这一切变得亲近。叙述人面对的是个人的整个历史，而不是某个生活死结。我们没有罪，我们经历了生活磨难，我们做出了选择，生活终于找到了正确的方向。确实，那个原本以为要起决定作用的赎罪意识，现在完全被一系列生机勃勃的生活掩盖了。我们不再忏悔，我们只需要观赏和评价。就文学叙事来说，这部作品给人提供了极为丰富的阅读资源，它的那种历史感，那种亲历性，那种现场描写，都是无与伦比的。女人经历风雨，如同走进沐浴——正如小说的封底出版商所提示的那样——经历了风雨的女人则有如出水芙蓉。这是什么样的暗示？这是什么样的推理？叙述人，或者说铁凝，显然或者说实际上，也被这种暗示和推理所支配。她已经放弃了那个最初的动机——那个本来要作为对一个人的内在意识进行最深入解剖的切入点，她怀着解脱的心情，摆脱了这个重负，随后她更轻而易举地摆脱了更多的东西，或者说，更多的男人——方兢，陈在，麦克。她随后需要的是战胜自己，她成功地战胜了，她因而成熟了。

　　于是，隐私式的自传文体放弃了自我探索，转向完整的历史思考。正如那个原罪意识被转嫁到历史中去一样，关于个人的情爱故事，也转向了对历史的反省。多年后，轮到她以怜悯的目光看着方兢——这个当年她爱得如醉如痴的男人：她明显地感觉到他老了，不只是他的外表，而是他的内心不自信，"她能给他只是礼貌和同情"①。这个她曾经为之激动不已的男人，现在在她看来，再过分一点就像一个卖笑的男人了。尹小跳已经站在人生的制高点上，她超越了历史——自我的历史。铁凝对于方兢这个超级文化符号的书写，就具有了反思一个时代的意义。叙述人说道："那真

------

　　① 《大浴女》，春风文艺出版社 2000 年版，第 352 页。

是一个崇拜名人、敬畏才气的时代呵，以至于方兢所有的反复无常、荒唐放纵和不知天高地厚的撒娇都能被尹小跳愚昧地合理化。那的确是一种愚昧，由追逐文明、进步、开放而派生出的另一种愚昧，这愚昧欣然接受苦难的名流向大众撒娇。"① 事过境迁，人们对历史似乎看得透彻而显示出应有的智慧。但所有的历史都经不起过后的推敲。作为 80 年代的文化英雄，在方兢夸大的巨大的欲望背后，其实只有性无能的本质。是否作者也在反省一个时代的夸大的文化想象的本质意义呢？至少，叙述人在审视尹小跳的爱情时，通过方兢这个符号而拖曳出一个时代。方兢的衰落，不只是一个人年龄的老化，更重要的是一个时代的隐退。这种象征性的描写包含着作者对一个时代的特殊理解。

　　通过把个人的隐私式的历史转变成历史反思，尹小跳的爱情挫折变成了理性的胜利，个人的谬误不过是时代（错误）的一个小小的投影——那个时代人们都盲目崇拜文化和文化名人；对这一行为的历史本质的理解，从而把写作隐私式自传的动机改变成理直气壮的历史批判。同样，通过把个人的错误归结到历史，把所有的不道德的情爱都改变成追求个人的真爱，善让位于真，最后真再次还原为善——尹小跳终究获得了道德上的升华。

二　深化与改写：历史/道德的陷阱

　　这部小说一直在真实的个人记忆（隐私）的呈现与历史反思，在情欲表现与道德诉求之间转换，前者是后者的铺垫，而后者又是前者的遮蔽和修辞。最后的一切都转向历史，转向了道德完善，正如沐浴爱河的尹小跳，最终修成正果，她把陈在还给他的妻子（万美辰），她真正解脱了。所有的过程都呈现了，它的外在、它的可感的生动性都让人们充分领略了；而它的实质，它的道德含义则通过最后的总结重新给定意义。确实，尹小跳始终是一个圣女和浪女的混合体。她的浪漫爱情没有一件不是有悖于道德的，但在任何一个时候，她都在追寻人生的真实含义——真爱。真爱是什么？就是绝对之爱？绝对之爱当然没有界线，没有限制，它是心灵

---

① 《大浴女》，春风文艺出版社 2000 年版，第 168 页。

自由的随心所欲之表达。与方兢这个有妇之夫的恋爱,与麦克这个异国毛头小伙的搂搂抱抱,与陈在的狂热,这些都不是尹小跳的主动,只是因为她太迷人,气质独特,男人这些嗅觉迟钝的动物,只有怪异的气质才会引起他们的激动。但尹小跳始终以她本色存在,她吸引这些男人是天经地义的。她是无辜的。但是,什么时候道德问题突然冒出地表?是在最后的人格升华吗?

事实上,对于尹小跳的爱情选择,从来就没有道德问题存在。道德是尹小跳用于审视他人的,母亲、唐医生、唐菲、方兢等等。小说的叙事是巧妙的,由于设定了唐菲这个人物,使尹小跳在情爱方面的道德问题化为子虚乌有。还有什么人比唐菲更蔑视道德呢?因为这个人本质上又是道德牢笼里的囚徒,她明显是从古至今的文化想象中的荡妇的典型,只是在进入现代性语境之后,这类形象总是兼具大地圣母和荡妇的双重色彩。这个纯粹爱情的产物,结果成为男人欲望想象的尤物,她离爱情最远,她是一个在爱情边界奋力抗争的人。也正因为此,唐菲是这部作品写得最成功的人物之一。张贤亮的《绿化树》和《男人的一半是女人》中的马樱花、黄香久是这种形象;莫言的红高粱家族中的九儿别有一番野性;贾平凹的《废都》中的唐宛儿则是登峰造极;陈忠实的《白鹿原》中的田小娥别有风情;苏童的《妻妾成群》中的颂莲不过略微作了调整。男人想象中的性感尤物总是兼具放荡无耻和纯朴善良的双重本质,它们是文学艺术作品中最引人入胜的永不枯竭的魅惑,在铁凝笔下出现当然也不值得大惊小怪。只不过在铁凝的叙事中,这个人物的存在,使尹小跳的那些情爱经历无可非议,且具有纯情浪漫的特征。当然,在某种意义上,唐菲像是尹小跳的另一侧面,是她想成为而又压制下去的另一半,一个自我外化的他者。注意小说中的一个细节,当唐菲死去后,尹小跳和陈在参加完唐菲的葬礼回到家中,他们有一次激烈的做爱。这在小说叙事是一个奇怪的场景,尹小跳为什么要在这样的时候以如此怪异的方式表达情欲呢?唐菲死去后,尹小跳的另一半在这个时候复活了,正如最后她要通过归还陈在来完成她的道德升华一样。在叙述人/尹小跳/唐菲之间,始终存在一种替代和转换的隐喻结构。在所有的小说叙事中,唐菲这种人物经常具有功能性的转换作用。

小说一开始试图进行的个人的忏悔和呈现隐私的冲动,并没有构成小说叙事持续的动机，它只是一种叙述策略和修辞手段。这部小说在叙述上无疑非常出色，这得益于它总是蕴含着充足的张力，这些张力来自一系列持续的反思性表达。也就是说，在故事与叙事之间始终构成一种紧张的反思关系，使这部小说看似平常，却隐含着非常不同的艺术表现力。这种张力并不是可有可无的，在常规小说越来越占据主流地位的今天，如何在常规性写作中，找到更充分的表现力，一直是困扰当代中国小说艺术表现的难题。大多数常规小说缺乏必要的艺术表现力，我想，铁凝在叙事中不断介入的反思性视点，确实卓有成效地把小说叙述艺术推到一个高度。

但是，这种反思性的叙述并没有依照原有动机导向对人的内在意识揭示，却转向了外部世界，顽强地超越个人而转向历史。就叙述技巧而言，反思性的关键的动力来自开始设定的那个赎罪性的动机，尽管正如我们在前面分析过的那样，那个动机被隐瞒和挪用了，但它却给小说叙述注入了反思的契机。小说似乎一开始就要返回内心反省个人的记忆，内心的独白愿望一度占据主导地位。只是随着叙事的推进，呈现故事占据了主导位置。但这部小说之所以有别于那些畅销小说，就在于呈现/反思交替运作，生活（以及自我意识）的内在性得到充分表达。叙述人总是在那些人物处在生活的困境时，反思那种不可知的力量所起的决定性作用。可以把握的历史理性与生活的那些偶然关节的连接，造就了各种可供叙述人反思的契机。这些反思性叙述拓宽了人物的心理世界，但似乎并没有依循内在化的原则确立一条主线反思人物最根本的自我意识。圆熟的技巧非常老练地使那些思绪闪烁着思想的机智与敏锐，并且恰当地对根本性的人性的、历史的、政治的症结绕道而行。这些生动的反思没有追究人性的原罪，也淡化了历史之恶。

叙述人的反思性叙述确实是生动有力的，她总是可以越过个人的肩头看到背后的历史。反思性的叙述没有纠缠于个人的自我意识，个人精神的刺痛感淡化了，或者说那种内在性的紧张感消失了，但历史的背景被拓宽了。从个人记忆的深处转向思考一个历史/时代，这部小说的性质似乎发生了微妙的变化。从外在经验到人物关系，再到时代，小说的呈现/反思向着外部世界推进，叙述人现在站在一个思想高度之上，她不再倾向于用情感的内在化压抑自我，而是看到"他者"的困窘。她是如何从一个深陷于自责的叙述者，变成一个如此有自主性的女人的？在经历过那些被方兢吸引和诱惑的时期之后,小说主人公的爱情开始走下坡路。这时她开始反省自己的爱情经历,当然主要是反省方兢这个超级的文化英雄。值得注意的是,这个文化英雄被描述为患有阳痿症状。他对尹小跳的爱情在很大程度上是为了证明自己的性能力,而尹小跳是唯一使他成为男人的女人。浪漫的爱情背后隐含着关于性无能的治疗策略,爱情的本质是值得怀疑的。这使人想起多年前张贤亮的风行一时的小说《男人的一半是女人》。章永麟通过黄香久而成为一个男人,但其契机在于章永麟投身到洪水中抢救集体财产,他是先成为一个共产主义战士,而后才在女人的怀抱里成为一个男人的。后者不过是前者的一个辅助手段而已。但在这里,历史理性的崇高目的被抹去了,这个文化英雄完全受困于肉体,他的情爱(精神)活动是围绕肉体的拯救工作而展开的。这是一次优雅的解构,也是一次致命的反省。叙述人揭示了那些浪漫情爱的外表下掩盖的本质,精神性的爱情如何被物质所支配。理想化的爱终究在性能力的治疗过程中瓦解,在始乱终弃的结局中粉碎。也许这种质疑还可以放大到象征意义层面加以读解,它导向关于80年代中国文化理想的反思。

可以看出,作为一部梳理记忆之作,这部小说以个人的历史拖曳着民族/国家的历史。很显然,个人的内在体验始终建立在那些历史的压抑机制上,它使那些人性的困境都显示出深度。就这部小说的出发点而言,它试图对人的历史发问。而这种发问却是相互对立并且又相互解脱的。按照小说对人性的追问,这里面大多数人似乎都有罪。尹小跳觉得她谋害了妹妹;而母亲章妩与唐医生偷情;红卫兵对唐津津的迫害;而唐菲放荡不羁……如此看来,作者试图认为人性的罪恶具有普遍性,她要审视人的本性。但同时对历史的揭示,则又给人性找到解脱的出路。这些罪恶,因为放在历史语境里,则变成了一些过错。根源在历史,而不是在于人性的本质。母亲章妩与唐医生的偷情,因为具有反抗历史压抑的意义(逃避革命与暴力),因而,个人的力比多驱动也具有了反抗政治异化的功能。章妩因为要照顾两个女儿,她不愿意到农村去,不喜欢那种革命与暴力的气氛,这就是通过偷情而获得的病假的内在意义。在这里,偷情不再是单纯的偷情,性的背叛就是一种政治背叛。就像对唐津津和唐医生的性的迫害就是政治迫害一样。人性与历史既具有相互的给予性,又相互消解。人性本质上是历史地形成的,这就是说,人性本来不过是无物之阵;而本质主义的人性也就是历史性的人性，人性的所有内容都被历史填满，我们只要反思历史就行了，哪里还有人性存在的余地？因而，人性确认自身的绝对起源性，它就是反历史的。正如铁凝试图做的那样，这个反思人性的动机，一旦滑向了历史，就消解了人性。所有关于人性的困惑，关于人性对自我的恐惧，都不过是对历史的困惑。

记忆中的那个死结并不真是什么赎罪意识的起点，它不过是使叙事成为可能，或者说使其变得更有深度和力度的一种文本策略。一旦作为文本的表意策略而存在，原先的意指作用就被悬置了。也许《大浴女》本来试图挑战人性，但它却不得不屈服于历史。人性及其个体的存在，本来就没有单纯性，没有绝对性。铁凝设定这一动机可能只是一种姿态，也许铁凝的赎罪意识并不坚定，她在一开始就拿不定主意，这种记忆"可能是真的"，可能"经过修改"。甚至，人的记忆都有可能篡改。如此看来，她随后并不认真刻意追究人类心灵的幽暗也不奇怪。审判个人乃至人性，面对人性最幽暗的部分，当然不如审判历史来得轻松，历史毕竟是身外之物，一个宏大的然而缄默的客观之物。审视历史既显示了人的睿智，也与自我的灵魂拷问无关。像铁凝这样一个有才华而有思想深度的作家，她几乎要来一次尖锐的冲击，但她为何放弃了呢？仅仅是小说审美的现实语境下意识支配着她吗？或者背后那只看不见的手在推动着她吗？然而，也许更重要的在于，我们的文化本质上缺乏原罪意识，我们的文学也不习惯于对自我内心进行毫无保留的审视。铁凝试图开掘这一主题，但她并没有坚定地做下去。她对人性揭示却下意识地转向了对历史的探寻；对个人记忆的梳理，不得不拖曳着对集体历史的表达。这就展现了一种丰富的、深厚的历史叙事，人性的深度变成了历史的深度。最后她能留给个人承担什么呢？个人什么都没有，她把陈在还给万美辰，她成就了自己。但她什么也没有，她甚至——没有罪。

总而言之，一个返回内心的故事，结果被一系列不断外化的呈现、视点、反思和精神超越所代替。铁凝不能沉迷于个人的故事，不能在个人的内心生活中开掘自我反思的深度，她不得不借助于历史和道德升华。现时代文学语境，中国文学依然在起作用的现实主义美学规范，一种成熟的民族国家表意策略，这些都使铁凝关于个人性的小说叙事最终又转向了集体无意识的历史寓言。

三 私人性与中国小说的历史变异

这部小说一直经历着私人性与历史性的撕扯，可以看出它强烈地回到个人内心生活深处去的愿望，也可以看出它发掘个人真实记忆和体验的那些努力，但它终究被更深厚有力的历史意识所支配。作家的写作经常从个人直接经验开始，但却渴望把个人经验拓展为人类的普遍经验。特别是在中国这样的文化中，个人与社会历史的关系极为密切，个人与历史并不存在自由的间隙，关于个人的故事，总是被拖向民族—国家的宏大的语境中。当然，这种情形本身经历了历史转化，并且现在依然在否定之否定的环节中转化。

从理论上来看，"私人性"在虚构小说中的作用历来暧昧不明却又不可或缺。现代小说的兴起得益于把私人性的故事变成一个公共的话题，或者说变成一种民族—国家的历史性叙事。所有在虚构小说中出现的人物和事件，都寓言性地具有普遍的意义，因为虚构的假定性，它们既是私人的，又是公众的。虚构小说最大限度地提升了现代生活的品质，这不仅仅是把个人生活提升到社会历史的层面，提升到民族—国家的高度，更重要的在于，它使人们可以在想象中占有他人的私密性。它使人们对他人的私密生活有如此亲近透彻的了解，它使人们不再彼此陌生，人们可以亲密无间地沟通，从而组成一个完整和谐的社会。在写作中，私密采取了虚构的形式；而在阅读中，虚构具有了私密的特质，这就是虚构小说的神奇所在。

在完成现代社会的历史转型过程中，文学（特别是小说）在中国现代历史中的作用被推到无以复加的地步。自从梁启超倡言"欲新一国之民，不可不新一国之小说"的口号，晚清小说空前繁荣。它不仅把小说作为推进现代文明的工具，而且使中国社会在文化上与西方现代文化紧密相连。"五四"启蒙运动再次把中国文学推到救国救民的高度，而社会主义在中国的传播，革命文学则把文学作为无产阶级革命事业的一个有机组成部分。社会主义在中国的胜利，同时也确立了现实主义的文化领导权地位。因此，虚构小说就变成书写民族—国家历史的宏大叙事，小说中出现的任何个人故事，都不再具有私人性，它只是一种表象符号，根本的意义在于折射出社会历史内容。杰姆逊在比较西方现代小说与第三世界文学时指出，资本主义文化的决定因素之一是西方现实主义的文化和现代主义的小说，它们在公与私之间、诗学与政治之间、性欲与潜意识领域以及阶级、经济、世俗政治权力的公共之间产生严重的分裂，只能重申这种分裂的存在及它对我们个人和集体生活的影响之力量。而在第三世界文化中："关于个人命运的故事包含着第三世界的大众文化和社会受到冲击的寓言。"①

20世纪80年代中后期，西方现代思想潮流大量涌进中国，中国社会的意识形态格局也发生潜在的变化，主导意识形态的整合功能也趋于弱化，知识分子思想和民众的思想倾向都向不同的方面推移。特别是在文学方面，开始出现远离主导意识形态的艺术表达。90年代中国进一步的经济改革，使文化生产更趋于市场化，这使大批的自由撰稿人出现，文学也开始标榜个人化写作，率先反映这种历史变化的是一批女作家表现出的女性主义写作。个人化当然不能等同于私人性，但个人化写作把虚构小说从社会历史背景中剥离下来，并且开始运用个人的隐私作为写作的资源，它们在很大程度上改变了当代中国文学的美学性质（典型的第三世界文化逻辑）。也就是说，这类个人化写作不再作为民族—国家的寓言来起到社会作用，而只是作为个人经验和内心生活的展示愉悦读者。

海男、陈染、林白、虹影的小说在90年代中期显得尤为引人注目，她们的小说不再极力建构历史神话，而是讲述个人的情感生活。由于她们的叙述大多采用第一人称的视角，而且小说中的主角有意暗示作者的身份特征，使人们有理由相信这些故事具有自传体的性质，且带有明显的私人生活特征。海男在数年前出版一部长篇小说，取名《我与七个男人的故事》，伴随着媒体的狂热炒作，各种关于这七个男人真实身份的传闻不胫而走，并且成为人们阅读这部小说的主要动力。海男不时还在她的小说里揉进一些她的情爱经历，它们始终成为海男那些具有先锋派的实验小说的奇特的佐料。虹影在90年代以来出版的《背叛的夏》和《河的女儿》，也被媒体不断地渲染自传体色彩。陈染在90年代初期的代表作品是《与

---

① Frideric Jameson：《处于跨国资本主义时代中的第三世界文学》，参见《当代电影》1989年第6期，张京媛译。

往事干杯》,这篇小说讲述一个少女与一个大她二十岁的男人发生性关系的故事,"失去童贞"似乎是这个少女始终难以摆脱的心理障碍。这个故事发生的时间是中国"文化大革命"时期,陈染试图去写作一个与时代脱节的故事,专注于一个少女的内心。"失去童贞"显然是女人最具有隐私性的人生经历,尽管这是虚构小说,它不过更深触及了人性的深层意识而已。实际上,放在当代中国文学语境来看,并不如此简单。中国前此或同时期的小说对个人情爱的书写,都必然导向对一个人的命运以及与历史关联的寓言意义。但在陈染的小说中,"个人的隐私"并不是用于控诉"文化大革命",它只是对一个少女一段掩盖的隐私的回忆,它专注于心灵受伤的美感,而不是痛苦——这是令人惊异的。那种幽闭中的孤独感和青春的冲动写得楚楚动人,不断被强化的第一人称叙述,一些关于时间和地理位置的真实性效果,都有助于加深自传体的特征。这使人感觉到,它不是在书写中国惯有的一段历史中的个人故事,而是从历史中抛离出来的个人的私密性经历。

同样值得提到的是林白在 1994 年发表的长篇小说《一个人的战争》,这部小说讲述一个女青年成长所遭遇的种种挫折,这些挫折并没有使她丧失生活信念,她承受住了各种失败而走着自己的路。这部小说给 90 年代中期的中国文坛带来相当强烈并且持续的冲击,中国当代小说还少有如此坦诚的女性故事。它如此偏执地去发掘反常规的女性经验,那些被贬抑、被排斥的女性意识,从女性生活的尽头,从文明的死角脱颖而出,令人惊奇而又惶惑不安。林白的小说在当今文坛给人以兴奋,又颇有非议,大约与她独辟蹊径去揭示那些怪异的女性经验不无关系。她在 90 年代发表的一系列小说,诸如《同心爱者不能分手》《子弹穿过苹果》《瓶中之水》等等,都对一些怪异的另类的女性经验加以发掘,它们展示了一个女性的奇观世界。《一个人的战争》在这方面则是大胆地往前走,它是如此深邃地沉醉于自我的经验世界,它是如此绝对地埋葬自己,以至于它无所顾忌地倾诉了全部的内心生活。结果,这次返回内心的倾诉,不得不变成一次超道德的写作。它对男权制度确立的那些禁忌观念,对那些由来已久的女性形象,给予了尖锐的反叛。值得注意的是,这部小说也同样不断地暗示小说中的女主人公与作者本人的类同关系。女主人公的各种经历:少女时代的梦想和错误、大学教育、职业和工作单位、情爱方面的挫折、婚姻等等，这些都与作者的经历惊人地相似。在小说的结尾出现了典型的作者生活写照的标记——她与一位年长许多的男人结婚。这就使人不得不相信这部虚构小说具有自传体的特征，而小说中出现的那些细节描写，则有如个人私生活的披露。

何以有一批女作家热衷于把虚构小说当作个人自传，甚至当作个人隐私生活来表现？文学的市场化趋势也助长了向私人生活的逃避。文学在过去被确定为民族—国家的话语，现在则是面对阅读市场的一些传奇故事，女作家的写作越是逼近私人生活，则越是具有市场效应。当然，它不只是消极适应文学的市场化趋势，它确实在某种程度上具有反主导意识形态的功能。90 年代以来，中国当代文学一直寻求逃离主导意识形态支配的方式，女性作家更容易从文学制度话语中退出。关于女性自身感受的叙述，天然地就具有回避主流社会的功能。很显然，女作家越是沉入内心，越是关心自己，它就越是显得偏离主流社会，潜在地反抗主导意识形态的控制。这种退避式的书写，由于这种潜对话的背景，而具有叛逆性的意义。这种叛逆确实是不自觉的，并且是在自我暗示中逐步生长起来的。书写女性自我的隐私，寻求一种新的真实性，这本身表达一种新的美学原则。在中国过去现实主义美学规范体系内，"真实"只有提升到历史普遍性的水平才有意义；而在陈染、林白的叙事中，真实只有回到女性个人乃至于回到个人的隐私才有价值。对真实性的崇拜，对艺术真实性进行重新定义，明显是受到媒体传播的纪实观念的影响。在电视媒体异常发达的时代，文学虚构面临严峻挑战，这使相当一部分女作家相信只有发生过的事实，只有与写作者本身相关的事件才是有意义的。相当一批女作家在小说叙事中不断地写到女性的身体，还有什么比女性写作自己的身体更"真实"的呢？在反复强调的第一人称的视角中，在反复暗示自我真实身份的细节表现中，女作家关于身体呈现的书写，已经把写作变成一项纯粹的隐私出卖事业。这项出卖具有适应市场和反叛权威话语的双重作用，因而才显得理直气壮。

隐私崇拜在当代虚构小说的写作中已经占据显要地位，这当然不只是出版商的意图，相当多的年轻女作家也深信不疑，是不是真正的隐私奇怪地成为衡量文学作品价值的重要尺度。2000 年，卫慧的《上海宝贝》出版，在未遭查禁之前，文学界曾对卫慧展开围攻，围攻的焦点集中在卫慧是否有资格写作这样的故事。原因在于这个故事不是卫慧亲历的,而真正的亲历者棉棉出来说话。卫慧被指责为仿造了棉棉的小说,而棉棉则备受推崇,而棉棉本人也理直气壮。问题的关键在于,棉棉的小说写的是她自己的亲身经历,那些关于吸毒、进戒毒所和劳教所、与外国人上床、搞同性恋等等,说到底棉棉才是写作自己的隐私,她才是货真价实的"上海宝贝"。人们不再关注一部作品在虚构的意义上如何评价它的文学价值,而是热衷辨析隐私的真实性。

由于中国社会变革发展速度迅猛,年轻一代的作家几乎处在历史断裂的边缘,她们与中国过去的历史无关,甚至与当下的社会矛盾没有直接关系。她们只是感受到中国的市场化趋势,并从这种变革中理解自身的现实。70 年代出生的作家群几乎怀着轻松自如的步伐走向市场化,走向狂欢式写作,她们没有历史记忆,只有个人简单明了的经验或私生活;她们并没有明确而坚定的意向与主导意识形态抗争,她们只是凭着个人的趣味和时尚潮流写作。然而,对于大多数中国作家来说,例如像铁凝这样有知青经历的作家来说,她们并不能彻底与历史决裂,个人生活依然与历史、与民族—国家神话缠绕不清。她们经常处于深刻的矛盾之中:一方面非常渴望回到个人生活,试图写出个人真实的情感,以至于自然而然地触及个人的隐私;但另一方面,却又依然摆脱不了个人经验与历史的联系,个人的经历作为重新思考历史的起点,总是被历史改写,并纳入历史理性设定的规范之中。

第 二 章

重写故乡与后现代的恶之花

　　1998 年，华艺出版社隆重推出 90 年代以来最具规模的长篇小说，刘震云的《故乡面和花朵》。一部四卷本的长篇小说，作者倾尽心力写了六年之久，要么是上个世纪末精彩的游戏，要么是当今中国最另类的小说。如果不是刘震云和文学界开的最大的玩笑，那么我们只有承认它是划时代的作品。对此人们依然没有把握。

　　从理论上说这部作品有先锋派的种种特色，也可以说它有后现代的种种品相。作为一部如此规模宏大的小说，少有人能从直接的审美经验感受到它的动人之处，这到底是人们的耐心有限，还是作品本身的问题？刘震云名满天下，文学积累相当丰富。他为什么要以这样的方式来写作这样一部宏大的作品？这本身是一个很值得我们去探讨的现象。刘震云当然不是一个胡闹的人，他也声称过自己的认真和严肃。他自己对自己的作品有种种的说法，他自己当然把它说成是他的创作历程中极为重要的一个转折。当时他的书还没有面世，他就对他的创作动机作了如下的表白："《故乡相处流传》对我的写作有决定性的意义，通过并不成熟的它，我开始醒悟写作是海而不是河，是不动而不是动……"也就是说，刘震云通过《故乡天下黄花》和《故乡相处流传》这些作品开拓了小说艺术领域，显然，《故乡面和花朵》则以它 200 万字的篇幅，变本加厉地发挥了前二部长篇积累的经验和势态，甚至是革命性的飞跃。刘震云认为《故乡面和花朵》和他以前的写作非常不一样。过去的写作打通的是个人情感和现实的这种关系，像《一地鸡毛》《故乡天下黄花》《温故一九四二》等，它们表达的是现实世界映射到他的心上的反映，从心里的一面镜子，折射出了一种情感。《故乡面和花朵》则完全不同。他有一次答记者问的时候，就表示了从 1991 年开始，他就开始写作这部小说，其他的短篇中篇小说他全部都停止了。刘震云说《故乡面和花朵》有 200 万字左右，它和他以前的写作风格有所不同，他产生了摆脱现实的任何束缚而写诗的欲望，想进入角色虚拟混沌的虚构空间。然后他解释了这部作品的结构，刘震云说："原来的写作都是一种生活描述式的写法，它符合我们对真实的追求，同时我也想在基本的写作技能上更多地去锻炼自己。但当我过了 30 岁之后，我就特别向往一种非常经验的广阔和深厚，特别想表述一下万物生灵在对想象空间的时间分配方式上日日夜夜对我们充满忽略的东西。一个短篇、一个中篇和一个不太长的长篇毕竟截取的是我们生活或想象的一个侧面，河流中的一段流水，天上飘动的一朵流云，当你试图表达整个天空乌云密布，电闪雷鸣，暴风雨将至之前狂风叫起飞沙走石酝酿的全过程时，原来的想象和篇幅显得就不够用了，原来的写作方式也带来很大的局限。"所以一开始他还是说自己对这部作品的写法，有他很完整很细致的准备，就是说他想去尝试开启更加宽广深厚的精神领域。确实这部作品的写法是很令人感到奇怪的，令大家感到迷惑不解的是，他花这么大的篇幅喋喋不休地在谈论同性之间的关系，谈论很多令人难以接受的我们的文学叙述始终要回避的那么多的主题，那么多的细节，那么多的人物，那么多的心理，他把我们过去文学需要回避的东西全部翻出来。我们现实主义的典型化的原则就是说，我们要表现生活的本质规律，我们要去粗取精，去伪存真。然而他恰恰就是去精取粗，去真存伪，对传统现实主义文学规范进行完全颠倒。最令人惊异的当然在于，他用后现代的方式来谈论乡土中国，他强行把乡土中国的故事推到一个后现代的荒诞化的时空，这是一种恶作剧，还是一种开创？

一 现代性的历史叙事及其在当代的变革

随着现代性的建构，文学与现代性建立了密切关系，一个显著标志就是文学叙事是以一种历史化的方式展开的。文学的历史化是一个现代性概念，文学叙事在相当长的时间跨度内来把握历史，以合目的的方式和无限进步的时间观念去把握历史、解释历史以及给出历史未来发展的方向。这种历史化的叙事就是现代性叙述。"五四"时期的白话"文学革命"就是现代性文学展开的崭新历史阶段，现代性文学开始表达启蒙精神，随后投身于民族救亡运动，在整个现代性的历史进程中起到伟大的促进作用。

从理论上来看，中国现代性采取了激进革命的形式，它与传统社会断裂，而现代社会也采取了剧烈变动的形式展开实践。文学与现代性断裂构成了一种双向关系：一方面文学强化了这个断裂性，另一方面它力图抹平这个断裂性。强化断裂性是指：断裂是社会的剧烈变动，是现代和传统进行分裂的强大的历史冲动。"五四"运动与传统社会发生的分裂描述出了历史向未来发展这样一个进步的未来。宗白华的《少年中国》，郭沫若的《女神》那种对崭新中国诞生的强烈呼吁与狂热寻求，都是与过去传统中国社会的一种决裂。鲁迅的《狂人日记》翻开历史，满纸都是"吃人"，文学在这个意义上是要与过去的历史告别，迎接未来新生的现代社会。它与那个时代呼唤"德先生""赛先生"创建一个"少年中国"的社会变化是相关的，它触发、推进、加大了这样一种历史的断裂。反过来文学提供了一套认知的表象体系，一套情感方式，为人们经受这样一种断裂提供了一种心理的抚慰。在革命文学中表现尤甚。毛泽东一直呼唤人民群众喜闻乐见的形式、民族风格，终其一生他都对革命文艺不满。"文革"作为革命在文化上的最彻底与最激进的表现形式，它从革命纯粹的理念出发，把五六十年代创作的所有文艺作品都批为"毒草"。这种指认显然不仅限于思想内容，其不满不只是思想意识没有达到革命的理念高度，就是在艺术表现形式方面，也相去甚远。其实毛泽东设想革命是需要文艺的，经历了如此巨大的社会变革、社会分裂，没有一整套形象化的情感的认知方式提供给人民，要人民在心理上经历这样一种巨大的变动无疑困难。

现实主义是历史化叙事的典型的美学规范，现实主义要求文学真实地反映历史发展的本质规律，它假定有一个客观的历史存在。然而，客观历史存在一旦变成文学叙事，就已经被主体意识加工了。"现实"是被命名的，"现实"的本质规律是已经被确认的。五六十年代关于现实主义的争论，80年代初的争论都集中在"真实性"问题上，但是"真实"与否取决于主观意识的认同，而认识总是有"先在性"的。如果将胡塞尔的现象学与现实主义理论联系起来研究也许会有意外发现。在叙事的层面上，在历史和现实的可还原性问题上，胡塞尔的现象学的"意象性还原"提供了另一个解读视角，它要认识的是一个最本真的对象性事物。这个事物并不存在于客体当中而是主观的认知化图式。在他看来，绝对的主观化才是绝对的客观化，这一点可以引申为对现实主义本质特征的描述。现实主义的美学规范有一个绝对的客观历史存在，文学只有反映这个客观的历史存在才能揭示历史前进的方向以及人民创造历史的本质，但本质规律如何认定却关系到话语权威性问题。现实之意义与历史一样，原本就是权威性解释的结果，只有占据文化领导权的人们才有权解释现实，才有权去命名现实的本质规律。现实主义总是在一个完整的历史过程中去描述社会历史以及人类的精神生活，但其背后是隐含着先在的历史观念的。现实主义将历史看成是无限发展、不断进步的，认为光明一定要战胜黑暗，而且这样一种历史一定是党领导人民代表着历史最高正义，向反动派进行斗争，由此来表现出正义战胜邪恶，前进的事物战胜落后的事物。这在五六十年代的经典代表作"三红一创保林青山"中就表现得非常彻底。现实主义叙事是一个典型的历史化叙事，这种历史化叙事同时是一种艺术上的表现方法。在现代性的历史观念建立后，文学叙事中的时间意识尤为强烈。在这种时间意识中，叙事人的时间意识和客观历史的时间意识构成了复杂的运动关系，这样一种复杂运动关系构成的文本形成了一个完整的世界。这种叙事一直延续到80年代中期，后期先锋派叙事出现，现实主义的经典叙事面临挑战。我们一整套意识形态认定的历史发展的模式受到质疑，文学叙事的简单线性的逻辑关系遭到挑战。

刘震云在这个时候写出这部作品，有必要把它放到20世纪八九十年代的历史语境中去理解。90年代之前，先锋派小说对现实主义文学规范构成了强烈的冲击。在先锋派之前有三个人物：马原、洪峰、残雪，他们就对现实主义美学规范提出了挑战。马原早在1984年写过《零公里处》，1986年《拉萨河的女神》以及随后的《虚构》《冈底斯的诱惑》《上下都很平坦》等一系列作品。他的作品中不断出现"我就是那个叫做马原的汉人"，在他的作品中突然出现了现实人的名字。在现实主义作品中叙事人是隐身的，他是以全知全能的视角展开叙述的，提供的是绝对客观的已然发生的历史过程。马原的名字出现在作品中，那么这个小说究竟是虚构的还是真实的？马原打破了经典现实主义构造客观历史的绝对性和权威性。洪峰有强烈的祛魅化的冲动，《奔丧》中他去参加父亲的葬礼，在此他对父亲的整个形象产生了强烈的怀疑。残雪小说的出现令人惊异。她的作品完全是内心独白式的幻觉式的小说，反复表述的是男女之间的强烈冲突。这一系列作品出现后，文学与现实意识形态的关系发生解体，文学再也不是依据现实意识形态所提供的命题展开叙事，而是回到文学本身、文本本身。

更具有冲击力的还有莫言，莫言不只是写出了一种另类的历史，另类的乡土中国的民族精神，还有回到文学本身的那种语言与感觉。当然，莫言也被现实的文学变革要求所召唤，被 80 年代中期正在生成的那种时代心理所塑造。《红高粱》《透明的红萝卜》等作品仍是在当时文学与现实的强烈的对话关系当中展开叙事的。马原、洪峰、残雪回到文本本身的姿态造就了后来的先锋派。苏童、余华、格非、北村等在此之前写过很多东西但都不成功，《一九三四年的逃亡》《四月三的事件》等中他们都在寻找自己的语感以及文本的构成方式。正是在文学失去了意识形态的强烈支撑回到文本的历史环节中，先锋派应运而生。90 年代初先锋派的退缩有具体的原因，一方面是 90 年代初的思想文化氛围，另一方面是新写实主义的崛起。新写实主义强调凡人琐事，但把故事和人物都清晰地呈现于文本之内。在文学表现方式上你看不出它和传统现实主义的区别，但是实质已经发生变化。它的主人公再也不是历史中的英雄，而是像《烦恼人生》中为琐事所缠绕的人物，《不谈人生》中失去主体性的个人。

刘震云在此时应运而生，他先有《塔铺》《一地鸡毛》作为新写实的标志性作品，也是那个时代与现实调和并适应的象征。90 年代初的人们不知道历史发展的方向，过去的历史突然在此出现休止符。新写实主义是一个平庸的理论，既不彻底也不明确，老中青三代围绕它吃了最后一道理论的晚餐，1993 年上半年就被中止。《一地鸡毛》是对小人物心酸生活的体味。大家都把自己定义为小人物，可以随时被现实所否定所抛弃，主体性完全丧失了。80 年代初最高的美学原则是人的本质力量的对象化，很有感召力。90 年代我们就变成小人物了，《一地鸡毛》中小人物的生活是如此无奈，完全被现实的生活欲求所淹没，被琐事所包裹。历史的退化是如此触目惊心也如此无奈。后来出现了"晚生代"小说，他们回到现实，对现实中国轰轰烈烈的变化进行强烈地表达，这与邓小平的南方谈话也是相关的。南方房地产的圈地运动，表明中国经济重新启动，第二次经济开发的浪潮再次来临，因此也煽动起了国民的热情。另一方面知识分子探讨人文精神，这是重新建构知识分子主体性的一种方式。但在文学方面，主体性的历史已经萎靡不振了，在文本中很难再去发掘历史主角的状况。晚生代强调个人化的叙述，但这种个人化叙述是小写的我而非大写的我。此时走红的是王朔的小说，他为 90 年代文化失语症提供了一种暧昧的过渡方式。在不同的层面王朔受到不同评价，一方面在老一辈批评家看来他是反社会的痞子，另一方面他受到年轻人的欢迎，认为他道出了自己的方式、自己的态度；再者他具有先锋性，敢于挑战权威，敢于调侃格言典律。他的作品在文学性上的定位很含混，他具有先锋性与大众化的双重性，他本身也有前后风格和话语方式的变化。从这个意义上说，王朔的话语方式现在还没得到充分的诠释，它无疑具有反叛性和挑战性意义。

刘震云的写作有自己的轨迹，《塔铺》《一地鸡毛》等作品都是揭露在权力制度下小人物的可悲境遇，而《官场》等作品反映政治权力制度中人们对权力的屈服的种种心态。从长篇《故乡天下黄花》《故乡相处流传》到《故乡面和花朵》走向了另一方面，这些作品着手拆解历史宏大叙事。经历过先锋派的话语表达，王朔的语言反讽，新写实的小人物悲欢，刘震云可能看透了文学与历史和现实的关系，他不想还原历史，而是要站在历史之外，去建构一个时空错位的话语场域。在这部作品中，可以看到最基本的三个特点：其一是时空错位拼贴的叙述方法；其二是乡土中国在未来后现代社会的强行穿越；其二是关于同性恋的同质化问题。前者使刘震云获得叙述上的自由，后者则使刘震云在人文价值关怀方面无所顾忌。这样，它就给文本的敞开提示了一个巨大的游戏领域，感觉与修辞，记忆与超越，体验与期望……在这里无限地伸延，直到文本的尽头。

二　在历史碎片中重绘乡土/后现代图景

《故乡面和花朵》无疑是超级文本，这不只是就它的篇幅与容量而言，更重要的在于它的文本建构方式，它的一整套的表意方法论活动。传统的现实主义小说通过全知全能的叙述人对时间和空间进行有序的全方位控制，来展示历史的客观性存在，当然也有可能创建一种超级文本，一种巨大的历史自在的呈现。现在，刘震云通过对时空的任意处理，以看不见的隐形之手，任意地敲碎完整的历史，把玩那些历史碎片，在那时空错位的更具虚拟特征的场景中来重新拼贴历史碎片。在这里，刘震云通过把乡土中国强行引入城市化的消费现场，顽强地把乡土中国与后现代情景重构在一起。

小说叙事摆脱严格的时空限制，把过去/现在随意叠加在一起，特别是把乡土中国与现阶段历经商业主义改造的生活加以拼贴，以权力和金钱为轴心，反映乡土中国在漫长的历史转型中，人们的精神所发生的变异。我说过，刘震云并不直接去表现那些重大的历史性命题，也不去表现重大的历史场面和事件。他根本就不关心这些宏伟叙事。但他有意从侧面关注那些生活琐事，在枝节方面夸夸其谈，用那些可笑的凡人琐事消解庞大的历史过程，让历史淹没在一连串的无止境的卑琐欲望中。这就是刘震云用四卷二百多万字的篇幅为人们提供的乡土中国的"未来图景"——不在的历史。由经典叙事讲述的历史变迁，那些铁的必然性和一系列壮举，甚至于个人关于家乡的记忆，在这里完全被一些平凡无奇的草民生活所替代，甚至于变成鸡零狗碎的乡土生活。刘震云的叙事如同对历史行使一次"解魅化"（disenchant）。因而，失踪的历史因此变成一个无处不在的隐喻，它使刘震云那些散漫无序的叙述具有了某种思想底蕴。当然，刘震云的整部小说也并不只是荒诞无稽，经常也可见一些对人性的内在的复杂性和微妙的心理变化的刻画，这类细节有时也表现出刘震云对人性的某种古典主义式的观察。但就小说叙事而言，荒诞感和对人性的嘲讽，以及毫无节制的夸夸其谈还是占据绝大部分篇幅。在那些看似混乱不堪的表述中，其实隐含着刘震云对一些崭新而奇特的主题介入的特殊方式。例如，对个人与本土认同关系的复杂思考，特殊的怀乡母题，乡土中国历经的奇怪的现代性，对权力与外来文化瓦解本土性的奇特探究，等等。

对于刘震云来说，中国在其本质上就是一个乡村，一个本质性已经迷失的乡村。这使得后现代场景看上去就是一个乡村的现场，而乡村也洋溢着对后现代消费社会的拙劣模仿。刘震云的批判始终是双重的，他并不拿乡土中国来批判后现代的都市化，对于它来说，二者都是历史的迷失，从过去到现代都处在严重的历史错位之中。

小说的开头写了舅甥两人历经时代广场，这些人在广场上骑着小毛驴。在22世纪最时髦的已经不是开奔驰而是骑毛驴。如何辨别这些人的身份，是看毛驴身后所带的粪袋。这是一种反讽性嘲弄性的叙事。通篇都是通过语言自身的运动，通过这个语句和下个语句构成的修辞关系，这种修辞关系是隐喻的、象征的、拟人的，通过这些修辞功能来推动语言的自律运动，以此使小说叙事获取更加自由的时空。也就是说，刘震云在这里运用的是一种修辞性叙事，而非在一定时间空间的理性化结构中展开的叙事。叙事的动力机制来自语言自身的修辞关系，语言自身的扩张使文本的疆域无限拓展。

> 世界恢复礼义与廉耻委员会秘书长俺孬舅与我谈起同性关系问题，是在丽晶时代广场的露天 party 上。用元宝一样的驴粪蛋码成的演台上，一群中外混杂的男女在跳封闭的现代舞。我与孬舅周围，站满了各色社会名流和社会闲杂人员，个个手里端着一杯溜溜的麦爹利……
>
> 我与孬舅一人骑一头小草驴，站在时代广场的中央。到了 22 世纪，大家返璞归真，骑小毛驴成了一种时髦。就跟 20 世纪大家坐法拉利赛车一样。豪华的演台，都是用驴粪蛋码成的。小毛驴的后边，一人一个小粪兜。粪兜的好坏，成了判断一个是不是大款、大腕、大人物和大家的标志。大款们娶新娘，过去是一溜车队，现在是一溜小毛驴，毛驴后面是一溜金灿灿的粪兜。①

　　这是非常典型的修辞性的叙事，这使刘震云可以任意打捞历史和拼贴历史碎片。它是通过舅甥二人在一个 22 世纪的后现代广场的行走与对话来展开小说的场景，这个场景对于我们现在的阅读时代来说，无疑是一个时空被严重戏谑化的场景。后现代的时代却回到了故乡，被乡土中国胡闹式地侵犯了。这里出现的是乡土中国的关系，舅甥关系——这个关系其实是不存在的，对于未来中国来说，从现在的角度来看，独生子女政策，不可能存在舅甥关系，所以这个乡土中国的传统人伦关系已经死亡了。但就是这个虚拟的不存在的关系，重建着未来世纪的人伦关系，这就隐含着强烈的反讽。而乡土中国的毛驴，最为没有时间和空间特色的动物，却被当作时尚。这是对未来的强行嘲讽，在刘震云看来，未来只是一幅可笑的

---

① 《故乡面和花朵》卷一，华艺出版社 1998 年版，第 1—8 页。

漫画。

　　首先要认识到《故乡面和花朵》始终隐含一个双重结构：一个现代／未来的都市（也是后现代的都市）和故乡构成的隐喻关系——这就是故乡面和花朵的关系，什么样的故乡面？什么样的花朵？故乡面显然是变了质的故乡面，而花朵更像是波德莱尔式的"恶之花"。他的写作中有很巧妙的一点：所有写城市的和乡村并非二元割裂，也并非单纯对立。通过乡亲关系或家乡关系，把都市与故乡重叠在一起，把过去、现在与未来也混淆在一起。所有在都市发生的故事都是关于家乡的故事，都是对故乡的一种隐喻。孬舅是"世界礼义与廉耻恢复委员会"的秘书长，孬舅等都是家乡的人跑到了大城市。他们的身份经常会变，他们的辈分很凌乱，他有意打破这样一种线性的绝对性的东西（孬衿是孬舅的老婆，是家乡的女人，又是大美人模特儿，又好像是德国贵族女子。身份处在不断变化中）。这些城里人都是家乡人，乡村变成一个后现代都市的时候二者构成了一种隐喻关系，作者始终扣紧家乡关系。（如何解释书名的意义）刘震云完全打乱了历史的结构，他试图用语言本身的修辞力量来推动小说，整部小说显示了他把握语言的魅力。任何情景中这种语言都会跳跃出来，在此过程中去捕捉对事物本质的一种认识，以及他联想的关系来构成一种强烈的反讽意味。

　　就像第二章的开头引了一句农村谚语歌谣："马走日字象走田，人走时运猪走膘。"令人惊异的是，这幅标语挂在"丽丽玛莲大酒店"的大堂里。刘震云显然又在把乡土中国的文化强行塞进后现代的消费空间，乡村在这里无赖式地嘲弄了未来的后现代消费社会。丽丽玛莲大酒店每天在大堂里都要换上一幅不同的标语、口号、俚语、俗语或者干脆就是知心话。在刘震云的叙述中，"这是文雅之后的粗俗，这是拘谨之后的随便，这是珍馐佳肴之后的贴饼子熬小鱼，这是纵欲之后的一点羞涩和大恶之后的一点回头是岸。富丽堂皇的大厅里悬挂着一条街头标语，不啻在炎热的夏天突然吹来一阵凉爽的风或在冰天雪地里突然出现了一个温暖的驿站"①。

　　乡土对都市的侵入是无所不在的，而且乡土还顽强地抵制着都市的存在，对都市的存在加以扭曲。在刘震云的叙述中，都市都是滑稽可笑的，

---

① 《故乡面和花朵》卷一，第36页。

都是没有本质也没有真实的历史根基表象化的存在。它在乡土的嘲弄下显出了真实的面目，因为乡土就在面前，它的历史、本质、根源就是乡土，它还能往哪里逃逸呢？正如，那个小刘儿面对着瞎鹿，洞穿了瞎鹿的内在无本质的虚弱，他的无法抹去的乡土根源。小说这样写道：

> 我发现，过去的朋友、现在的影帝瞎鹿在我面前有些矜持。他似乎对我的突然成功也有些猝不及防，不知该调整到怎样的心态来对待我。不过我没有责备他，我知道这是人之常情。过去抱成团已经形成一个动物圈生物场和气场的一群动物，对突然而至的一头野山羊，虽然明知道要承认它，接受它，它是我们过去失散的一个兄弟；但看着它怪里怪样的神色、动作、迫不及待的心情与眼神，心理上还是一时接受不下。没有外来的这位，我们在一起的心情、习惯、气味，相互多么熟悉，多一个外人搅在中间，相互多么别扭。①

瞎鹿这个所谓的"影帝"代表着都市或后现代消费文化，而小刘儿虽然混迹于其中，但他却始终带着乡土中国的那种眼光，包括狡猾狭隘顽劣的心理。他看着瞎鹿就看到骨子里，瞎鹿怎么装蒜都逃脱不了这双乡土中国的眼睛。而这里，瞎鹿代表着外来文化，显得多么别扭！实际上，他原本不过是"咱娘咱爹年轻时由于一夜风流失散在外 20 多年现在又来寻找的兄弟"而已。

他反复捕捉的就是这种反讽意味。但在这样一种语言表述中，一方面是极为抽象的哲理，另一方面又把现实融会进去。他对都市生活的表面状态、虚假性和有限性都进行了揭示。他不断要揭示的是后现代式的生活现场的虚假性，揭示它所具有的乡土本质，并带着乡土的愚蠢与狭隘顽强地把"后后时代"拉回到乡土的历史之中。但实际上，乡土的历史也已经瓦解崩溃，结果，刘震云只好在时空错位的场景中来拼贴乡土与后现代时代。对于刘震云来说，既没有单纯的乡土，也没有单纯现代/后现代的都市，只有一个"后后时代"——就是"后"之后，还是"后"。这也是错过的、延搁的、找不到起始也没有结尾的历史，这是一种稗史，无法被

---

① 《故乡面和花朵》卷一，第 43 页。

纪念与书写铭刻的历史。刘震云的书写既是面对现实，也是面向未来，这就是我们已经或者必将处在一个"后后时代"。通过把后现代强行拉进乡土中国，同时也是把乡土中国强行推入后现代场域，刘震云在文学方面无疑开创了一个崭新的局面，这就是把乡土中国的叙事改变成一个后现代的叙事，并且在历史实在性的意义上对二者进行了双重解构。就这一点而言，刘震云的意义是史无前例的。

这部小说显然建构了一种乡土与后现代都市超级的时空关系。在空间结构关系中，时代广场是后现代的都市和故乡遭遇的一个场所。故乡是什么？直到第四卷他才真正回到故乡，但故乡在他的叙述中始终是在场的，所有都市的场所，都被故乡的人际关系所填满，亲友的活动不断勾连起故乡的存在。在时间关联方式上，重叠着一个未来时和过去时。卷一中他也写到时间上始终不敢写到太往后，一个明确的时间是 1969 年。作为叙述人的小刘儿（刘震云有意的自谑）此时 11 岁，是他的少年时代，是他告别童年长大成人的时间之窗。对于他来说意义不止于此。1969 年是"文革"年代，并且是比较有象征性的年份，知识青年上山下乡，干部下放劳动。往前有 1919 年、1949 年，往后有 1989 年，在此他选择 1969 年是有很强的象征意味的。1969 年作为他时间叙述的基点，在此基点上把时间的秩序随意地转换，但在文本中总是不断回到 1969 年。在时空关系上这部小说很大胆。

故乡记忆的多义化。刘震云是如何书写故乡的？一般来讲，寻根或者怀乡总是充满温馨和感伤的基调。但刘震云在此对故乡也不是美化，而是接近一种批判的态度，唯一给他保存一份美好记忆的是姥娘。他的父亲也是他批判怀疑的对象，他几乎把亲友关系全部解构了。关于故乡，刘震云在小说中是这样描写的：

> 当风雨袭来的时候，在霹雳雷电的不断闪射下，村庄一下就缩小得看不见了，如同镭射的迪士高舞厅中人们的抽动一样，村也在那里无力抽搐。阳光灿烂的日子里，我所有的乡亲和亲人们，我的大舅、二舅或是表哥们，我的姥娘、舅妈或是表姐们，又在那里上演着一场和煦温情的乡村社会中表面雾气和静水之下的刀光剑影的宏伟话剧。美好的朝霞或是夕阳是暂时的，更加持久和耐心的是阴雨连绵的天气

或是烈日当头我们在地里割毛豆的时候……①

这是刘震云对故乡所做的一次最清晰和明白的描绘。"故乡"在他的记忆中是在雷鸣电闪中突然缩小的一种状态，奇怪的是与城市时髦的迪士高舞厅相比，是卑微、可怜与不幸的地理存在。这里有他成长的记忆，他选择 1969 年作为一个重要的时间标记。相比较起前面三卷反复颠覆的历史/时间的真实存在，1969 年的时间标记显得如此倔强而深刻有力。

1969 年变成了白石头的时间，叙述人变成了白石头，尽管小刘儿与白石头角色可能可以互换，但小刘儿是超历史的叙述人，而白石头是一个关于一个无法逾越的历史标记的回忆者，是关于故乡真实性存在的讲述者。关于 1969 年，小说中反复提到两件事情，一个是白石头的自行车，另一个是白石头去接媒车。在此，小刘儿和白石头经常互换角色。他并不想构想故乡与城市的简单对立，他的思想有更值得我们认真对待的一面。一些理想主义的作家，例如张承志、张炜以及韩少功的某些写作，他们总是有一个原点，有一个基础，一个根基，这个根基就是城市与乡村的对立，传统历史与现代化的现在的对抗，他们用这个根基来向世界考问。张炜的《能不忆蜀葵》，用关于蜀葵的记忆来怀疑现代城市，怀疑现代性的历史变换。张承志对草原的寻找，对哲合忍耶宗教的寻找，这些是绝对真理的藏身之地。以此来反思异化的历史，异化的现代性的此在与未来。张炜的《丑行与浪漫》则发生变化，他在批判现代都市文明时，对乡土中国也给予了深刻质疑。但刘震云始终没有一个乡土/故乡的根基，他的故乡是很模糊的，虽然他有关于故乡的记忆、经历，但并不是他对抗城市的一种根据。刘震云要质疑和解构的是历史的整体性（它的全部）、我们全部的根基。最后残留的是什么？刘震云还是有他的故乡之梦的。他隐约提出了他的姥娘，这在文本中篇幅不大，描写也并不特别充分。小说提到的细节是，他参军的时候姥娘让他弟弟牵着小毛驴在他离开家乡的头天晚上去看他。他感到这样一种亲情，看到他对家乡对故土对亲情的眷恋。但这种东西是一闪而过的，更多的是质疑。在文本中他不断攻击他的老爹，天天叫嚷他们三兄弟去买夜壶，否则就让兄弟三人的媳妇轮流去当夜壶。老

---

① 《故乡面和花朵》卷四，第 162 页。

爹贪生怕死，在家欺压儿子，在外面惧怕当官的，但是一天见不到当官的就像丢了魂一样。老爹在此是一种符号，一种象征，是对父辈的一种象征性的批判。

刘震云对母系社会是持认同态度的，大地母亲的恩惠对作家来说是永远无法逾越的怀抱。德里达说过解构是有底线的，正义是不能解构的。对作家而言，母性是不容置疑的，很少有作家敢于去丑化母亲。第四卷中他回到故乡，吕桂花一方面被想象成一个放荡的女人，做姑娘时就与配种站的老王发生关系。象征的力量、隐喻的力量、影射的力量在他的作品中构成了一个密集的网络，在文本中十分活跃。后来她嫁给了牛三斤，牛原来的老婆是石女，在此可以看到刘的底线：对母系社会的悲悯和感恩。这点可能是文本中值得我们探究的。这部作品全面解构了很多的传统人伦关系，重新编织了很多新的关系：同性关系——错乱的关系；父子关系——反常的关系；异性关系——经常是被颠倒的关系；亲友关系——很虚假；偶像和权力关系——孬舅是权力的化身，围绕他的偶像崇拜建立了权力关系，其中包含对秩序社会的强烈反讽。从古代到现代，人类社会的建构经历了从血缘关系、家庭关系到社会关系，这种建构我们要以伦理关系为基础，但在刘震云这里可以看到这种种关系都受到质疑。

三 同性、同乡及其颠覆同质化的历史

刘震云的这部小说中的人物基本社会关系是同乡关系，但传统的同乡关系又被他赋予了后现代时代的同性关系。他把同性关系从城市引申到乡村，家乡的土包子也搞起了同性关系，刘震云的颠覆显得不留余地。同性关系在这部小说中到底表达了什么意义？象征什么？当然，首先表达了他对时代潮流的反讽，对未来人类发展同性关系的一种反讽描写。由于差异性政治的崛起，同性恋问题变成少数族群的权益，在发达国家演变为一种文学潮流。在欧美的大学校园里，对同性恋的态度牵涉到"政治上正确"的问题。关于差异文化的想象演化为当代文化时尚的动力机制，这正是同性恋文化愈演愈烈的当代意识形态根源。在刘震云的叙事中，同性关系更主要的是关于政治权力的隐喻，但更多是对权力秩序的一种反讽和批判。两性关系是一种权力关系，但在同性关系中这种权力关系并没有消失。它

在文本中更多的是影射政治秩序，这部小说更倾向于是一部政治寓言。

在这部卷帙浩繁的小说的文本中，同性关系的表现方式本身没有什么章法，这里几乎每一个人都陷入了同性关系。小说从开始，即第一卷中孬舅和小刘儿在丽晶时代广场的对话中出现了一种关于两性关系的陈述。还没有进入一个实质性的阶段，随后就会发现这些人逐渐地陷入两性关系。孬衿，就是孬舅的老婆开始陷入两性关系。她和孬舅的婚姻出现危机，对异性没有兴趣了，但孬衿在这个表述中的身份是多重的，她的形象也不是固定的。在第一卷中，孬衿是一个德国模特，一个走红的明星。她到底跟谁搞同性关系，小说并没有很明确的标记。但是孬舅呢，在第一卷小说开始时他已经下台了。小说主要是在陈述他下台以后的心态，对自我处境的反思，然后跟小刘儿对话他叙述起过去的事。对过去的叙事又变成小刘儿的一种叙述角度。那么孬舅看来已经变成搞同性关系的人，跟不同的人发生了同性关系。然后出现瞎鹿，瞎鹿在第一卷中跟小刘儿是同辈的哥们，但是在第二卷第三卷以后，变成叔叔辈，变成瞎鹿叔叔。这个家伙也陷入了同性关系，跟一个叫巴尔·巴巴的人发生同性关系。其他最荒唐的就是写到白石头或小刘儿老家的村里（小说在第二卷第三卷都写到了村里），小刘儿的父亲刘老孬和白蚂蚁（就是白石头的父亲）。刘老孬的母亲去世以后，他的生活陷入了混乱的境地，经常动不动与他的几个儿媳妇乱伦。然后他也陷入了一种同性关系，结果那个村子上的人都陷入了同性关系，刘老孬和白蚂蚁也变成一种同性关系。刘震云在这部小说中展示的同性关系是任意的，非理性也无逻辑性，所有的人之间的关系都变成同性关系。他没有对这样一种重大的颠覆性的人际关系进行铺垫式的叙述，也没有当成重大的行为，好像就是一种偶然的动作，也是自然的行为。在小说中，在任何一个同性关系发生的时候，他都没有直接的任何的情感的铺垫和行为动作的展开，一笔就带过了。通过一种简单的、简洁的描写把这些人都编织进这样一个同性关系网络中，最后就都变成这样一种同性关系。到第四卷才是他的正文，前面一、二、三卷在他的写作中都是叫作一种前言。第三卷叫作结局，但是第四卷才叫作正文，所以前面的这些描写都是一些虚幻化的描写，前面三卷也可能是一个梦境，这一切完全没有现实的真实的逻辑。他在这里所写的人与人的关系以及人与人身份的转换都是突然间冒出来，头绪混乱，漫无边际，所有的人都非常简单轻易地进入杂乱的同性关系环境。所以小说基本上在前面三卷里面，这些人物都陷入了这样一种同性关系当中。在这些同性关系中没有情感的、身体的激烈交流，也没有深刻而内在的情感交流，它就是一个命名式的，非常轻易地就把性的关系扯进去了，他的性其实是"非性化"的。

同性关系表征的意义是什么呢？显然，这种认定的前提是我们认定这部小说是严肃认真的，它包含着某种深刻的寓言和象征意义。

刘震云可能在进行很严肃认真的叙述，他试图对我们这样一个当代文化、当代历史表达出他的独特评价。他这里的"同性描写"，更像是一种社会心态的描写，我把它理解为这样一个特殊时代的一种社会心态的理解。1885 年，马拉美曾经写过一封信给魏尔伦，那个时候在法国文化界弥漫着一种情绪，这个情绪就是对一个"历史空荡"的一种理解，他使用的一个词，叫作"王位空位时期"。那封信的中间有这样一段话：

> 其实我把当代视为一个对诗人来说是一个"王位空位的时期"，诗人没有必要介入这个时期，它既过于落伍，又过于超前，因此诗人除了为未来或者是永远不能到来的未来进行神秘的创作之外，没有其他事可做。

马拉美在那样一个时期表达了一个"王位空位时期"的诗人和相当一部分知识分子的一种普遍的感觉。很显然，面对 90 年的历史，刘震云也采取了某种相对主义的态度，他试图去表达这个时代的人们内心虚弱与惶惑的感觉。刘震云试图描述出历史的不真实性，在历史的虚空与无谓的行为中来表达存在的空洞，漂浮在半空中的那种状态。刘震云实际上品味那个时期的历史本质，他一定体会到强烈的迷惘与巨大的虚空，一种没有历史真实感的、没有历史现场的那样一种心态。在这里试图去做这样一种理解，他的这样一种同性关系所要表达的含义有这么四点：

其一，他持有拒绝历史化的态度。这就是一个"历史同质化"陷入的一种困境。同性化实际上是一种同质化的关系，同性恋关系也被称作一种"同志关系"，刘在这里显然在隐喻红色经典里的"同志"关系。而同志关系是一种特殊的同质关系，在这个关系中，其根源与目的都是同质化的，但又包含着复杂的权力/等级关系在其中。刘震云一方面要表达这种同性关系中的权力关系，另一方面又以它的同质化意义表达权力终结的状况。我想说的是，当这些人不再按照我们以往的那种情感的人伦观念去建立关系的时候，这种同质关系中间是以一种非常奇特的权力关系去结构、去建立的。当一个礼义廉耻委员会的秘书长本身进入一种同性关系以后，其他的人都以不同的方式进入了这样一种同性关系。在这种同性关系中，他感受到一种所谓的"轻松自如"的状况。

同性关系具有一种双重性，在刘震云的所有写作中，总是包含了一种双重的对立意义。这种对立意义不是导致黑格尔式的对立统一，而是对立中的一种破裂，或者是对立中的一种分离，其意义的结构是和过去所有的修辞不一样的。我们过去有分离总会导致一种统一，在一个意义表面总是包含了另一个与它相反的颠倒的一个意义。比如说，这样一种同质关系里面是一种权力关系，他没有用过去那种人伦的情感来建立人与人的关系。但是反过来，他又赋予这个关系一种轻松的自由，自如地超越了所有约束。他试图做一个对立的修辞手段的实验，所以如果我们按照常规去阅读它，会发现这个意义完全是个迷宫，完全不能理解。但进一步发掘也不难发现，刘震云是有意进行这样一种二分法，我现在还不能断定，这种二分法真的是非常高妙的，是一个伟大的创作和开拓，还是另一种简单化的方式，这点我们还是可以再去分析。正如他所追问的那样，例如他对同性关系的描写，在第二卷中他曾经说过这样几句话，他写道：

> 为什么同性关系深得人心呢？为什么同性关系者回到故乡得到了故乡人民的衷心拥护呢？就是因为它一到来，解决了我们生活中每时每刻具体存在的难题呀。在大的浪潮面前，过去的小的难题不就荡然无存了吗？同时具体问题也在新的浪潮中得到了具体解决呢。

包括小刘儿的老爹，在异性关系中找不到老伴的爹，不是也在同性关系中找到了白蚂蚁这样的人吗？这就是他把这样一个同性关系当作解决生活中所有矛盾，消除差异的一种简化方式。他对同质化做了猛烈的批判，就是当我们的生活都在追逐时尚潮流，并且全部陷入一种"同性化"（也就是同质化）的时候，所有的个体内涵及其差异性都被消解了，所有的矛盾也都消解了。人似乎进入了一种自由的状况，所以这里边所包含的同性关系，包含一种双重性：一方面，确实表达出刘震云对一种权力关系的强烈的批判愿望，在这种同性关系中始终包含一种权力关系、一种支配关系；但另一方面，刘震云声称从中找到了自由，找到了把所有矛盾解决的一种方案。

其二，对乡土中国的宗法制度的一种解构。这些搞同性关系的全部是来自他故乡的人，就像到城市，或者他们返回故乡，他们都进入了一种权力关系。大家知道中国宗法制的社会，它是以一种家族、家庭、家族伦理为结构纽带，才会建立一个封建的家长制。当这一切都变成"同性关系"以后，这里面又出现了一种平等，权力在这里面只是一个初步的关系，其内在关系又隐含着一个相互消解的意义。因为你是这个性别，他也是这个性别，变成一个单一的性别了，所以性别的政治和性别的权力、性别的权威在这里面被消解了。刘震云试图去描述这个传统的宗法制的社会，这个结构完全被颠倒了。关于故乡的这种伦理——完全是我们想象的故乡——一个以血缘为纽带所建立起来的宗族同姓的社会状况，在同性关系中完全被消解了。在此基础上，刘震云试图去重新写作一个关于中国宗法制社会的同姓状况。但是对这个状况的书写，我想刘震云并未完成他的方案。《故乡面和花朵》也许是一个伟大的设想，但是就像一个伟大的现代性方案一样，它是一个未完成永远被延搁的方案。他试图重新去颠倒、重新写作乡土中国的宗法制社会，例如刘震云过去的作品《故乡天下黄花》中还可以看到历史的那种可以辨析的过程以及那些相对明晰的含义。《故乡相处流传》就非常混乱，就是把整个中国历史完全打碎打乱，在此他确实感到要去颠覆中国宗法制社会的那种结构。所以他在寻找一些新的关系项去描述这个关系，最后他找到了一种"同性关系"。在这里，后现代社会的"同性关系"被引申到故乡，并且被故乡同姓的人伦关系所糅合，"故乡面"现在糅进了后现代都市的时尚，或者说，后现代时尚被故乡面所糅合了——就像花朵被面团糅合了一样。故乡面与城市时尚的恶之花的糅合，这就是刘震云这部作品的最深层的含义。

很显然，刘震云对故乡的书写无疑最为奇特且大胆。在他对"故乡"，对这样一个乡土中国宗法制进行书写的时候，他有一个潜在的对手，这个对手就是《白鹿原》。陈忠实的《白鹿原》一开始的时候也引用了对宗法制社会的一种关系的一种隐喻式的书写，这个男性的生殖力出现了一种问题。他生殖力极端的旺盛，但是和他结婚的七个女人有六个都死掉了。陈忠实把男性性权力和能力进行神化，那么这个神话的隐喻就意味着宗法制社会以血缘纽带建立的关系陷入危机。刘震云肯定在书写乡土中国，进行一次狂妄的历史概括的时候，那么他也想怎么去介入这样一种宗法制的社会。他选择的方案是彻底的颠覆，他把故乡面卷入了所谓"同性关系"。"故乡"是人所共知的生殖力极其旺盛的地方，当这个地方的生殖力出现问题时，故乡会如何？它会获得真正的解脱吗？尽管说生殖力与生命力并不是刘震云思考的主题，但对故乡旺盛生殖力的消解，也是对故乡的强烈嘲弄。当宗法制的社会陷入同性关系的时候，这种状况是什么？是预见还是对历史的嘲讽？这种本质秩序还能够展开下去。这是一个奇特的解构方案，但可能只是一个戏谑性描写的方案，但其挑战的勇气不无可贵之处，从这里或许可以找到一种解构的起点。

其三，"同性关系"解构现代性和后现代性的大都市文明。在所谓的都市文明当中，或者说当这些人到了都市的时候，都陷入了同性关系的结构中。这是刘震云对现代和后现代都市文明的虚假性的揭露。在 1991 年和 1992 年的时候，关于"同性恋"文化及其潮流的相关报道讨论并不流行也不普遍，刘震云何以会运用这个资源，而且如此不留余地？当然这包含着他对未来都市、未来文明的某种看法，对我们生活进一步发展变化的一种看法。在 20 世纪 90 年代后期，西方社会卷入了身份政治这一狂潮，特别是西方 70 年代的知识分子，他们是激进的左派知识分子，他们是性解放的开路先锋。到了 90 年代后期以后，他们又变成了性别政治的言说者。这本身确实是文化的一种病症，它主要变成了一种时尚，现代的都市生活不断地被时尚潮流卷入进去。这些东西到底能给我们的生活带来一些什么呢，我想这本身也包含了刘震云对某种历史真实性的思考。在这个层面上，包含了一种现实的批判态度。

四 故乡的迷失与对文化母本的追踪

当故乡所有的人都陷入同性关系以后，你发现我们过去的文化不见了，消失了，小说完全重新建立了一种文化，完全重新确立了一种关系。当然过去的权力偶像等等这些还依然存在，但是人最真实的情感和欲望在这里已经异化，文化完全以另一种方式来展开。刘震云以这种文化杂拌的形式，来表达对文化困境的一种戏谑。他首先把自身变成一种"杂拌"，是对当代或预期的文化崩溃的状况、文化碎片状况的一种"同流合污"。通过打碎自我，把自身变成一个文化碎片，搅到了他所构造的一个后现代式的群居现场里去。在此乡村侵入了都市，而都市本身陷入了一种返祖式的困境——比乡村、比母系社会、比原始氏族更古老的前人类时代（同样也是无限未来的超人类时代）。在这样一个结构关系当中，他的故乡已经完全消失了，这些人都来自故乡，他们都保持着亲友关系，保持着传统的称谓，在他们的结构关系当中，还保留着故乡最后的那点记忆，但整个故乡消失了。所以在经过三个所谓的"前言"之后（前三卷都被命名为"前言"），第四卷他回到了他的乡村。

这里颇有点戏仿《追忆似水年华》和《尤利西斯》。《追忆似水年华》始终叙述在一个时间节奏中缓慢地回到童年、回到过去的故事，叙述人对自我的心理或记忆进行细致的梳理。《尤利西斯》隐含了一个古希腊神话，俄底修斯翻船之后有一个寻找故乡的故事，一种归乡的情结。刘震云经过了漫长混乱的前言的巨大的一个历史崩溃之后，第四卷他回到了故乡回到了所谓的正文。但回到了故乡，故乡有什么故事呢？在卷三第六章"欢乐颂，四只小天鹅舞之一"中，故乡居然出现了美容院："到故乡不用看别的，这是故乡的一个缩影，这是故乡的一个窗口，这是故乡的一个标志，相当于故乡过去门楣上的夜壶和春风中野外小店门口飘荡的一把爪篱。"美眼兔唇连着感慨故乡的变化："故乡确实不是以前的故乡了。""故乡确实是让人陌生的。"①

第四卷故乡的叙事人变成了白石头而不是小刘儿，这是他儿时的玩伴。时间却被扣紧在1969年，从这个意义上来说刘震云对时间结构的考虑颇具匠心。1969年在中国历史上是一个标志性的时间。其隐喻是明显的，隐喻历史，隐喻一个革命的不断发生激进化的历史。从这里可以看到刘震云对时间叙述的一种把握，整个第四卷所有叙述都集中在1969年，主要是三件事情：白石头学骑自行车，白石头接媒车，以及白石头与吕桂花、牛顺香两三个女人的关系。1969年很像一个成长的故事，突然出现

① 《故乡面和花朵》卷三，第1335页。

感伤的温馨的细致的叙述。学骑自行车在每一个人经验中都是一个象征仪式：一方面表示你长大成人了，另一方面表示了你和一个机械化的时代联系在一起了。特别对农村青年来说，会骑自行车表明你和机械化装置发生关系，这是非常神气的。"文化大革命"时你如果戴一块上海手表，骑着永久牌自行车，这是一个巨大的象征，意味着你可以找对象了，时空上超越现实了。当你骑着自行车对别人进行超越时，那样一种抛离乡村、超越乡村的感觉是十分美妙的。刘震云选择这样一种书写是非常有意思的。写白石头骑着自行车去接媒车，这是大人做的活，但是白石头11岁了，觉得自己已经变身了。他跟吕桂花等玩的游戏，对女人身体的窥视，与牛顺香她们玩的家家，都让人陷入了对乡村的一种亲密生动的回忆。最后你发现他穿越了一种历史迷雾，回到了故乡来找寻和整理对故乡的记忆。但对故乡的记忆并不都是美好的，他不断颠覆了记忆中的故乡：是在电闪雷鸣中不断缩小的一个村庄，在历史的风暴中一个微不足道很卑微的故乡。

　　关于乡土中国的记忆，刘震云的颠覆是全方位的。相比《边城》的故事，寻根对乡土的眷恋，刘震云的写作也是一个强有力的颠覆。他写到了故乡对成人仪式的怀疑和失望。白石头原来非常崇拜麻老六，麻老六的声音很长，送丧的时候都让他去喊丧，村头村尾都听得到。他脸上长着麻子，拿着牙签剔着牙从村里走过，白石头觉得他很有大人气概。结果有一天他在村里劳动时，一群大人在休息时把麻嫂（麻老六的老婆）压翻在地上，把衣服都脱掉。突然间他觉得成人的世界是如此卑劣。麻嫂并不介意，麻老六依然保持着一种讨好的笑容。报工分的时候，麻老六报了15个工分（满的是16个），表示了他的谦恭，但白石头对这个成人偶像非常失望。后面他还写到牛顺香的父亲在她出嫁的时候交代女儿要戴避孕环，他不断揭示农民文化的愚昧、卑琐、自私。在此刘震云的书写是一个彻底的解构，失去故乡的悲哀感。从现在的历史去寻找故乡非常困难，历经三卷混乱的历史，叙述人回到了那个他学自行车的故乡。但他发现故乡在消失，离他远去，故乡变得如此陌生。第四卷并不是单面的情感，大悲大喜地揭露故乡的失败，但他（白石头？小刘儿？）依然有他的温馨，他的记忆，这种记忆是很真实很内在的。

　　通常写故乡都是有二元对立的模式：一方面贬抑城市，另一方面则尽力美化故乡。故乡是生我养我的地方，它是不能完全否决的。刘震云的底线是"母系社会",他写到了几个女性,他描写故乡时姥娘是他解构的底线。他没有写他的母亲,姥娘显然更有超越性的象征意味,是对大地母亲的一种理解和象征。吕桂花这个人物也很重要,她是一个放荡的女人,未出嫁就跟别人发生关系。后来对她不断有了新的认识,他力图在她身上写出农村妇女的朴实和真实。乡土中国所保留的母系的文化是他的底线。如果把这一问题进一步推论,他对"同性关系"的揭示以及预见未来"同性关系"对社会的破坏,隐约表达了他对母系社会的向往和眷恋。这并非是一个文化恋母似的书写,而是寄寓了对乡村大地母亲消逝的忧虑。这点表明刘震云对我们形成的庞大的现代性文化的怀疑和颠覆,也包括对后现代文化的怀疑和摧毁。第四卷的结尾是很有意思的,突然间写到古代去了。小刘儿变成太尉,里边的人都发生变化,白石头变成禁军教头,小刘儿要迫害他。这里有一个历史宿命性的影射,影射林冲的故事,高述的故事。重新书写《水浒传》,作为一个文化母本放到最后。这并非胡闹。我们文化的根在哪里?他最后发现这个根是被权力斗争所盘踞。但是白石头尽了孝道,逃亡中一路都带着母亲。这里出现了传统的孝道,对母亲的孝道对姥娘的情感。这是对现有文明的一种批判性态度,既很坚决也很绝对。在我们这个时代,孝道显得很无力,但是最真实最内在的东西是最无力的东西。刘震云在全面颠覆历史后发现了母系社会,发现了孝道。他对同性关系的解构是对母系社会的一种哀悼。

　　当然,白石头这个人物显然也隐约带着对《红楼梦》这个母本的挪用,《红楼梦》的另一种文本就叫作《石头记》,而刘震云把他的叙述人(或主人公之一)称为"白石头",这是更为虚无的没有历史记忆的"石头"。但刘震云最后寻找文化记忆或文化之根时,他找到《水浒传》,他没有找到《红楼梦》,这是他的高明之处。《水浒传》似乎更具有中国民间的历史传承性,不管从文学文本的角度来看,还是故事所包含的文化价值认同。

　　反时间性的叙述在艺术上的意义何在?值得强调的是,在后现代城市中重建了乡土关系:城市被乡村的人所占据,所有关于城市的写作又是对乡土的写作。农民在城市发财致富,外表是城市但他们都来自农村。这个构思颇为巧妙,在双重背景上使时间与空间的表现性被反讽化了。解构主义关于在场与不在场的相互颠倒的关系在这里被充分体现:第一,城市被乡村占据后，这是一种双重颠覆，城市消失了，乡村也消失了，在此是一种历史的空档的状况；第二，以虚拟叙事为基础的修辞性表意，完全是话语的奔放，进入语言自身的碰撞（他的文本与孙甘露的文本有某种相似关系）。虚的语言中总有实的关系，现存的权力关系、真理与权威秩序都在修辞性的废话中涌现出来。刘震云并不直接在完整的人物性格人物命运和故事的结构中对现实批判和抗议，而是在语言碎片中进行直接的抨击。第三，将反讽描写、戏谑机制、恶作剧融为一体，是一种内爆式的语言修辞。麦克卢汉说过，进入电子化时代我们的感觉是一种内爆式的。在汉语言的结构内部，特别是在叙事单元中，刘震云做到了内爆式的叙述。语言本身可以构成一种对立，构成一种冲突，他敢于把完全不同的东西捏在一起构成一种审美冲击。在每一个叙述单元中都包含正与反、肯定和否定、美和丑、善和恶，有意使这些对立的东西混合在一起，让它们本身去产生冲突，从而不断生产出语言自由播散的动力。这是语法与修辞的一次彻底自由的解放。其四，关于差异性的自我。当代文学最缺乏什么？理想？崇高的品德？对农民的关怀？我觉得最重要的东西是叙述的智慧和记忆，是差异性自由。只有将差异性自由投放进去，所有思想文本修辞才能被激活。刘震云的小说在叙述上的做法就是差异性自由，每一部小说向前推进时突然将它岔开，在此他找到了语言在语法与逻辑的突然断裂和崩溃之后的一种后文学语言状态。多年前，格非在他的《迷舟》《褐色鸟群》《大年》和《风琴》等作品中，对小说叙事的结构进行了差异性的解构。另外，马克思的博士论文在研究伊壁鸠鲁（和莱布尼茨）的原子偏斜理论时，就强调了这种偏斜状态所表达的自由意义，原子在运行中突然出现了一种偏离，这种偏离是一种自由。马克思就是以此为基点去理解康德、黑格尔。在文学叙述中，作家的才华在哪里闪现出来，就是在偏斜中闪现出来，这种闪现的能量是最真实最有力量的。2000年，大江健三郎在北京的讲演提到他近年来找到一个非常有效的表现方式，这就是"可变异的重复"，即过去出现过的事物，现在又重复出现了，但某些性状发生了变异。这就是差异性自由，这与格非当年学习博尔赫斯的"空缺"如出一辙。就是这种在叙述语句中，在修辞、在表意关系中产生的差异性自由，使得小说叙事充满了自由崩溃的动力，出现多米诺骨牌倒塌的那种效果。艺术的思想的能量在此找到了一个支点，它与文学语言的光彩、艺术的能量共同迸发。

刘震云在此构建了一个话语的狂欢节，刘震云有意去揭示假恶丑，这是一个假恶丑的狂欢节。但是，他的假恶丑本身也是表象化，它并不是那么绝对地进行深刻而彻底的批判，它只是戏谑式地嘲弄。既然"后后时代"并没有什么值得认真或真正对待的东西，也就没有巨大的愤怒和仇恨。不过是"故乡面"与都市的"恶之花"的混淆与相互掺假而已。

在此他选择了一个最重要的审美的解构性力量：荒诞感。用荒诞感来解构世界，所有的东西都陷入不真实和荒诞。他用同性关系去探讨人种学的关系，他觉得异性关系已经出现危机，而发展到同性关系是世界末日的灾难。但刘震云似乎怀着一种潜在的愿望去寻求母系社会，在同性关系的背后，这种寻找实际也是在寻找一种人类的变形记。它是一个反秩序的东西，也许人类社会发展到未来的时候，一切社会关系都变成这样的反权利与反债务关系，变成了这样一个丧失过去的人伦关系的那样一个荒诞事件。

当然，刘震云对生活于故乡中的母系社会也并没有足够的把握，他从中并没有看到一个纯粹的希望。小说最后一章被称之为"村庄的诺言"，实际是村庄如何违背诺言，而这一违背经常变成了村庄的终结与新生。但这一次村庄违背诺言却是父亲（牛文海——白石头的舅舅）对家族生殖延续的设计，精于算计的牛文海用换亲的方式为两个儿子换来媳妇，结果大儿子换回来的媳妇跟小炉匠跑了，这使牛文海留了一手，让 16 岁出嫁的女儿牛顺香戴上避孕环。结果引发了两个村庄的大规模的凶恶械斗。很显然，故乡的母亲社会事实上是被男权所规划的，它被男权的阴谋推向一个又一个危险的境地。女人被作为一种物件来为家庭交换生殖关系，而留给女性的永远只是屈辱与灾难。在刘震云的叙事中，少有女性的命运有美好的结局，牛长富换来的媳妇本来生活得幸福，但这种幸福并不长久，她死于丈夫骑自行车载她去看病的路上。

回溯过去，白石头/小刘儿找到了他的姥娘，找到了一种母系社会存在的一种故乡的源头。这个源头的本质是什么呢？它是创世纪还是反创世纪？这是关于亚当、夏娃神话的一种重新书写。这里蕴涵的思想令人惊异地丰厚——当然，这种视角建立在对刘震云文学态度保持高度信任的前提下。刘震云本来也许有建构一部划时代经典作品的冲动，但最后他发现了他的困难与徒劳。这样的建构经典的冲动，只能把它摧毁，否则就成为他的陷阱。这个对经典的重建到最后的结尾就显出了它的勉强与困窘。它变成了一次文化的寻根，一次对寻根的戏仿，它似乎找到文化的最终价值（比如说孝道）。另一方面，也是对经典文本的一个寻找，最后他找到了《水浒传》，找到了民间的文化传承（甚至口头传承）。其实《水浒传》是一个中国历史与民间永久的寓言，也是对一个无法被现实化的民间正义的哀悼。刘震云的怀着经典冲动的书写，最后却在民间神话这里落脚，他就成了当代文化中的梁山好汉，一个道地的草寇——这是刘震云真正想获得的角色吗？

刘震云是一个真正对历史与现实进行深刻思考的人，在这一点上，这个时代无人能与之比肩，仅只这一点，他就有当代人少有的冷静与深邃。只有他，以如此大的手笔，冒天下之大不韪，把变了质的故乡面与后现代的都市恶之花，强行"和"在一起，既怪诞又虔诚，既狂妄又卑琐，创建了一个"后后时代"的末世图景。由此把乡土中国叙事与后现代性强行结合在一起。正如这部书讲述的故事属于未来的 2050 年一样，它也是一部未来之作，一部在未来哀悼乡村消逝的后现代祭文。这无疑是一次最为狂妄而冒险的开创，对历史与现实、现在与未来进行全面的拆解。他摧毁历史又逃避现实，我们除了赞叹他是一个胡闹的先知外，难道不应该望其项背吗？

第 三 章

新新浪漫主义:后现代的变形记

一 潮流或市场的梦想: 浪漫又先锋?

女性写作近几年已经成为文坛的生力军,刊物与出版社争相发表年轻女作家的作品,她们的作品对这个时代的生活做了最直接的表现,那些个人体验、内心生活、隐私式的自传,都成为这个时代文学市场最热门的读物。人们既争相出版和阅读,又有强烈的不满足感,除了用"美女作家"加以戏谑式的命名外,理论批评话语其实显得理屈词穷。女权主义理论也面临困窘,操着牛刀并不好下手。娇媚、柔软而圆滑的时尚女性写作,并不好把握。"美女作家"的命名仪式之后,理论批评无法对之进行更为切实的阐释。

2002 年上半年,文坛突然飞入"布谷鸟",策划人是白烨和安波舜,一看就知道"布谷鸟"是由"布老虎"蜕变而来。而"布老虎"正是90年代以来文学出版的神话创造者,其最大的能耐就是把艺术性与市场需求拼合得天衣无缝,而它的主打产品就是浪漫言情。"布谷鸟"一亮相,推出的文丛就赫然打上"都市浪漫先锋系列",这不过是把"布老虎"过去的市场诉求公开化罢了。白烨和安波舜是出版界呼风唤雨的人物,在图书的封面上打上这几个字样,显然不是一时冲动的产物。这个时代的市场主导趣味正是由这几个字来概括。

当然,"浪漫先锋"既是对"美女作家"群的呼吁,也是对她们的一种希冀:在浪漫中加点先锋,在先锋中透出大量浪漫——对于大部分人来说,这就是填平艺术与市场鸿沟的明智之举,造就了拯救当代文学的济世良方。基于这种理解,这几年人们把赌注压在女作家身上。尽管她们的个体实际情形相差甚远,但某种基本情调还是可以看出一致性:男欢女爱的浪漫故事;个人内心体验的反复渲染;对城市街景、酒吧等夜生活的迷恋;优美洁净或华丽绚烂的辞藻;追求时尚新潮的生活品味等等。显然,卫慧、棉棉、赵凝、宣儿、朱文颖、戴来、魏微、金仁顺、周洁茹等人的作品不难看出这些特征。当然,她们的作品也因人而异,或者在不同时期也有不同的表现。她们的有些作品就显得相当锐利,夹杂更多的错乱的东西,显示出某种叛逆性,也可以说更靠近后现代些。但从总体上来说,浪漫有余而先锋不足。

呼吁"浪漫先锋"的布谷鸟推出的这套丛书,在多大程度上实现了理想?这套书一共五部,印刷精美,装帧雅致,五位作者中四位是女性,唯一的男性作者万军可能是要承担起"先锋"的重任。读读这套书,确实可以感受到浓郁的浪漫气息。戴来的《鼻子挺挺》讲述一个叫古天明的自由作家偶然发现电台主持人任浩酷似他二十多年前失踪的叔叔,这引发了古天明对任浩不懈的跟踪。这使古天明的生活发生了一系列变化,古天明甚至去整容。这其中卷入了古天明与妻子关系的危机,以及与另一个少女发生恋情。这个故事在探讨现代都市男女试图打破平静如水的日常生活,去寻求常规之外的生活变化。在戴来从容的叙述中,生活的装饰一层层褪去,不经意的平淡中却酝酿着变化。这些变化都带有偶然性,人的生活并不是主动的选择,一些偶然因素就足以改变生活方向,这本身也说明都市生活的脆弱。变化时时都潜伏于生活的各个角落,随时都会涌溢而出,导致生活破裂。人们对生活平静的逃避,实际是对变的恐惧。正如古天明无法对妻子马昕解释他从生活失踪的原因一样,在生活的静与变之间,并没有一个合理性的过渡和逻辑。小说隐藏于其中的上一辈人的爱情、叔嫂之间的偷情与私奔,悲剧中透示出强烈的浪漫。浪漫中透示出悲剧,这才是古典时代的美学品格。当代人的浪漫就显得轻飘飘,没有真正的历史压抑,有的只是对生活的挥霍。然而,就古典美学而言,被悲剧感笼罩的浪漫具有现实意义吗?美学与现实是背离的:在美学意味上具有浪漫意味,在现实意义上就可能只是悲剧;而可以被轻松自然演化为现实经验的浪漫,在美学品质上又缺乏力量感。戴来的这部小说在不经意中,还是藏匿着对生活不可言喻的那些深度的探究,显示出特别的意味。

鄢然的《昨天的太阳是月亮》,这部小说讲述一位剧作家与一个美丽风情的女演员之间的情爱，随着故事的展开，人物有各种各样的灵与肉的纠缠。这里面的人物都显得不甘现状，然而命运多舛，爱与恨交织，生与死相依。这部小说的写实感很强，生活体验相当充足，还是显示出作者对人性复杂性的把握力度。但有意思的是，在这本书封底，不知道是作者还是出版商做的内容提要说明中，对这本书广告式宣传却完全偏向了浪漫情爱方面："等待的日子枯燥难熬。躁动的情欲伴随着春天的气息在我的身体里繁衍、膨胀。冲破孤独对爱的渴求，如同拉赫玛尼诺夫的作品《春潮》般张显着生命活力。我的爱的激情就像俄罗斯作曲家通过音乐传递给人们的信息一样，在滚滚翻卷的音流中跳跃，似那钢琴上奏响的春潮不等斑斑残雪从田间最后消失，便向沉睡的岸边哗哗流去。再没有比寻找一个爱人更诱人的想法了。"无可否认，这个内容提要反映了作品的一部分实际，某种浪漫的情感基调不时从人物的心里涌现出来。但总体来说，这部作品写得相当冷静坚实，故事也显得密集和饱满，对人物性格心理的刻画可能是其所长。相比较起来，这部小说的提要还是最为典雅的，其他几部小说的提要突显出男欢女爱的浪漫情调，这种广告诉求只能理解为是作者及出版商面对想象的读者所做的言说，以此来表达对时代阅读心理的捕捉。

钟物言的《男豆》和敏子的《她和她们》可以说是标准的都市言情浪漫小说，清晰的男女情爱关系，细致的性格心理刻画，流畅舒展的语言，纯净清新的抒情风格，这些都表明作者良好的文学修养。但过多的男女情爱纠缠，以及反复表现的浪漫情感，总是显得轻淡而力道不足。在这几部小说中，万军的《嗜你如命》显得更为独特。这部小说讲述一个在社会边缘不安分又随遇而安的边缘青年人的经历。男主人公万南写歌词或在公司打工，他既不满，也不求上进，愤世嫉俗，又无所作为。小说通过他的视点反映文化艺术制作圈的生活状况，但更多的是围绕主人公而发生的那些混乱不堪的男女情爱关系。浪漫与色欲，见异思迁与铭心刻骨，在这里经常被混为一谈。男性作家对两性关系的理解，对人性和社会变化的理解显得更加灰暗些。这与年轻男性作家和社会的紧张关系分不开，一旦小说被打上个人经验的烙印时，也就是小说中的某个角色获得作家的自我认同时，那种反主流社会的情绪就成为小说中的主导情调。通过不断地打碎生活既定的价值秩序，通过对自我的反复丢弃，以此来表达对主流社会的敌视,这是青年亚文化惯常的方式。小说对当今青年人的生活观念、价值取向和交往方式的表现,描写了一种富有青春活力的生活状态。这里面也有浓得化不开的感伤和浪漫情调,但那种身处社会边缘的自嘲,以及不时表现出的颓废感,使这部小说的思想内涵和情感品质还是显出了一些另类的质地。

相比较而言,男性作家在写作男女情爱的故事时,显示出更复杂的态度和意蕴,不至于简单流于平面化的浪漫情调。青年男性作家基于他们在社会所处的地位,他们的生活态度,总是包含着一些对主流社会的逃离和拒绝。这使他们在讲述那些浪漫的情爱故事时,总是带点颓废欲望色彩。这种情调构成近年来一部分初出茅庐的青年作家特有的美学状态。这种状态融合多种因素,既适应当今时代的消费社会的趣味,又能表现青年一代的时尚前卫感觉,而且唤起艺术上久违的那些美学记忆。例如青年作家巴桥的《一起走过的日子》(《大家》2000 年第 5 期),小说讲述一个城市游手好闲的叫作巴乔的青年与一个外来妹的情爱故事。在小说的叙事中,作者和读者一样,一直不知道小晴的确切身份,只知道她是一个外来打工妹,在餐馆之类的地方工作。故事发展到后来,小晴成为一个按摩女,当男主角知道小晴的身份性质时,他并不在乎小晴的三陪女身份,他一如既往迷恋这个女子。穷困文人与底层女子的关系,这是一种陈旧的而又是新型的社会关系。说它陈旧,这在中国古代文人传奇故事中可以看到,也可以在 19 世纪的现实主义和浪漫派的小说中看到。在工业资本主义兴起阶段,法国巴黎就聚集了一大批的波西米亚式的文人浪子,他们以反社会秩序规范的另类姿态展开生活实践,以此构成了他们的文化资本。对资本主义生活方式的蔑视,成为他们追求“为艺术而艺术”的口实。艺术上的形式主义并不是来自知识分子的精英主义意识,而是反社会的另类态度。

在巴桥的叙述中,这个叫小晴的女子吸引巴乔是从肉体开始的。小说的第一节“白色的身体”,一开始就写到“软软的”“暖暖的”“丰厚的腹部”……对肉感身体的迷恋成为情爱的基础。这与王朔对女性的气质和神情的骨感小资情调有所不同,巴桥这里表现的既有如旧式文人的色欲,又像是 19 世纪法国的颓废派。一种情色文人的品性,在这里被细致纯净地表现出来。在巴桥的反复描写中,不求上进的生活却是美妙温馨。在那些“一起走过的日子里”,他们之间的身体欢娱,相亲相爱也充满了浪漫的情调。只要不从社会的角度来评价,他们的生活真正印证了幸福是纯粹个人的事情这种论调。

很显然,巴乔这个人物身上包含了多种因素,也可以说这篇小说表现的生活态度、价值取向和美学趣味混合了多种因素。王朔当年的痞子现在又多了些另类的色彩,并且可以看出塞林格的《麦田守望者》和米勒的《北回归线》那种青春期的反社会边缘人物的特征。值得注意的是,这篇小说还有意戏仿中国古典小说的那些经典场面,例如,店家、客官、奴家这种叙述,它是对古代书生文人邂逅女子的经典情节的戏仿。巴桥的人物形象,糅合了多重历史文本,中国古代狎妓的书生,新时期王朔的痞子,后期浪漫派的颓废主义以及现代主义式的后个人主义。在所有的这些杂糅之中,把颓废主义美学与中国传统的风格趣味相混合,是这篇小说在艺术上最有意味的地方。

这种小说是先锋的吗?是浪漫的吗?或者是既先锋又浪漫的吗?又像又不像。这就给当代的理论话语提出了难题。

二 后现代的尴尬:现实的错位

很显然,"浪漫先锋"这个词组显得有些自相矛盾:浪漫的从来就不先锋;先锋的肯定浪漫不起来。如果说浪漫的有先锋的意味的话,那只是在浪漫派初起的时候。18 世纪末至 19 世纪初,德国浪漫派作家史莱格尔兄弟把这个概念从被贬抑的状况中解救出来,而赋予这个概念以现代的意义有关。① 从那时起,浪漫主义作为一项遍及欧洲的文学潮流,与资本主义社会的兴起而同床异梦。一方面,浪漫派无疑是资本主义社会兴起的产物,它为资产阶级步入历史打下了文化和情感的基础;另一方面,浪漫主义又是工业资本主义的顽强批判者,浪漫派幻想回到中古田园时代,以此对资本主义的兴盛表示蔑视和逃避。浪漫派也并不是消极的和倒退的,他们过去的理想化,正是他们具有更高理想的未来的依据。卡西尔认为,对浪漫派而言,过去不仅是一个事实,而且也是一种最高的理想。在《国

---

① 有关论述可参见 R. 韦勒克《文学思潮和文学运动的概念》,中国社会科学出版社 1989 年版,第 112—116 页。

家的神话》里,他写道:"他们对过去进行回顾,是因为他们要为一个更好的未来作准备。人类的未来,新的政治秩序和社会秩序的产生,是他们的伟大主题和真正关切的东西。"① 这种回到过去和追求未来,都与他们对现实——资本主义工业文明的现状不满相关。浪漫派,以及后来的现代主义无不是以反抗工业资本主义为己任,他们的趣味和价值观念似乎都是在有意与现代性的工业主义唱反调。那当然,生长于资本主义兴起的浪漫主义,或是资本主义处于危机阶段的现代主义,事实上与资本主义的工业文明息息相关。它们不过是以对抗的方式,表达了对现代性的反思,他们表现的审美感觉方式、审美趣味以及价值取向,与现代主义构成了一种强大的反差或张力机制。随着资本主义历史的发展,浪漫主义不可避免被其他流派取代了,但浪漫主义创造的那些艺术法则,那些情感基调,无疑始终构成现代文学艺术的基础。作为一种艺术手法、风格和趣味,浪漫精神和情调是文学艺术不可或缺的组成部分。当然,在现实主义、现代主义乃至于后现代时期,浪漫主义就显得不合时宜,它或者是作为一种矫揉造作的风格而受到贬抑,或者是作为一种浮夸的陈词滥调而令人生厌。

确实,现代主义之后,人们追求险僻、怪异,对丑的事物与绝望一类的情绪津津乐道。从波德莱尔等人的现代派到后来的荒诞派,再也没有给浪漫主义以一席之地。确实,中国的现代性文学的历史也只是在早期给浪漫主义以短暂的宣泄(例如,早期的创造社),随后的现实主义文学占了上风。而现实主义之后则是可疑而暧昧的历史——这是就正统文学史的编纂而言。对于大多数的文学界的人来说,中国当代的现代主义(更不用说后现代主义)的历史是不存在的,即使存在也是受到怀疑的边缘化的历史。但在另一些人看来(例如笔者本人),尽管中国的后现代主义的命名还有值得探讨的地方,但被称为先锋派的作家在 80 年代末期和 90 年代初期的实验,则可以看出他们对生活的不完整性,对破碎感,对死亡、逃逸和绝望之类的情感乐此不疲。尽管其中也不时透示出一种浓郁的抒情风格,但总是与一种绝望的悲剧意味相关联。所以,浪漫精神和情调从整体上来说,在当代中国文学中一直是缺席的艺术类型和风格情调。

但是,最近以来,文学的浪漫主义情调大量涌现,特别是那些走向市

---

① 参见卡西尔《国家的神话》,范进等译,华夏出版社 1999 年版,第 221—222 页。

场的文学。从另一方面来说，当代中国文学是在自身营造的浪漫主义氛围中走向市场的。这确实使我们的理论言说面临窘境，当代理论一度以为抓住后现代主义这个话语就一劳永逸，就可以解释任何新的现象和动向，但当代文学的发展变化显然没有奔赴后现代的既定目标，而是进入了另一维度。这一维度既不能直接用"后现代"来概括，也不能单纯用"浪漫"来描述。于是白烨、安波舜这些深谙市场操作的出版界的能工巧匠们，就设想"浪漫先锋"这种左右逢源的说法，以此来把握当前文学的风格情调和审美趣味。就这点而言，这一命名倒是揭示了当今文学的那种含混暧昧兼收并蓄的现实特征。

近年来，后现代主义这种说法在当代理论和批评中已经销声匿迹，这主要是因为后现代主义理论已经普及化为常识，阐释者失去了理论的热情，攻讦者也提不起精神。没有人会对常识感兴趣，除非是要无理取闹。但经验告诉我们，常识背后最容易隐蔽矛盾，正是那些理不清的混乱和困境才造就了常识。人们默许了那些似是而非的东西存在，由此才使（它变成）常识不胫而走。后现代变成常识，使它可以体面地穿行于各种表达的空间，但现今人们却对后现代三缄其口，连使用这个词都装得谨小慎微。就像对一个从良的女子，你能让她干什么？大家似乎都接受了她，但都保持距离。离得太远了，显得太保守，不够开明；太近乎，那又有猥亵之嫌。后现代就这样被晾在一边。

事实上，近期流行的文学现象、文化现象，例如，我在上面提到那些，浪漫有余，先锋不足，既像又不像后现代主义。中国 90 年代后期以来，随着经济强劲发展，城市化速度高歌猛进，电信业大肆扩张，互联网日益延伸，那些酒吧和网吧，特别是媒体娱乐业的高速发展，使当代中国的一些大城市迅速出现一个消费社会。很显然，消费社会就是典型的后现代社会。尽管说，中国的消费社会还只是一个表面现象，而且这些大城市里也并不是所有的人都享受着消费社会提供的生活方式，但消费社会与媒体合谋，确实在制造这个时代的生活样式。消费时尚一直在引领这个时代的生活潮流，并且制造这个时代的价值取向和审美趣味。看看现今书摊上摆放的目不暇接的流行时尚杂志，那些流行的大小玩意儿，它们标示着生活发展的方向，它们是年轻一代的生活手册，也是他们的精神食粮和呼吸的空气。这些文化的象征符号也许并没有全部吞没我们的生活，甚至还不是生活的主要部分,但它们最有活力、最有生长的潜力,这是毋庸置疑的。很显然、流行文化、媒体、广告等等,正在强有力地支配我们生活的现实,并且在不知不觉中把们引向了消费社会。在某种程度上,我们不得不承认,我们似乎正站在后现代的门口。这些流行或消费文化,无疑可以理解为后现代文化。

当然,尴尬发生在这里:过去,我们把后现代文化看成是一个比现代主义文化更高级或更严重的一种文化——正是那些反对者想当然的理解。人们再三对后现代发起攻讦,最强劲的理由之一就是:后现代是西方发达资本主义社会的产物,是在现代主义之后产生的更高或更复杂的文化,怎么可能在还是前现代的中国产生呢?就我的记忆而言,80年代后期后现代的言说者,阐释中国可能具有后现代性的文学或文化现象时,没有主张单纯从经济发展的水平去理解后现代,而是主张从经济/政治/文化多边关系构成的一种历史情境去解释中国产生后现代的可能条件。然而,这种对后现代的解释并没有被反对者认真对待,而是在想当然和以讹传讹中,后现代就变成一种高精尖的文化样式,或者是一些危险的破坏者,无耻的弑父者,卑鄙的合谋者……谁会想过,也许隔壁的店小二那里、邻里的三丫头身上、后街王老五的嘴里,都有可能炮制出后现代文化呢?

当然,后现代的阐释者也有一定责任,80年代后期,中国的后现代在文学界露出端倪,先锋派的实验小说被阐释为后现代主义,这种阐释主要是受了美国60至70年代的实验小说的影响。因为60至70年代的实验小说被理解为典型的后现代小说,例如,巴塞尔姆、巴斯、冯尼戈特、品钦等人的作品。但后现代更广泛的意义在于其他门类(如美术、建筑等)的前卫文化,以及大众流行文化方面,特别是大众流行文化的后现代性我们并没有给予充分阐释。现在,消费社会出现的这些时尚文化,离日常生活是如此之近,并没有什么先锋、怪异或尖锐的反叛破坏,这与人们一度想象的后现代性洪水猛兽的模样相去甚远。

其实,后现代本身的含义也是多方面的。在哲学方面,它指后结构主义哲学,例如解构主义和女权主义等;在文学艺术方面,它指先锋派的前卫实验;但在大众文化方面,它的含义就显得暧昧复杂些。后现代的那些前卫实验,经常不是在高深莫测的语言和方法论方面,而更多的在反传统经典化的那些祛魅化手法,它更经常表现在平民化和大众化的拼贴实验,它填平经典艺术与平民文化的沟壑，使前卫艺术与流行时尚相去未远。而在后现代时代，流行时尚也始终以其前卫来获得引领潮流的象征权力，这又使它具有某种先锋性。因此，先锋派、前卫实验、时尚潮流，这些概念的含义，在后现代的消费社会里经常被抹去了界限。例如，仿古、怀旧经常就是消费时尚玩弄的情调，而后现代性正是把仿古、怀旧作为寄生的主题。

当代中国文学正在发生潜移默化的变化，过去的变化不管如何剧烈都是在文学圈内，都是在文学史的前提下发生的文学本身的变革，它总是在文学传统的延续性上来解释发生的一切变化。不管是意识形态的推论实践，还是纯粹的如先锋派的文本实验，作家主体及其采用的表意策略都是文学自给自足的。但现在，文学受到外部其他文化的影响比任何时候都强烈得多，当这种外部影响达到峰值时，文学原有的那些本质命题也就发生改变。例如，文学写作主体的变化。现代性以来的中国作家都与庞大的中国现代性思想意识形态相关，在这样的符号体系内，它们完成符号的共享、交换与重构。作家的主体地位或者实际地、或者想象性地与主导的文化权力轴心发生关联。现在越来越多年轻的作家进入文坛，他们的写作直接与消费社会和图书市场关联，其次才间接地与符号权力体系相关。就半个世纪以来的情况而言，中国作家并没有个人的生活，只有集体生活，作家本质上是一个整体，个人经验只是在具体文本的建制上才发挥有限的作用。当然，从某些方面来说，任何时代的作家都具有时代的整体性。这个时代的作家与既定的文学史前提的关系松懈了，而依凭个人与社会现实的关系决定其文学的品质。也就是说，现在的青年一代的作家不再是背靠意识形态体制来进行文学写作，而是根据个人经验来写作。这样，他们个人的社会地位、生活状态就起了决定性的作用。当个人的生活被卷入当今时兴的消费社会时，他们的写作就在很大程度上受到消费社会的影响。他们的写作资源、价值取向、美学趣味、文学的功能定位等等，都与消费社会结下不解之缘，而与过去的符号权力轴心相分离。

看看近几年的文学作品，消费社会或大众文化的影响越来越明显，也越来越深入。尽管我们还是可以在原有的文学史语境中来描述这种变化，例如，从过去宏大的历史叙事转向了个人化叙事等等，但我们依然没有在美学上给其定性和定位。对这些愈来愈靠近大众文化和消费社会的文学作品，我们的理论话语显得不尽如人意。特别是理论话语的基本描述体系——"主义"之类的范畴——难以指认对象的恰当含义。现实主义的复归？浪漫主义的复活？后现代主义的变体等等，这些都显得似是而非。很显然，最为尴尬的是"后现代主义"这个术语，作为当代理论最新的词汇，它也难恰如其分地捕捉当代文学的这些最新状态和动向。

理论开始于命名，没有命名就没有理论话语言说的根基。

三　BOBO 族的美学：新新浪漫主义

基于这样一种思想前提，把现今文学中出现的某种潮流和趋向归纳为"新新浪漫主义"，就是迫不得已的必要行径。这个概念避免了后现代主义的尴尬，在某种意义上，它不过是后现代的变形。由于在人们的印象中，后现代主义成为一个过量的概念：它过高、过于超前、过于前卫、过于挑衅……实际上，正如我们在前面指出的那样，这是对后现代主义概念的误读。但为了不使后现代主义降格使用，我们另用一个降格的概念——新新浪漫主义，用于描述当今那些准后现代主义的文学文化现象，可能更好些。需要声明的是，这里的降格绝不是低一等级或次品的意思，而只是形态上差异，一种中国现阶段特色的后现代主义，或者说一种准后现代主义。

做这些概念上的辨析绝不是咬文嚼字，也不是为了后现代主义这个概念冷冻储备以便将来利用，而是更恰当准确地清理当今中国文学发展变化的历史过程，在历史阶段的转承中更清晰地刻画出内在的线索。

"新新浪漫主义"这一概念可以从以下几方面来理解：1. 写作主体具有新新人类（后人类？）的特征，或者与之相近的年轻一代的作者。他们没有过重的历史记忆，也没有更强烈的现实批判精神。2. 新新浪漫主义以消费社会的生活状态为其表现资源，反映当代中国正在兴起的城市化的生活现实。3. 它是中产阶级或小资产阶级的，与流行文化和时尚潮流如出一辙。4. 它倾向于表达一种温和感伤的浪漫情调，其审美趣味经常有一种唯美主义甚至有一种颓废主义的特点。

从总体上来看，"新新浪漫主义"成为时下一个重要的情感基调，这确实与大量的年轻女作家参与文学事业相关，而中国现代性以来的文学一直是以宏大的历史悲剧意识为其美学底蕴，突然如此轻飘飘地浮在浪漫的半空中，这无疑令依然怀有现代性/后现代性情怀的文人志士有不满足感。生活于消费社会和多元化选择时代的新新人类，其情感结构中当然缺乏历史的大悲大恸，没有生活的真切的痛楚——历史性的不可超越的生存障碍，确实很难揭示一种情感力度。2001 年，东西出版一部中篇小说集，以其中同名小说《痛苦比赛》为题。东西嘲讽了当代人缺乏痛苦的尴尬处境，推动痛苦的生活不得不变成轻淡的没有重量的玩闹。小说结尾意味深长地写道，那个叫作仇饼的青年带着女朋友回到乡间探老母亲。在鲜花开放的乡间田野里，他们的行走依然是那么幸福，这时，看到远处母亲在一堵墙下剥玉米，直到此时，依然是一幅乡村平和幸福的图景。这时，那堵墙轰然倒下，压住了老母亲的腿，远处传来了救护车和警车的声音。也可能东西在暗示，痛苦这时就离仇饼们不远了。东西机智而敏锐，他对当代生活的理解，总是能在细微的差异中提示其独特的品质。但大多数作家，特别是时尚女性作者对当代生活的理解就难以达到这点。过去我们对守财奴因失去金钱而哭泣表示了轻蔑，认为那不具有美学价值，只有少女为了失去爱情而歌唱才具有审美价值。但现在，到处都是"美媚"在为爱情而歌唱，也令人不敢完全苟同。如何在浪漫主义情怀中，重新理解和把握当代生活有质感的内涵，这依然是一个难题。

当然，从理论的层面上，我们有必要看到，"新新浪漫主义"确实标志着中国文学的现代性历史发生深刻的变化，尽管我们不用"现代性的终结"这种描述来指称这种变化，但那种宏大的民族—国家寓言式的叙事，明显转向了个人化的、私人性的小叙事；对那些悲天悯人的命运的关怀，转向了感觉、体验和想象；厚重的深度感变成了轻薄的平面感。所有这些特征都让人感觉到，文学的那种历史性正在消失，那种宏伟的抱负也再难有用武之地。我们难道不得不面对文学的性质与功能都在严重退化这样的现实？当代中国文学越来越回避现实矛盾，这是不争的事实；但是，历史具有不可超越性，在现有的条件下，我们如何去恢复文学宏大深厚的传统呢？而且，历史还具有不可抗拒的趋势，这并不是重复"存在的就是合理的，合理的就应该存在"这种陈词滥调。而是说，历史的变化总是诸多合力的结果，我们不可能认为某些局部的因素改变就能起到四两拨千斤的效果。也可能我们需要调整思路，从不同的角度去理解这种变化。

　　我们怀有的对文学的记忆，显然来自中国的现代性传统。中国的现代性文学无疑是典型的宏大的民族—国家寓言，而在中国社会主义革命时期，文学的现代性单方面往超常的历史化方面发展。我们一直秉持这种传统，把它当作不能超越的历史前提条件，并且把它看作文学天然的惯例。实际上，中国的现代性文学在很大程度上，它是人类历史上（文学史上）的一种特例。我们现有的现代意义上的文学，毋庸讳言，来自西方现代性的文学传统。中国"五四"以来的文学革命就是从传统中国的文学，转化为现代白话文的文学。这种转换当然不只是语言转换，同时，包括一整套的现代文学规范、文学与现代社会的关系，文学的表现方法和审美价值评判。由于中国现代性文化所面对的特殊任务，现代中国文学的主流迅速走向革命，直至革命成为文学的首要任务，而文学成为无产阶级革命事业的一个有机组成部分。中国的现代性文学，是为中国特殊的现代性的历史规划推上了特殊的历史之路，并不是说中国文学天然就应该是宏大雄伟博大精深的。在某种意义上来说，中国现代性文学在匆忙中就走上了自己的特殊道路（无产阶级革命之路），而没有像西方现代性文学那样，有一个较长的生长于资本主义社会土壤的过程，作为资产阶级登上历史舞台的一种表现手段。不管怎么说，现代性文学在其起源的意义上，肯定是资本主义文化的一部分，它参与创建了资本主义文化的那些价值观念、情感表达方式、审美感觉方式。我们可以用进步/没落这种观点去描述它的历史存在状态，但我们不能取消和永远跨越这种状态。

　　中国现代性文学当然一度也参与创建资产阶级和小资产阶级的思想文化，以及情感表现方式，但很快就被民族—国家的宏大的寓言叙事压抑下去，逐渐边缘化终至于消失。很显然，直到 90 年代后期，中国社会出现中产阶级，文学的写作群体与接受群体在相当的程度上都受到这一社会阶层壮大的影响。当然，中国的中产阶级是一个非常暧昧和含混的指称，它既不能简单等同于西方现在的中产阶级，也不同于资本主义早期的资产阶级和小资产阶级。这个阶层既没有在政治上、也没有在经济上的代言人，它也不构成一种社会集团力量。这只是一个虚拟的就业群体和消费群体，因而，它们具有被文化符号化的动力。它们只是一个消费的阶层，除此之外，什么都不是。问题的蹊跷就在于，当代文化的生产、传播和接受的主体都具有"中产阶级品性"——它们是、或者倾向于成为中产阶级。而关于中产阶级和成为中产阶级的想象，又构成当下社会主要的想象，由此文学生产的主导趋势向着这方面转化。需要指出来的是，并不是说直接描写中产阶级生活的小说（以及其他文体）才属于这一范畴，重要的是那种情感性质和审美趣味。

然而，实际上，中国当下的准中产阶级是如此年轻，他们的思想既保守又前卫，既时尚又叛逆。因此，现在出现了另一类概念去描述他们，例如，"BOBO 族"。年轻的新贵们是新经济的宠儿，他们从事的职业正是热门的 IT 产业，或是呼风唤雨的媒体，或是金融地产之类的暴利产业。年轻人对这些行业趋之若鹜，或者时刻准备加入这一行业。而身在其中的人们则开始有了自我感觉，这就使他们成为时尚的弄潮儿。这就是既要保持某种品味，又要充满变化。2002 年，《华声视点》杂志把 BOBO 族当作当今文化新动向热烈介绍给读者。BOBO 族源自美国记者大卫·布鲁克斯 2001 年出版的著作《天堂里的 BOBO 族》（又译《BOBO 族：新社会精英的崛起》），这本书描述了最近一段时期来美国高层文化趣味的变化倾向。按照布鲁克斯的看法，"在这个时代能够崛起的人，就是那些可以把创意和情感转化为产品的人。他们这些高学历的人一脚踏在创意的波希米亚世界，另一脚在野心和追求成功的布尔乔亚领域当中。这些新资讯时代精英分子是布尔乔亚（Bourgeois）里的波希米亚（Bohemians）人，取两者的第一个字，就是 BOBO 族"①。很显然，布鲁克斯说的 BOBO 族实际上是指具有一种时尚生活态度的新兴群落：既有波希米亚自由、不羁、极端的一面，又有布尔乔亚追求品位、享受舒适的一面，他们是 70 年代的嬉皮士和 80 年代的雅皮士的"混一代"，是具有自由反叛精神的新经济的成功人士。其实，布鲁克斯的观点没有什么新鲜的玩意儿，它不过是近十年来在美国走红的皮尔·布迪尔（Pierre Bourdieu）关于文化场和象征资本理论的翻版罢了。布迪尔论述 19 世纪上半叶的巴黎那些波西米亚式的艺术家与资产阶级争夺文化资本的斗争时，就揭示这里面混杂着布尔乔亚与波西米亚的风格。布鲁克斯居然移花接木，把 19 世纪的巴黎嫁接到 21 世纪的纽约和洛杉矶，异想天开之举倒也有异曲同工之妙。据《华声视点》杂志报道，北京最近也成立了 BOBO 士俱乐部，还发表了成立宣言。也许

---

① 转引自《华声视点》杂志，2002 年，作者，术术。

BOBO 族的绝对人类并不多，但他们代表着新经济，代表着消费社会的发展趋势，一句话，他们构成当下社会文化想象的原动力。

在这意义上来说，中国当代文化的前卫时尚，既丧失了现代性的厚重，也不具有后现代的尖锐，只剩下 BOBO 族的时尚和轻松自如的叛逆。其中散发的浪漫主义气息，当然不可能有任何革命的气节，只具有保守与调和的品性。如此说来，似乎我又在妄自菲薄。应该看到，欧美的 BOBO 一族，是在艺术反叛的现代主义传统中生长起来的，特别是五六十年代的学生左派激进主义运动，一直是欧美大学校园政治的传统。尽管 1968 年法国"五月风暴"，宣告左派激进主义运动失败，但大学一直就是反社会的大本营。90 年代，随着柏林墙的倒塌，欧美大学的左派并没倒下，相反却更有市场。校园里时兴的"PC 运动"（政治上正确），正说明青年激进文化的另一种表现形式。90 年代是欧美新经济高速发展的年代，从 IT 网络新经济中获益的年轻人，在文化上显然秉持着 60 和 70 年代的叛逆品性。这种时尚前卫的叛逆性始终有个人主义和私人的基础。在当今中国，六七十年代的革命造反，其反叛性是拜神教的副产品，显然不是建立在个人主义的基础上。中国的个人主义文化始终没有建立的基础，我们应试教育体制培养起来的年轻一代，我们并不宽裕的家庭和无法宽容的社会，都不会给个人主义留下多少生长的空间。因而，没有个人主义作为基础的时尚前卫文化，当然没有真正的反叛性。因而，现今的中国也有似是而非的 BOBO 文化，但显然不具有欧美的那种反社会的叛逆倾向，它可能更像是现代性早期的小资产阶级文化的重新发扬光大。

由于越来越多的女性加入文学事业，这使当代中国文学多了点柔弱优雅之气，在 BOBO 族的味道中，更倾向于"布尔"（布尔乔亚）一路。当然，不管如何，女性不可能一统天下，还是会有部分男性参与到文学行业中来。由于这个时代有倾向于女性化的趋势，女性容易成为时尚的宠儿，而男性相对困难得多，这使得进入的男性更具有"波西"（波西米亚）的特点。布迪尔曾经分析过欧洲 19 世纪上半叶，资产阶级上升时期的社会的教育文化权力分配的形态。大资产阶级实行排外的政策，把更多机会留给受过良好教育的资产阶级子弟，而后起的没有社会背景的青年要打破现有的格局则显得困难重重。这些新来者，接受了人文科学和修辞学教育，但缺乏经济来源和必要的社会保护，无法实现他们的价值，被推向了文学道路："这条道路充满浪漫成功的一切魅力，而且它与政府部门的职位不同，不需要任何学校保证的资格；或者他们被推向沙龙极力推崇的艺术道路。"① 皮尔·布迪尔认为，依靠个人的自由的选择参与文学艺术活动，这个过程具有解放的作用，给新兴的"无产阶级知识分子"提供生存的可能性。19世纪上半叶的这些向往文学道路的"无产阶级知识分子"生活极其困窘，只能依靠与商业文学和报纸紧密联系的一切小行当，但如此获得的新可能性也是新形式的领带关系的基础。这些无产阶级的知识分子倾向于采取落拓不羁的生活方式，这种生活方式使他们的生活富有"艺术家气质"，这对他们的艺术活动非常重要，如幻想、文字游戏、笑话、歌唱、酒和五花八门的爱情。布迪尔指出：

> 这种生活方式的确立既有悖于官方画家和雕刻家，也有悖于资产阶级循规蹈矩的生活，将生活的艺术看作美术之一种，就预示着要从事文学。但落拓不羁的文人的产生并不仅仅是一种文学现象：从米尔热和尚弗勒里到巴尔扎克和《情感教育》的作者福楼拜，小说家们尤其通过创立和传播落拓不羁这种观念本身，大大促进了新的社会实体的公开认可及其身份、价值、规范和神话的构建。②

所谓"落拓不羁"的生活方式，也就是典型的波西米亚式的流浪艺人的做派，这就是他们追求"为艺术而艺术"准则的生活扮相。在打上反资产阶级的时代标签之后，这种做派就变成先锋性的艺术家气质。这是处于社会边缘的弱势的小资产阶级（或无产阶级）知识分子对抗大资产阶级权力集团的一种策略，后期浪漫主义和现代主义的艺术创新以及新的艺术价值的认定，都有赖于反资产阶级的权威秩序。很显然，这种波西米亚式的艺术做派在整个现代主义时期愈演愈烈，已经成为新兴的艺术家群体进入原有的文学艺术场域的必然姿势。由此就不难理解，达达派就凭着游行集会、当众扔纸娃、吐唾沫、骂脏话，就确立了自己在现代艺术史上牢不可破的地位。现代主义艺术史最激动人心的事例，莫过于艺术家的胡

---

① 参见皮尔·布迪尔《论艺术的法则》，中央编译出版社2001年版，第69页。
② 参见皮尔·布迪尔《论艺术的法则》，第70页。

作非为；而行为艺术这一门类成为现代艺术的终极形式，那不过是波西米亚做派被神化的必然后果。美国的格林尼治村就这样成为现代和后现代艺术的麦加圣地。

在中国这样的崇拜秩序的国度里，特别是文化符号生产始终具有高度规范化的特征，波西米亚式的流氓无产者文人很难形成势力。自80年代后期以来，相当多的未能进入大学的青年选择了文学艺术作为出人头地之路。90年代初，在美术界开始出现波西米亚式的艺术家群体，那时就以北京的圆明园村为基地，聚集了相当一大批青年艺术家（在中国有一个专有名词，称之为盲流艺术家）。他们住在破烂的平房里，衣衫褴褛，不修边幅，生活没有着落，但他们只有一个目标，那就是在艺术上有朝一日出人头地。他们过着完全不同于中国普通人的生活，他们似乎很开心，喝酒、胡说八道、打架、搞点相互间的小欺骗、乱搞男女关系……圆明园群落一度引起港台和国外多家媒体的强烈兴趣，他们也被抹上了浓重的反社会的叛逆的前卫艺术家的色彩。这个村落遭遇到有关部门的干预，90年代中期以后，这些人迁居到北京昌平某个村落，这里迅速又成为更大规模的波西艺术家的聚集地。然而，今日的"波西族"在外表还保持放荡不羁的形象，但骨子里已经"布尔"化了。后来在北京东边宋庄形成更大规模的艺术村，并且已经显露出富足华贵的气派，昔日的先锋，现代派波西米亚已经为堆满金钱的艺术品市场扫荡一空。随着中国美术市场的国际化，港台和国际画商大量介入，以及这些前卫艺术家到国外办展，他们中出现了不少"成功人士"，至少已经演化为"小资产阶级"。当然，作为平常人，没有理由不允许艺术家过上寻常的老百姓生活，人性中总是有一种寻求安稳平静生活状态的需要。但同时应该看到，中国的波西米亚们，乃至于当今欧美的波西米亚们都不可能纯粹彻底，是故才有BOBO族的调和味道出现。

但在文学方面，波西米亚的味道更有限些。中国的第三代诗人一直就有"波西米亚"的冲动，80年代中后期，第三代诗人与美术界的前卫们并行不悖，他们在精神气质方面如出一辙。90年代，第三代诗人也已经步入中年，开始低吟"中年写作"的愁苦。另一批第三代诗人虽然秉持"民间写作"的立场，但也不再以波西米亚式的诗人状态惊世骇俗，其思想意识主要透过文本表达出来。当然，文坛不断有新的闯入者，也有一部分人乐于保持"地下"写作状态。这批男性作者没有与当今消费社会保持天然亲和性的特权，也不容易被刊物和市场迅速接受，他们的生活态度和表意策略不可避免地带有反主流社会的情绪。这就造就了一部分青年男性作者带有波西米亚式的风格和立场，例如，路内、狗子、李师江、巴桥、石康等人。他们的作品有明显的反主流社会的意向，作品的主角也经常就是他们自我指称的那些波西米亚式的边缘作家。困窘的物质生活，自以为是的个性，对权威和既定规则的蔑视，随意自由的片断式的结构，不厌其烦的男女混乱关系，粗粝坚硬的语言等等。他们的作品中始终流荡着一种激动不安的情绪，潜伏着那种既破坏某种生活状况，又打碎文本稳定性的（那种）张力。特别是狗子和李师江的作品中，力量感和内在性显得更加充实。朱文和韩东的情况比较特殊，他们原来属于第三代诗人，精神气质上无疑具有反主流社会的品性。但朱韩二人又有强烈的超越性的精英主义意识，他们恪守的某种道德自律的立场，又使他们具有自由知识分子的品性。因此，从整体上，当代青年作家保持波西米亚状态的作家并不多见，也难以构成一种冲击力。因此，"布尔化"的倾向要远远大于"波西化"。

过于明显的"布尔化"，这就是后现代向浪漫主义退化的缘由所在。而多少还有些锐利之气，以及夹杂着"波西化"的做派，又使得浪漫主义多了些另类的味道。因此，从整体上来看，把这种现象或倾向称为"新新浪漫主义"则显得更为恰当些。

四 文化象征意义：倒退或者补课？

不管我们愿不愿意承认，或者我们以更多的附加解释来绕过问题的实质，我们都不得不承认，中国的现代社会是在西方现代性的影响下发展起来的。也许我还可以更体面地认为这是面对西方的现代性挑战作出的应战。但我们面对现代社会和实际情况，确实很难从传统的思想资源中找到解释的方案，而不得不大量借助西方的理论和现象作为参照。但西方的理论和现象同样也使我们陷入困难：二者一旦要较真地比较起来，总是存在差异，例如，BOBO族、时尚文化前卫、后现代性等等。如果不厌其烦地加上一些中国、准、亚之类的前缀，也使问题陷于理不断、剪还乱的局面。很显然,所有的比较参照都是相对的,但没有比较参照,我们就没有基本的坐标,更无法进入理解的空间了。

然而,把它看成是一种无谓的历史倒退,不如说一次必要的补课——补上文学现代性的"中产阶级"这一课。从社会历史宏观方面来看,它是中国现代性建构过程中长期缺失的个人主义情感,对人性的心理、隐私、内在体验以及身体的理解和呈现的诸多方面的补充。这种观点肯定要招致非议,现在什么年代了,还要补上"中产阶级"这一课? 首先,这里的"中产阶级"并没有什么可怕,它其实也就是"城市白领",或者说是从小康奔大康的那些人群,它不具有任何政治上的含义;其次,早期现代性意义上的资产阶级与大机器生产相连,而现今的文化时尚的 BOBO 精英们则与信息产业、金融资本和互联网等新技术产业相关,认知方式也不尽相同;其三,它只是一种情感类型,一种生活态度和审美趣味。总之,中国的现代性文学过于匆忙地转向了无产阶级和民族—国家的宏大叙事,现在不过是把被压抑的那些个人化或私人性的情感重新温习一下而已。这确实是一个妥协的方案,它是现代性与后现代性在这个时期互相拉扯获得一个平衡的结果。

我一直认为,对于当代中国来说,现代性既走到了尽头,又是一项未竟的事业。这就是所有问题的聚集点,也是造成矛盾和妥协的现实基础。在当今时代,中国的文化积累、知识教育水准,以及人们的感觉趣味,都在不同程度上混合了现代性与后现代性因素,由此也就不可避免地造成文化生产和接受的主体同时具有现代性和后现代性的双重特征。当然,从理论上来说,就是在西方晚期资本主义文化逻辑中,现代性与后现代性在某种程度上也是混淆的,但二者在混淆中更多融合,它可以恰当地统一在后现代性的文化逻辑中;但在中国当代,这二者之间混淆则更多错位和分裂,其后果则是产生另外的文化逻辑——"后现代的现代性"或许是解释这一文化逻辑的有效概念。在现代性走到尽头寻找它的起源,这本身就是一件不可思议的事,但当代中国始终在一种不可思议的历史情境中走着它自己的路。代价是要付出的,但路还是要走下去。未完成的现代性之路,就不得不在后现代的重叠中一起成为我们绕不过去的必由之路。

总而言之,这种补课是必要的,它表明当代文学在重新寻求它的现代性起源,它补充进那些被压抑和丢失的某些环节。它确实在这种历史恢复的运动中显得稚拙和单薄，但这些个人主义的和人性情感的补充环节，会在一段时期内对当代社会的情感和感性认知方式产生深刻的影响。当然，这也不是单向度的历史恢复运动，它显然只能是在现时代的历史条件下对历史进行的补偿。特别是那种宏大的和沉重的历史感消失之后，那些个人主义和人性的诉求，就不再具有深刻的悲剧意味，其历史震惊感当然也不复存在，徒然剩余个人化的情感和感性体验。历史当然不可能被恢复，所有的"补充"都是一种替代，都不可能是原有物的再现，它必然产生错位和新的缺乏。当代中国文学和文化可能要花上一段时期弥合这种错位，但我们依然可以乐观地看到，经过这种补充和替代，以及对错位的磨合，中国当代文学和文化，会有更充足、更真实的内在动力向着未来建构。作为后现代在当今时代的变形，新新浪漫主义不过是一种过渡，它终究会摆脱它的稚拙和单薄，显示出它的活力和力量。到那时，新新浪漫主义的变形记又会变出什么花样呢？我们只有拭目以待。

第四章

从容中的坚韧:无法穿透的
现代性之墙

　　多年前就有思想家放言"历史已经终结"(福山语),但话音未落,反对声却此起彼伏。世界历史还有无数的故事要上演,各种灾难和悲剧依然以现代性为布景不断发生。接着,亨廷顿提出"文明的冲突论",很是让人们争论了一阵。世界历史还是要展开气势磅礴的争斗场面,这才让人类觉得没有白活。然而,历史并不争气,不管什么样的宏大事件和剧烈场面,都如过眼烟云,人们很快就忘却,记忆模糊,生活依旧平静如水,太阳照常升起,历史依然前行。人们也许很清楚,没有什么力量可以真正阻止人类历史向着它的既定目标走去。历史终结,并不是说历史就这样停止了,完结了。而是说,过去的那种巨大的历史冲突,那种怀疑资本与市场及其价值的态度,都已经终结了。人类现在就朝着西方现代性设计好的历史目标和历史程序前行,就能达到至福的境界。尽管说,这种论断无论如何也不能使人信服,但人类生活在观念上已经超越了具体的历史事件,人类放心地去过好自己的生活,这种信念已经变得不可动摇。这导致人类生活趋于稳定平静的同时,也趋于平淡无奇。

　　这一切也许要怪罪美国给人造成的错觉,似乎这个世界只要有美国就万事大吉了,美国有能力化解一切危机,可以引领人类走向未来。90年代的太平景象也确实培养了人们麻木不仁的态度,尽管其中地缘政治的冲突接二连三,但这都属于局部危机,小打小闹。科索沃冲突迅速就被美国及欧盟摆平,人权大于主权虽然没有为第三世界接受,但今后历史可能就会按照这种方式表演。数年之后,米洛舍维奇被绑到海牙国际法庭,世人对此无动于衷。就是当初那么起劲支持南联盟的中国人，也淡漠无语，仿佛当年南联盟发生的一切，包括群情激昂的炸中国使馆事件，都被时间轻易抹平了。历史又回到原来的位置，一切都恢复得很快，就像一切都没有发生一样。这就是当代历史的超稳定性，这一切如果没有毁灭性的灾难，就不会有根本的改变。

历史意想不到地迎来了"9·11"事件，这无疑是和平年代最令人震惊的悲剧，历史突然间失去了平静。横行世界的美国人，无论如何也想不到他们会遭遇恐怖分子这类克星。全球反恐成为美国的一项国策，这也很热闹过一阵子。随着塔利班的倒台，本·拉登去向不明（多年之后被美国擒获击毙），美国又掌控世界局势，天下又恢复太平。很显然，萨达姆是美国的一块心病，强大的美国已经无法承受再一次恐怖袭击，它甘愿冒天下之大不韪，也要对伊拉克动武。只有铲除萨达姆，历史才能真正终结，世界历史才能一劳永逸去迎接"福音"的降临。美国人可能就是这样想的，也会选择这么做。尽管对伊动武，美国和欧盟——按照拉姆斯菲尔德的说法，那些古老的欧洲国家——已经闹得不可开交，美国与法国几乎要反目为仇了，而全世界的反战呼声也是一浪高过一浪，但这一切都没有阻止布什对伊动武的决心。一开战，布什的支持率就上升到71%。可见美国人大多数还是支持对伊动武的，也可见美国人对现实和未来的态度。"9·11"事件随着本·拉登的消失而使历史恢复了惯常的秩序，对伊动武显然也没有多少悬念，唯一的悬念是伤亡数字。所有这一切巨大的历史事件并没有让人们惊惶失措，也没有使世界历史天翻地覆。人们正在耐心等待已知的结果，所有的温和派都持一个腔调：希望赶快结束战争，减少无辜平民的牺牲。说得多好听，一场国家对国家的战争，居然没有任何悬念，也没有恐惧，只需要有耐心就行。虽然有人说，美国这么干会引起后冷战时代国际政治格局的深刻变化，但除了美国的单边主义会更明显些外，能有什么变化呢？这不过是些好事者自己吓自己罢了。美国要充老大，这是没有办法的事，谁叫它那么强大，其他人都奈何这个霸王不得呢？

这就是世界历史的现场，没有悬念，也没有什么大不了的过不去的灾难。很显然，由于媒体的介入，人们通过电视可以亲眼目睹那些场面，这么倒使那些惊心动魄的事件失去了神秘性，它们的上演不再是不可知的，而是"尽收眼底"。人们都围着电视机看热闹，仿佛是在欣赏一出电视连续剧。这在"9·11"事件时就给人这种印象，现在，对伊战争更是如此。每天滚动播出的电视节目，使人产生严重的错觉，这一切似乎不是真实的，而是艺术的虚构。多看几遍，连好奇心都没有了。最令人可笑的是23日的一场现场直播，美军在伊拉克南部的乌姆盖斯尔小镇上，对付120名的伊拉克士兵，强大的美军一直迟迟不动手。所有的人都搞不懂为什么明明这个剧情可以很快推进，但现场的指挥官就是磨磨蹭蹭，以至于有人怀疑这是在作秀。目的是让人们看看，美国军队不随便伤及无辜，尽可能减少伤亡数字，哪怕是面对你死我活的敌人。另一个令人不可思议的场面，是24日伊拉克人围了几公里长，在巴格达的幼发拉底河畔看伊军搜捕飞机失事的美军飞行员。围观者在这样的时候还热衷于看热闹，仿佛这场战争与他们无关，或者说，他们觉得这场战争就像走过场一样。生活还是平静地继续。连生灵涂炭（这是我们坚持的说法）的当事者们都变成旁观者，变成电视现场转播中的一类角色，真是不可思议。人类历史发展到这一步，还真让人没有脾气。还有什么能让人大悲大恸，还有什么障碍不能逾越呢？

这就是我们生活于其中的历史，它变成了可以看得见的数字化的道路，在这样的时代，文学何为呢？我们一直抱怨文学不能为这个时代制作一些惊心动魄的故事，不能有惊天地泣鬼神的情感，不能有震撼人心的思想，不能有顶天立地的道德……看看那些巨大的实在的历史事件尚且不能打破历史的平静，文学还能有什么特别的作为呢？

也许这就是文学在很长——或者说，在今后的历史岁月中不得不面对的生存空间，历史已然是可以看得到的"未来"，文学不得不在平淡无奇的生活世界里默默行走，没有人会为它激动不已，它也不必大呼小叫，文学终于变成文学本身了。

实际上，新世纪伊始的中国当代文学，并没有对外部世界的惊天动地的事件做什么反应。翻遍那些小说，长篇的、短篇的，好的、拙劣的，很少触及那些国际事件，文学依然怀着它自身的愿望，在中国的狭窄生活圈子，说着中国故事。新世纪伊始的文学，当然也看不出猛然有什么新气象。事实上，这个世纪的伊始，文学的形势就显示旺盛的活力，特别是那些长篇小说，作家们的活儿越做越漂亮，不管是故事、语言还是情感，都做得很到位，叙述舒缓自如，情绪控制恰到好处。这使我们有理由相信，说当代文学自从 90 年代以来就每况愈下这种说法显然是无视事实。现在的作品单纯从文学作品本身来说，单纯从文学作品的出版、发行来说，都不是过去的年代可以相提并论的。很久以来，我们会说，我们失去了文学的时代，或者说，文学的时代一去不复返了。可是，现在，我们也许得说，我们迎来了一个文学的时代，一个文学蓬勃的时代。纵观新世纪伊始的文学，在平静中坚韧地书写着文学自己的故事。没有骚动和喧哗，没有对抗与反叛，一切都是静悄悄的，这就是当代文学的命运，它正视了自己的命运，这就是"是其所是"。我们可以平静地看看最近出版的一批小说，感受一下历史之外的文学书写的人类生活。

一 对人性的绝对叩问

乡村与城市的对立，是张炜写作持续不断的主题，而探究人的自然本性和精神归宿，则是他始终怀抱的信念。2003 年新春伊始，张炜再次以他奔涌的激情，以他惊人的写作速度，又出手一部引人入胜的新著《丑行或浪漫》（云南人民出版社）。很显然，文坛还没有从《能不忆蜀葵》的惊愕中回过神来，人们被张炜凌厉舒畅的长句式搞得心慌意乱，被气韵舒畅的抒情风格弄得忘乎所以。现在，张炜在这条路上显然走得更遥远，也更轻松自在。他的叙述穿行于城市乡村之间，爱憎分明，淋漓尽致，这就是张炜，从来不含糊，不留余地。纯粹的张炜，又一次对人性展开绝对的叩问。

这部小说讲述一个城市男人与一个乡村保姆相遇，却意外发现是二十年前的情人的故事。整部小说除了这一点显得有点生硬外，再一次显示出张炜小说的那种痛快淋漓。张炜的才华无疑令人钦佩，叙述挥洒自如，语言恣肆流畅，尖刻、锐气十足，情绪饱满。阅读张炜的小说无疑是享受一次思想的智慧与语言快感合并成的盛宴，当然，也必然要身陷于矛盾与疑团丛生的困境。关于磨难或罪恶的书写是理想主义伸张的必由之路，还是说仅仅是他锐利的艺术表达的必要领地？激越燃烧的理想之火已然渐渐暗淡，张炜更加不留情面地剖析人性的本质。也许那团理想之火从来就没有燃起——我不是怀疑张炜的真诚性，相反，我坚信张炜是一个极为诚恳的人，我是说，在他的书写中，并没有那团燃烧的火花，那团火只是在他的内心。他的书写其实是怀疑，从《外省人书》开始，《能不忆蜀葵》更甚，而《丑行与浪漫》则更彻底了。"理想"并不真实存在，他的揭露与剖析则是更真实的动作，这就是张炜的力量所在，这就是张炜的文本超越观念的能量所在。

这个叫赵一伦的男主角，一个无所作为的城市男人，他在家里饱受妻子的欺侮，在单位受着女上司的骚扰。这个原来叫"铜娃"的中年小职员，原本也是一个虎虎有生气的山野汉子，在城里怎么就变成了一个甘愿默默戴上绿帽子的萎缩男子呢？城市，这真不是一个男人待的地方。现在，这个生命几乎昏睡过去的男人，在找了几十个保姆之后，居然就找到这个叫"刘自然"的活生生的女人，胸大臀肥，她就是大地自然之母。然而，这样的女人却经受了多少人间的磨难。小说中的大部分章节是关于这个女子找寻她的老师——一个叫雷丁的乡村教师的故事，这个寻找当然不会有结果，那个雷丁转瞬即逝，他的存在就是一个幌子，一个引导性的符号。张炜的目的就是展示这样一个纯粹的自然之母的女子，所遭受的所有的非人道的遭遇。这个自然之母向往的是有文化的教师，教给她知识的男人，那无疑也是她的纯真之爱。

张炜对人性的批判性依然可以列在现代性反思的纲领之下，反思现代性一直是张炜文学叙事的内在筋骨。张炜在这部作品中的反思显得更加彻底，他没有把乡村与城市简单对立，只是以此作为他叙事思考的展开结构。也就是说，张炜并没有简单地美化乡土中国，在他看来，那里也完全异化了。乡村的蒙昧并不比城市的虚假好多少，甚至更糟。这里几乎到处都充满丑行和罪恶，充满暴力和权力的滥用，人对人的残害没有边界。那些乡村的头人与部落的酋长们没有区别，凶恶淫邪，毫无人性。张炜同样打破了人们对温情脉脉的乡村自然主义的幻想，这一点，与张炜过去的小说相比可能走得更偏了些。张炜过去在揭露城市的罪恶的时候，经常寄望于纯朴自然的乡村，现在，张炜把这点余地也封杀了。他要探究的是人的自然本性的理想性到底在哪里？人性的底线在哪里？当然，这一切还是只能来自乡村，来自没有被文明或愚昧污染过的纯粹人性。这确实是一个哲学命题，当然也是一个哲学难题。卢梭当年就说过，思考的状态是违反自然的状态，沉思的人仿佛是变了质的动物。卢梭反对工业文明，反对矫饰的文化。这个一度沉迷于上流贵妇软玉温香的登徒子，后来幡然醒悟，他最终娶了一个大字不识的村妇为妻。卢梭真的找到了自然的归宿吗？他的人性从此就洁净如水了吗？人性就复归了吗？传记作家披露材料说，卢梭把他后来出生的小孩接二连三送到育婴堂这一举动，无论如何也不能说他远离了上流社会的文明，就找到了人性的出路。张炜的解决方案是否也遇到同样的难题？那个回到丰硕的自然之母蜜蜡的身边的赵一伦，就找到人性复归的出路了吗？文学不能解决问题，只能提出问题，只能极端片面地提出问题，这就够了。

张炜这部小说再次以极端的方式书写了人性的罪恶，我们时代最卓越的理想主义者张炜，现在对罪恶的兴趣显然要超过纯粹的理想。显然，张炜并不是基督徒，也不是唯心主义，他并不认为这些人性之恶就是人的原罪，他的思想指向当然是历史异化。理想越来越模糊，但罪恶却越来越清晰，以至于敏锐的陈思和先生以罪恶为主题写作了一篇论述张炜的精辟论文。当然，也可以说揭露罪恶是基于理想主义的期待，可是张炜似乎沉浸于揭露之中，希望却显得渺茫。在《能不忆蜀葵》中，因为借助浓郁的抒情风格，修辞的美感驱散了悲观主义的黯淡；现在，《丑行或浪漫》中，抒情的调子已经压抑不住无休止的磨难，而丰硕的肉感之美，也不足以开拓一片人性复归的飞地。

但是张炜的笔调却变得更加锐利，他不再给人留有余地，正如那个虚伪的画家老莫，一层一层、一步一步揭去了蜜蜡身上的衣服，最后终于使她变得赤裸裸了。张炜也不手软，他追求的是彻底，他剥去了人性所有的伪装，人性变得赤裸了。他现在面对着赤裸的人性在书写，一笔一画，毫不手软。人们怎么就没有一点善心，面对着这个大地自然之母的丰硕女子，人们没有爱，没有善，只是原始的欲望，只是伤害，只是虐待，给她身上，给她心灵上留下一道道伤疤。张炜写到蜜蜡历经的那么多的磨难，他不断地加大力度，把这些磨难推到极端，磨难之路是那么漫长，几千里路，耗时多年。她是在寻找内心的爱，可是她的寻找却变成逃亡，她成了一个杀人犯，成了一个逃犯。一个寻找爱的人，一个爱着的人，现在变成了一个有罪之人，而真正的罪犯却逍遥法外。罪恶与善，在这样的历史中被颠倒了。然而，谁能把它颠倒过来呢？这是一次绝望的追问，张炜的理想主义图景在哪里呢？所有的爱，真、善、美，现在只存在于这个丰硕的肉体里——这个来自乡村的历经磨难的身体，张炜带着爱欲反复书写的身体，这就是爱之永驻的理想肉身。真是丰饶啊，这距离自然人本主义只有一步之遥了。张炜没有弃圣绝智，他比卢梭更清醒。智慧的张炜，让这个大地之母不会生育，但却会书写，她"有好大文化哩"。乡村、自然人本主义、肉身，还是不能没有文化，没有书写。她一直在书写，那个充满感恩之夜，她关起门来一直书写，"怎么也写不完"……她在书写什么？这是一个谜，这是张炜的理想主义之谜。

二　历史轮回与"现代性"之坝

　　虹影在 2003 年伊始，突然出版《孔雀的叫喊》，这确实令人吃惊不小，吃惊的不只是因为她惊人的写作速度，同时也是虹影如此面对中国当下现实的直接态度。在国内文学界，虹影主要是以一个备受争议的前卫小说家和情爱故事高手的形象引人注目。她的小说总是虚构色彩浓重，这一次，她居然要对国内少有人问津的三峡大坝展开小说叙事，这颇有些令人费解。实际上，在国际图书市场上，虹影是以"河的女儿"的形象受到关注。她的那本在海外图书市场上的成名作，在国内的书名叫"饥饿的女儿"，在国外的英语本和其他语种的译本都称作"河的女儿"。1998 年中国长江流域发大水，当时英国和德国的报纸都开出醒目的版面，采访虹影，请这位"河的女儿"对中国的水情发表高论，可见"河的女儿"之有象征性。这次她对三峡大坝进行发言，我觉得是她过去写作延续至今不得不应对的一个难题，因而《孔雀的叫喊》是一个很真实的喊叫，是她发自个人经验的、内心的喊叫。

　　虹影这本书可以从不同角度去读解，可以从宏观的"离散文学"、全球化、平民意识、反市场的"新左派"策略等等方面去阐释；也可以从非常平实的阅读感受和审美经验角度去理解。但是，在这里，我想从她的文本中隐藏的叙事关系去理解这部作品。

　　这部小说的直接叙述动机来自修建三峡大坝引发了作者的忧虑情绪而要写出她的内在感受。这在这部作品的封底，以及虹影自己为研讨会做的说明文字都可以看出。175 米的大坝将淹没移民 100 万，高峡将大半落入水中，举世闻名的风景区，无数的文化遗产将不复存在，这是令长江边生、长江边长的作者最为痛心的事。这些草民的历史，这些不断被涂改的历史将被淹没。虹影一直在书写草民的记忆，原来是河的女儿，这次是面对大坝，写大坝绝不是简单地去迎合市场，而是作为河的女儿，在大坝的面前，应该去表达她的声音。然而，小说叙事是如何处理这些故事的呢？像虹影这样的小说家是如何呈现出她的内心呢？

事实上，这个"大坝"——这个巨大的大坝在小说中并不常见，几乎没有多少正面的描写，它实际上是缺席的。但你时时感觉这个大坝的存在，这个不在场的大坝是一种象征物——它把历史与现实连接起来。一方面是现在的"大坝"，这个触发了作者反复思考、忧心如焚的大坝；另一方面是历史，巨大的现代性的中国历史；以及那个"我"的出生之谜，或者说那个关于"转世"之谜。虹影试图从现在迈入历史，但她怎么能进入另一个历史，甚至是另一个世界，那个转世的世界呢？确实，那个巨大的现代性的暴力革命历史，怎么与现在的这个大坝的历史连接起来呢？只有"转世"，可是"转世"——这个迷信的软弱的，难以令人置信的历史变化，就像中间横亘着一个巨大的历史大坝一样，虽然这是一个无形的大坝，但我们并不能进入那个历史。虹影就这样坚决而徒劳地进入那个历史。这种叙述真让我惊奇，她就是这样把两种历史，奇特而巧妙地联系在一起。

在我们阅读这部小说的时候，可以看到非常具体，非常个人经验化的叙述。虹影用平易的方式切入，但是里面的东西却相当复杂。单纯中可以透示复杂，也可见其叙述上非同寻常的能力。这里有两个主线，或者说两个叙述视点，其一是陈阿姨的视角，另一个是柳璀的视角，这两个女性的视角共同推进这个故事。这两个历史是完全不同的历史，他们在这里交织，在这里互相寻求他们的过去与未来的一种关系，这个关系在这里最后是陷入了一种困境。陷入了困境的根源在哪？一个是前现代的女性——乡村中国的妇女；另一个柳璀是一个后现代的——她从事基因生物工程研究，这个可以看成后工业化社会的典型标志，其相关的伦理正是未来人类最根本的困惑。作为一个前现代的女性，陈阿姨是一个草民，讲述关于草民的历史。在现实的层面上，这个草民历史正在被淹没，被现代性的大坝矗立起来的大水所淹没。这正是虹影写作的首要动机，她忧虑之所在。然而，草民有历史吗？什么才是草民的真正的历史呢？小说叙事展开了历史寻根,她回到中国现代革命的历史中,陈阿姨、红莲、和尚……这些人,这些芸芸众生,被卷入那个巨大的现代性的革命史,他们被历史轻易地淹没了。柳专员用暴力革命常见的方式轻而易举理所当然就否定红莲、和尚这些人。

小说叙事选择两个女性的叙述方式,她是把前现代的女性在一个后现代的女性眼中去呈现出来。这里她们交织在一起,呈现了中国从前现代进入现代的一种困境。而这种观看的视角是后现代的,是从柳璀这个从事基因工作的后现代生产力(或生产关系)中的女性来看的,她看到现代性的巨大力量。柳璀的视角也是虹影的视角,这是一种价值观的角度,更重要的在小说文本中是一种叙述的视角。她不经意就把后现代性的叙述视角加入进来了,或者说隐藏于其中,最后才让人恍然大悟,隐匿了这么一个折叠于其中的视角。她要把后现代性的叙述淹没前现代的历史,但她越不过历史,后现代淹没不了那样的前现代历史。

这两个女性的对话中间横亘着历史,这个历史的跨度是如此之大,半个世纪的长度,这使她们的对话出现错位。激进的中国现代性的历史——这个激进的、革命的历史,就像一个大坝武断地横竖在长河上一样。现代性历史的象征性隐蔽于文本叙事之内,而我们明显看到或读到的是这个呈现于我们面前的这个现代性的大坝。现在,这个大坝又具有了某种后现代的功能,它迎来了中国社会的巨大的发展,对这个大坝我们能够说什么呢?我们感觉到所有的言论撞击到这样的大坝都被弹了回来,因为它确实是非常的巨大,它把我们那么长远的历史突然间就阻隔了。

它使当地的经济据说是往前提升了 25 年,那么对当地(西部)GDP 的增长,西部开放的促进将有多么重大的作用,这都有很多的数据,都有很多的说法。这个大坝创造了一个省份,它带动了相关的产业,特别是水泥制造业、钢铁制造业以及西部就业。在对现代性的大坝进行怀疑的时候,我们又不得不面对中国的现实。中国有大量的农村剩余劳动力,这些庞大的剩余劳动力集中在西部,这点我们又不得不说,它的存在有它某种合理性,整个西部的那些准现代的制造业都依赖这个大坝生存。我们都必须看到,中国要成为现代化的国家,要非常紧迫地进入后现代的市场化国家,它所付出的代价也是非常昂贵的。它既是一个阻隔,又是一个天堑变通途,又是一个便捷之路——它是这样一个桥梁,是前现代直接通向后现代的桥梁，所以它具有超常的象征意义。

虹影的写作确实熔铸了对中国复杂历史关系的叙述，这些问题是通过两个女性对她们自身命运的呈现和反思来表达的。从事基因工程的女科学家，面对陈阿姨（前现代农村的妇女），她们的历史是怎么被现代性的压抑改写的？这个历史如何转化为当代的历史？陈阿姨其实是一个视角，陈阿姨的故事真实包含的是红莲的故事。这是陈的叙述坚持要表达的真实内核。这个内核以一个前现代的女性，她生命的存在，她的被蹂躏的肉体和命运，如何被卷入了这样一个庞大的现代性的历史，她被草率、轻易地消灭了。

这个历史很有意思，它颇有点后现代式的折叠重复。柳瓘的父亲就是柳专员，那个无情枪毙可怜的妓女与和尚的干部。现在谁在为他赎罪？没有。柳瓘也没有。她又面对着那个据说是转世的陈月明。这个倒霉的人是唯一对长江文化遗产，对自然之美存有留恋的人。其他的人，所有的人，都被眼前的利益所吸引。在现实的表层之下，却是这些关系：革命、赎罪、轮回……千丝万缕地勾连在一起，它们折射出那些历史死角。

这里的相互联系和纠缠颇为混乱，虹影试图用后现代的视角去看它的时候不得不陷入困境。很显然，柳瓘（还有虹影）之所以陷入迷惑，这就在于出现了另一个问题，也就是关于基因与轮回的问题。轮回是一个前现代的希望，所有的希望是寄托在轮回上，它没有别的希望。所以在小说的叙事中，这个红莲就转世为陈月明。转世这种希望，确实和基因放到一起，这个构思很有意思。在后现代的时代看起来，作为一个后现代的基因生物科学家，她去反观父母的命运的时候，结果却陷入了关于轮回的故事里。这样一个反思现代性革命的历史却怎么又夹杂着轮回的观念呢？这是虹影要的诡计。她知道那个历史与现在这个历史的连接非常困难。除了轮回，怎么能连接在一起呢？然而，轮回在这里是这样的虚假，小说也不了了之。除了这是一个预设的观念，这个轮回没有更有效的实际功能（包括思想的和叙事推动深化的功能）。但这种象征意义却起到作用。这样使这个从事基因高科技工作的人，这个重新创造人类生命的神话的主人公，陷入了困境——到底这样一个科学技术能不能使我们转世。现代性通过暴力转世——一种很值得怀疑的转世；而后现代的基因克隆技术也是转世的另一种形式，它又如何呢？

我们生长于这样一个历史中，从前现代到后现代，是被强行地改变了。实际上，在现代性的革命暴力中，在民族国家的巨大的叙事中，这个"轮回"没有生存下来，它变成了一个草民——一个叫作陈月明最无用的人，他与那个历史记忆已经无关。历史依然重复如故，现代性的历史却蓬勃旺盛，一条巨大的大坝变成了历史的通途。而历史（文化的革命的）与草民的历史已经被淹没，历史记忆被抹去，只有无望的轮回寄寓可有可无的希望。虹影后现代式的叙述并没有充分展开，她也遇到现代性的大坝，她不能全然否定和怀疑它的权威性，它的历史功效。那些草民也不是无可指责的，虹影一再批判了他们的可悲的毛病。柳璀也没有洞悉全部生活的奥秘，她只看到了那个若有若无的丈夫的情妇，她就垮了，而她能在精神上复活，则又只能寄望于情爱，一种世俗的家庭伦理。她回到现代性的世俗秩序中，正如虹影最终没有展开关于基因与轮回的对话一样。后现代式的叙述没有淹没前现代的历史，因为中间横亘着现代性的大坝。我们都热爱现代性，在审美经验上，我们都未能超越现代性经验。因为我们一直在指望现代性的大坝成为超度之桥，这使我们只能生存于大坝之下，就如我们的全部现实。

三　在爱欲的尽头舞蹈

这么多年来，没有人像海男那样不知疲倦地在语言之路上奔跑，不多的人注视着她，难以理喻她的动机、她的动力和她的目的。这一现象并不令我困惑，但却令我担忧，她到底要往哪里跑？2003 年伊始，当面对着海男的新著《极地之恋》，如此专注于虚构的文学文本，我确实陷入困窘。我感觉到海男依然在奔跑，她和这个多事的春天无关，实际上，她从来就与现实存在无关。《极地之恋》让我再次注视她执拗的背影，隐约中我似乎领悟到一点本质。我想，海男如此坚决地在爱欲编织的语言之路上奔跑，其实质就在于，她始终向着爱欲的尽头奔跑。只有在这一意义上，才可以理解海男的写作，理解海男对语言，对小说的诗性，对爱欲神话的顽强表达。

像海男所有其他的小说一样，这部小说当然也包含着异域风情。作为少数民族的女子，生活于边陲地带，海男的写作不管从叙事风格，还是语言修辞，她的故事模式，以及她表现的人物环境，都带有很强的异域情调。但这部小说，可能是她所有小说中最富有异域特色的作品。小说的故事发生于中缅边界地带，时间是日本殖民主义侵略东南亚的时期。在这里，多种民族的人们在这样特殊的历史时期相遇，巨大的历史冲突与人性的自然要求纠缠在一起，到底什么东西决定了人的选择，决定了生活的发展方向，这也许是海男想要探讨的。

尽管这部小说在叙事方法方面比海男过去的小说更加清晰且带有现实/历史色彩，但依然延续海男始终关注的主题，那就是爱欲的根本含义。

多年来，海男执拗地追究爱欲的根本含义。她关于爱欲的故事，不仅玄奥，而且总是处于流动和易变的状态。那些爱欲不能停歇，不断地替换，在语言强大的洪流的席卷下，爱欲始终没有终结——这就是爱欲的尽头。无法终结的尽头，就是海男持续而顽强地追逐的目标。确实，她始终在尽头——尽头不是某个点，而是一段没有终结的永远靠近终点的那种距离。对于海男来说，爱欲的尽头就是她的文学天堂，她的语言、想象和才华尽情挥洒的地方。

《极地之恋》在最初的阅读中，或许会令人担忧，海男又一次写到性爱。小说写作性爱这当然是小说的天然权力，可是像海男这样在小说叙事中密集地描写性爱，不断地持续、重叠、反复，她如何不被淹没于其中呢？那个叫作刘佩离的男子，开始是和一个叫李俏梅的小女子私奔；接着又跑回家被逼与一个小脚女子成婚；随后又是出走，到异域他乡做苦工，随后成为成功的玉石商人，又与当地女子发生关系；更为奇特的是，刘佩离与英国女人诺曼莎的情爱，其中还穿插着李蜜蜜与日本人三郎，日本骑兵队长与诺曼莎，以及刘佩东对诺曼莎的狂热之恋……不管怎么说，一部篇幅并不算太长的小说中交织了如此大量的情爱关系，还是显得不可思议。海男为什么要以这种方式来讲述爱情？她是一个成熟的作家，难道不理解集中笔墨于两三个主要人物身上，如果写到情爱，贯穿于始终，效果可能会更好？

但海男有她的想法，海男并不想去构造一个美妙动人的爱情故事，她怀着对爱情的质疑与揭露去书写爱情。在她的书写中，爱欲是所有爱情的出发点，爱情终究都要被损毁。刘佩离经历过各种女人，就像河流穿过山谷，他不能停息，他没有眷恋，他的命定目标是穿过，持续地变换，达到尽头。海男关于爱欲的叙述几乎是在蹂躏爱欲，以及爱欲中的人们。把他们驱赶向爱欲，然后又把他们驱逐开。他们奔赴下一个目标，但依然是一个暂时的停泊地。刘佩离就是这样一个被欲望之火燃烧的人，他无可逃脱，注定了是从这个女人到那个女人，他疲于奔命，但永不松懈。如果把刘佩离仅仅理解为是一个被爱欲驱使的人，那就过于简单了，那显然也把海男的这部作品简单化了。实际上，循环往复地穿行于爱欲之中，这只是刘佩离生活的表面现象，他的本质在于他是一个坚忍不拔的男人（一个面对白玉，顽强追求自己理想的人）。在海男的故事里，我们逐渐看到刘佩离的本质：他从一个颠沛流离的人，变成一个成功的玉石商人。海男试图通过这些不断出现的爱欲，来铺垫人物的成长经历。正如从情欲到爱欲再到爱情的过程一样，刘佩离的成长史也是肉体到精神的变异史。

　　然而，现在，爱欲的尽头之外发生了变异（断裂）：爱欲的尽头不是爱欲，而是更为现实化的历史实在性。刘佩离被卷入了历史，从爱欲的尽头走向了历史。这在海男所有的书写中，都是奇异的转折。随后的叙述虽然还有大量的爱欲，然而，它无法压过强大的历史。这个在中国经典的历史叙述中可以立即印证的历史出现了，刘佩离在殖民主义和帝国主义的历史叙述中，转化成一个具有历史内涵的男人。他的阶级属性、文化身份、在民族—国家的历史对抗中所承担的功能，这些都在刘佩离的身上体现了。这个曾经纵情于爱欲的男人，在殖民地的历史压迫中，成为一个坚韧的忍受者和反抗者。刘佩离一度凭借为日本侵略者煎熬中草药而获得日本人的信任，但这并没有成为他苟全性命于乱世的依赖，而给予他报复的机会。尽管在海男的描写中，刘佩离走近日本人，是为了寻找两个女人，即私生女儿李蜜蜜和诺曼莎。他希望穿越日本人的帐篷，寻找到消失的两个女人，然而，他穿不过历史实在。海男也穿不过，她不得不考虑，在这样的殖民主义时代，爱欲的尽头没有伸向天国，它被现实的生与死的严峻考验所打断。刘佩离行使了他的报复，在给日本人的药罐里下毒，刘佩离总算与历史接洽上了。他离开了爱欲的极地，回到了历史。海男多年来写作男性都难以摆脱概念化的迷宫，我们一方面惊异于她在概念中兜圈子的超人本领，另一方面也为她才智的超量挥霍而惋惜。在这里，海男的极地之舞没有继续下去，她转向了历史，转向了更具有冲突性的现实悲剧。

　　尽头也可以被表现为多极状态：抽象的概念领域和现实的极度悲剧性

境地。在这里，李蜜蜜也卷入历史实在性的悲剧。然而，海男并没有把刘佩离历史化的叙事贯穿下去，李蜜蜜经历短暂的现实悲剧后，她又走向了更为理想化的爱欲极地。对于海男来说，历史/现实化只是暂时的，她又把小说叙事拉回到爱欲的极地。只要回到这个极地，她就不受历史/现实逻辑的束缚。三郎用一块军用毯子包好他和李蜜蜜的儿子，到树林中饮弹绝命。这一切都是爱的力量，现在，情爱、情欲都让位于纯情，在爱欲的尽头，历史、杀戮、摧残、罪恶都消失了，纯粹之爱照彻了血泪横流的历史原野，照彻了仇恨、耻辱和债务。

这部小说不只是再次显示了海男的语言才情，也表现出海男对一种复杂变化情境的把握。这里面的人物都显示出一种独到的偏执性格和心理，这使她笔下的人物都显得有棱有角。海男宁可使人物显得不可思议，也不愿意让她笔下的人物沦为寻常庸碌之辈。赋予小说及其人物以诗性，这无疑是海男与众不同的地方。海男因此也是一个极有争议的作家，欣赏她的人会认为她是一个才情超常的作家，而怀疑她的人则会认为她始终在一个地方行走，就像她在爱欲的极地舞蹈一样。

就这部作品而言，海男确实想重新来理解历史和人性，她做了大胆的探索，超出了我们的常规和常理。她始终在书写爱的神话，她寄望于这个神话能替换历史和现实，能够承载我们超越历史和现实。海男是天真和善良的，要打破这样的幻想并不困难，但"这个魔法般的时刻，就是爱情，就是拥抱，就是永远"——文学难道不应该享有这样的时刻吗？

四　在偏斜中发掘荒诞的诗性

荆歌于不知不觉中几乎就要成为当代最优秀的小说家之一，确实有点神不知鬼不觉。翻开报纸杂志，已经很容易在显要位置发现荆歌。荆歌的写作已有多年，但麻木不仁的文坛并没有感觉到荆歌的存在。这使荆歌年纪轻轻，就显出大器晚成的模样。现在，荆歌就置身于人们的面前，他的写作变得不容置疑，既是一个暧昧的嘲讽，又是一个明显的问号。接受和承认了荆歌的小说，等于当代小说又进入到某种阶段，即"把小说当作小说写"的阶段。

如此说来，似乎咄咄怪事。把小说当作"小说"来写，这有什么稀罕?难道这也值得称道吗?问题也许就在这里。事实上,长期以来,我们把小说当作一种复杂的认识体系和无限的艺术表现来看待,这显然是现代小说兴起的理由。小说作为认识社会历史、认识人性的深度的反映物,或者作为一种美学理念和理想的体现,这当然是现代性设计的结果,无疑有其历史的合理性。但随着巨大的历史想象的终结,随着社会历史的共同理念的缩减,小说的意义越来越有限。小说不过就是一种娱乐形式,一种有限的艺术表现。但这并不意味着小说容易和简单了,而是小说可借助的外部的意义投射机制大大减少了,小说要依靠自身的力量来确认自身的存在。

20世纪80年代后期,马原的小说曾经在意识形态缩减的时期起过作用,马原的叙述圈套把小说拉回到文学本体。在那个时期,马原可操作的余地也很大,因为关于小说本体论的梦想,就是一个强大的艺术想象,甚至可以说一种艺术的意识形态。随后的先锋派的语言和叙述的实验,也因为面对现实主义艺术规范的突破,而具有"深远的"意义。它们从文学史的前提,从美学变革的意义那里获取小说存在的理由。90年代初,放低形式主义特征的"晚生代",也几乎是从中国当代剧烈变动的现实那里获得新的资源,只要直接地表现现实,小说就足以构成一种艺术想象。但在今天,文学史给予荆歌们的已经所剩无几,他们不再可能从外部——从单纯的文学文本的外部,或者更具体地说,从正在写作的这一个文本的外部获取附加的意义,而是要凭这个文学文本自身的能量来建立自身存在的理由和意义。显然,后者的难度越来越大。

在这样的历史情境中,荆歌不知不觉地出场了。荆歌的小说就是小说,就只是小说。他把小说写得有滋有味,所有的意味都在文本之内,都在他的叙述和语言之中。失去宏大的背景,他只依靠小说发掘的那么有限的一种生活状态。这种生活状态已经很难还原为现实,它只在文本给定的有限的情境中产生快感和阅读效果。当然,更严格一点说,荆歌过去的小说依然在一定程度上具有还原性,也就是说,可以还原到社会现实中加以理解,也不乏相当尖锐的批判性。2003年初出版的《鸟巢》似乎走得更远些,把他的小说态度推到更极端的地步。

荆歌过去的小说也有不少差异,他也不断地以他的方式在寻求变化。但不离其宗的是,荆歌的小说总是回到小说本身,他专注于小说的"小说性"。荆歌的小说关注平实的生活，关注普通的社会边缘化的稍稍怪模怪样的人物，他的故事并不特别离奇，也不咄咄逼人，却总是有声有色，经常妙趣横生。如此看来，荆歌的小说就是在寻求一种"细微的怪异"。他不寻求巨大的社会背景，也没有生活的大悲大恸，也看不出他的艺术表现形式方面的明显而强硬的变化。只是生活在某个部位，在某种状态下略微变形，从这里闪现出存在的荒诞和诗意。

《鸟巢》讲述一个师专学生在学校的经历，这段经历围绕那个叙述人"我"与柳健的暧昧同性恋展开，这种暧昧的情感若隐若现，始终弥漫于小说中的人物关系之间。荆歌的小说总是抓住略显怪异的边缘人物，这个"我"，敏感、脆弱，对异性怀有某种恐惧，这使他可能向着非常态的性取向发展。他喜欢上那个开放的、无拘无束的柳健，那种心理显然被写得怪模怪样，而又细腻富有层次变化。荆歌小说中所有的人物和事件，都稍微偏离正常轨道。就那么一点偏斜，事物获得自由。荆歌的人物和事件也是如此，偏离了正常的秩序和轨道，他笔下的这些人都获得自主性的活力。他们按照自身的逻辑，在略微偏离生活边界的那个地带活动，他们显示出另类的姿态，显示出真正的超越存在的荒诞诗意。那个"我"、地瓜、纯思、柳健、大河马、小安，以至于着墨并不多的罗丽老师和小护士，这些人物粗看上去没有什么奇特之处，仔细琢磨又全不对头，他们分明处在一种不正常的状态。每个情境荆歌都要把它推到偏离正常的状态，从中获得生活歪斜的那种效果。荆歌并不做过分的夸大，不需要捧腹大笑的效果，他总是要寻求略带苦涩的，无可奈何的那种生活破裂的感受。他以这种方式来抵御生活强制性的逻辑，消除我们自以为是的那些生活真理和绝对价值。

荆歌的小说有一种持续的力量，那些细小琐碎的生活环节在他的叙述中，并不显得散乱，总是有一种持续的推动力在起作用。究其根源，在于荆歌始终把握住人物、事件和事件发展的状态，也就是说，它们始终处在一种偏斜的状态。偶然处置这种情境并不难，难能可贵的是荆歌始终能把握住它们，给予它们以这种状态，它们始终以这种状态存在并走着自己的路。正因为此，荆歌那些对人物心理和性格的描写就显得非常独特，细腻而显示出韵味。例如，对小安的那双手的描写：

小安的手也许是世上最美的手。她的双手，捂在印箱上，灵巧地印制照片的时候，我会看得发呆。我的全部注意力，都集中在她的一双手上了。手指细长，但见不到骨节，指窝若隐若现。这些手指看上去是那样的柔软，用水草来形容，是一点儿都不过分的。我与小安，仿佛就像两条鱼，浮游在红色的水里。而她的手指就是水草，随着水流而轻曼地飘动。

多少年之后，"我"与小安重逢，小安美丽的手已经断了一个手指头，她戴着手套的手只是显得奇怪而滑稽。一样的情境，却已物是人非。那种感觉和体验就显得非常动人，它们怪异却生动，绝望而又倔强。

荆歌的小说似乎越来越注重连续性和整体性。在这部小说中，可以看出那架照相机所起的特殊作用。正如小说的故事从考试到毕业工作有它的完整性一样，那架照相机也经历了它的借用、丢失和找回的完整经历。荆歌围绕着照相和这架照相机，发掘出了无数的故事环节，它使故事的发生发展具有一种自然的连贯性。这也许是荆歌高明的地方，他可以把小说中一个事件、一个道具的作用发挥到极致，就像他可以把生活中的一个细节和情境的意味发掘到异常的地步一样。围绕照相和照相机，所有的人物命运都发生不同程度的变化，有的是毁灭性的，例如大河马，他居然因为把照相机丢了，寻找照相机发现死尸而成为杀人嫌疑犯，他的生活几乎全部被照相机颠覆了。而"我"和地瓜的关系，都因为这架照相机而被重新决定和变异。人与人的关系，在这里通过人与物的关系折射出来，就多了一个中介作用，因此也显得有层次感，有了更多的空隙。不断地寻找生活的空隙，这就是荆歌的不同凡响之处。

当然，荆歌的小说也面对难题，当他把生活改变成一种偏斜状态时，当他始终把握住这种状态时，他不能撒手，他本身也被这种持续性的力量推动向前，但哪里是终点呢? 怎么走向终点呢? 这些快感的游戏，它只是纯粹的游戏吗? 尽管从解构主义者的角度看来，游戏是一种真正的自由状态，但它如何给它们以更深厚的意义，却始终是荆歌所困扰的问题。这个问题荆歌没有解决，我们也没有解决。荆歌意识到这点，在他的小说中，他需要整体性来规范这些怪模怪样的已经偏离了正常轨道的人物和事物，于是经常求助于一种突破性的效果。就像传统小说中的高潮一样，他要打破这种一步步持续的发展情境，他想获得一种更强有力的表现状态，把他的小说推向高度和深度。但这种效果总是成为荆歌小说中的陷阱。在《爱你有多深》中，后面出现的那个日式餐馆的女老板美代子和马红，在《鸟巢》中后面出现的纷乱的生活及其快速的变化，给人的感觉是，荆歌急于结尾，急于要收场。他要把那种更复杂的东西赋予他的小说，但不协调的因素也会由此产生。这确实很困难，荆歌似乎并没有完全走出传统小说的路数，他还无法放弃深度意义和现实还原的可能性。他还在摸索，或者说，寻找一种方式，不需要大刀阔斧的革命，只需要偏斜和调和，就能获得更有效率的小说表现形式。这是荆歌的妄想，还是当代小说的困境？

不管从哪方面来说，荆歌写作的意义都是值得重视的。荆歌试图在没有背景的舞台上表演，光秃秃的舞台上站立着认真而又不正经的荆歌，他的小说是一种炫技，也是一种快感游戏，这是当代小说上演的最后的节目吗？荆歌是来助阵，还是来搅局？这个大器晚成的家伙，还是出场得太早了。不管如何，当代小说有了荆歌，就有热闹，就会有趣，就有看头。

五　穿越过当代生活的废墟

李师江在当代文坛的出现，无论如何都显得生不逢时。这个据说长相腼腆的小个子年轻人，无所顾忌地挥舞着汉语言的碎片，真想不到他投出的子弹像是打在棉花被上一样，回声并不响亮。该死的闷着头早死了，没死的充其量也就喝两声倒彩，真为李师江惋惜呀！想想当年徐星、刘索拉算个啥玩意儿，不就伤感现代吗？就是算上朱文韩东又如何呢，李师江哪点输了去？就"弟弟"那两下演奏，藏着掖着，李师江可是跳到桌子上，正儿八经把家伙掏出来亮相。看看李师江最近出版的长篇小说《爱你就是害你》（2003年1月长江文艺出版社），真为李师江叫屈。如此淋漓尽致的表演，怎么就没有反响呢？时代，时代，这不是一个麻木不仁的时代，这是一个司空见惯的"屎袋"。李师江不就是要排泄吗？有多少照单全收。李师江们还有什么招数吗？

如果仅仅是"下半身写作"，李师江真是屈才了，那也看低了李师江。实际上，李师江的"上半身"看上去也很美——这是李师江最不爱听的话，可是这才可能接近李师江的本质（如果李师江有本质的话）。

当然，这里的"上半身"并不是指在这本印刷颇为考究的书的封底印上的那些美妙动听的词句。看来李师江也不能免俗，亲友团一起上，那些溢美之辞真得有雄厚的脸皮才经受得住:"他是我们时代的塞林格，具有真正的麦田守望精神"(虹影语);"李师江的小说中有一种汪洋恣肆的能力，这种能力可以被视为是一种'小说天才'";"李师江已掌握了小说世界的秘密，带给我们的是气质鲜明的小说……单凭这一点已经超越了国内绝大部分'作家'的同行"(尹丽川语)……实在不明白尹丽川小姐为什么要给"作家"上打引号，可怜的中国绝大多数"作家"，在尹小姐眼里被带上了两根小辫子。如果这样的话，那不是把师江老弟给贬低了?那师江充其量也就是个刚合格的作家而已。看来，这帮哥们姐们对文学还挺理想主义的，不是什么人都够得上格的。可李师江够上了，因为他的下半身吗?错矣，错矣!李师江在本质上与我们现行的文学没有什么区别，他的小说之所以有"味道"，不在于他排泄出的东西，恰恰相反，是另一面，与排泄无关的东西。

李师江的小说确实有一种勃勃的生机，锐利而精彩，这在于他的小说叙事始终焕发昂扬的斗志。那就是不断地与自我战斗，把自我剥干净(当然首先是下半身)。为了追求真实和纯粹，李师江干脆让他的小说人物就叫李师江，仿佛这一切真的都是李师江的写照。他把自己作为底层的小角色来处理，对社会压抑强烈不满，愤愤不平，不掩饰身体的欲望和内心的卑琐。他不断地口吐粗话，动手动脚，搞和干，很起劲地做着一切事情。青春期的骚动，狂躁症被表现得相当充分，那种生活状态充满了破坏和自我毁灭的可能。男女关系不再是传统老派的"爱"，而是欲望、厌倦和忿恨。对社会的不公正，对随处可见的权力泛滥，对可笑的利益欺骗，确实表现得非常彻底。但如果仅止于此，李师江也没有什么新鲜的，早就有塞林格的《麦田守望者》、米勒的《北回归线》、朱文的《弟弟的演奏》和《我爱美元》等作品。这种青春期的情绪发泄的作品，在任何时代都有，都如过眼烟云。就算李师江走得更激进，更纯粹，明确标榜"下半身写作"，那也不过五十步和百步的差别而已。而且，如果仅只如此，李师江的小说更显得单一和粗鄙了。

李师江的小说还是经历了一种回归，不知不觉的浪子回头的转换模式。这种方式对于他的小说叙事来说是自我反动和颠覆，但却无意中拯救了他，给予他的小说不只是情绪、情感，而且也是审美意味上的一种更为自然、复杂而生动的多层多元质素。

小说中的李师江始终具有双重性，在前半部分他努力表现下半身时，并不经意看到他对自我的塑造。那个追求身体欲望真实的家伙，也追求内心真实。他始终是个诚实的人，反对虚伪。在所有违背道义和责任的地方，他都找到理由自我解脱。小说也不厌其烦地给那些不道德的行为配上合理性的解释。例如逃避福州的那个精神病恋人刘畅，不仅有很多的理由，还有很多补救的措施，他一直费尽心机去寻医问药。在很多事情上，这个李师江做人认真，坦诚，无私，甚至勇于牺牲自己的利益成全别人。在小说的后半部分，他的优秀品格一步步地冒了出来。他与田恬始终保持的温情脉脉的关系；他与早期恋人的表妹陈懿同居一室而始终“不干”……所有这些都进一步表明李师江是个正直坦荡的人。小说中的每个人物都写得活灵活现，特别是对那些年轻的女性，几乎是把她们放在道德的天平上来过秤：虚伪、做作、矫情、自私，没有克制力，没有理性和目标。真为李师江捏把汗，解放了的女性真让人疑心是不是已经妖魔化了。好人/坏人，正直/虚伪，高尚/卑劣，无私/自私……所有这些道德范畴和价值认同，在李师江的叙述中都泾渭分明，都明确规定了等级界线，它们都没有超出常理和经验还原的范畴。李师江对人的观察、分析和判断十分毒辣且入木三分，使人不得不惊异于少年世故。“下半身写作”的人终究要提起裤子，终究还需要德行。他不能把自己剥光，其道德上的自我慰藉还相当强烈。那些粗野狂躁的东西是干什么的呢？只是表象、表演和铺垫，它们只是塑造“真人”原材料——这个俗而又俗的人其实是个超凡脱俗的人，这就是他内心挥之不去的自我。小说的最后，李师江送走了陈懿（始终没有干），而且以委婉的方式宽慰了田恬，那个李师江终究完成了道德或精神的自我完善。他自我流放，而最终又把自我交还给庸众的道德谱系学，在这里面才给反叛的自我找到皈依的牌位。

这个皈依绝不是败笔，不是怯懦和无能，这还说明李师江有底线，还颇有节制，意识到上半身的重要性。穿越过生活的废墟之后，李师江看到生活的极限，而且看到极限处透示出的希望。那些如期而至的和隐蔽的情感，不只是注入了一些补充性的情绪，它们反倒使那些粗野中透示出一些安静平和。一味的波西米亚并不难，而小资的写作总是令人难堪。从下半身而能透示出一些小资，一些含混不清的中产阶级绅士的愿望，它们还真有些奇妙的作用。李师江的小说是质感的，其才华毋庸置疑。小说就是小说，不是吵闹，不是撒野（当然也不是撒娇），它是关于语言、描写、人的内心和关系，以及情感的层次和节奏的艺术。外表的一切都因为有这些艺术的内在性，美学上的质感，它才可以汪洋恣肆，肆无忌惮。

聪明灵巧的李师江很快就会明白——也许他早就明白，写作不是下半身的事，写作终究还要靠上半身。他的惊人之处就在于：他能把上半身藏在下半身。

这就是2003年初的小说的某个侧面，我的阅读面和兴趣显然极其有限，这能说明什么，能证明什么？没有，什么都没有。但是，我也不希望我的描述毫无实际意义，我想反复证明的也许就是，当代中国文学（或者说小说），并不像流行观点所说的那样每况愈下，相反，我看到我们的作家越来越成熟，越来越有艺术水准。而年轻的新锐们也劲头十足，出手不凡。只是我们所处的历史时代不再骚动不安，历史在平淡与预料中行进，生活日复一日，人们已经没有了情绪，我们如何指望文学惊天动地呢？它能在平淡中坚韧地行进，就能生存下去，文学就有未来。

第 五 章

"凿空"西部的神秘：生活的肯定性[*]

　　西部文学一直以"神秘"为其文化属性以及美学特征，相比较起非西部的文学，西部文学这一特征无疑是可能的，也是可以被感知和被论证的。但我以为不应当以"神秘"将西部文学本质化，甚至一体化。似乎只要是西部文学作品，就可以"神秘"论之，这样反倒是使问题简单化，也关闭了西部文学的丰富复杂的论域。固然，"神秘"是贯通于古典文学到现代乃至到后现代的一道精神特质，而西部的神秘又总是与宗教和异域地理风土联系在一起。但是，20世纪中国现实主义文学的主流，一直以破除"神秘性"为己任，革命的经验、世俗的经验以及生活的经验，都是破除"神秘性"的有效法宝。20世纪中国文学对"神秘性"的删除，这或许是中国文学的现代性始终有一种向前脱序而去的本能。当然，也只是在部分作家的乡村叙事中，在90年代以后才出现一些"神秘"。例如，西北的陈忠实的《白鹿原》、贾平凹诸多的作品、莫言的部分作品。但整体上来看，"神秘"并不能起到内在神话或向形而上转化的能量，"神秘"通常只是一个装置，它之起到一定技术转换的作用。引起我兴趣的地方在于，一些汉族作家来到西部，他们既为西部的神奇和神秘吸引，但却并不热衷于书写"神秘"，实则以自己的生活化解所谓的西部的"神秘"。这或许也是西部文学显著的现代性特征吧？这里借用新疆作家刘亮程的一部小说的书名《凿空》，以其为动词，即是为了表明本文试图打开西部文学

---

　　* "凿空"出自司马迁《史记·大宛列传》："然张骞凿空，其后使往者皆称博望侯，以为质于外国，外国由此信之。"（《史记》，中华书局1959年版，第3169页）"凿空"指的是张骞第一次打通了前往西域的道路。公元前138年和公元前119年，张骞两次奉命出使西域，开辟了著名的丝绸之路，促进了中西之间的经济文化交流。

的多样化和复杂性的论域。之所以把三位作家放在一起，也是为了在共同性中依然看到他们的异质性。

这里用"生活"而不用论述西部习惯使用的"生命"概念，是在于"生命"这一概念已经太"神秘"，"生命"在我们的论述中，已经带有太多的形而上的冲动。"生活"是为还原存在的质朴性和本真性。"凿空"实在也是一个借喻的说法，它并非一个主动性很强的动作，毋宁说是一项自然而自在的行为，只是做点活计，只是劳作而已，它是生活和生产中的一个朴实的动作。因为对"生活"的意识是如此自然自在，就像朴实无华地走在西部的大地上一样，这才能理解那种生命的质朴状态，生命就是生活本身，生活本身就足以显现生命，甚至生命就只是以"活着"的方式自在地过活。因而，这里对生活的"意识"，可能就是无须去"意识"生活，也没有刻意投入生活，只是如此自然地生活于生活中。

当然，西部——我这里更愿意把它限定在新疆，其一是因为它的异域特征，它总是作为西部神秘化的首要象征地域；其二是因为生活的意识或概念在这里显得既单纯，又多样化，而且因为内在的矛盾与事件，"生活"本身变得不稳定，这便于去观察"生活"这种概念在文学表达中的坚韧性。也就是说，生活再复杂多变，对它的单纯性的拥有，始终如一，这可能才道出了文学对生活的最为自然的也是最有力的表达。

一 沈苇: 当下生活的肯定性

西部诗人沈苇出生于浙江湖州水乡，却远离富庶安逸的江南故土，于1988年远走西部，到天山脚下寻求新的生活。一转眼二十多年过去了，诗人已然是新疆人模样。或许沈苇骨子里就崇尚那种跃马奔驰的生活，对宽广的大地与无尽的空间有特殊感悟，新疆给他的诗情提供了精神动力。《向西》表达了一种急促紧迫的抵达命运极地的渴望:

> 向西！一块红布、两盏灯笼带路/大玫瑰和向日葵起立迎接//向
> 西！一群白羊从山顶滚落/如奢侈的祭器撤离桌台//……向西！姑娘
> 们骑上高高的白杨/留下美丽的尸骨，芬芳袭人//……向西！昆仑诸

神举起荒路巨子/啜饮他并造就他。①

这样的诗句表达了诗人初到西部的激情，为荒蛮的大自然所震惊的那种心理。自然、植物、死亡、美丽与神性交合在一起，这仿佛是荷尔德林的天、地、人、神四重世界的中国西部版。

确实，在新疆这片大地上，沈苇找到他诗情迸发的场所。他也不无关于生命、死亡、神性等形而上的诗意表达，他也追求那种向前穿越的动感。《我的尘土　我的坦途》里的诗作，有相当一部分是对西部土地、道路与历史的思索追怀，其中《旅途》《东方守墓人》《楼兰》《金色旅行》等诗，都保持着苍凉的格调，西部特征十分鲜明。广袤的戈壁背景上，思念与想象之花开向荒漠甘泉，星光与月光中历史之路伸向尽头，绚丽的花朵、明亮的天空，风卷过荒凉，死去的文明只剩下废墟中的"轻叹"。新疆的异域风情里沉寂着文明的各种各样的遗迹，这里历来是思古抒怀的地方；而大自然的雄奇壮丽，也是诗人们昂扬焕发的不尽资源。但沈苇的思古却有着他的独到之处，那是对文明之死与自我的当下瞬间经验交合的感悟。

抒情与历史沉思相结合，这几乎是西部诗歌的典型特征。但在沈苇的诗作中，还有诗人的纯粹自我与对神性的渴望。固然，自我与神性也是诗人们普遍表达的精神事物，但在沈苇这里，自我是那种返回式的，而不是外冲式的，他的自我更加单纯、洁净、自在，并不渴望与历史，也不渴望与自然山川交合，而他的神性也不是顶礼膜拜的信念，而只是与自我的经验保持极其有限的内在联系。唯其如此，沈苇的诗中的自我与神性才几乎是含而不露的。他的自我只是一个叙说者，但却能在诗中留存下来，并不随着外部事物的展开而融解于其他事物中。因而，他的思古并不幽暗，也不痛楚，他是那么明朗而坦然地思古，那么自然而自信地与历史相遇。活在当下，"我"的当下的存在有自明性，有立足之根基。这就在于"我"的当下具有生活性，是活生生的存在于当下，这才是一切透明明朗的根基。

沈苇的诗依然保持着强烈的抒情，他的抒情可以自然而纯粹，这与20世纪90年代后期的中国诗坛转向玩世现实主义态度，以及叙事性和语

---

① 参见沈苇《我的尘土我的坦途》，新疆人民出版社2004年版，第4—5页。

词修辞相去甚远。这源自于沈苇对生活有一种明朗鲜明的态度,这就是"我"的当下性的生活能拥抱所有事物,能容纳所有的他者。沈苇有一首诗《开都河畔与一只蚂蚁共度一个下午》,写到与蚂蚁的相遇:

> 我俯下身,与蚂蚁交谈
> 并且倾听它对世界的看法
> 这是开都河畔我与蚂蚁共度的一个下午
> 太阳向每个生灵公正地分配阳光

诗人津津乐道于与蚂蚁交谈,这也是生活的一个瞬间,蚂蚁是一个微不足道的动物,但它也是一个生灵,太阳公正地分配给阳光,它也属于地球,属于宇宙。我们人有什么理由比它高贵优越呢?人啊,正是因为正视所有的生灵,看到生活中所有的细小的事物和生命,才看到自己的生命的真实的含义。才能够不以物喜,不以己悲。这就是生活,此在的生活。接受并且爱此时的生活,这才是生命存在的本分。只有本真和本分,沈苇的诗才有那种透明爽朗的格调,才有那种通透旷达的情感。

沈苇有一首诗题为《生活》,诗人显然在直接思考生活的形态和意义,到底什么是生活,到底我们如何存在才算是生活,这已经成了问题:

> 也许我们不在生活中。那么,又在哪里
> 一种半存在?或者不在的在?沾染了
> 另一种时间、另一个空间的气味
> 也许不是我们过着生活,而是生活过着我们
> ……

但是,诗人并不想追求一种超越自我生存可能的生活,生活就是你的此在:

> 接受吧,不是神祇的生活也是生活
> 众人的生活也是我们的,即使万恶的
> 旧社会,奴隶也有活下去的理由

鞭子下的劳作，牲畜式的交媾，生儿育女
饥饿中终于闻到烤红薯的香味……
接受吧，白日梦的生活也是生活
白昼充满辛劳的影子，男影子和女影子
相爱，繁殖，在大地的温床不实行计划生育

确实，沈苇的诗里有一种平等的思想，人与自然，人与动物，人与人之间，主人与奴隶，皇帝与平民……他是一个绝对平等主义者。生活在西北，面对苍茫的大地，面对时常发生的生生死死，在自然的、大地的生存空间，反倒容易滋生平等主义思想。正如阳光对人和动物是平等的一样，"生活"对所有的人都是平等的，不管什么样的生活都是生活，只要你在生活，你就享有生命，你的生活就是有意义、有价值的。沈苇的平等主义并非他的哲学理念，而是他对生活的态度的副产品，他的"生活"取消了生活的等级和差异，也就抹平了生活的一切，也就取消了生活的内在性，或者说凿空了生活。但沈苇的凿空并不引向虚空和虚无，而是走向平等，平等的肯定性使得沈苇抹平生活的差异具有自我面向他者的肯定性，而且还有他者向自我生成的肯定性。

蚂蚁、奴隶、红薯……这些他者的事物成为"我"的一部分，成为"我"看到的、领悟到的生活经验，他者既具有整全性，又并不与"我"无关，这是沈苇区别于列维纳斯的他者观的所在。他者的自我化，这是生活的共同体，人类只能在生活的共同体中达成平等，达成差异的同一性，这就是生活的本真含义。人们过着不同的生活，事物以不同的方式分享生活或者水和阳光，但他们都在一起生活。除此之外，生活别无含义。

沈苇的诗还有不少表达了他的游子之情，这或许本来也是中国边塞诗的一个传统主题，沈苇的游子之情，却写得轻微而深挚，他更愿意写与故土的事物或记忆进行的一种交流的情境，那是江南普通本真的生活。他的《故土》书写的故乡，那些风车、河水与田野有些尖锐，但却还是微弱。他所向往的只是"灵魂的深谷和安宁的边缘"，他知道，"沦落之处便是再生之地"。不管是过去还是现在，沈苇都是在对当下的肯定性中重温生活的那些内涵，这样的记忆就能在当下的生活中连成一体，有一种生活史的意味。当然，沈苇来自南方，江南才子的思绪，总是让他能在宽广中时常透出那些轻微而有意味的生活痕迹。《庄稼村》写得如此朴实平静,江南之水、家居事物轻轻掠过,但却"用全部的深情拦住我的背井离乡之路",因为诗人从来不否弃当下的生活,与当下回望或展望,因而总是有一种当下生活的肯定性留存。

沈苇热爱新疆的生活,作为追求纯粹诗性的诗人,沈苇确实有与时下流行的世俗化和日常化写作很不相同的诗性倾向。也许是因为当代日常生活叙事在文学作品中的盛行有其历史的和现实的原因,其正当性当然不容否认,它是对过往意识形态化话语绝对支配的反动。但并非所有的日常生活书写在文学作品中都是恰当的,都具有美学意义,大多数是无力真正艺术化地处理日常生活经验,而沦落为"口水诗",只能以不负责任的"无聊现实主义"之类的姿态来高调出击。诗论家张清华将这类现象概括为"粗陋化写作":"以日常性与世俗化的内容,夸张地表现道德图景的崩溃与对精神价值的贬损。"并不是所有的日常化叙事都是合理的和正当的。事实上,在诗中处理日常性,要做到像臧棣、姜涛的诗性处理并不容易,臧棣依靠修辞性转折,姜涛运用反讽,日常化叙事在他们的诗中则有奇妙的美学效果。沈苇诗中的主要元素还是那种沉静思绪和内敛的精神气质,这使他注重精神性重建,他对日常生活的态度另有一种意义。在沈苇的诗中,精神气质与日常生活建立了一种平衡,他并不鄙视世俗,他热爱具体的真实的世俗生活,这种热爱是生命本身的体验,因而他的世俗生活叙事有一种洁净和本真性。

然而,2010 年,一场事件变故,导致诗人热爱新疆生活的态度陷入了苦恼和困窘。他不得不发出这样疑问:"由于 7·5 事件,我个人持续二十年对新疆理想化的表达和描述已被顷刻'颠覆','新疆三部曲'(《新疆盛宴》、《新疆词典》和《新疆诗章》)已被我深刻质疑。我悲哀的'一厢情愿',是一个幸免于难者顺水推舟的怀疑,还是一位热爱边疆、热爱新疆多民族文化的移民更加有力的爱?"① 当诗人置于其中的新疆生活被一场事件损坏之后,诗人如何来对待眼前的生活?如何表现呢?

　　一百米外的……远方

---

① 沈苇:《〈安魂曲〉后记(一)》,《诗歌月刊》2011 年第 6 期。

> 是千丝万缕的他人的生活
> 是你领域之内的
> 泪水和毁灭，暴戾和死亡

——《安魂曲》

诗人置身于其中的生活突然被阻隔，这是令人痛苦的现实。现在，不只是西部的神秘性无法建立起来，西部的日常性都要在眼前消失。"神秘"本来有一种召唤的力量，但是，死亡事件一旦介入，西部的神秘就不是被遮蔽，而是被驱散。西部的"神秘"其实很脆弱。这样的"神秘"如果失去了整体生活作为依托，失去了爱、友善和进入的路径，那么"神秘"只能被阻隔、悬置和消散。

2010年，"7·5事件"后，沈苇写下《安魂曲》，对整个事件做出回应和反思。诗人说：

> 现在才恍然有悟：我来新疆二十多年，从一个浙江人变成一个新疆人，写了十几本书，热爱边地之美，聆听异域教诲，视他乡为故乡，其命数之一是遭遇一个惊人的时刻，一场比战争更加耸人听闻的悲剧，写下这部《安魂曲》，用诗歌和暴力、阴暗、不义交战，用诗的语言去保卫支离破碎的人性。
>
> 遗忘是人之本性、人之技能，《安魂曲》的写作则是为了记忆——给历史留下一份诗歌体的记忆档案。当然，通过诗歌要记取的不是仇恨、屠戮和血腥，而是倾吐内心的情感、思考和诉求，进而呼唤爱、仁慈和友善，呼唤民族和解，彼此尊重和宽容。毕竟，新疆各个民族的人民，还要在这块土地上共同生存下去。

因为热爱新疆的生活，热爱新疆的一切而能投入地书写这里的大地、人和生活，但现在生活被击碎，如何重新书写新疆？这对于诗人实在是个难题。但不管怎么说，首先要书写这次事件，沈苇就是这样一个较真的人。书写现实事件的诗作难度很大，但诗人没有回避，而是直接面对。诗或文学应该承担起责任，而沈苇是极少数的用作品来表达回应的作家诗人。其勇气得到诗界的承认和尊重，《安魂曲》获得多个奖项。第十九届"柔刚诗歌奖"授奖词说道："长年游吟在'辽阔'与'细微'之间的沈苇,用他悲怆的《安魂曲》告慰亡灵,从断裂的人性荒野发出寻求对话与和解的泣血呼告,在真切的现实图景与隐忍审慎的'痛苦的辩证法'中饱含着一个中国诗人的悲悯、思考和超越种族的爱。这一充满勇气的诗歌写作,使我们在血色的背景下看到一种绝望中的希望。"

对于沈苇来说,对于西部的爱,对于西部生活的亲近,才是他诗情不断激发的源泉。如果不能回到生活本身,写作还有什么意义?他不只是为了表达激愤,更重要的是表达正义,他"不站在这一边,也不站在那一边",他"只站在死者一边"。但同样重要的是,他希望人们珍惜生命,回到生活。

在《外编》中,生活又在重现:

> 我已经遗忘
> 春天还会开花
> 树会绿,草坪会醒来
> 人们会在街头散步
> 带着孩子、狗,有时停下来
> 对着飞舞的小蜜蜂发呆
> 在一片受伤的土地上

这里表达的是对"遗忘"的忧虑,不应该遗忘生活,不应该遗忘大地的生命,与生活息息相关的春天、树木、花草、孩子和狗,还有"小蜜蜂"。只有回到生活本身,创伤的隐忧才能一点点抹去。可以看到,生活就是如此倔强地在诗意中呈现,只有能把握住生活的真实的意义与方向的表达,诗人才能心安理得,才能激发全部的诗情。

二 董立勃:日常生活的伦理

如果要论写出生活的本真性,新疆作家董立勃可以说有不同寻常之处。董立勃曾做过农工、教师、记者、宣传干部、文学编辑。戈壁滩上和生产建设兵团的生活,给予了董立勃独特的生活经验,故而他对生活有一种深挚的体悟。他的小姨、母亲,就是荒野上最早来的一批女兵。他要写出她们的悲苦，写出她们对生命价值的追求，写出她们对美好生活的渴望。董立勃的写作发自内心，自然天成，却感悟着生生不息的生活在流动，这使他的作品仿佛扎根在他描写的下野地。董立勃早年写诗，也发表了一些小说，在 20 世纪 90 年代经历过较长的时间的沉寂，直至发表《白豆》（《当代》2003 年第 1 期），突然给人们带来一股清新之气，随后《米香》又让人们眼前一亮。显然，董立勃的小说有一种纯朴自然的风格，与同样来自西部的红柯颇不相同：红柯热烈而旷达，董立勃却清新而细腻。红柯从陕西来到新疆，为新疆的天地风土所激动，要写出天地间的人和物；董立勃生长于斯，他要写身边人的活生生的故事，他/她们过往过来的生活。西部的宽广都给他们的小说带来别样风情，但各自却有不同的生活韵致。

《白豆》与《米香》写的都是兵团女子的故事，在这样的故事中，生产建设兵团开垦西北边疆惊天动地的事业乃是其宽广的背景，但女性的身体与命运，男人的欲望与权力，才真正构成一种相互缠绕的内在关系。《白豆》讲述外来女子在新疆生产建设兵团的遭遇。由于生产建设兵团独特的建制，这里男多女少，于是为了解决生存平衡问题，从山东、湖南、四川等地招来一批年轻的女性加入生产大军，这给平静的"下野地"带来了骚动不安。哪里有欲望，哪里就有权力，而兵团又是一个独特的非农业村镇的准军事化的建制单位，这里处处体现着组织和权力对人的关切、支配和安排。山东女子白豆与一大批女兵来到新疆生产建设兵团，女兵们在乌鲁木齐接受了一次挑选，白豆没有被首长选中，属于落网之鱼下到下野地营部。在这里，她的女性魅力以性感的体型让几个男人倾倒。结果是权力获得胜利，在现代权力与传统的道义之间，小说强调了传统道义的价值，只需要遵从日常生活的伦理，白豆这种"没有什么文化"的女子，也能判明是非。

小说有着三重叙事，或者说从三个转折来展开叙事。这三个转折通过三个人物的介入来引起故事的转折：老杨、老胡和老马。这三重转折使故事不断变异转向，但却能内在化地绞合在一起。在小说叙事的推进中，其意义内涵包含着四个方面的特质。

其一是欲望化的叙事，小说一直在表现白豆的性感体型和男人对她的性幻想。先是赶车的老杨发现了白豆的好，接着是打铁的老胡为白豆的性感身材着迷,这两个男人都想娶白豆为妻。后来介入的营长老马也是为白豆"浑圆的臀部"所魅惑。

其二,暴力与权力。欲望总是伴随着暴力,老杨与老胡同一间宿舍,老杨就对老胡说了他想娶白豆的事,老胡没有说,但他心里知道他要怎么做。老胡说起自己的故事,他这辈子为了两个女人杀了两个人,第一次杀人后当了土匪,第二次杀人后投奔了八路。老胡边说边玩着一把刀子,说到关键处刀子掷向树上,钉住飞过的蝙蝠,刀刀命中,刀无虚发。老杨听懂了老胡的意思,他不想为女人也命丧老胡的刀下。老胡如愿准备迎娶白豆。没有想到,营长老马的老婆掉水渠里淹死,老马要续弦。到各连队转转,就看到白豆诱人的体型。老马当即就决定要娶白豆。这时,旧时代的暴力与新社会的权力发生了角逐。在旧社会屡试不爽的暴力在新社会的权力面前玩不转了,老胡那把刀子没有挥起来,被老马的权力收拾得很服帖。政治权力的暴力与性的暴力再度纠缠在一起,这是董立勃的下野地叙事始终具有现代批判性的一个维度。就在老马和白豆还有五天就要举行婚礼之际,白豆在玉米地里被人强奸了。地里丢下一把刀子,刀子的主人就是老胡,老胡就这样成了强奸犯,被判刑12年。

其三,正义与良知。在董立勃的叙事中,总是有一种关于正义与良知的态度贯穿于其中。手握权力的营长老马,没有为白豆申冤,他不会要一个被人强奸的女人,白豆结果还是和老杨结婚。直至这里,正与反的关系才逐渐建立起来。董立勃这部小说写得自然之处也在于,他并不急于建立价值关系。随着故事的发展,随着生活自身的轨迹,才出现好人坏人。老杨原来看不出坏,老胡也说不上好。老杨的恶是后来一点点表现出来的。老杨是一个隐蔽的坏人,但罪犯却是老胡。白豆与老杨结婚几年却没有怀上孕,老杨要和白豆离婚。离了婚的老杨还是经常要和白豆发生性关系,白豆几经拒绝,老杨却还是蛮横行事。白豆后来发现那天晚上其实是老杨强奸了她,老杨的坏人面目这才露出来。但老杨的坏也是特殊机遇的产物,他遇到白豆,遇到老胡,这一系列事,就使他产生"坏"的念头。白豆一直懵懂,白豆的清醒、正直与刚强也是一点点透出来的。在这样的大是大非面前,白豆要为正义伸张,不能冤屈无辜的人。这是中国民间老百姓的道理,是日常生活的伦理。白豆找上级领导澄清,但却招致诸多误解。白豆决定去探监,她每月都去探监,这也招致有关部门的禁止。白豆不断地探监，对老胡的关切直至思念，可能都说不上爱情，老胡是否对白豆有爱情？可能也是一种感动。这里是传统的道义把他们结合在一起，这里看似浪漫主义的爱情，实则是传统中国的生活伦理在起根本支撑作用。某日老胡从监狱里跑出来，在野地里的爱情高潮，实则是正义与生活伦理向着暴力、权力和冷漠抗议。

其四，民间英雄主义。老胡的形象一点点高大，他从监狱里跑出来与白豆相见。监狱要他打个脚镣把自己铐住，他并不觉得有什么痛苦，因为他知道他为何有此下场。他抓住老杨，要老杨到大会认罪，最终绝望中把刀子扔向那些冷漠的人，他这里成就的是传统中国民间英雄的形象。

小说对政治权力、现代法制与传统中国生活伦理之间的冲突表现得相当激烈和透彻，在这里，正义的力量归属于传统中国的道义和伦理一边。

小说恰恰是在描写男性权力与欲望合谋运作的故事中，写出白豆的自然纯朴的女性生命气质，写出她要按照传统生活伦理来掌控自己命运的努力。董立勃的小说的显著特征体现在这样的张力结构上：女性肉身生命的纯朴性，日常生活性与男性的权力、欲望及暴力本质构成绝然冲突，而前者越是具有日常生活的自然性，则后者的蛮横无理的隐性暴力就越是丑陋。

《米香》的故事也是一个从身体到欲望到权力的制度化压迫的故事，只是悲剧感更强硬。小说也是从女人的身体导入叙事。米香来自河流之畔，会游泳，喜欢水，水性好。上海来的姑娘宋兰和她一起到水库边，米香就要下水游泳：

> 说着，米香就全脱光了。脱光了还站在那里和宋兰说话。可说的什么，宋兰一句也听不下去了。看着米香，宋兰有点儿发呆。宋兰在城里长大，一点儿也不封建。可让她在太阳下面，在水库的岸边，脱光了洗澡。她真的不敢。别说不敢了，她连想也没有想过。看着米香光着身子往水里走，宋兰的眼睛睁得好大。真的没有想到米香这么野，因为米香看起来一点儿也不野。

当然，这些描写也是为了表现米香活泼自然的个性和崇尚自然的天性。但米香的爱情阴差阳错，上海姑娘宋兰被老谢强奸，宋兰居然认命嫁给老谢。连米香都知道可以告老谢,有知识的上海姑娘宋兰却忍气吞声嫁给老谢。婚后居然还遭遇家庭暴力,宋兰的命运戏剧性地表现了在那样的年代人的尊严尤其是女性的尊严的丧失。结果轮到米香与许明缠绵纠葛,这样的爱情也同样是对米香的折磨,但却表现出米香始终如一的那种自然天性。老谢还想强奸米香,但米香镇得住他,米香死都不怕,她还怕什么?老谢没有得逞。

宋兰受够了老谢的欺负,这才知道反抗,这一反抗先动刀子把老谢的大黄狗杀了,老谢这才知道宋兰的厉害。妇女要不受欺负,只有以恶抗恶,在暴力面前,只有刀能捍卫妇女的尊严。小说这一翻转有点突然,但却写得惊心动魄,峰回路转,颇见董立勃的叙事功力。董立勃由此写出两个女子的生动的性格,米香因为与许明的纠葛,变得细腻丰富;而宋兰因为老谢的暴力,也变得强悍。性格的潜在变化和猛然转折,使小说因此显出了变化。

所有这一切,对于董立勃来说,没有别的理由,就是生活的道义问题,也就是日常生活的伦理,生命的存在都要在日常生活伦理中来显现它的意义。

白豆、米香、宋兰的遭遇不再是传统的红颜薄命,而是活脱脱的肉身生命的抗争。董立勃的小说叙述自然纯净,朴实无华,其实没有惊天动地的故事,也没有多少复杂的心理、情感的刻画,只是日常生活的自然呈现,时而也有细腻如自然主义的笔法,故而他的小说中的女性形象都会让人产生一种拥抱的渴望,就是活在日常生活中,仿佛浑身散发着一种沁人心脾的野地气息。能把人物写成这样,也堪称笔法不俗了;而明亮、流畅与内里所包裹的悲剧性的故事,更加平添几分惆怅,令人扼腕而叹。

三 刘亮程:过自己的生活

刘亮程的出生地靠近沙漠(一个叫黄沙梁的小镇),也许这样的地理环境和生存条件给予了他对世界特殊的感知方式,仿佛穿过黄沙就是另一个世界。很难想象,刘亮程种过地,几乎就是农民,后来进城当起文学编辑,但土地给予他的质地却是独一无二的。自2000年以来,刘亮程开始崭露头角。他的散文作品,如《一个人的村庄》《风中的院门》,另有诗集《另一只眼睛》《晒晒黄沙梁的太阳》等，确实有另一种味道。自然纯朴中，沉郁着独特的生活意味。刘亮程的作品里始终有一种对自身身份的坚持，但他审视和坚持得都极为自然，没有情绪，没有立场，只有对自己的把握。他说："我也会扛着我的铁锨在城市生活下去，对一个农民来说，城市的确是一片荒地，你可以开着车，拿着大哥大招摇过市，我同样能扛着锨走在人群里——就像走在自己的玉米地里一样，种点自己想种的东西。"① 刘亮程是来自土地的散文家，他写出的是人与自然的一种亲切关系。这种亲切关系在于，人并不能真正占有自然，人永远进入不了自然。这与此前的乡土叙事尤其愿意表达回到自然的怀抱颇不相同。

在《我改变的事物》中，他写了一个有趣的故事："一次我经过沙沟梁，见到一棵斜长的胡杨树，有碗口那么粗吧，我想它已经歪着身子活了五六年了。我找了根草绳，拴在附近的一棵树上，费了很大的劲把这棵树拉直，干完这件事我就走了。两年后我回来的时候，一眼就看见那棵歪斜的胡杨已经长直了，既挺拔又壮实，拉直它的那棵树却变歪了。我改变了两棵树的长势，而现在，谁也改变不了它们了。"这实际上是自我反讽，在人与自然之间，人自以为是，自然却以它的方式与人疏离。这样的人与自然的关系，恰是刘亮程始终思考的自然如何具有第一义的那种乡村自然哲学。刘亮程的散文作品确实有一种新乡土浪漫主义，或者说乡村自然哲学的倾向。但刘亮程的作品的意义恰恰在于他是如此单纯本真，他总是把个人的情绪和思想缩减到最低限度，他在最平淡的叙述中，写出人与自然的存在界限。刘亮程生长于乡村，他对乡村生活并无外在的神秘感，不是外在化地观望欣赏，他就是在乡村中生活，在自然中生活。他真正能体会到，人是自然的一部分，意味着人永远也不可能占有自然，人不会是自然的主人。人在自然中要与所有的自然事物、动物平等相待，这是刘亮程的散文最有价值的地方。因而，他的散文有一种对人在世界中的存在的深刻反思，感悟到人在有限性的存在中的真实状况。其根本意义在于：人是如何地生活着？人与土地、树木、动物、农具，是如何一起存在于这个自然的世界上的？刘亮程的散文或小说，要看到最为自然本真的那种生活是如

---

① 刘亮程：《扛着铁锨进城》，参见刘亮程《一个人的村庄》，新疆人民出版社 1998 年版，第 180 页。

何单纯而又荒诞。

评论家摩罗从"生命意识"的角度来讨论刘亮程的散文①,这无疑也是一种理解角度,自有其言说的精辟与深刻之处。不过,我还是认为,理解刘亮程,从"生活"这个概念要比"生命"这个概念来得更为直接和朴素,更能体现刘亮程的散文、小说的艺术特色,可能更接近他的文学态度和文学方式的独特意义。

刘亮程的散文总是力图使自我的主体意识降到最小值,他的那个叙述人"我"就是小小的"我",在生活中也只是一个弱者,甚至在乡村中都是弱者,在哪里都是弱者。他与弱者为伍,与那些生活的剩余者为伍,他过着剩余的生活。看他做的那些事,都是一些边边角角的事,即使在乡村他都是处在边边角角中。《剩下的事情》这篇散文描写了收割季节,地里总是留下了一些未干完的活儿,未收割完的麦子,未拉完的麦捆,琢磨了一阵子这些留下的活儿——这是写作必要的"思考",刘亮程开始干这些收尾的活儿,他写道:"以后几天,我干着许多人干剩下的事情。一个人在空荡荡的麦地里转来转去。我想许多轰轰烈烈的大事之后,都会有一个收尾的人,他远远地跟在人们后头,干着他们自以为干完的事情。许多事情都一样,开始干的人很多,到了最后,便成了某一个人的。"即使在乡村,他也愿意做这些剩下的事情,这就是生活本身,那些微不足道的边边角角,可能更能显示出生活的真谛,过最没有意义的生活,做最没有意义的事,生活在这样的时刻,被真正显现出它的意义和价值。他在这片田地里,抹去生活的所有等级,抹去伟业的绝对性,给所有被忽略的人和事找到了一种平衡和平静。在小叙事的时代,刘亮程的小,算是小到极致。

然而,做剩下的事情却还要独自面对"剩下的寂寞和恐惧",这是刘亮程所疑虑的。虽然他只是陈述出这种状况,也并未因此而逃离,这是必须承担的个人的事。做剩下的事情,还是有一点苦涩。"无论在人群中还是在荒野上。那是他一个人的。就像一粒虫、一棵草在它浩荡的群落中孤单地面对自己的那份欢乐和痛苦。其他的虫、草不知道。"做剩下的事,是自己的生活,自己要承担的生活。

---

① 参见摩罗《刘亮程散文的生命意识》,2005 年在中国人民大学的演讲,演讲稿载网址:http://www.docin.com/p－313410486.html。

刘亮程的散文中有一个主题是难能可贵的，那就是对动物的态度。刘亮程不再张扬人的主体性，相反他对此深刻怀疑，他把人放到与动物平等平视的地位。在《一个人的村庄》和其他作品中，都能看到刘亮程最热衷于描写驴子，驴子被他写得充满了人性，具有人的特征，但他又尽可能写出动物本性，驴子能看透人的一切，这就像主人与奴隶、统治阶级与被统治阶级的关系一样。刘亮程也喜欢看那些弱小的动物的活着的状态，如搬动粪球的蜣螂、卑微的蚂蚁等等。这些动物在刘亮程的描写中，都有自己的生活之道，都以自己的方式活在这个世界上。经过一番饶有兴趣的细致观察，作者终于承认要理解小虫子并非易事，原来小虫子有着非常复杂的想法，也许非常简单，但我们理解不了，永远弄不明白。"我这颗大脑袋，压根不知道蚂蚁那只小脑袋里的事情。"刘亮程表示了对动物的尊重，这是动物的伦理学，在这一意义上，他力图还原动物所是的生存。

刘亮程于 2006 年出版第一部长篇小说《虚土》，散文笔法把生活的碎片自然连接在一起，情节虚化到极处，人物也飘渺恍惚，仅有的情节却于荒诞的情境中透出生活的瘦硬坚韧，也不得不钦佩刘亮程的文字的韧性。如他所说，在这部作品中，刘亮程要写出关于时间、死亡、童年记忆、家园和漂泊感，他要表现出人存在于天地之间的一种空茫感，也就是漂泊无着落的感觉，用虚幻的语言去呈现彻底孤独的精神状态。刘亮程曾经解释说，他写《虚土》要给人关于时间的荒野般的无边无际地敞开的感觉，有时又是个人的时间，人被陷入其中的某个细节，那时候时间就像一个坑。确实，《虚土》里的孤独更彻骨。村子里的人们彼此在精神上永远不能相遇。"他们的精神是分散的，像一棵树上的叶子，被吹得四处飘零，不可能到一个方向。"①

2010 年，刘亮程出版第二部长篇小说《凿空》，其构思显得颇为独特。小说讲述新疆阿不旦村两个人怀着不同的目的挖洞，结果都以可悲的失败告终的故事，由此表现了西部被凿空的生活现实。张旺财 16 岁从河南逃灾来到新疆，在阿不旦村住下，他一直有一个偏执的念头，就是在自家自留地底下挖一个洞，住在洞里。包工头玉素甫想从家里地底下挖一个洞，能挖出一个村庄，能挖到古董卖大价钱。很长时间阿不旦村的村民都

---

① 刘亮程：《喧哗的生命过程都在逃生》，《新京报》2006 年 2 月 8 日，记者：曹雪萍。

不知道村庄的地下有人在挖地洞,他们就住在一个地下已经被凿空的村庄里。但是,同样在凿空阿不旦村的还有支起井架开采石油,各种现代化的侵入,地方干部砍果树、种果树瞎折腾的一系列事情。阿不旦村人指望西部开发给他们带来致富的机遇,但参与西部开发需要手中的土坎曼(一种铁制农具)。村民到铁匠铺打了很多的土坎曼,但土坎曼派上用场的致富机会始终没有来临,只有玉素甫和张旺财在地下偷偷挖掘,凿空村庄的地下。不想这两个人挖着各自的地洞,互相倾听着对方挖掘的声音。在猜测、憧憬与困惑中,他们的挖掘都走入了歧途。

小说其实写出了玉素甫和张旺财的悲剧人生,他们都迷恋上挖洞,幻想在洞里重构自己的人生。玉素甫是想发现一个埋掉的村庄,那里会有值钱的宝贝,结果被公安局破获,与"东突"扯上干系,玉素甫逃之夭夭,将要面临牢狱之灾;张旺财想有自己的一个去处,不用听村子里的嘈杂声音,他挖了二十年,最终却是为一群老鼠提供了一个洞穴。

小说有着很强的寓言性,包含着对阿不旦村乃至西部困窘生活的冷峻刻画。这两个人在地面上的生存肯定出了问题,张旺财这个异乡人流落到阿不旦村,虽然他是汉人,村民对他其实还不错,不说关照,但并未歧视过他。但异乡人的生存本身就是一个问题,刘亮程并未做更多的暗示,但仅只是张旺财的生存状态和他偏执于挖洞的生存方式就足以说明一切。小说只是依靠这样一个极端的行动,就足以表明复杂痛楚的生存事相。这个挖掘行动本身是创伤性的潜意识修复,张旺财试图以此沟通家乡的记忆,但实际上却使他的生活掉进黑暗与迷途中。玉素甫一直想干大工程,他也一直以大包工头的形象来获得成功的认同,实际上却是一项自欺欺人的妄想。他只有在自家挖洞,梦想发现一个地下的村庄来一夜暴富。这是改革开放的市场经济对西部贫困地区的影响产生的后果。玉素甫早年也想挖古董挣大钱,后来转去做工程,实际上一事无成,玉素甫盖过的最高建筑物,就是村里的二层楼高的水塔。现在挖地洞则可以把对古董的梦想和做大工程两项结合起来。看起来他的人生发展找到了一个方向,实则是走向了歧途。他们都在黑暗中摸索,都想在地下、想在黑暗中找到自己的生活道路,他们都认为自己在干人生的大事——这是多么荒唐?多么不可思议的人生伟业!

对于阿不旦村来说,外面在进行着轰轰烈烈的现代化建设,那就是开采挖掘石油，以及传说中的西部大开发。后者始终没有到来，前者则与阿不旦村无关。因为，连村长亚生也没有上过井架，村长亚生在石油工地上转悠，没有人理睬，既没有揽来任何活计，更没有得到任何好处。只有外面隆隆作响的各种机器声、汽车声在阿不旦村震动，这些声音压倒驴叫的声音，却又激起了驴子们更大的激愤声音。但这些声音除了扰乱了这里的平静和安宁外，给阿不旦村没有带来任何有益的东西。他们对在进行的现代化茫然无知，小说这样描写村民对打井钻油的理解：

> 艾布说，井架上站着好多人，还有好多铁手臂，海买斯（全部）扶着一个檩子一样粗的铁家伙往地下捣，拔出来，捣进去，又拔出来捣进去。地要有肠子，也被它捣断了，要有心肝肺，也被它捣烂了。地能不疼吗？地疼的没办法了，就叫，用驴一样的声音叫。地舒服的时候，也叫，用虫子的声音叫，用草叶的声音叫，用狗的声音叫。

当然，这里的描写充满了反讽，有意以村民艾布的无知来表达对油井的态度。《凿空》对现代性/现代化的反思是大胆的，刘亮程没有留有余地，他在看今天的西部的生活现实究竟处在何种状态，现代化介入西部之后，给西部人民带来了什么。当然，小说同样令人反思的深刻性在于，张旺财和玉素甫挖洞就属于变态、愚蠢和荒诞，但现代化竖起井架，掏空地下的心脏，何以不是荒诞呢？何以现代化的民族国家的挖就是正当的、正义的，这二个人的挖就是荒诞的、非法的、悲剧性的呢？作为小说当然是要描写极端的故事和人物，也因此小说对它所要表达的主题肯定也是推到极端才有力量，所谓矫枉必须过正，对现代性的反思无疑也是如此，否则某种历史反思就难以建构起来，遑论能起到的效果。

这部小说的寓言化叙事是深刻有力的，通过两个人以不同的方式、不同的动机挖掘凿空地下的行动，写出西部现代化的一种境况。张旺财仅仅只是逃避，一种归乡的妄想，而玉素甫，则想找到那个掩埋的村庄，这或许也是找寻掩埋而不可复得的历史的一种象喻。但刘亮程并没有沉迷于历史文化的神秘深邃之中，而是要打破这种神秘笼罩的现实。西部的历史不可复得，玉素甫挖的洞只是一座废弃的村庄，那样的历史只有考古学的价值，只能当作文物部门的古董。而一旦现实化，则奇怪地也是错位地与

"东突"扯上干系。这是否也象征着一种疑问:这样的历史如果复活,如果失而复得,其后果又是如何呢? 一为"古董",一为"东突"。西部被掩埋的神秘原来是如此命运。在刘亮程的小说中,西部的怪诞、神奇也一再以幽默反讽的笔调表现出来,但他还是关注现实,要写出现实西部的本质,要凿空这样的本质,让这两个偏执地怀着梦想的人去挖,他们挖出的是无望和空洞。

对于刘亮程来说,他的出发点并非要表现历史变革中的西域人的境遇,他关注的是西域人的生活本身,甚至他这个奇特怪诞的故事,都有生活原型。有报道说:

> 刘亮程称,早些年他的南疆之行中遇到一个挖洞人,这个人不停地在河边挖洞,想在下面挖一个宫殿,把家都搬下去。他的老婆孩子不支持他,但他有恒心,一直挖。"后来我想就挖洞这个事写个东西,想了好多年,一直没有头绪。四年前,我突然想到,如果让两个各怀鬼胎的挖洞人在地下相见,那该是一个什么样的情境,于是故事就在挖洞过程中徐徐展开。"刘亮程表示,虽然小说是虚构的,但新疆一些村落挖洞的事实确实存在,"新疆这个地方就是这样,这个地方文化积淀太深厚,只要挖下去,说不定就会挖出一串古代铜钱或什么东西来。所以村里人就有这么一个习惯,挖菜窖也好,挖渠沟也罢,总是想多挖一下"。①

对于刘亮程来说,写作来源于生活,他还是要还原生活。当然,小说终究是虚构的艺术,要找到好的叙述结构,小说才有展开的动力。刘亮程才情不俗,他的叙述很有张力,这部小说实际上有双重结构,一重结构是那两个挖洞的故事,这是一个秘密进行的小说中的主导故事,所有关于这个维度的叙事都包含着秘密、诡异、危险、病态、痛楚以及透示着绝望感;另一重结构是地面上的村庄里的生活,以及张旺财和玉素甫过去的正

---

① 参见《刘亮程谈新作:自评重生活轻故事》,文化中国—中国网 culture. china. com. cn. 2010 – 05 – 07. 09:33,责任编辑:苏向东。网址:http://www.china.com.cn/culture/renwu/2010 – 05/07/content19990397. htm。

常生活。关于这个层面的叙事具有松弛的、幽默的、生活气息浓郁的特点。小说开篇关于艾疆找驴的故事，就写得十分轻松幽默，通过驴子写出了阿不旦村的生活气息。能把动物性与人性完全混淆在一起，这是刘亮程的小说、散文的独到之处。在乡村经验中，动物作为生产工具，其重要性显而易见，但如何写出动物与人的关系，刘亮程则表现出了西部生活特有的那种幽默感。小说中大量表达的声音也是其艺术上的特点，这些声音以某种对立的、对位的方式体现出来。外来的现代化的机器声与村庄里的动物的声音构成一种对立；张旺财与玉素铺偷偷摸摸挖洞，挖洞人要仔细辨析地面的声音，后来变成两组挖洞人不断地听对方的声音。这些在洞里黑暗中对声音的注意，使"挖洞"这个行动充满了戏剧性，在黑暗中有了丰富的交流。

《凿空》对幽默、反讽和快感的追求超过对神秘感的异域情调追求，在西域的少数民族生活中，刘亮程乐意看到充满戏谑的愉悦。事实上，西域少数民族的生活也正是充满乐观情调的，在任何困苦的生活境遇中，依然是载歌载舞，饮酒作乐。也正因为此，《凿空》在写出阿不旦村的现代性困境时，写出两个偏执和怪诞的凿空者时，他们的挫败和绝望也是一个空无，甚至只是一个笑料。生活还要继续，太阳照常升起，驴还要下地。

总之，本章通过三位作家的作品对生活的表现来看西部（新疆）文学的多样性和复杂性，并不想否定西部文学"神秘性"这样的命题，只是要表明，这样的命题不一定要被本质化和绝对化，也不必以"神秘"的优先性来压制生活本身。实际的情形是，中国文学中并没有形成"神秘"的氛围，不像欧洲宗教传统中有"诺斯替"一类的神秘教派，中国文学中的宗教因素历来薄弱，同时哲学气氛也不浓厚，这些都是"神秘"难以建构的语境。当然，本章论述的三位作家都是汉族作家，汉文化本身就缺乏神秘性，"子不语怪力乱神"，后世的文化只是皇权崇拜，经世致用。当然，中国人看重现世的生活，这无论如何不是什么缺陷。西部文化无疑丰富且复杂，尤其是少数民族的文化，那里面或许有较为充足的神秘资源。但是，在新疆，人们能够感受到的始终是对生活的热情，新疆少数民族具有的那种乐天知命的生活态度，那种幽默感，载歌载舞的浪漫生活情调，其异域生活场景或许与神秘相反，反而表现出更为直接的生活质朴性和无拘束的自然性。也许是因为神秘因素的缺乏，对西部文学的探讨很容易产生神秘化想象,这也未尝不可。只是不必要作为西部文学的逻各斯或者终极的美学象征。作为一种多样化的现象之一,西部文学,尤其是在新疆文学中,神秘与生活是可以混淆在一起的,并且生活往往是其鲜明的部分。

就这三位作家而言,尽管各自的风格和方式都不相同,但他们之间也有相通之处,那就是对西部生活的表现都有一种生活的重负难以完全凿空之感。沈苇对生活的那种自然纯朴的态度,遭遇到历史变故后,突然间被折叠起来,那些透明的诚恳变成了深沉的凝思。董立勃要把下野地的生活写得粗糙原始,有一种自然气息,但总是有伤痛无法抹平,那些用力刻写的生命痕迹给生活以沉重的质感。刘亮程的散文有一种无比轻松淡然的格调,但他的散文与小说,特别是《凿空》,生活的碎片并没有像雾一样散开,而是有东西从凿空的现实中跌落下来,落在泥土里,扎得十分深重。那些凿空的洞也在那里,曲里拐弯,并非只是空洞,那里面留下无穷的幽暗。凿空并非空无一物,也并不神秘,但却是指认出生活最为真实的境况,明白无误地揭示生存现实的根本难题。

第 六 章

"天下"的托辞:责任、规训与暴力

2002 年上映的《英雄》迄今（2005）已经过去 3 年，当时人们怀有的那种情绪现在已经平静，回过来看看张艺谋的这部大片可能会有非常不同的感受，在当时被遮蔽的不少问题也会水落石出。谈论张艺谋在当今中国已经很难有单纯的艺术的和学理的讨论，张艺谋既象征着中国电影走向世界的成就，也表征着中国电影在艺术追寻与市场化定位之间所遭遇的尴尬。面对这种尴尬状况，中国观众异乎寻常地吝惜了他们的同情和怜悯。这与中国当下日益增长的酷评不无关系，对于文化现象，特别是那些有标志意义的文化现象，中国观众（和读者）就等着看笑话，没有人会真正认真地对待这些现象，平心静气地给予恰当的探讨和批评。嘲笑与谩骂已经不幸成为当代中国文化传播的主要风格，这是媒体吸引眼球培养起来的风格，其深层原因则是一种长期压抑和文化失范的心理变态反应。人民对占据了社会巨大资源的群体深怀不满，这些群体的大多数深藏不露，而这些明星名人们则要在媒体出现，他们在充当人民崇拜的偶像的同时，也要承担人民发泄愤懑的情绪。因此，张艺谋的那些大片在电影院放映完之后也就引发一阵疑问和责难，随后就被迅速淡忘，这使学术界也不太敢染指张艺谋，似乎这是个烫手的山芋，谁沾着都不会很轻松。因此，本文试图探讨一下张艺谋的《英雄》中所包含的一些矛盾状况，那就是影片的思想意识与他的艺术表达之间构成的复杂关系。

如果说《英雄》有什么主题思想，"天下"二字无疑是其点题之词。影片反复提到"天下"，无名、残剑、飞雪、秦王之间的深仇大恨，都在"天下"二字前化解。影片的内在转折也是依靠这两个字，影片的后半部分主要是在烘托这两个字或者说这个主题的出现。"天下"的意蕴就在于表明:为了天下的和平既要放弃恐怖主义式的暴力谋杀,又要容忍甚至支持强权武力征服世界。这两方面看似矛盾的思想内容统一于"和平"的意愿上。刺客放弃刺杀而支持强权征服是为了和平,而强权自我确认的正义也是为了和平,和平成为化解一切暴力的最高正义。张艺谋的《英雄》上映之时,正值美国"9·11"事件过去一年,如果说张艺谋拍摄这部电影是直接回应"9·11"事件,那有点过分,但影片的拍摄和制作过程肯定会受到"9·11"一定的影响。"9·11"事件不过是冷战后国际冲突的升级,在此之前地区冲突和恐怖事件就充斥了电视的新闻内容,张艺谋制作《英雄》不可能不考虑这样的现实背景,它表达的内容也明显是在与后冷战时期建构国际新秩序的艰难现实对话。张艺谋试图思考后冷战时期的国际政治在遭遇恐怖主义时的走向,他也试图调动中国的思想文化资源为这个时期的历史抉择提供一种参照。作为影片的主导思想,"天下"就是要调和中国本土的传统政治与现代国际政治的关系,作出现实的直接回应。当然,电影是一种艺术作品,我们有必要去理解和分析,如此重大的主题在张艺谋的电影思想中具有何种意义? 它在《英雄》中又是如何展开的? 这个思想主题的呈现与其艺术表现构成何种紧张关系? 这就是本文试图加以探讨的内容。

一 "天下":面向新国际的规训

"天下",在中国古代主要指中国范围内的全部土地,其意为全国。《书·大禹谟》:"奄有四海,为天下君。"《论语·宪问》:"管仲相桓公,霸诸侯,一匡天下,民到于今受其赐。"但"天下"也可指全世界。[①]"天下"是中国政治家和古代士大夫以及现代知识分子最经常提到的词语,"先天下之忧而忧,后天下之乐而乐",范仲淹的名句几乎是所有中国知识分子的口头禅。孙中山的"天下为公"是现代中国政治家的标准口号,至于"天下兴亡,匹夫有责"则是激励了中国现代以来的知识分子的座右铭。很显然,"天下"观念也是张艺谋这代知识分子或艺术家所熟知的概念,这已经不只是中国传统儒家士大夫式的"以天下为己任"

---

① 有关解释可参见《辞海》词语分册,上海辞书出版社 2003 年版,第 1069 页。

的抱负，还加入了中国社会主义革命的理想信念。经历过 20 世纪的"激进现代性"的洗礼，政治理念很难削弱，整个 20 世纪 80 年代，中国青年知识分子正是满腔热血，报国有门，他们也理所当然地把自己看成是推进中华民族改革兴盛的动力。90 年代，中国社会的政治色彩有所减弱，以经济建设为中心和社会的专业化程度的提高，知识分子的社会参与热情普遍下降。柏林墙倒塌后，福山（F. Fukuyama）所说的"历史终结"在中国显然并非如此，在世界也未必如是。意识形态重建始终是 90 年代以来中国社会内隐与外化的矛盾症结。

　　20 世纪 90 年代是张艺谋崛起的真正时代，就当代电影而言，这是一个张艺谋的时代。不是因为别的，张艺谋最早也最成功地领悟到中国电影如何走向国际社会，如何在当今多元化的国际文化语境中找到中国话语的存在方式。正因为此，张艺谋在 90 年代对中国的表现不是现实主义式的直接呈现，而是历史寓言化式的隐喻表达。它在西方的电影界以"他者"文化的形象出现，它是来自第三世界的压抑性的有深度的文化。对于中国的历史主体来说，对于主流的中国现实来说，它也是一种边缘性的、非现实的表达，它是被剥离的历史碎片。80 年代，张艺谋以《红高粱》一鸣惊人，这部影片包含着强烈的时代情绪，那种野性的恢复民族生存力量的渴求表达了当时中国人普遍的生存愿望。但转向 90 年代，张艺谋面临着中国电影走向世界的选择，他对思想情绪的捕捉就低调得多，那是自觉他者化和边缘化的选择。《菊豆》那是一种压抑的乱伦，灰暗色的电影语汇表达的是压抑与绝望的情绪，多少也反映了 90 年代中国的历史无意识。《大红灯笼高高挂》写出中国女性（实则是地主阶级）在传统社会最后的历史情境中的命运，其文化特征的怪癖和畸形无疑是刻意的自我塑造，强调的依然是他者化的品性。《秋菊打官司》像是反映中国底层妇女的遭遇和个性，其现实性似乎相当充分，但放在中国现实语境中，秋菊的形象只是弱者的勉强呼喊，而她怪模怪样的特征与其说连接着中国当下的农村与现代意识的关系，不如说她的诉求对象依然是国际电影市场。至于《一个都不能少》和《幸福时光》，张艺谋还真是想对中国现实发言，但并不是很成功，而且张艺谋习惯了处在边缘来思考，他的底层小人物的自我意识被压制到最简单的状况，张艺谋已经习惯作为一个文化的他者在主流文化之侧徘徊。但是他的这种他者并不是与历史主体（以威权政治为中心的历史支配力量）形成对抗关系的他者，而只是一个自觉远离历史主体位置的他者，依然是那种第三世界的寓言化叙事使他去表现那些无助的处于生存困境中的被同情的小人物。很显然，在思想上，在电影人物的精神品格上，张艺谋一直处于一种"弱势状态"，他的影片所表达的思想，或者他的人物所承载的思想，并不具有当下中国历史的深刻性和时代的鲜明性特征。也就是说，在现实潜在的矛盾冲突意义上和官方自我塑造的主流话语层面上，张艺谋都并不有意识地参与其中。

很显然，《英雄》是一部大片，与张艺谋过去的影片很不相同，可谓气势磅礴、意境深远，尤其是影片试图站在历史主体的位置上，表达具有历史深刻性和现实针对性的思想——"天下"就这样成为影片的主导思想。这是张艺谋一直在内心渴望的一种表达激情，摆脱思想意识边缘化和弱者化的状况的一种努力。那是《红高粱》的狂野放纵，暴力与欲望，革命与祭祀的复活和重建。"天下"就这样现身了，张艺谋真有一种酣畅淋漓的痛快感觉，要不然那些剑拔弩张不会那么飘逸舒展而无所顾忌。作为对现实的回应，张艺谋仿佛又找回80年代的感觉，那就是中国知识分子重新承担了历史责任的感觉，也是再次与国家意识形态能够契合一致的感觉。进入21世纪的中国，在经济上创造的高速发展的神话，在国际政治舞台上也以一个大国的形象周旋于东西方之间，可以说在经济和政治上都引人注目。特别是反对恐怖主义，中国与以美国为首的西方阵营具有了更多的共同利益，中国作为一个崛起的国家，其国际地位显得日益重要。关于"和平崛起""以和为贵"以及关于"和平发展"的种种国际政治话语，使中国在当今国际政治语境中自以为找到一种进退自如游刃有余的路径。尤为重要的，那是把中国传统文化精髓与当下的国家形象重建融合一起，颇为巧妙地抹去了意识形态色彩，这是现实的遮蔽与历史的跨越所获得的崭新的形象。因此，可以说，张艺谋的"天下"既是他本人的思想在新世纪之初的表达，也是携带着中国民族—国家本位意识对新国际境遇面临挑战所作的应答。

二 "天下"：暴力与艺术的超越境界

"天下"作为一个电影叙事话语在影片中被点出都是在重要的场

景中。

　　"天下"第一次出场是在残剑劝阻无名刺秦王未果时，残剑在黄土漫漫的大地上用剑写下这两个字。那是在空旷的野外，沙土飞扬，在道上，残剑的劝阻无效，无名对残剑说："你气力已衰，不能再挡住我了。"无名迈步告辞，残剑的眼神格外忧伤深沉，但深沉的目光却不看无名，残剑望着手中断剑说："此剑，为侠者所传。"残剑说："我若辜负它，便再不是剑客。"残剑说："我最后以残剑剑法，送你两个字！"残剑郑重举剑，剑指沙土，一笔一画，书写下他的嘱托。无名在一旁凝神看残剑书写。残剑写完，低头守在字前。观众看不清这两个字，但无名看清了，风刮起，卷过黄沙，抚平了地上的字迹。但这两个字却使无名若有所思，铭记心中。这是影片第一次郑重其事写下"天下"，不是以直接说出的形式，而是以书写的形式，"天下"是以剑法书写下的大义。为了这两个字的出场，影片做足了气氛。

　　这样重要的主题思想，电影叙事当然不会轻易说出，张艺谋不用说深谙此道。这个"天下"主题思想在影片中是通过各种氛围的铺垫再出场，在影片中人物那里则是通过对"剑"字的领悟而得到的。无名要见到残剑飞雪，他以求字为名，求的就是残剑写的"剑"字。而残剑的剑法，就源于一幅字。《英雄》电影播映的同时，由编剧之一的李冯根据剧本脚本整理而成的剧本小说出版。实际上就是电影剧本，剧本小说中的人物台词与电影并无区别，只是电影镜头语言换成了描写性的语言。本文所引人物语言，参照李冯剧本小说。[①] 据李冯剧本小说所写，传给残剑的字的主人，叫侯嬴。侯嬴原来是游侠，后来做了隐士，隐居在魏国，为了激励朋友信陵君和朱亥援救赵国，侯嬴慷慨自刎！侯嬴传下了一柄断剑和一篇文章，剑和文章都传到残剑手里。文章的题目叫《天下论》，是侯嬴亲手书写，据说剑法就化在字意里。影片的"天下"概念按其情节设计主要来自侯嬴的《天下论》，其开篇是："士不可以不弘毅，任重而道远；士为知己者死，担天下之兴亡……"中国古代把士看成是一种特殊的人，侠客也是士，也叫作侠士。剧本小说里说：比剑更高的境界就是侠。所以，残剑若想成为绝世剑客，并完成刺杀秦王的刺客使命，就必须努力悟通侠

---

　　① 《英雄》（剧本小说），中国戏剧出版社 2002 年版。

的含义,先做一名侠客、侠士。刺杀秦王,本来就被天下人视为侠义之举![1] 残剑和飞雪一同迁到书馆,以期从侯嬴的书法《天下论》中悟出绝世剑法。残剑于是努力悟字悟剑。残剑练成了一套剑法,写成了一个字:"剑!""剑"字挂在墙上,残剑独自面壁,体味字中奥妙!影片反复呈现那个用朱砂写就的大红的"剑"字,那本是后来无名向残剑求的字,在影片中也奇怪地被当成是当年残剑面壁领悟的"剑"字。按李冯剧本小说的说法,书法精义,在于人字合一,剑法也如此,讲求人剑合一,于是,残剑慢慢地领悟到剑法的至高境界了。残剑当时从"剑"字悟出的至高境界中,就是不能杀秦王的道理。当时残剑自己都不敢相信!可以设想——按李冯的剧本小说,残剑岂止不敢相信,还很震惊!残剑震惊之余又感到痛苦!但残剑当然是想通了,悟出的不只是剑法,而是"天下"的道理。是历史的意愿,是人民的意愿。残剑悟剑的过程,也是悟天下道理,要胸怀天下,才能胸中有剑!残剑说,书馆悟剑那段时间,是他一生中最好的日子。残剑还悟到,剑虽不能平定天下,但可以帮助具体的人,可以帮助天下,这是剑法真谛!残剑身为剑客、侠士,就不能违背侠士精神、剑客信仰!

残剑从书中,从书法中悟到什么道呢?那就是:秦王不能杀!这是残剑从书法中悟出的道理。这倒是一个奇妙的辩证法,剑是武器,那是用于杀人的,而残剑练剑,悟剑法,就是为了刺秦王。而他对"剑"字的领悟,也就是对写下的文字,对书法的领悟却是得出剑法,而这个剑法的最高境界,是反"剑",是对剑的消解。一个事物包含着消解自己的存在的内在性,而且是其最高的也是最根本的内在性,反"剑"就是"剑"的本质——"剑"字蕴藏的是"天下"的玄机。张艺谋这里当然又是在搞东方神秘主义,书法里面居然可以蕴含剑法,艺术与暴力就这样被合为一体。

这个"天下"不是空旷的天和大地的概念,而是人的生存世界,是历史和社会,是人民的愿望。影片随后就赋予"天下"以实际内容。残剑说,天下本来是统一的,没有战争,人们过得和睦,生活在和平中。慢

---

[1] 侯嬴的故事在《战国策》中有记载,后世不断改编的"窃符救赵"说的就是信陵君与他的故事,但没有关于侯写有《天下论》的记载,这是电影编剧所虚构。

慢天下就分裂了，分裂成许多小诸侯国，诸侯国与诸侯国之间连年交战，人民如同被置于水火。战争已持续了七百年，百姓做了七百年噩梦，结束噩梦，就要结束战争。如果天下不统一，战乱不会止歇。谁来结束战乱？再强的剑客也做不到，剑只能消灭具体的人，不能消灭战争。有一个人能做到：秦王。李冯的剧本小说这样写道：残剑以为唯有秦王能平定六国，结束战乱！所有诸侯国被秦王统一，那会是痛苦的过程。可痛苦过后，人民可能就不会痛，是阵痛。阵痛比永痛好，长痛不如短痛！这是痛苦的推理。残剑领悟出来后感到痛苦！但一个人的痛与天下之痛比，那就不算痛了！甚至赵国对秦王的仇恨，也无足轻重！赵国能比天下重吗？由此可见，"天下"的概念在这里，就是一个"中国统一、获得和平"的概念，就是拯救万民、顺应民意的概念。

秦始皇统一中国，功过是非一直是史学界争议的话题，其争议主要是落在秦始皇的"暴君"身份上。秦始皇的残暴不仁与他统一中国的功劳自然是两个不同的方面，也不可二者简单做一个加减。他的残暴是事实，他统一中国也是事实。而在那样的年代，按照主流史学界的说法，统一中国就必定要采取残暴强硬的手段。因此，与统一比起来，秦始皇的残暴也就可以理解赦免了。问题在于，在那样的年代，统一就一定要采取残暴的手段吗？比如史称"焚书坑儒"，一定就是统一的必然手段吗？秦始皇焚书坑儒据史书记载杀害 460 人，其中大多数是道家方士，儒生只在少数。这其中的冲突起因恐怕也相当复杂，史家称是由道家方士诽谤秦始皇引起的。但不管如何，秦始皇统一中国还是在中国历史上得到正面评价，特别是在 1950 年后的中国得到积极的肯定。这当然有某种历史与现实的对应关系在起联系。仅仅从歌颂暴君这点来批评这部影片的思想主旨并不恰当，根本的问题在于，这部影片表达的思想主旨——亦即秦始皇统一中国的意义——并没有什么新意，并无独到之处，它不过是中国历史史家或褒或贬的陈词滥调，也是当代史学的主流观点。如果停留在这一层面上，那么对这部作品表达的思想意义理解就很不全面。作为一部与当代国际政治语境对话的影片，其思想主旨当然不是落在这么老套的话题上。

从刺秦到不刺秦，这在残剑和无名都是一个巨大的转变，这是对秦统一中国的可能性的愿望，而这个天下愿望的背后更深刻的愿望，则是人类对和平生活的渴望。历史发展到今天，统一的问题已经不是一个优先性的问题,大一统被质疑的可能性要远大于被赞同的可能性。但和平这个同样老套甚至更古老的话题,在今天却是当代世界性的主题。也正因为这样的一个当今"天下"的愿望,当今在国际政治中最基本的和根本的共识,《英雄》才敢于在那么老套的秦统一中国的意义上做文章。

把"和平"作为主题,这在张艺谋当然没有问题,他对当下国际形势的回应无疑是及时的,这是他要尽的一份责任,也是他能给予国际政治新秩序建构的规训。但这只是张艺谋对当今"天下"的理解,而未必是秦始皇对他所处的时代的理解。秦始皇想的不过是统一霸业,不过是帝王统治的伟大梦想,秦王当然也有责任,但他的责任是帝王霸业的责任,如果把他的责任愿望置换成"天下和平",那就是失之毫厘,谬之千里。统一霸业就是帝王的霸业,而和平则是当今"天下"的愿望。残剑所思与秦王所想根本就不是一回事,从影片对残剑作为一个士所抱负的胸怀来看,残剑寄望于秦王统一中国结束七百年的战乱以求得天下太平,这是残剑作为一个民间的士可能具有的民本主义思想(这无疑也是虚构,但其可能性还是合乎历史逻辑)。但古往今来的帝王则是为了称帝,为了帝王霸业而征战,平息战乱也是为了巩固王朝,而征战则是为了扩大帝王的版图。和平只能是,也始终是帝王霸业的副产品,也永远是人民愿望的不可能性(部分实现的有限可能性)。

影片描写了秦王与残剑所达到的那种沟通。在大殿上,秦王低声问无名:"残剑给你送了哪两个字?"无名凝视秦王,两个字的说出仿佛有千钧重,影片配着隐约的风声,仿佛残剑嘱托时的情形。无名终于慢慢地把那两个字说出来:"天下!"秦王微微一震:"哦,天下!"无名对秦王继续说道:"残剑告诉我,天下七国连年混战,使人民受苦,可唯有秦王才能结束战乱。残剑希望我为了天下放弃!他要我明白,一个人的痛苦与天下人比便不是痛苦;赵国与秦国的仇恨放到天下,也不再是仇恨!"秦王明显被震撼了!这位威震海内的君王竟不知不觉热泪盈眶。影片这时几乎达到高潮,秦王透过泪水,凝望大殿之外,越过黑压压的群臣,遥看远方。他已不再冷酷,仿佛已经动容。秦王说道:"没想到天下最了解寡人的竟然是寡人通缉的刺客!"李冯的剧本小说写道:一代豪君,一生金戈铁马,睥睨六国,却承担不了残剑的两个字!短短的两个字,然而对于秦王,却重过世间任何事。英雄相惜,秦王饱含热泪,放纵自己内心情感。

在电影里，这时的秦王已经是心潮澎湃："十年来，寡人孤独一人，忍受多少责难、多少暗算！没有人明白，我要给百姓一个统一的疆土，给他们同一个国家！就连我秦国满朝文武，也怪寡人与天下为敌！只有残剑，才真正懂得寡人！才真正与寡人心意相通！"这就是影片真正的高潮了：风穿过大殿，秦王长啸："寡人得到这样一个知己，心中无憾！"在责任中他们达成了共识，他们获得了默契。

　　话说到这一步，秦王已经被感动得一塌糊涂，他立在残剑书写的巨幅丝帛下，看着那"剑"字。秦王说："寡人能有残剑大侠这样的知己，便是死，此生也已知足。你为天下，决定这一剑吧！寡人也如残剑大侠一样，刺与不刺，交于无名！"说完，秦王竟转过身去，把剑扔给无名，他让无名决定刺与不刺。就在无名举剑要刺时，秦王却突然悟到剑法，秦王对无名说："难怪你悟不出，残剑这幅字，本来就不是剑法，而是他用心在写！寡人不如残剑，你我都不如残剑！"一边是悟字，另一边无名在举剑，但秦王却沉醉在对剑字的领悟中。秦王继续说："残剑写给你这两个字，便是说，刺与不刺，已不重要！秦将统一六国，势在必行，大势已成。一个人的生死，改变不了天下。天下大势，残剑早已看透！可天下是什么？它是百姓所盼，民心所向！"天下现在不是秦王的天下，而是百姓的天下，秦王在这里与残剑达成共识："那便是不杀，便是和平了！"秦王变成了一个向往和平的人，变成一个与民间的刺客或侠士一样的人。秦王看出，比王更重要的是天下，天下大势，无人可以左右，就算秦王自己死了，另一个新的王，仍然会统一天下，因为天下需要统一，需要安宁——秦王被这个发现震惊！秦王这才觉得自己也悟出了王者真谛。无名最终还是使出了他的十步绝杀。但剑缩在无名手里，没有真正刺秦王。无名对秦王说："天下！请大王记住这两个字！"刺杀于是终结。记住"天下"，就是历史之终结，就是新纪元之开始——这就是以民为本的和平观。这是说给秦王听的，是秦王悟出的，也是说给当今新国际听的。

　　在这里，根本被混淆的是帝王统一霸业与人民的和平愿望。秦王的历史面目被彻底更换，一个哀婉动容、仁义慈爱的秦王，一个爱好和平事业的秦王，替换了历史上的野心勃勃、残暴不仁的秦始皇。作为艺术作品，这样虚构未尝不可，我们的理解不是去质疑这种虚构的合法性，而是去追问这种虚构的合理性和可能性。这样的裂痕并不只是作为一个历史记载的秦始皇和作为一个电影叙事的秦始皇的区别，更重要的在于，作为一个封建帝王与人民的愿望之间的巨大的裂痕，这种裂痕如何在那样的瞬间，在面对一幅字时就领悟到了？在这样的瞬间，完成了一切的和解、信任、期望和嘱托。这是参禅？是佛教的顿悟？这个巨大的历史的和阶级的裂痕，却是通过神秘主义式的感悟作出的，这是虚构中的虚构，是一个不可能的虚构，这是虚构的不能性。说到底，这种强行的虚构背后的动机就是为了说出"天下"，就是为了重建当今"天下"新国际的秩序。

当然，无名是最终的英雄。长空是英雄，残剑是英雄，无名是最后的英雄。他们都是为人民的利益，为天下的和平而不杀秦王。长空、残剑与无名之间的友情和信任都因为对"天下"的责任而升华，这个本来是要描写友情和信任的故事，实在是因为当今"天下"的巨大阴影而转向了责任，为"和平"的责任。如果是关于责任、信任和友情的书写，这部电影可能真的会有惊人之处，但这一切都因为面向新国际的当下规训的需要，而要让无名与秦王达成一致，这就使统一的（在叙事的意义上）需要压倒了影片的深化。电影叙事设法使最不能弥合的鸿沟——秦王与刺客达成共识，这都是为"天下"的责任考虑。无名最终未刺死秦王，而是嘱托他："记住天下。"刺客们其实毫无把握，他们何以能信任秦王为天下着想呢？实际上，他们的"天下"根本不同，秦王的"天下"就是帝王的统一霸业，而刺客们的"天下"是和平。而这种责任、理想和抱负，既不可能也显得无比虚构化。秦王站在大殿上，看着没有刺死他的无名走去，双眼饱含着泪水，一个仁慈的君主，也就是一个软弱无力的帝王。此时呼声四起，杀死他，杀死他，那是秦国将士的呼声，那也是人民的呼声，那也是民意——也是人民的责任。什么是民意？古典时代的民意不幸早就被国族、阶级、法、责任、权利所分解。乱箭杀死无名，那是秦国的法在起作用，铁面的法之下，是不可弥合的古典时代的国族冤仇。最终能给统一赋予荣光的依然是强权，强权完成统一，而不是和平愿望，和平只是强权的副产品，和平只是暴力的有限补偿。秦王结果是真正的英雄，如果秦王没有完成统一结束战乱，那刺客们的期望全部落空，不杀秦王就不会是一项义举，只是一件蠢事。秦王完成了统一霸业，把和平带给人民。他成就了无名们的英雄美名，也成就了自己的英雄封号有史书称，秦统一六国后，把兵器收缴进国库，铸为大鼎。这似乎是应了刺客们期盼的和平，秦王果然统一天下，并放下屠刀。但事实上，秦王完成霸业也就是完成他对天下的统治，天下归顺，从此和平。但前提是对他的绝对的服从。那些兵器收缴后，人民不准有任何怨言，任何造反行径格杀毋论。秦统一后实施的残暴不仁，最终导致农民起义，推翻秦帝国。秦王的天下是他的天下，是一种驯服在帝王（和帝国）脚下的和平。这样的和平掩盖的是帝王对人民的压迫，只不过是把过去四处涌动的暴力集中起来，暴力的特权控制在帝王手中。天下只是帝王行使暴力特权的天下，由此或许可以说客观上带来和平，但电影《英雄》却解释秦王为天下谋和平的强烈的主观意愿，正是在这一点，无名与秦王在大殿上达到一致。这是张艺谋无法缝合的叙事裂痕。

三 暴力美学的依据和托辞

对于张艺谋来说，"天下"的观念只是一个概念，一个巨大的能指，它是宽泛的、模糊的、无法确定确切的内涵。一旦具体化，无名与秦王的共识就不能重合。但张艺谋需要这样一个巨大的概念，既能回到中国的历史中，又能应对当下世界性的难题，这就是侠士，就是一个中国式的艺术侠士。不同的是，无名们用的是剑——这个古典时代的冷兵器；而他们用的是电影艺术——一种汇集了思想智慧和高科技的现代媒体。张艺谋从90年代的思想困顿中解脱出来，因此能站在时代的前沿，作为一个时代的"文化英雄"而发言。这不只是张艺谋渴望自我建构的新的主体形象，也是他的美学寻求转换和变化的一个向导。"天下"作为影片中的思想意识，一个巨大的难以被真正具体化的思想意识，张艺谋因此可以获得一个美学表现的宏大叙事的背景。"天下"所表达的巨大的精神关怀，因为其模糊和不确定性，因为它空旷无边，因为它贯穿古今，它在美学上揭示的表现风格也同样是无限大的。这就像《哈利·波特》和《指环王》之类的魔法片一样，其思想意识属于灵异世界，如果要现实化，那也是民族—国家、人类的灾难和自我拯救之类的巨大寓言。思想意识与艺术作品的叙事方法风格之间构成的关系，一直是文艺理论的盲区，本文当然也不想陷到这个疑难重重的区域。我只是想表达，"天下"的观念的巨大空泛特征，乃是张艺谋要寻求的空灵大象的艺术手法和美学风格需要的精神依托。

张艺谋90年代的那些成功之作,大都是在压抑性的氛围下展开电影叙事,怪戾病态式的东方文化标识始终为人所诟病。而张艺谋的本性并非如此,他的成名作《红高粱》就是明朗热烈的作品。现在,张艺谋终于找到一个契机,一个能反映他浮出压抑的历史地表的超级能指——"天下"。还有什么比"天下"与"英雄"更昂然挺立的主题呢?有这样的主题思想作背景,广延与高远的场面就有尽情挥洒的余地。因此,张艺谋惯用的大块状的色彩,空旷的构图,点线艺术的随意穿梭都获得了形式主义的自由余地。在这个意义上,《英雄》就具有了张艺谋一直追求的唯美主义风格。

但是,《英雄》的唯美是宏大的唯美,这个宏大的唯美只具有形式的意义,而不具有唯美的内涵。唯美主义的经典形式是精细柔弱,其内涵则是颓废病态,但《英雄》则是充满昂扬之气,这与他的"天下"思想意识相对称。但张艺谋还是试图强调他的唯美,但那不是唯美美学的自主性的表达,而是"天下"的形式外壳。作为一部巨片,《英雄》不只是思想主题之宏大,而且还是电影语言之宏大。总是广角设置的巨大的背景,从远到近,或从近到远,大块的色彩,黑压压的人群,巨型的物体,辽阔的战场等等,长空、无名、残剑、飞雪、如月等人,就都在这些巨大的背景和场景中舞枪弄剑。看得出来,张艺谋追寻的是一种空灵的东方美学。但张艺谋从整体上来说,偏爱青灰色的色调,它的空旷就不是真正的空灵和空无,而是有一种内在焦虑,有一种始终摆脱不了的压抑感。那个空无中藏着它的逻各斯,那就是一个始终在场的实有的"天下"。对于"天下"这个思想本身来说,它是空洞暧昧的,但对于空旷的电影表现形式来说,它却是一个实有,是剧中人物始终要迫近的意念。在美学与思想之间,虚与实之间,在超脱与目的之间,电影的叙事话语始终包含着"天下"的情怀。

"天下"不仅是宏大美学的前提,也是暴力美学的基础。因为对"天下"和平的关怀,暴力的充分展示就有了充分的理由。所有的美学都是在暴力行为中展现,美学是关于暴力的美学,是关于暴力如何展示得更完美、更刺激、更富有东方情调而设计。这不管是无名与长空的搏杀,还是与飞雪和残剑的比拼,或者飞雪与如月的绝杀,每一个场景都被设计成形式主义的审美场景，那是东方式的空旷、点线、空白、变异的高度概括。令人惊异的是，每一个搏杀的场景都有"文化"在场，无名第一次遭遇长空就有一个老者弹琴，悲怆的琴声中这个暴力的场景被表现得如歌如诉。无名在书馆与残剑的拼杀，那是以书简作为背景的暴力展现，那是关于文明与暴力的搏杀，同时也是具有文化蕴含的搏杀。这样的搏杀是与"书"沟通的，是在"书"中的搏杀，是"书"启示下的搏杀，是为了文明的进步的搏杀。飞雪与如月的那一场绝杀安排在一片血红的樱花树下，纷纷扬扬的樱花使暴力与死亡变得华丽鲜艳，妩媚动人。影片反复出现的那个巨幅的鲜红的"剑"字，是残剑、无名和秦王共同从中领会的意蕴，在这里，书法之美与剑法的境界被融为一体。剑法的最高境界也是暴力达到的审美境界，其意蕴则是"无"，是对剑的消解，对暴力的解构。暴力的最高的境界就是美，美的最高境界就是暴力的消除。而它们最终都有一个实在的所指——"天下"。

"剑"字作为暴力与美学的统一体，它是始终在场的逻各斯，它是一个神符，是一个伟大的启示录，是一部开启的神学词典。它被反复书写，被残剑和飞雪以情爱的形式反复书写，那也是反复的膜拜。影片中他们俩共同在沙盘上临摹，那会心的相视一笑，是情爱对暴力的消解。暴力与美学的最终统一就是"天下"，暴力美学的最高的和最终的境界就是"天下"。"剑"字原来就是"天下"的在场，就是"天下"的存在—神学。因为胸怀"天下"，长空、无名、残剑、飞雪演绎着暴力的所有场景，那是美学的场景，是"天下"使暴力具有了美学的含义，也是因为要抵达"天下"的神学，要不断地展现暴力的美学。只要胸怀"天下"，渲染暴力就具有美学的意味，或者说，在对暴力的美学追寻中，领悟到了"天下"的真谛。张艺谋把暴力展现得美轮美奂，这是为了"天下"，这也是无意间的抵达吗？残剑是在日复一日的书写"剑"字，感悟"剑"字中蕴藏的剑法而领悟到"天下"的。"天下"是一个预谋的逻各斯，还是一个意外的副产品？对于残剑来说，那是后者，而对于张艺谋来说，那肯定是前者。只是蕴藏于暴力美学中的"天下"不再那么纯粹，不再那么真诚。就像秦王突然转过来说的那样："寡人悟到了！"那是让观众吓了一跳的时刻，那个暴力与美学最高的和最终的统一时刻，不幸地是一个略显滑稽的令人难以置信的瞬间。《英雄》说到底玩的是暴力美学，"天下"

终究不过是一个突然感悟的逻各斯,只有在一个特定的时刻,在生死的关头,秦王突然感悟到了。这不是一个去蔽的时刻,这是一个怪诞的时刻,那是一个明显的预谋的逻各斯。

张艺谋既要怀着宏大的美学冲动,又怀着面对新国际说话的愿望,这二者都在"天下"那里获得支撑。然而,"天下"并不能统合这两方面的需要,作为宏大美学的基础,"天下"让张艺谋如愿以偿;作为向新国际说话的依据,"天下"并不能恰如其分。在当今新国际的舞台上,谁是秦王?谁是无名?没有人可以对得上号。张艺谋本来也没有指望对上号,只是那种似是而非的隐喻,故作高深的格调好像要给天下大势指明一条未来之路。这样的隐喻和比拟被历史阻隔而不再能重合,这是巨大的现代性创伤,是哈特和内格尔式的"新帝国"时代的挫折。[①] 古典时代的"天下"本来就是帝王的"天下",因为王权而具有统一的本质。当今的"天下"早已是四分五裂,冷战后并没有迎来一个和平的新秩序,而是更加剧烈的文明间(宗教间)的冲突。新国际的刺客们有了新的封号,那就是恐怖分子。这是追问谁的"天下"的时代,这是打破强人统治"天下"的时代。《英雄》的"天下"只是一个重返古典时代的自欺欺人的梦想,是一个哀悼和祭祀,是一个不自量力的历史规训,然而,作为一个蓄谋已久的美学托辞,它是暴力与美学和平共处的家园。

---

① 这里是指麦克尔·哈特和安东尼奥·内格尔(Michael Hardt & Antonio Negri)合著的《帝国》(*Empire*)一书中表达的"帝国",2000 published by Harvard University Press,中文版,江苏人民出版社 2003 年版。

第七章

最终的秘密:碑、瘤子与
乱伦后的谋杀

　　墓碑、瘤子与乱伦及谋杀，这实在是风马牛不相及的几件事，把它们凑在一起，完全出于一种好奇。它们狭路相逢，在寻找文学秘密地带的道路上不期而遇，也正因为此，它们以很不相同的方式，共同意指着当代中国文学的某种隐秘的期待与未来的可能性。

　　2003 年第 1 期的《大家》登载了东西的短篇小说《秘密地带》，这篇小说当然不会引起特别关注，刊物也没有放在显要位置。我倒不是说这篇小说有多么出色，即使我这么说，也不会有多少人认同，现在人们的观点与趣味差异是如此之大，对于一些意义特别的作品更难达成共识。好在这里我并不寻求人们认可这篇小说，我只是从它所表达的特别意义，它的特别的表达方式来寻求这个时期的文学的隐秘而内在的意味。

　　这篇小说讲述城市青年到乡村的奇遇故事。一个叫成光的城市青年老是表示寻找一个隐秘的乡村，这使他的女朋友以及周围的人都觉得他脑子有毛病，结果女朋友不辞而别。他四处寻找女友，绝望之际在一个乡村跳河自尽，被两个乡村姑娘救起。其中一个叫莲花的姑娘显然对这个城市青年有爱慕之情，但成光始终不能忘怀他的城市女友。经过一段乡村生活，成光逐渐融入乡村，他甚至对莲花也产生了爱情，在一个肌肤之亲的夜晚之后，莲花却消失了，据说她去了城里。成光也回到城里，他讲述他的乡村经历，没有人相信他的讲述。他变卖了家当，去寻找那个叫作莲花谷的乡村，结果他并没有找到那个乡村。在他记忆中的地方，他发现那个地方只有一块古老的墓碑，上面写着夜郎国公主谢莲花战死之墓。这就是我这里说的碑的由来。

2003 年 7 月人民文学出版社出版林白的长篇小说《万物花开》,这部小说讲述一个脑袋里长了瘤子外号叫大头的农村少年,顶替同伴的杀人罪名,被判了刑。小说就从他到监狱服刑开始,描写监狱里的残酷迫害场景。但整部小说并没有描写监狱生活,也没有详细叙述他与同伴如何犯法的故事,那只是一个偶然事件。小说主要是在描写一种生活,通过这个脑子里长瘤的家伙的独特眼光,去打开中国贫困乡村中的生活面目,触摸那些随处可见的生活死结。这个瘤子在小说叙事中就像是一个支点,它使林白的叙述随时跳跃飞扬。瘤子既是大头的秘密,也是林白小说叙事的秘密,她带着残酷的诗意去把握这个瘤子,利用这个瘤子,在一个极不人道的书写中书写人道的内在性。

《当代》2003 年第 1 期发表方方的小说《水随天去》,这篇小说一俟发表就好评如潮。这篇小说讲述一个 18 岁少年爱上他的表姨,随后谋杀表姨夫的故事。但这篇小说写得委婉细致,如歌如诉。所有的不道德与非正义,最后都被赋予了强烈的同情。文学以反道德的方式获得了人性的内在性,并且使小说叙事始终流宕着诗情。

碑、瘤子,这是实体性的物质存在,它们在审美表现趋向于虚幻化的场域中出现、存在,意指着迷失的历史及其苦难。而乱伦与谋杀,这种人性的变异与价值错位的事物的抽象性本质,却给那些更趋向于写实的小说叙事,提供了另一种可能。其作用与效果都是给文本建构一种内在性,这种内在性决定了文本存在的深刻性与力量。当文本不再能从宏大的客观性真理那里获取内在性与深刻性时,这些东西充当了文学最内在的质料,它是当今小说苦苦寻求的内在隐秘,就像芝麻开门的暗语一样。这也表明当代小说越来越倾向于表现性,而在表现性与历史结合的方式上,正在开创一种新的途径。

一　秘密地带,墓碑,文本的虚幻性

回到东西的短篇小说《秘密地带》。很显然,东西的这篇小说有隐约的寓言意义,这像东西其他的小说一样,总是有一个似有似无、若隐若现的寓言。如果说这篇小说的寓言内涵意义表明了什么,无非可以理解为,城市里的人想摆脱城市向往乡村纯朴的文明，而乡村的人则向往城市文明。正如成光出于对城市的绝望而寻找乡村一样，莲花则走向了城市。如果仅仅表达了这些意思，那东西的小说也没有什么过人之处。问题在于，它在寻找一个秘密地带，这个秘密地带的寻找过程与出现的方式，显示出这个文本的独特的审美表现方式。

我们首先会追问，这是什么样的一个秘密地带？小说的叙事一直没有揭示其秘密特征，它一直是在我们的常规经验范围内。小说开篇写的那个唱着流行歌曲跳河的场景，以及两个乡村姑娘窥视的情景，都没有什么秘密可言。一直到了小说叙事的中间段落，出现了这里的民风习惯，劳动、分配、婚嫁、人伦关系以及裸泳等，我们也就觉得有点民俗特点而已，想过去可能是少数民族地区之类的地方。直到小说的结尾处，谜底才出现，这个"秘密地带"的神秘，不在于它存在的怪异性，而在于它存在的本质——它到底存在还是不存在？它是一块墓碑的显灵，这才真正是神秘之处。任何神奇都在于超现实，如果现实化，就没有神奇可言。"秘密"本来无所谓神奇，它是个人所保守的不为他人所知的真相，但在这里，秘密依赖了神奇，神奇给秘密注入了价值，因为神奇，这个秘密才具有非同寻常的价值。这个民风淳朴的山村，是一块墓碑的显灵，这就是一个神奇的秘密。

东西试图表明，这个秘密地带也并不是一个理想的归宿。从小说叙事的基本动机看，作者揭示城市之外的乡村存在的秘密地带，这个地方山清水秀，人们劳动收获，与世无争，这里没有悲伤，人们不准哭泣。在收获的季节人们载歌载舞，一幅幸福平和的景象。成光在劳动中与莲花建立了友情或爱情，他也变得健康快乐。但是，在这里生长的莲花却离开了，并且去了城里。这个秘密地带还是被莲花（也是被东西）抛弃了，外面的世界还是吸引着莲花，只有成光这种被怀疑精神有毛病的人，才对这样的地方痴迷不已。东西对这个秘密地带的描写也包含了双重性，他既看到城市人对这种地方的向往，也揭示了它的虚幻性。到底什么是成光逃避城市的理由呢？直接原因当然是慕秋秋，但慕秋秋显然厌烦了成光没完没了地幻想那个神秘地带。根本原因还在于成光的幻想症。他不能进入城市，面对慕秋秋这样的城市女人，他既然深爱着她，为什么还要幻想着其他的什么地方呢？他并不能真正面对慕秋秋这样的女人。在小说叙事中，慕秋秋只出现过一次,而且一闪而过。她是缺席与始终在场的奇怪的统一。成光跑到乡村来找慕秋秋,这显然是一个严重的错位。我们可以推测慕秋秋也许是一个后现代式的女子,成光并不能真正把握,也不能真正投入对她的爱。他向往那个秘密地带,而这个秘密地带其实也就是一个乡村,中国从古至今不断流传的世外桃源。成光能有什么想象力呢?他还是回到了传统之中,他没有去黑客帝国。

并没有一个理想的绝对的归宿式的秘密地带,但东西似乎是在寻找文本的秘密地带。对于东西这个文本来说,在最关键的那一时刻,在文本自我显灵的那一时刻——也就是墓碑显现的那一时刻,文本的秘密地带出现了,也就是它的神奇性出现了,但又迅速消失。它被植入到无限复杂的文本间性中,在漫长的文本历史中,它的神奇性被别的文本遮蔽住了。从文本的角度来看,这个文本本身并不能依靠这一点而享有自身的秘密。也就是它最后的那个谜底的揭示,那个地方并不存在,它只是一个神灵似的幻觉。就此而言,这篇小说可以看成对多个历史文本的戏仿,例如,《桃花源记》之类的古典文本,那是一个对传说中地方的寻访。今人马原的小说《虚构》,那个叫作马原的汉人无意中走进一个麻风病人居住的村庄,那里有着独特的生活,后来他走出这个地带,回头眺望却并没有发现这个村庄的真实存在。诸如此类的似真似幻的其他小说(这类小说或者以一个对世外的隐秘去处的发现为情节,或者以表达逃离城市向往乡村为内涵)在文学史上并不少见,都可以看到对秘密的超现实世界的寻找。这种做法在其他的文本中也可见到。

但是有独特性的文本总是具有存在的倔强性,它总能在被遮蔽之后再确定自身立足之地。

一个文本的存在,总是依赖它的独特性,依赖它的第一次。凭什么说它是第一次?它具有绝对性?它享有自身存在的秘密?文本实质上是阴谋的产物,它在历史上那众多的文本中,要盗来自己的本质——秘密,谈何容易。文本总是要凭借机智、凭借勇气和诡计来开掘自身的道路,以此来抵达秘密地带。最终的结果当然不是到达外在的他处,而是自身就开启一个秘密地带,更严格地说,秘密地带就在文本的内在性之中。文本的历史当然不是如此纯粹和真实的。文本的历史也充满了霸权,充满了外在性强权。在现代性建构的文本审美建制中,历史化的社会意识形态给文本注入了强力内涵，文本不再作为一个自身的秘密而存在，而是作为一种真相被历史公开。正如巴尔特对现实主义攻击时所说的那样，现实主义就是同语反复，文本在这样的境况中，不需要去获取自身存在秘密，而是对历史强权进行诠释，作为历史的附庸就可以存在。

重要的在于东西对那个秘密地带的寻求与它的显灵，给文本的自我构成提示了美学的可能。对这个秘密地带的切近，东西也开启了文本的秘密地带。在这篇小说中，那个秘密地带并没有以其奇异性给予这个文本以非同寻常的文学意义，那个莲花山谷没有多少特别之处。而小说真正能够在文学的意义上存在并且有特别之处，还是一种更为虚化的美学素质。这就是那种超出可还原的实在之外的对人与事物的描写情境，那种状态与气氛，情调与韵致的表现。东西在这里明显更加偏向于对小说虚化的诗性气质的开掘，这使东西的小说总是包含着一种特殊的意味。

在大多数情形下，小说不能太虚，总是依靠与现实的可还原性来获得对实在世界的指涉。但虚写又是必不可少的，如果太实，小说就显得死板，缺乏灵气，太虚则显得空洞轻飘没有可把握和可感知的故事实体。要把二者结合得恰到好处，就显示出作者的艺术功力。像 20 世纪 80 年代后期的先锋派小说那样，洋溢着强烈的抒情意味，并且大量堆砌修辞手法，那毕竟有矫枉过正的历史前提摆在那里，有一个艺术革命的氛围在起支撑作用。或者像刘震云那样，在他四卷本的《故乡面和花朵》中那样，把乡土中国的故事叙述得神魂颠倒，那已经是冒天下之大不韪。这一点到底是刘震云的勇气还是才气在起作用尚不得而知。通常情形下，虚只是小说实的一种补充，一些情调表现、情境描写，等等。而且在 90 年代中期以后，小说越写越实，以至于与纪实文学混为一体。我们再怎么为其艺术上的特征辩护都吃力不讨好。当代小说已经玩不了虚，玩了虚也不见得能讨好，像东西这篇小说一样，玩了虚，既不会为刊物所重视，也不会为读者所青睐。但虚写却是维系艺术性表达的根本性措施，我之所以上升到根本性来理解，在于虚写融化了艺术表达的系列手法：精巧的构思、对情境的控制、语言修辞的运用、风格的始终维持。东西的这篇小说不是局部虚写，而是全面虚写，它依靠虚幻化的表现来推进叙事，来确立它的文学性品质。

回到东西的这篇小说，看看他的虚写所开启的领域。他在寻求另一条道路，一条依靠小说叙述的推动，依靠语言的力量来建构文本的秘密。

小说一开始，男主人公的出场就模仿 MV 之类的场景，唱着流行歌曲准备跳崖，旁边却是两位漂亮的乡村姑娘在窥视，准备营救。这个绝望的自杀场景没有任何惊险与悲剧的气氛，相反，在极富有抒情意味的场面中成光跳下水，而后又被救起。这是在毫无悬念的情况下进行的表演，它更具有喜剧的戏谑特征。成光如期被两位乡村姑娘救起。另一方面，他一旦进入其中的具体情境，他的小说叙事把握的那些细节又都遵循真实可信的生活逻辑。那些具体的故事单元，在略微的夸张中，还是能与现实生活相联系的。在这样的场景中，文学性的描写如期而至：

> 晃动的水波上，两位村姑的倒影像纸人一样贴着水面弯曲起伏。她们身上鲜艳的服装一下就把河水照亮了。她们红扑扑的脸蛋即使是在发蓝的河水的倒影里也能看得出来。水波轻拍河岸，溅湿了两姑娘的布鞋。她们浑然不觉，神色慌乱地盯着水面。浮在水面的成光朝着一簇荷花飘去。荷叶丛中躺着成光的背包。①

这样一个绝望的自杀场景却被描写得如此优美与富有抒情性。这使人联想到当年的先锋派小说的那种笔法（例如，苏童的《罂粟之家》，格非的《迷舟》《风琴》等），在破碎的生活边界上展开的修辞性描写与抒情。当然，先锋派是在绝望中透示出诗情，而东西则是在戏谑中播放幽默。前者因为特殊的历史压抑的语境而使得那种诗情具有抹不去的悲凉，而后者则是在缓解了历史压力之后的空虚无奈。片段式的文学性描写替代了故事情节，它把实际发生或正在发生的事，拉到另一个地带——这个地带并不只是现实的影子（文学语言与现实构成的透明指涉关系），而是文学语言本身闪现出的审美意味。在这篇小说中，像这样的文学性的描写场景还不少，小说不是依赖还原生活来获取思想能量，而是依靠文学描写本身来建立文学性品质。当然，这种虚的文学性表达依然要靠内在意义来支撑，对于小说来说，人物情节及其内在思想意蕴都不能少，只是这种虚化的小说，把传统小说的要素降到了较低的水平。东西寻找的不只是情节淡化后

---

① 《大家》2003 年第 1 期。

留出的那些空地，同时在具体的情境中，通过人物的行为状态的略微荒诞化处理，也可以打开一些空间，那里可以给文学性的修辞与表现提供余地。荒诞手法也是虚化的手法，促使存在的状态在这样的时刻变形，而留下更多的想象空间，这使文学性的表现享有了更大的空间。

东西的虚写显然容易流于玄虚空洞，聪明的他知道这一点，怎么给虚写赋予美学的内在性，这就要看他的语言修辞功夫。东西把小说的叙事提升到虚的层面后，他的叙事就要始终保持戏谑观点与幽默的效果。不管是在小说与现实的连接关系上，还是具体的故事情境描写方面，他都利用戏谑与幽默来给情节和人物以自我展开的动力。东西还好具有一种冷静而坚定的清醒，他的小说叙事在与现实的连接关系上被明显地打上假定性的标记，他不会为他自己的叙事所蒙蔽，也不想以此来蒙蔽读者。因此，他努力使他的小说场景和人物行动与现实逻辑有所差异，在对现实的戏谑、在与现实参照构成偏斜关系的前提下，他进入叙事情境。

在这里，语言对事物的接近显得更为重要。对于东西来说，当然不是重温新感觉派小说的那种语言接近事物的指涉关系，而是回到文学性的叙述上面，使叙述显出质感。东西的语言总是在寻找一种磁性，它们处在一种既松弛又紧张的状态。松弛在于它始终具有一种透明感，叙述绝不陷入复杂的关系网络，而是有自身的单纯性。紧张在于它具有韧性，在单纯性的状态中持续向前推进。作为一篇短篇小说，这篇小说显得非常单纯，情节也单纯，而且发生了平行的重复关系。例如，成光跳水的行为就重复了两次，成光到莲花谷的行为也重复了两次，莲花离开乡村到城市，与成光离开城市到莲花谷也是一种二元模仿关系。这些重复的结构使小说的情节显得更简单且有透明性，这对于东西这样想象力丰富的作家来说，确实也令人费解。短篇小说本来就简单明了，何以再来如此多的重复呢？也许这是现实存在形式的枯竭表现，一种下意识的自我模仿，存在的无限自我终结的形式。小说叙事到这里，几乎要飘起来，我们只感觉到语言在飘，思想在飘，文本在飘。结果，东西亮出了他的杀手锏——那块墓碑：那个莲花山谷并不存在，只有一块历史墓碑。秘密地带到底在哪里呢？在历史中？在历史的传说中？还是在人们的想象中？一切突然间又峰回路转。就是那块墓碑起到了故弄玄虚的作用，然而，却把所有的虚化为实，化为人与历史、与现实的联系方式。在这里，后现代的修辞与戏仿并不能有效击穿现实，显然，东西还是借助了现代性的历史观念。这个墓碑是一个强行的历史介入，它是当代并不成熟的后现代对现代性不得不行使的一项抵押，所有的后现代修辞都抵押给这个已死的历史石碑了。

那个秘密地带，一开始就带有虚幻感，最终它并不存在，它是一块历史的纪念碑——它既是虚幻的，又有历史的物化形式，这确实是寓意深刻。最后是一个历史的凝固，这是令人想不到的。正是最后的凝固，使东西可以放开手来建构一个虚幻性的审美情境。很显然，文本一直陷入虚幻的描写，人物的精神状态也飘忽不定，这背后总是隐含着什么诡计。最后，东西把底牌翻出来，所有这些都是那块历史性的墓碑的精神显灵。如果没有所有的虚写，这块底牌（碑）的翻出就没有意味；而没有这块包含着历史丰厚性与死亡印记的存在物，所有的虚写就没有内在性。历史感在这里化为一个死亡物证，它几乎是突然的侵入现在，侵入当代人的精神领域。它的侵入没有逻辑，没有铺垫，没有理性与必然性。它是显灵，是幽灵似的侵入。这就是历史在后现代的存在方式，它是一些断简残碑，绝对的碎片。但它却无处不在，无时不有。它突然显现又突然消失。我们进入历史也只有这么一点坚实的物证。也正因此，所有的现在才越来越显得虚幻。而文学对现实的表现，也不可避免地陷入虚幻感。东西做了一次迄今为止文本最为虚幻的旅行，他的所有才华似乎在证明，文本无法摆脱现实，更无法超越历史，一切都在历史之内。没有那块历史性的墓碑，这个文本就要遭遇失败的厄运。而这个死亡之物，死亡的物证，却让文本起死回生。东西的写作像是历史与虚幻之美的一场博弈，在几乎要虚脱时，他回到了历史，回到了久远的传统中。这是复古的共同记忆，也是文学死亡之后的幽灵化复活。

二 瘤子，叙述的飞扬与乡村的苦难

文本意指一个秘密地带，与文本要创建自身的秘密地带，这并不是一回事。早期的现实主义小说，带着现代性初起时对外在世界的强烈兴趣，经常意指着一个秘密的外界，而浪漫主义的小说被称为"感伤的诗"，经常也是充满了对神秘世界的向往（例如 19 世纪的德国浪漫派）。那些早期资本主义小说，例如笛福的《鲁滨孙漂流记》，它就描写一座孤岛上的生活，这倒是充满了对外部世界好奇的现代性态度，这类作品在那个时期比比皆是。就其本质来说，其他的现实主义小说也是如此，只不过把孤岛作了变相的处理，孤岛实在是一个象征，它意指着与我们的此在陌生化的另外生活。但随着现代性在历史进程中的全面展开，现代性的实践本身充满了昂扬的自我意识，文学艺术都怀着臣服的姿态展示现代性的伟大历史。文学艺术不再关注自身的秘密，历史也没有秘密，现代性把历史之本质与前进方向都大白于天下，文学艺术从现代性那里分享来了巨大的历史客观性，它还有什么必要回到自我意识的深处呢？真实性与客观性就这样占据着文学叙事的主流，文学没有秘密。既不能意指什么秘密世界，也不必自己建构文学的秘密领地。

但是，现在，每个文本都自以为获得独立性，越来越多的文本试图重新建造自身的秘密王国。在同一期的《大家》，准确地说，就在这篇小说的前面，有一篇小说就叫作《形式国》，作者的名字也怪怪的，叫七格。小说的题词写道："谨以此篇，纪念伟大的数理学家希尔伯特。"并引了一位像是中东先知或数学家的人的话说："作为数学家，我同样认为理想元素是摆脱困境的灵丹妙药。"这里也提到了"理想元素"。小说讲述非洲贩奴时期的故事，但作者并没有像经典的贩奴小说那样描写奴隶的苦难或殖民者的罪恶，作者似乎是要对贩奴历史作一番重写，并且对非洲部落的生活事相表现出浓厚兴趣。作者在题词与后记中均表示过对希尔伯特数学的重视，但在小说中看不出有什么非常重要的作用。这个关于异邦的故事，显然在强调黑人生活的离奇之处，也试图重写殖民主义的贩奴历史，他颠倒正统史书里书写的反帝国主义的历史叙事。黑人早就在干贩奴的勾当，这个压迫史是他们自己书写的。但是，这种对历史的颠倒显然不是文学的任务，它也不可能建构小说在艺术性上的特点。就文学性的意义而言，当然是对生活的特殊状态的描写更能切近一种生活的本质。但这些特殊性可以做到什么程度呢？事实上，我们依然可以在现有的各种文本中找到素材。本书无意在这里评价和分析这篇小说，看得出作者的才智学养非同一般。我想探讨的就是，如此下大气力要表现的一个另外的世界，会是什么样子？也就是文学中的异邦他国会呈现为什么样的特征？贩奴、非洲部落，这不是什么秘密地带，这是公开的秘密，但它具有奇异性，本质上与要表现的超现实的另外世界是相同的。这篇小说以一个部落的节庆仪式开始，在阅读过程中，有很长时间让人产生神奇怪异的感觉，会以为是一个神话式的地方。这些异域的神奇经验给文学表达造成了开掘陌生化思想与审美感受的动力，但是它们也有明显的局限性。这些陌生化的经验如果不能在阅读经验中产生共鸣，不能被阅读经验识别，那就产生不了审美上的效果。另一方面，能引起阅读最深层次共鸣的，依然是普遍性的经验，关于人类历史，关于人性命运一类的文学普遍性主题在起作用。而确定这个文本的独特性的要素，依然来自叙述、语言等表现形式方面的要素。作者说的"理想元素"是什么呢？它可能就是建构文本秘密的元素，但我们没有在文本中发现光亮，发现秘密地带开启的那种效果。当然，文本的秘密地带之开启也未必就是瞬间时刻，它可以是文本始终存在持续展开的审美内在性。

当然，我们并不是要回到内容与形式统一的古老命题，而是要重新认识文学性的表现机制在当代小说叙事中的特殊作用。

文学能在多大程度寻找另外的世界——那个远离现存的秘密地带呢？它总是向过去或未来求助，或者向异域获取资源。这些另外的世界总是或多或少给文学叙事提供了陌生化的空间，打开精神或语言的疆域。很显然，这个秘密地带也是有限性的，它并不是无限的。如何理解它的有限性？它为什么不能推到极端？回到东西的小说，那个秘密地带不管从哪方面来说都显得平常，没有什么特别之处。如果过于特别，势必会产生两种后果：其一，这篇小说变成了对那个秘密地带的弄假成真的探索，也就是说变成了对世界还原性的探究，它是关于世界奇异性的思索。其二，它减弱了文学的语言修辞运用。而这二者必然是互为表里的。如此看来，东西放弃了秘密地带的奇异性，他没有制造黑客帝国的效果，只是在一个经典提供的重写文本的基础上，来展开他的文学叙事。因为放低了重建秘密帝国的野心，东西选择了语言的可能性。而语言的可能性在很大程度上只有摆脱了过多的内容的压力才能释放它独特的能量，传统现实主义倡导白描手法，目的就是压制形式的能动性。在革命年代，有太多的社会历史内容需要文学加以表达，而且客观真理性的世界观，也迫使文学叙事放弃主观化的视点和语言表现的能动性。现在，当代生活世界已经没有厚重的真理性的他者需要表现，这个真理性的他者，因为它的绝对性和不可理喻性，因而需要反复加以隐喻式地表达。而现在，一切都昭然若揭，没有多少真理的秘密难以理解，或要强制性地让人们接受。生活世界留给文学的也没有那种宏大的完整性，而只是一些支离破碎的传闻，一些奇异古怪表象，它们本身没有真理性，也没有隐含巨型寓言，那也就无法承载文学叙事的全部能量。

这就使当代小说叙事在如何回到文本建制上颇费功夫。如何攫取历史/现实的一点本质要义，而后能展开文学的审美表现力，这似乎是历史终结后文学的生存之道。就这一点，可以看看林白的小说《万物花开》。林白过去并不写乡村生活，她的小说大多以城市小知识女性为主角，写她们的生存境遇，在爱欲的失败中挣扎与反抗，那些故事和人物都被林白处理得怪模怪样。现在，林白把目光投向中国乡村，她无意把乡村神奇化和浪漫化，但她显然开始关注乡村中国的生活状况。应该说她受到当今关注底层民众生活疾苦这种潮流的影响，她也把目光投向那些苦难分份的生活事实。但林白要展现的不会是生活本身的原始事相，而是她的叙述，她的表达的快乐。如何从苦难怪异的乡村生活中获取叙事的奇异效果，这是她的写作要考虑的根本难题。她果然巧妙地选取了瘤子的视角，这个视角极为有效地展现了那种奇异怪诞、无序却滚滚向前的乡村生活。贫困、情欲、权力、性别压迫，这是长瘤子的大头所不能理解的深意，但他的视角却可以呈示出荒诞无稽，却自然而然的生活事相。一方面是生活的奇异性，另一方面是这个长瘤子的大头的视角，这就是林白玩的诡计：万物花开——万事万物都有它的特异性，都有它的纯粹自然存在的方式和生长的权力。神奇怪异的才是自然的，自然的就是神奇怪异的。这可能就是万物花开包含的自然人本主义的思想。

正是基于这种思想，林白展现出乡村生活在贫困荒诞中透示出的勃勃生机。林白对正常平常的生活事相没有兴趣，她热衷于把握那些奇奇怪怪的现象。这个脑子里长了五六个瘤子的主人公大头，他并没有被死亡吓倒，对于一个知道不久就要死去的少年来说，他的生活并没有被阴影压垮，而是充满了生活的热情，他几乎是怀着期待迎接死亡来临。"有时候我在坡上碰到百六九放牛，我问他，百六九爷，我家的三万块钱早花完了，我怎么还不死？百六九说，快了快了，要不了多久……"① 这就是林

---

① 《万物花开》，人民文学出版社 2003 年版，第 22 页。

白式的幽默,冷酷中又有一种对生命挚爱的温情。这是对死的探究,更是对生的希冀,但这一切都隐匿在生活自然流动的表面之下。那些致命的瘤子,却像神奇的精灵一样寄居在这个十五六岁的少年头脑里,它们总是导引着生活美妙与快乐的情景。"我的瘤子最喜欢油菜花,在盛开的季节,我的瘤子就会飞出我的身体,在油菜花的上空盘旋,这时我的眼睛里一片金黄,就好像我自己也是一朵油菜花。"

小说写到牛、猪等动物,写到杀猪的二皮叔,赚了大钱的王大钱,细胖还有那些"跳开放"的女孩们。这些动物、人以及相关的事物都被赋予一种邪性,它们违背常情常理,怪诞不经却又倔强地以它们的方式挑战生存的自然法则。林白总是在每一个描写场景,给予它们的存在以一种姿态,一种不服从既定法则的自由状态。万物花开,既是一个万物通则,又是每一事物的不同特性,正如每一种花都要开放但又都不相同一样。当然,这部小说隐约透示出当年拉美魔幻现实主义的那种意味,林白的本土化笔法还是做得比较到位的。

当然,自然的法则并不能涵盖一切,也难以成为文学全部的哲学根基。林白对乡土中国的书写,依然可以看到当下中国作家越来越自觉的面对"苦难"一类的社会问题的关注。从本质上来说,林白写了一个乡村少年极其不幸的命运和他快乐而自在的生活,这是事实的现象与本质的绝对矛盾,被林白敏锐地捕捉到。也许林白就是要用快乐而挥洒自如的笔调写出最绝望悲惨的生活事相,这是残酷的快乐,也是快乐的残酷。它决定了事物、存在、命运是如此邪性,你不能抗拒它,但是,你可以与它共舞。在小说的后半部分,还煞有介事地附有"妇女闲聊实录",这到底是真的闲聊实录,还是林白有意去捕捉原生态的事物事相而设的圈套?她要找到妇女讲述的更彻底的真实?很显然,林白既在虚实之间游刃有余,也左右为难。她借助瘤子把叙述推向自由飞扬的层面,但它们离现实,离实在还是有点距离。直接的写真缺乏文学品质,无法展现叙述的审美表现力,但虚幻化的表现却也使林白并不踏实。好在这个瘤子还是救了她,这个瘤子,代表着病痛、怪异、无可救药的生存状态与倔强的本能。瘤子给她提供了极大的自由度。就像东西的那块石碑给他以历史的积淀力量一样,瘤子给林白带来的也是双重性,既深刻地卷入生存苦难之中,又可以最大可能地超出现实的约束。在任何时候,她的展现叙述与语言魅力的表达，都可返回到乡土中国的绝望性上。苦难中有欢乐，这是长瘤子的大头的生活，也是林白理解的乡村中国的生活，而在把握住瘤子的叙事中，这两方面都并行不悖。

三 乱伦、谋杀与人性的秘密

说到底，要打开当今文学的内在性，要给予文本以内在性，文本本身的审美表现力终究要与历史相遇，寻找到一个与历史存在相遇情境。在那里，历史成为已死的铭文，而我是活生生的存在。只有我的活着的存在证明历史之死，我是对历史重新思考的主体，我是一个活的见证。所有问题的关键也许就在于如何做一个活的历史见证。碑文与瘤子都是历史/存在的物证，我无论如何脱离实在性，总是有这么一根绝对之线把我拴住。

握住那么一点历史的坚实性，文学就不会在与现实的对话中失踪。当然，东西与林白都是偏向于虚的叙事，他们只要把握住一点历史/现实之要义，而后就可以高飞于叙事的天际，在某个决定性的时刻再降落到历史的支点上。对于更为写实的作品来说，它又面临相反的情形，它无法脱离现实实在，它总是在追击实在之本质时获取揭示的深刻性。文本的独特性显然要依赖对生存事相的独特性的开掘来建立，客观性的宏观历史衰弱之后，文学与人的生存反倒更为接近。过去开掘历史的隐秘性（其实是意识形态给定的内涵），现在转过来变为更为切实的人性。说到底，意识形态的诉求总是存在的，当它过于强大时，它完全重编码人类生活事相；当它退居幕后时，生活事实就更加醒目。现在，对人性的隐秘性的探究构成了文学建立自身深刻性的基础，在这种探究中，文本同样获得了一种深化。事实上，这种开掘的深刻性来自审美表现力。目的是手段的结果，这样的表现力造就了这样的人性，而不是这样的人性决定了表现方式。对于文学来说，表现方式最终融合到目的中去，手段与目的的统一才造就最后的艺术形象。这在理论上是不难理解的，但手段如何造就目的？如何融合进目的却总是为人们所忽略？以至于人们会认为目的本来就存在那里。正如对人性的表现一样，在小说中表现出的人性包含着艺术表现力的因素在里面，当它吸收到所有的审美表现力之后，它就成为这样的艺术形象，具有这样的文学品质。正因为此，文学对人性的探究，也就是对文本自身的探究,是文本自身的表现力的展开和实现。

当然没有什么纯粹的人性,人性是被历史化的,并且也可能是被阶级化的(这是马克思主义的基本观点,这个观点是任何反对马克思主义的人都会乐于承认的)。也正因为此,对人性的表现才具有无限宽广的余地。也正因为此,文学的内在性通过人性的社会内涵就在相当长的时间里被注入了深厚的意识形态本质。在整个现代性的历史阶段,人性的内涵被拓展到无限的地步,人性终至于被历史、社会以及意识形态更庞大的概念体系所遮蔽。当意识形态衰弱之后,我们能把握的人性却更加有限,因为人性的普遍性的内容本来就那些。对于文学来说,普遍的人性概念并不是它所关注的重点,它关注的就是个别的人性。现在,个别的人性从历史中裸露出来,给文学表现提供了更为原始的内涵。人性不向历史社会深化,而是向性格的独特性、命运特殊性以及生存的极限状态倾斜。这显然不是人性的伦理学和社会学问题,而是文学审美表现问题。

事实上,文学只关注对人性的特殊性的表达,它要超出社会学和伦理学的范畴。善、恶、美好、爱恨情仇,这些都只是人性的表现形式,它们直接的含义属于道德伦理的范畴。但人们清楚,文学艺术作品中对人性的表现,并不能简单归结为道德伦理,也不能仅仅从这方面来确认其思想意义。事实上,在文学作品中,有时候所表现出的道德伦理立场是相当模糊的,其正面肯定与否定的意义指向还很难分清,或具有双重性。但这正是人性的力量,它具有对既定的伦理道德进行挑战的意义。以至于历史上那些被称为"伤风败俗"的作品,却是最大可能地拓宽了人性的内涵和历史深度,例如《红楼梦》《尤利西斯》《洛丽塔》等。对人性的秘密探究始终成为文学自我更新的动力机制,它也经常使文学承担巨大的道德风险。事实上,近年来,当代小说在表现人性方面所触及的深度和复杂度是值得关注的。这方面的作品,可以鬼子、熊正良、荆歌、艾伟、吴玄等为代表。这些作家对底层民众的生存困境的表现,既是对当今社会问题的揭示,也是对人性的极端状态的表现。然而,我们也不难看到,这些人性的内在性一旦依赖对其极端状态的表现,也就转化为文学性的审美意蕴、表现情境、修辞效果以及风格标志。人性的内在性表现在文学作品中绝不是依靠语言直白就能说出的道理,它是一种局部的或整体的艺术品质。因而它依然是一个艺术表现的问题。

我们可以看看方方的《水随天去》。这篇小说很明显是在讲述一个罪案故事，无论从哪方面来讲，其本质含义都是不道德的。其一是乱伦，其二是杀人。但是小说要努力去表现的却是使这个不道德的故事具有合理性的内容，乱伦与谋杀变得合理，这就依靠小说叙事不断赋予人物以正面品质，依靠展开的细节与情境描写。水下被描写成是一个勤劳、正直甚至善良的少年，所有劳动人民的优良品质都在他的身上体现。而表姨天美同样被写成一个善良、温情的美丽妇女，她一直陷于不幸的婚姻状况中，因为不能生育，她几乎被丈夫遗弃，孤独地守着丈夫交给她的小小废品收购站，过着孤单清苦的生活。水下的到来，她远去的幸福回过头来重新充满她的心里。如果除去他们之间的远房表亲关系，这里的爱情发生发展无疑是最纯真、最符合人性的。通奸本来就不道德了，而在乱伦的阴影底下产生的情欲，就更具有悲剧性。在纯真之爱的照耀下，悲剧却是散发着浓郁的诗意。那个偷情乱伦的场景几乎是全篇中最感人的情节：

> 天美已经记不得自己有多久没有碰过男人。水下身上浓烈的男人气息熏着了她。那气息一点也不比一个成熟的男人弱。那是天美所需要的气息。它一点一点地在勾引天美的渴望。天美便身不由己。天美想，有罪就有罪吧。就算有罪也心甘啊。天美想着便倒在了水下的怀里。水下有些不知所措。水下觉得自己发晕了。他曾经朝思暮想的天美姨，现在就真真实实地在他的怀里。天美呻吟一般地叫着，水下。水下。我的好人。水下听到这声音，眼泪水就流了出来。它滴在天美的脸上。水下腾不出手来揩干滴在天美脸上的泪。水下便低下了头。水下动用了他薄薄的唇。水下嘴唇刚刚触着天美的脸，便很快跟天美的嘴唇相遇。两个人就吸在了一起。①

这是纯粹的肉体之爱，是生命之美的展现，当然也就是合乎人性的情爱。如此美丽的爱，却是不合乎人类社会的伦理道德准则，并且最终导致杀人，这在爱之主体是无论如何不能完成内在统一的。社会学或犯罪学称之为人格分裂，而在作家的笔下，则是杀人的起源问题。杀人不是因为人

---

① 转引自《中华文学选刊》2003 年第 3 期，第 25 页。

性出了问题,而是源自人性最纯正的需要遭遇到否定。如此美的爱情不能实现,于是就要除掉那个障碍。但作家不会这么坦率,硬碰硬地撞击法律的铜墙铁壁。方方只是拐了一弯,杀人就变得合情合理了。那个表姨夫三霸是个不折不扣的坏蛋,他对天美的迫害与冷漠到了非人性的地步,不杀他不足以惩恶扬善。在小说中,被杀的三霸是一个粗鲁的暴发户,他养二奶,挥霍钱财,却不给妻子的母亲治病的钱。他对天美的压迫与侮辱的场景一个接一个出现。三霸从名字到行为都给人留下恶劣的印象,他显然是一个不道德、无耻无义的坏家伙,他的坏也到了极端,正如天美的温情与忍耐到了极端,水下的正直善良到了极端一样。水下杀三霸与偷情无关,并不是他要永久性占有天美而杀三霸,而是不要天美姨过得太苦,对三霸的无情无义进行惩罚。这一切不是在法的天平上来衡量,而是在人性的正义方面来发问。在把人性进行了这样处理之后,乱伦与谋杀就水到渠成,并且合情合理。最后,这显然不是通奸,这是纯真的情爱;这也不是谋杀,这是为爱献身,为公正寻求答案。

但这种书写却颠倒了法、颠倒了社会学的解释方案和解决方案。从法与社会学的角度来看,这无疑是一桩命案,法律是坚定的、冷漠的。杀人了,就是杀人了,没有什么理由与动机可以抹去杀人这个事实。从社会学的角度来看,杀人无疑是一个社会问题,杀人总是有必然性,家庭成长环境、教育、社会环境等等,从杀人这个人性极恶的行为上,找到恶的社会根源。社会学总是要在偶然中看到必然,这使所有的杀人都归结到社会大问题的解决方案上。但文学要把这样一个法与社会学认定的铁的事实,描述为一种人性的善恶之起源性异常。人性之善恶并不是从事实结果上来往前推导,而只存在于其起源性上导致的偶然性变异。文学依靠什么?只能依靠艺术表达的力量。而这种力量只能发生在文本之内,在我们进入那样的情境、那种氛围、那种情调时,在我们被文本的描写性力量牵引时,我们的情感认同战胜了理性思考。我们在感动之余,认同了这样的过程。但无论如何,现代人依然是被法与社会学的理念所支配的,我们不会认同结果。不管如何,通奸与杀人的事实结果是令我们遗憾的。那么,作为一个文本的力量,它是真的要让我们接受一个无罪的事实辩护吗?显然不可能。

那么,这些文学作品要我们关注社会问题,是要我们怎样关注呢?或者说，这些文学作品是怎么样来关注社会问题呢？难道这样的解释与解决方案可以供社会借鉴吗？这像是对陪审团诉说的一份煽情的辩护词吗？不是，这是文学作品，它的意义只存在于文学性的领域，只在文学性的层面流传。也许它会让人们思考当今中国底层民众的生活境遇问题，或者思考社会正义与法律的矛盾问题。如此严重深刻的社会问题只是文本之外的思考，而对于小说叙事的展开来说，这里建构的反伦理学和反社会学的人物和情节关系，给予文学作品中的人性表现提供一个基础，而人性的揭示则是文学表现的原材料（同时也是结果）。在对人性进行极端化的处理过程中，文学表现获得了极致的能量，而我们称之为艺术形象的那种东西，或称之为文学品质与审美力量的那种东西，也就是二者所达成的融合体。因为抓住乱伦带来的存在压力，生存的情境变形了，扭曲了，人性也变得更有张力，这一切都给方方的叙述提供了一种叙述上的韧性。它的语言变得异常活跃，总是要溢出存在的边界，小说叙事始终在一个边缘地带推进。很显然，这种叙述对人物、事件、情境的呈现，打开了一片幽暗的地带，那里随时有光亮溢出。对于文学来说，人性的秘密不是什么人性本身的怪异或复杂，而是那样一种区域或反常规的边缘状态，给文学表现提供了独特的余地。文学对人性的探究，就是对自身的探究。

对当代社会问题的关注，以及对人性的这种极端化处理，已经演变成当代小说的一种最有效的表现模式。这是当代小说在历史的客观性的真理隐匿之后，把握社会现实所获取的一种内在性，也在这里开掘出文学表现的一片生动的地带。

四 山谷里的诫碑，历史遗产与另外的道路

当代中国文学一直为缺乏内在性而困扰，所谓文学缺乏深度与力量的说法，与文学寻求思想道德作为内在底蕴的谋略如出一辙。然而，在当今时代，什么样的思想道德具有普遍性的意义，能够打动人们的心灵，而且是以文学的审美感染力的方式，那就值得推敲。我们未必轻而易举认同"历史终结"这种说法，但思想观念的资源确实已经濒临枯竭，不是人们无力花样翻新，而是一切都昭然若揭。人类历史已经进入一个程序主义的时期，只要等待时日，按照专家们的建议并启动行政程序，一切困难似乎

可以迎刃而解。既然萨达姆这个魔鬼似的神话人物以及 SARS 这种类似史前期的病症,都可以通过高科技(技术化的武器)、严密的现代军事行动方案,以及现代性的组织力量和全球性的措施来加以遏制,那么,通过科学手段和现代行动程序,还有什么困难不能解决呢? 这使当代社会与传统社会产生巨大的分歧。传统社会的那些困局是一种观念性的困局,因为观念的问题无法解决,任何程序都无法启动,它使人们永远困于某一个原点。就像哈姆雷特一样:生还是死? 这看上去是一个观念性的自问自答,而实际上却是传统社会面临困局的象喻。先要决定生还是死,但这种选择的难题是永恒性的自我重复——它不断地颠来倒去地思考、犹豫、怀疑。正如近现代之中国,遭遇西方的强劲挑战,它反反复复经历了无数次的改革、改良、革命的争议与选择,以及君权至上、保皇、宪政、共和、共产交替。所有的这些剧烈的社会冲突,其实只是观念领域的冲突,历史并没有因此真正从困局中走出。只有当观念终结(也就是历史终结),历史才进入程序主义,它向一个明确的未来方向自发地行进。而现在,在发达国家,或者说在全球范围内占据主导地位的那种历史力量,显然已经终结了观念的困局,它凭借程序的不断完善而走向此一历史阶段的目的。当然,并不是说这个时代已经没有观念困难存在,人们的争论依然十分激烈,但这只是枝节问题,实际不可能改变,也不可能替代程序主义的解决方案。就在发展中国家,特别是中国这样背负厚重的历史包袱试图走自身道路的国家,经常还陷入观念性的疑难之中,而且在其话语诉求层面,也并未与世界历史之主导趋势合流。但其程序主义的倾向越来越明显这是不争的事实,至少它已经摆脱了观念性反复的困局。

　　历史之目标与道路越清晰,留给文学艺术的观念性内涵就越少。在五六十年代、70 年代,文学艺术都有给定的观念作为其思想内涵的基础或前提,文学只要意指着这些给定的观念,就可以建构"深刻有力"的内在意蕴。在新时期,文学艺术其实延续了"文革"前的那种历史叙事模式,文学艺术很容易以观念性的力量起到震惊效果。在 90 年代,文学艺术要诉诸观念性的力量已经力不从心,这并不是作家们低能,而是历史语境已经今非昔比。人们一直在呼吁当代文学要有内在性,要有力量,并且不断地缅怀 80 年代的那些思想力量。人们寄望于重返 80 年代的氛围,强化道德、理论主义、人文关怀等观念力量,而后文学就可以再次迎来它的黄金时代。然而，历史不可能重复，以五六十年代、七八十年代的思想观念来统摄 90 年代以及 21 世纪的文学，显然是痴人说梦。当代文学在 21 世纪的生存方式被注定了是在没有沉重的思想压力之下，也没有特别难解的观念困局里存在。那么，它所能给自己建构的思想内涵，那种美学的内在性力量从何而来呢？一句话，文学如何获取它的内在性？

既然意指的世界怪异化也不一定就能给文学开启一个秘密地带，对人性极端化处理也是寻求文学表现的独特领地，那么，回到人性的内在性其实质是回到文学表现的特殊空间。去开启这个空间，就不是"写实"的范畴，在文本的构造中，它是属于写虚的领域。把人性的发条拧紧，然后放开，让人性扭曲、变异或向极端发展，最后导致碎片出现。审美表现的能耐就是用这些碎片拼贴出文学的独特意味。说到底，文学的写实是依靠写虚才得以存在，才可能成为文学性的实，至少写虚才能开启文学的秘密地带。也就是说，只有加进文学性的表现手段，文学性的意味，那个最本质的实——人性，才得以成为文学性的内在基质。这个基质如同一个硬核，存留在文学性的情境与意味之中，它的深刻性与神秘性才得存在。

当然，东西的《秘密地带》是写虚的极端之作，它就像时装表演对时装的理解一样，也表达了对文学表现的极端理解，当然，也预示着文学未来的可能性。也就是说，把文学的内涵降低到极限水平，文学的品质将依靠什么来支持？文学不再指向社会历史，而是指向文本自身，那么它的存在可能性如何？在面向后现代的社会时，苦难、正义、平等、道德这些东西越来越多地通过社会程序加以解决，而生活、人性、个人经验这些东西也越来越单纯，文学的那种内在性，那种力量感，将要依靠什么来建构？文学艺术不得不面对自身越来越虚的那种未来命运。就像好莱坞的电影一样，已经不能讲故事，也讲不出什么故事。它能做的就是影音图画，加上神话式的虚幻故事，《哈利·波特》《魔戒》《黑客帝国》《X 战警》已经寓言式地给出了电影的命运，并且也预示了人类艺术未来的走向。与其说这也对文学产生影响，不如说像文学这种最保守的艺术种类，迟早也要"虚脱"。它现在是依靠对人性（及其苦难、命运）的极端表现从社会历史那里盗来内涵，依靠文学保守性的审美经验来维持对深厚思想性的眷恋。但这一切终有走到尽头的一天，而且这一天正在逼近。

墓碑的隐喻也许无意中触及人或者文学的超越性的终极本质问题。正如生存本身没有真正的超越性一样，文学的超越性也没有无限的秘密。这一切最终没有超出历史积淀，墓碑就是历史死亡的物化形式，它既是历史试图获得无限性和永恒性的幻想，也是历史枯竭的证明。我们全部超越性的幻想都被历史所支配，没有超出历史给定的前提，正如成光的超越性幻想一样，他最终看到的是一个历史的铭文。而东西的秘密地带也没有超出此前的那些经典的或普遍性的文本，那个秘密地带也在历史的控制之内。墓碑就是纯粹的历史本身，它的隐喻不只是指向文学表达的人类性的那种历史本质，也是文学历经无数的革命与浴血奋战所遗留下来的那种特质，能在这个时代被握住的那种坚实性。这个坚实性确实具有三重含义：其一是生活世界的历史坚实性；其二是文本揭示的那种存在事相的坚实性；其三是文学作为艺术变革遗留下来的那种基质。

通过对一个想象中的地方的寻找，最后找到又丢失了，而得到的是一块历史的石碑。这是关于超越存在困境的想象，也是对文学试图超越现在的困境的隐喻式的表达。对于东西个人的写作来说，寻求个人的文学表达的秘密地带一直构成他的叙事的内在动力。事实上，也是现在这一批作家对个人表达方式的寻求。文学过去的共同领地消失之后，每个人都在寻求文学的秘密地带。过去的那些合法性的中心地带不再能赋予文学以本质性的力量，只有个人化的经验，独特的表达与语言风格，这些随着个人经验的普遍化，又使个人化的叙事变得更加困难，要经过更加细化的处理才可能开掘出自己的领地。那个他者，写作者怀着秘密去探寻的地带在什么地方，它真的存在吗？它无限性地喻示着文学的未来吗？现在几乎没有人怀疑我们处在困局中，我们都为文学的内在性缺失而困扰——过去是从历史那里获取深厚的内在性，现在则要凭单打独斗来夺取。然而，到底什么样的内在性可以给当今及未来的文学以力量呢？这需要我们认真掂量，反复推敲，因为它没有现成的答案，更不可能单凭过去的经验来判断。事实上，当今文学的困扰，正在于人性失去了社会历史的庞大重负，变得更加单纯之后，文学如何去揭示更加有力、更加内在化的历史与人性，去建构一种更加纯粹的文学品质。我们并不是重弹形式主义的老调，但我们有必要认清文学依靠的历史人文背景的变异，文学如何与已死的遥远的历史对话，如何在这种对话情境中表现当代人的精神心灵，这已经是比较单纯的艺术表现方式的问题，而不是理论认识的伦理学/社会学问题，或者某种政治立场和态度的证明。不管是碑、瘤子，还是反伦理学的人性，这些都说明，当代文学不能离开对历史/现实，对人性的真实性的把握，没有这种本质性的东西作为基础，文学表现则没有力量；但这些本质性的基础依赖更为丰富的表现手段，在文学性的表现中它们才能存在，并且获得特殊的意义。这一切都表明当代小说处在一个更高的艺术水准中，并不是像人们所宣扬的那样，纯文学已经死亡。汉语言小说/文学，也许是读图时代最有生命力的一种艺术种类，它的表明性在脱离宏大历史的客观性之后，获得了自我表达的更充分的可能性，而且可能更真实地切近后现代性。即对历史与人性的碎片化或反常规的处理，与文学的修辞性表现力量高度结合。

早在 20 世纪 60 年代，德里达试图破除结构主义的整体性，他写作了对结构主义发起攻击的第一篇论文《力量与意谓》。在这篇文章中，他引述了福楼拜为《作家生涯》写的序上的一段话作为题词。福楼拜写道："可能我们全都是自索福克勒斯以来文了身的野蛮人。不过大写的艺术中除了线条的垂直和表面的光滑外该有别的什么。风格的可塑性远不及全部意念的可塑性空间那么大……我们脑子里有太多的东西却缺乏足够的表意形式。"这段话明显是用来对付结构主义的对形式的过分崇拜，其结果是形式之外的意念替代了形式。德里达追问说，这是对形式之他者的一种庆祝吗？是对超过并抵抗形式的"过多物"的一种庆祝？"有足够的形式"的叹惜，那是一种将作品当作形式的宗教。德里达指出：那些我们没有足够形式赋予之的东西已经是富有精力的魂魄了，是比"风格可塑性"更广大的"理念"。德里达显然不愿意赞同在形式之外有着更具有概括力的意念，而形式似乎只是指向这个作为他者存在的意念。这一点也正如我们追寻的文学的秘密地带一样，那种地带存在于文学语言形成的文本本身，那些审美质素的自在存在本身。外在于文学的那些东西并不能提供超度的可能性。在福楼拜的时代，他还自信地以为，"脑子里有太多的东西"，而在当今时代，还有什么东西剩余下来呢？脑子里还有多少东西呢？没有。旧有的历史只遗留下一个墓碑，我们能握住它吗？当代的先锋们是否也像成光一样，不能在变化的时尚的城市女人（慕秋秋）那里获得安宁的存在处所，他还要走向乡村，结果走向了历史，而真正给予它的是虚幻的存在。新的存在变得越来越虚幻，文学也握不住它赖以存在的历史，握

不住它自己的命脉。尼采当年的恐慌似乎又在重现，查拉图斯特拉说:
"我被破碎了的旧诫碑和只刻了一半的新诫碑包围着，我在那里等待。等
待着我的重新坠落，我的死亡时刻的来临……"超越性的期待是太过悲
观了。德里达在那个时期寄望于纯粹的写作，这将是对所有理论、哲学的
压迫，在今天，也就是意识形态残余的压迫的逃离。德里达说，必须坠
落，劳作，俯身以便刻出那新诫碑并将它带到山谷去，阅读它并使之被阅
读。德里达自信地认为，写作是出路，它是着眼于现世他者的为他者的隐
喻。在他者中挖掘以趋向那个同一在其中寻找其脉络及其现象之真金的他
者。"写作就是存在他者的这种本源山谷的时刻。是作为衰退的深度时
刻。是铭写（引力）的场域与强烈要求。"① 但这并不能让查拉图斯特拉
心安理得，在这样的场景中，尼采依然在发问: "看呐:这是个新的诫
碑。可是那些将帮着我把它抬到山谷里去铭刻人血肉人心的我的兄弟们在
哪儿呢?"

我们是在写作中接近历史遗产、接近存在与人性之深刻性，这一切都
在文学性的表现之中，都在文本的建制之内。那种内在性，令人绝望与振
奋的内在性，就像山谷里的石碑，通过铭写，它永久存在。

---

① 雅克·德里达:《书写与差异》，张宁译，生活·读书·新知三联书店 2001 年版，第
48—50 页。

第 八 章

"后人民性"与美学的脱身术

"后人民性"这一概念是相对于"人民性"概念而提出来的。尽管说"后"这一前缀已经令人深恶痛绝，但缺乏这一前缀我们还难以对大量现象和事实进行归纳或命名。不管怎么说，现代与后现代的时代分野毕竟是最鲜明的历史变异，是我们理解和把握时代本质的有效的标志。只要我们还找不出更有效的概念或方法加以表达，就要克服心理障碍容忍这些概念。"人民性"是一个现代性概念，它在文学理论与批评中的源起可以在俄苏的历史传统中找到，其最初的渊源与19世纪中叶俄罗斯的现实主义文学思潮有关，别林斯基最早进行过理论方面的定位，随后在苏联社会主义文艺中，在列宁的文艺思想中得到重新定义，并被赋予了丰厚的政治含义。文学的"人民性"总是有强大的时代背景，反映了文学和人民的密切联系，体现了人民生活最本质的方面，表达人民生活的苦难和历史期望。作家和诗人显然对人民寄寓了深切的同情，站在人民的立场上表达对历史和现实的批判，从而代表最广大的利益。确实，不管是在苏联，还是在中国的社会主义文学政治运动中，"人民性"的概念与早期俄罗斯文学的人民性还是有区别的。在漫长的社会主义文艺运动中，"人民性"是一个与"党性"相互置换的概念，在中国的社会主义文艺运动中也同样如此。在正统的文艺学论著中，尽管也给予"人民性"更宽泛些的含义，但其本质还是定位在"党性"支配着人民性的内涵。只有在党领导人民进行革命斗争并且取得胜利这一历史意义上，"人民性"才可能产生或得到认可。

显然，我们现在说的"人民性"与早期俄罗斯文学的"人民性"传统有明显区别，与中国社会主义文学运动既相关，又有所偏离。本文并不想全面论述"人民性"概念在新的历史情势下的变化，本文的重点在于思考一批作家对"人民性"的重新强调，如何与美学表现建立奇异的依赖关系。概括地说来，就是：对"人民性"的强调，并不能在政治思想意识方面深化下去，而是变成了一种美学表现策略，或者说转化为一种美学表现的策略。反过来，美学上的表现也使"人民性"的现实本质发生实际的变异。

我思考这一问题的出发点在于2004年的《人民文学》评奖。由"国刊"《人民文学》举办的"茅台杯"文学创作大奖如期举行，获奖作品应该说代表了当前文学创作的水准，并表达了2004年中国文学的发展动向。分析这些作品，可以对当代文学创作的典型标本进行一次有效率的阐释。"茅台杯"从2003年开始创办，属于年度奖项，由编辑部推选候选篇目，由读者、作家和评论家组成评委会，编辑部不干预评奖。应该说这是很公平公正的奖项，它反映了文学共同体对当下文学发展的共识。

那么，现在要追问的是，2004年的"茅台杯"的候选篇目到底意指着什么样的小说趋势？从这里，不难看出，底层的苦难依然成为当今小说叙事的主体故事，而由此引向暴力则是小说寻求力度的主导的表现方式。现代性美学被推到极限，在力量的高度透支中显出现代性美学的疲惫。如何调整，如何寻求突破，现代性从极限处的后撤已经没有退路，只有寻求脱身。那仿佛是现代性与后现代美学的博弈；再往前，也许那就是断裂和新的开端。那么它可能预示什么样的小说的倾向和审美趣味？

一 底层的苦难与悲悯情怀

这些作品都有显著的共同特征，那就是反映底层民众的苦难生活。杨映川的《不能掉头》（第10期），讲述一个叫黄羊的青年农民杀人逃亡的故事。20岁的黄羊杀了老是欺负他的同村青年胡金水，由此开始漫长的逃亡。经历过无数的艰难，黄羊饱尝底层盲流的苦难，到处流浪，为的是离家乡更远些。他的逃难之路交织着侠肝义胆与层出不穷的磨难。他在逃难之路上见义勇为，上演了英雄救美的场景。他替人看虾场，结果虾场中了假饲料，他偷了公安局长的枪，以此来抓到卖假饲料的人。他跑到矿区当矿工，又是他冒着生命危险救出了困在井下的矿工。正当他与宋春衣可以相依为命的时候，他告诉了宋十年前杀人的事，结果一觉醒来发现宋不见了。他以为宋去报案，只好再度逃亡，逃到建筑工地上拌砂浆，一拌就是六年。遭遇非典，他几乎要成为媒体寻找的默默奉献的先进典型，又一次开始逃亡。现在的逃离则剩下了破败不堪的生命，他要把破败的生命还给母亲。十五年后逃回家乡，才发现原来是十五年前做梦把胡金水杀了。

鬼子的《大年夜》（第9期），写一个过年买不起一把扫帚的男人（莫高梁），被派出所叫去帮助收钱。他抓住一个卖扫帚的老太太，试图弄走两把扫帚，老太婆不从，他就把老太婆关起来。老太婆身患重病，经不住关押，生命垂危。结果莫高梁在收钱中被另一个卖菜的光头杀死。小说的后半部分用魔幻手法来表现，通过死魂灵的视点展开和深化小说叙事。

对底层苦难的表现同时伴随着仇恨与暴力。在《人民文学》入选的这批作品中，对苦难与仇恨及其伴随的暴力表现得最充分的，当推陈应松的《马嘶岭血案》（第3期）。小说写一个叫九财叔的农民，为找矿队当挑夫，最后伙同堂侄子杀了找矿队的七个人，抢走几千元钱财。很显然，九财叔们生活极度困苦，起早贪黑，干的是极度艰难沉重的体力活，但收入微薄。起因是九财叔丢了两块矿石，宋队长扣了他二十块钱，这二十块钱的损失逐渐长大为巨大的仇恨，酿成了一个凶恶的杀人计划。张楚的《长发》（第6期），描写一个长发女子王小丽，要卖掉长发给男朋友买一辆摩托车跑龙套，这样男朋友才能挣钱。家里是卧病在床的父亲，卖掉心爱的长发是她唯一的出路，结果，买长发的小老板把她强奸了。很显然，一个关于爱欲的故事，最后还是转化为一个关于底层苦难和新的阶级对立的叙事。

值得注意的还有另一种倾向，原来属于小资情调的那种故事，也开始转化为苦难的叙事，或者其中藏着一个关于苦难或阶级对立的故事。小资产阶级趣味发生断裂与异化。随意翻开这几期的《人民文学》，也不难发现小资产阶级的情爱故事被转化成受苦受难的故事的这类小说。例如，《蝴蝶花》，一位80年代出生的女作者，在数年前这是典型的时尚写作的人选，现在她描写的这个邂逅的情爱故事（那个叫敏敏的22岁的大学生，与36岁的文化公司的老板搞恋爱），演变为一个为母亲治病而献身的故事，底层的苦涩已经替换了男女情爱的微妙心理。现在，当年的

"美女作家们"，已经归顺了现实主义写作，把目光从大城市的浮华，从男女情爱，转向了小城的平易生活和抹不去的愁苦。2003年魏微的《大老郑的女人们》就写小城里的外地女子的那种生活情状，充满了苦涩的意味（也获得2003年底《人民文学》"茅台杯"奖项）。北北、须一瓜一直就能把握苦难兮兮的生活，再往里注入浪漫情调。须一瓜的《穿过欲望的洒水车》，小说的女主人公原本是一个小白领，但她偏要变成开洒水车的环卫工人（通过姻婚和调动工作）。但她显然不像劳动妇女，或者反过来说，小说有意把这种绝对的精神追求赋予一个劳动妇女，把她描绘成一个充满小资情调的女人，并且充满浪漫气质。她吹口哨，做爱时放声大笑，她爱坐在绿树丛中独自遐思等等，小说用细腻委婉的笔调展开叙事，平淡中时常透示出抒情意味。这样一个小资的关于深爱与背叛的故事，被生活的困苦、凶杀的潜伏线索蒙上阴影。

近几年来，底层苦难叙事在主流文学中大量出现，前些年我就注意到当代文学中的"苦难叙事"问题，这一主题现在则是有增无减，构成了当代小说叙事中最受关注，也最有分量的那些文本。例如，鬼子的《被雨淋湿的河》《农村弟弟》等，熊正良的《谁为我们祝福》《我们卑微的灵魂》，荆歌的《爱你有多深》，吴玄的《发廊》《西地》，艾伟的《爱人同志》，刘庆的《长势喜人》，董立勃的《白豆》，等等，这些作品都以底层人民为表现对象，表达他们经历的苦难或辛酸人生。这些作品无疑都有鲜明的个人风格，作者在艺术上都达到比较成熟的水准。它们在艺术上也有共同之处，那就是把苦难都加诸主人公的身上，让他们（她们）历经一切苦难，生活的苦难向尽头延伸，生活处于破裂的边缘，人物也承受着所有苦难的后果。在这样的苦难境遇中，人物的性格和心理被表现得淋漓尽致，命运之路也被推向极致，小说叙事在苦难的极限中获得一种美学上的动力机制。

对苦难主题的偏爱，受制于作家主体意识本身与对文学传统及当下美学建制的规约。前者说到底还是受制于后者，但主体是受时代制约还是能超出制约，那就要看主体超越时代的能力。

文学反映人民的疾苦，这是现实主义文学的传统，但在中国的革命现实主义的实际历史中，反映人民疾苦是被意识形态确定的历史与阶级意识所给定的，它在意识形态的规范之下展开文学叙事。当然，从理论来说，所有反映人民的历史愿望的叙事都是现代性的叙事，都包含着意识形态给予的意义，只是程度不同而已。但过强的意识形态诉求显然会压制和伤害文学的审美表现力。在强大的意识形态机制作用下，文学叙事当然不可能过多考虑审美表现力，只是依照意识形态的需要才能给作家主体留下有限的发挥余地。即使在当今时代，反映人民疾苦的写作，也依然带有意识形态的色彩。"人民"的概念就是现代性的概念，就是现代性才创立出来的意识形态概念，而文学"为人民写作"这一命题本身就是现代性的经典命题，它表达了现代性期待完成的历史任务，以及现代性对文学立下的政治契约。

很显然，"反映人民疾苦"的写作本身，表明了当今的文学写作依然是社会性的写作，也就是现代性的写作，它所追寻的美学规范也就逃不脱现代性的期待视野。现实主义无疑是现代性最典型的美学规范，尽管现代主义似乎与现代性存在更直接的关系，但现代主义更倾向于反思现代性，只有在批判、反思、反对的意义上，现代主义才与现代性构成一种互动关系。

由此可见，以现实主义表征的现代性美学规范在当代中国文学场中依然起到支配作用，不管是从创作主体，还是接受主体，或是起规范作用的支配机制，其文学观念与价值确认，依然是现实主义占据领导权地位。"苦难"是历史与阶级意识的集中体现，它反映了文学依然具有社会历史意识，同时是在阶级冲突的潜意识中被表达的。在阶级斗争激烈的年代，激进革命通过诉诸阶级矛盾来找到阶级斗争的动力；现在，阶级斗争无疑已经弱化，新生的财富与原来农民阶级和贫困阶层的矛盾又成为新的历史时期的矛盾。但这种矛盾与现行社会的主导话语不能找到恰当的表达形式，也就是不能被其认定的社会性质所接纳。社会主义社会是人民当家做主，不可能出现受苦受难的阶级，特别是原来的工人阶级和农民阶级，已经脱去了假想"领导阶级"的光环，重新还原为社会底层阶级，这与社会主义的权威话语描画的历史图谱不相协调。

在这里，文学观念与社会观念出现悖论：现实主义的文学观念要求作家反映现实，以人民为表现对象，特别是在旧有美学传统中，人民原来固定的形象就是受苦受难的形象，回归现实主义传统，就是恢复文学中大量的受苦受难的主体形象。但社会主义观念则把社会主义表述为一个人人平等、人民当家做主的社会，这确实使社会主义观念陷入困难。

作家们现在已经无法缝合这二者悖论。在五六十年代，强大的意识形态生产乃是理念的自我再生产，无须顾及现实境况。现在，意识形态不再是全能的，作家的主体意识受制于对现实的观察，他从现实事实出发来建构文学形象。如此看来，似乎当前这样的文学实践才是真正现实主义的？然而，这显然是一个迟到的现实主义，作家们在美学上依恋现实主义的观念，但并不能在审美表现方式上完全依照现实主义的原则。回到现实主义，是因为它无力走出它；而走出现实主义则是因为现实主义无力提供有活力的机制。借助现实主义，然而想方设法脱身——这就形成了当下小说艺术表现方面的审美脱身术。

二 推向极致的表现方式与脱身式的变异

杨映川的《不能掉头》在叙述上基本是现实主义的风格，它主要依照时间顺序来叙事，主要人物通过事件和行动来构成故事，作者也不作过多的心理描写和氛围制造。这个故事在各个阶段都处理得生动自然，而且也很精练。但不能说这些故事本身以及叙述有多么出色，这显然是作者焦灼所在。如何打破这种被读者预计的期待视野，成为一个叙事上要解决的难题。小说临近结尾还未看到奇特之处，但奇迹出现了，在最后，小说写到黄羊回到家乡，才发现十五年前的那桩杀人案是一个梦境。在小说的叙述技巧上，这是一个突变，利用一个意想不到的转折，促使小说的叙事发生变异，但是这一技巧不单纯只具有形式的意义，它同时可引发意义的深化。原来是一个关于苦难的叙事，是在历史与阶级意识水平上叙述的一个压迫与忍受的故事，现在，则转向了更具有形而上意味的对生命的慨叹，因为梦境而导致了一个人付出十五年的代价。这十五年黄羊不能过正常人的生活，他是一个逃犯，东躲西藏，不能爱，也不能接受爱。尽管小说反复强调了黄羊的善良品质（这似乎也是在暗示他本性善良，不可能杀人），他不断见义勇为，正直本分。他的逃犯身份使他"非人化"，这是为梦付出的代价。但是，小说依然反映了作为一个盲流式的农民工的所有遭遇，不管他是不是杀人犯，在作为农民工这一意义上，他的生活注定了就是艰难困苦，受尽凌辱，客观上也是"非人化"的。那个"梦境式"

的技巧，起作用的依然是在艺术表现的水准上。它在历史与形而上内容指向的深化作用，不如它在艺术效果上的作用那么明显重要。因为这个技巧，使这篇小说从现实主义的线性叙事——在时间的推移中展开的故事，需要重新理解和评价。在叙述和阅读的双重层面上，这篇小说向后的进展很难推向高潮，很难做出惊人之举，只有这"梦境"的确认，才突然使小说变得非同凡响。因为这个技巧，小说从单纯的现实主义叙事中解脱出来，具有了更为复杂的艺术意味。很显然，作者不能满足于线性叙述，而且，对社会现实的深刻揭示依然不能令作者满意——这两方面尽管都达到较高的水准，但它不能令杨映川信服，她可以由此达到艺术上的充分性。她在设法摆脱常规的束缚，摆脱一个完整性和深度性都达到高度完善的现代性美学的界限，她的笔锋一转，终于出现了巧妙的逃离，她从现实主义的框架中逃脱出来了。由于这一技巧的运用，这篇小说终于超出了现实主义或现代性美学。它解构了原来的意义，原来的苦难深重的深度无须进行下去，它出现了开启另外意义的门径。这篇小说突然获得了一种自由，那个人（黄羊）经历了那么多的苦难，但是他还不足以让小说在艺术上达到极致，他只好回家：

> 不知道多久没有照镜子了，他要认真瞧一瞧。黄羊站在洗手间的镜子跟前仔细端详，镜中人黑黑瘦瘦，巴掌大的脸还被青茬茬的胡子遮了一半。
> ……他没有丝毫犹豫和斗争，他开始朝着坡月镇的方向前进。黄羊想，是回家的时候了，借着母亲给的身体东奔西跑有整整十五年了，该回去让母亲看看，哪怕是让她看到一个千疮百孔、破败不堪的儿子，毕竟他回来了……

这是一次真正的返乡。在传统的现实主义文学中，这次返乡一定非常顺利，且小说叙事顺势推向高潮。但意想不到，返乡变成了一次历史性的颠覆，黄羊发现他的历史全部是误会的结果，他并没有杀人，只是在梦中杀人。这真是不幸中的万幸，但生活不能重演，他的全部生活，全部十五年的青春，都作为逃犯消失了，这是比黑色更黑色的幽默。但是黄羊并不能接受这个现实，他拔出了刀，他还想着他十五年前砍了九刀的情景。作为一个杀人犯，他才完成了他的成人仪式，现在，他没有杀人，他当年的男子汉气概从何而来呢？小说的结尾无法展开这里面包含的更复杂的意蕴。但是，黄羊在那样的时刻，他无法回到现实。最后母亲出现了，作为儿子，他的存在有着另外的规定性。他选择什么呢？他的母亲伸出双手，叫了一声，"我的儿子啊——"小说在这里结束了，但其意味着没有结束。这是存在向另外的可能性开启的时刻。

小说的归乡行动突然击破了原来的意义的完整性，原来的意义并没有得到深化，而是向着另外的场域逃脱。整个结尾在归乡——逃脱——回归的状态中开启。这个归乡的行为包含了意外，它使意义逃脱了原有的秩序，使小说的表现形式及其结构突然间陷入错位，原有的理解视野被打乱，需要重新清理。在这里，形式的意味令人惊异和惊喜，它超过了社会历史的内涵，同时也深化了这种内涵。

实际上，这种依赖艺术形式和叙事上的突变机制的作品，在当今小说叙事中经常可以见到。同样是2004年的《人民文学》发表了鬼子的《大年夜》（第9期），鬼子近年来执着表现底层的苦难生活，《大年夜》无疑把底层困难推到极致。苦难被表现到如此地步，何以鬼子还不满足？他还要依赖魔幻似的死魂灵视点来推进小说的叙事呢？莫高梁死后，他的灵魂又跑出去了。他先是惦记着那个被关起来的老阿婆，他发现老阿婆的肚子里一点食物都没有，"那瘪瘪的肚子里，原来竟是空空的！除了一团鸟蛋大的食物，里边几乎是什么也没有。而那团鸟蛋大的食物，竟然只是一团消化不掉的什么野菜，里边没有一点粮食的影子！"随后莫高梁来到派出所李所长家，李家是如此一番景象："李所长家的年夜饭，已经忙得差不多了。他们家的大阉鸡已经煮在锅里了；他们家的扣肉也蒸好了；一条长长的大鲤鱼，也从油锅里炸了出来，炸得一身金黄金黄的……"这个场景显然与老阿婆的遭遇形成鲜明对比。借助一个死魂灵的视点，鬼子充分揭示了两个世界存在的巨大差异。所长代表了当今权力阶层，他们对底层民众的欺压显得很有章法，莫高梁想学李所长，结果丧了命。阶级的差异在这里被反讽性地表现出来。

苦难的沉重性对于小说的叙事来说，似乎不堪重负，它同样不能让鬼子信服，有了它就能使小说具有全部的美学合法性。鬼子这样的苦难承担者依然要借助艺术表现手法，他借助了一个死魂灵的视点，他使苦难的沉重性突然出现了诙谐的格调。莫高梁死后的叙述语调没有向着沉重方向发展，而是向着诙谐转化。尽管里面充满了悲剧意味，而且鬼子是要在这个死魂灵的视点中，放进良知。莫高梁也是当他死了后，才突然具有了良知。而所有的人都把他当作鬼魂，用公鸡去吓唬这个死魂灵。然而，鬼子同时也力图在这个死魂灵的叙述中，获得一种反讽的效果。例如，对那只大公鸡的恐惧，他的心理活动，他对老阿婆的态度，特别是他和老阿婆到阴间买扫把。而且随着故事的发展，更倾向于依靠由死魂灵带来另一种美学趣味。看来对于鬼子来说，仅仅依靠苦难作为小说的内在质素还不能让他自己信服，他需要寻求艺术表现方式的支持。因为死魂灵的出现，原来的更具有现实主义特征的艺术表现框架被突破了，出现类似魔幻现实主义的效果。这样的艺术表现方式推动小说叙事从原来一味沉重的苦难情状中解脱出来。现在，故事退居到后面，艺术上的表现方式变得更具吸引力，它成为确认这部小说艺术水准的依据。

实际上，近年来的小说在寻求艺术上的新的可能性表达，这在那些艺术上达到成熟的作家那里表现得尤为突出。2003 年《人民文学》第 9 期发表熊正良的《我们卑微的灵魂》，这篇小说也是在结尾处出现变异性的艺术效果。小说讲述一个叫作马福的父亲为儿子马文打抱不平，与一个暴发户老扁打架的故事。儿子马文因为女友李美芳被老扁强奸，他拿着仿真的来复枪追打老扁，被公安机关扣压。马福最后找老扁算账，他原来打算拿刀扎老扁，结果到了老扁的店里他又改变主意，拿起刀朝自己腿上扎了一刀，鲜血淋淋的场面，压住了老扁。小说随后是这样描写的：

> 我把刀子拔出来，扔到他面前，说，该你了。刀子上有我的血，我的血正在流出来，捂都捂不住。他看着我的血，又看看刀子，把刀子捡起来，比划了几下就把刀子丢掉了。他说我不来！我不跟你拼命，我跟你老梆子拼命我划不来！他的脸上没一点血色。

小说本来一直在一种情绪支配下来表达马福对老扁的仇恨，这里面隐含的依然是历史与阶级意识。新生的富裕阶级老扁飞扬跋扈，强占民女，这与社会主义现实主义经典叙事中的地主老财如出一辙（但反讽的是，现在他们被塑造成"新阶层"的人物，总是不能在知识分子话语中获得合法性)。马福则受尽生活的磨难,当矿工,遭遇停产下岗,生活艰难困苦。他对老扁的仇视不只是老扁占有了他儿子的女朋友,更重要的是,小说通过老扁的这一坏品质的行径,使马福与老扁的对立具有日常生活的偶然性特征,那里面隐藏着的是当今正在滋生的阶级对立。小说已经把这种阶级对立表现得比较明显,但是,在最后却笔锋一转,马福并不把老扁捅几刀,而是捅了自己一刀,这有点阿Q精神,他从中获得了一种精神胜利。在一种看似阿Q式精神胜利法则的支配下的,是对矛盾和悲剧寻求和解的氛围和情绪。但小说显然在这里更想在艺术表现上来一下转折,来制造一种变异的效果,小说的那种紧张的悲剧性情绪最后转化为诙谐,艺术上获得了一种松弛感。始终如一的冲突对立,并且是以线性的叙事推进的小说,虽然写得相当紧凑,场景的观赏性也很强,但总是缺乏变化,小说中也试图用温馨的情调来缓冲一下矛盾(例如马福与王秀梅之间的关爱),但要寻求对整体的封闭式的情感和思想意向的超离还是有困难。最后的转折就使原来对苦难与阶级对立的表现,转向了更复杂的底层群体对待生活危机的态度。总是能通过一个细节来改变主题,来促使主题变异。而在这种变异中,获得了小说思想和艺术的双重胜利。

当然,还有其他的表现方法被用来冲淡苦难的深度性与紧张感,例如,利用抒情性的氛围来重新建构苦难的审美情境,这也是一种有效的表现形式。迟子建的《踏着月光的行板》,北北的《寻找妻子古菜花》,以及前面提到的须一瓜的《穿过欲望的洒水车》,这些出自女作家手笔的作品都有一个共同特征,一方面写出了底层人民生活和精神蒙受的艰难,另一方面则写出底层人民的浪漫气息。这是过去的作品中所没有的,底层人民不再是悲悯式的,被损害和被蹂躏的对象,他们有着自己的生活方式,有着对生活浪漫化和审美化的感受。《寻找妻子古菜花》中,古菜花虽然跟人私奔,但她是以一个浪漫女子的形象存在于文本中,她的歌唱与私奔本身都是浪漫主义式的。奈月始终有着一种对李富贵的爱恋,她看上李富贵是因为他穿着整齐,他有一身漂亮的肌肉。当她发现李富贵的一身肉也那么难看时,她毅然离开了苦苦等待了整个青春岁月的李富贵。迟子建的《踏着月光的行板》中出现的口琴呈现的音乐氛围,小说叙事尤为强调的景物描写和抒情格调,这些都给困苦的底层生活引入了另外的情致。须一瓜的《穿过欲望的洒水车》,显然做足了浪漫的氛围。她用人民性颠倒了小资的阶级属性，再用小资情调将其颠倒回来。一篇讲述环卫工人心灵之苦的小说，却缠绕进无限的感伤、欲望和美妙。人民性在对小资挪用的同时，也被小资所软化。女性作家显然没有那么强的民族国家想象的历史愿望，她们更关切的显然是文学或艺术表达的问题。同时她们也不能承受现代性厚重的美学压力，更乐于寻求多元化的更轻巧更具有透明性的表现方法。

三 囚禁的思想根源与脱身的艺术可能性

作家们怀着如此高的热情去描写底层民众或弱势群体的苦难和不幸生活，这在某种意义上可以表述为现实主义精神的复苏。但"复苏"这种说法似乎也有可质疑处，好像过去我们的传统中始终存在着"现实主义"主流，现在不过是重新祭起了"现实主义"大旗。事实上，在现时期写出社会主义社会里的阶级对立，显然不是社会主义现实主义的任务。如果有一种经典性的现实主义概念的话，中国当代文学中的现实主义并不能准确体现其精神实质。只有放大到中国现代以来的文学传统中，我们才可以说"现实主义精神"复苏。例如，在鲁迅、沈从文这样的文学传统中，我们才可能看到真正的现实主义精神，那就是作家真正面对中国现实的矛盾，直接批判历史地形成的压迫机制，以悲悯的情怀关注人民大众的生存现实。在相当长的历史时期中，在被称之为中国当代文学史的那种框架内，现实主义受制于特定的意识形态规约，它无力直接面对现实矛盾，而是从意识形态给定的意义去描写历史和现实，其宏大叙事的本质则是历史神话。如果说当今的这类小说具有现实主义精神的话，那么它沟通的应该是"五四"新文学中的现实主义传统。如果说这批作家有意承继新文学的传统，那有夸大之辞，只能理解为是历史提供了某种相同的契机，使他们可以或者不得不关注普通民众的生存困境，而且文学也只能以此来达到它所意识到的历史深度和尽可能有效的艺术表现方式。然而，在复杂的当代语境中，这种传统名下的似是而非其实有着自身的起源与形成机制。

随着中国当代经济高速发展，全球化携带的资本和高科技输入，以及城市化以前所未有的速度扩张，这些作家却把目光投向了当代生活的另一侧面，他们看到了普通民众的生活艰辛，以及当代生活潜伏的危机。

这种历史责任感是如何被激发起来的？很显然，这与前些年开始热闹起来的社会思潮影响不无关系。例如，新左派与新自由主义的争论。90年代后期，随着教育被重视，大学的地位得到提升，中国知识分子又开始营造公共空间，重新对社会表达看法。知识分子试图再度成为人民的代言人。关心底层民众，关注弱势群体，成为左右两派知识分子都热衷的话题。进入 21 世纪，中国的国企改革步伐加大，与此同时，三农问题变得更加严峻，大量的下岗工人与更加大量的农民工，底层艰难困苦的民众的生存现状令人触目惊心，引发知识分子重温人道主义话语。这次重温不再是理论的推论，而是面对现实实际。贫富差距严重加大，也使相当一部分知识分子对社会现实表示了激烈的批判性。这种理论思潮的对话，与社会现实实践经验结合在一起，使知识分子的使命感和责任感再度被加强了。作家显然很容易从人道主义立场转向人民性立场，也就是从原来的个人对弱者的悲悯，转向对社会弱势群体的关注，并且上升到社会问题来看待。高层领导一再表达出的亲民作风，强势媒体也不断地表现出对底层民众的关爱，在宣传领导人的亲民作风的同时，也反映了社会现实存在的一些问题。事实上，中国作家本来就生活在普通民众中间，底层的现实也随处可见可闻，它必然会激发起一部分作家本来就怀有的那种人民性立场。

正是这种社会思潮深刻地影响了一大批作家去描写底层民众的生活现实。很显然，这种社会思潮背景和作品本身表现出来的思想意向，都可以读解为这批作家表达的人民性立场。因此，那些表现"人民性"的作品也只能理解为"不谋而合"，其实质则是"貌合神离"，这是各自怀着不同的历史动机的无意的历史相遇，其隐含的不同的目标，会使这种相遇，会使这种话语的表达产生分离。

因此，我们不难发现，在作家的具体叙事中，那些底层民众苦难生活的表现并没有全面深化，那些社会对立和矛盾也总是被化解。在更多的情形下，苦难总是伴随着欲望化的叙事，这在苦难生活现实中显然是不协调的层面，也就是说，被表现的苦难实际被其他的叙事话语所分化。也就是说，文学叙事本身已经被多种因素决定和分化，仅仅依靠具有意识形态意义的立场或主题无法成为写作的全部的资源和动力，也无法决定一部（篇）文学作品的艺术性。这就使人民性在小说叙事中不能彻底贯穿下去。对底层的悲悯情怀也只能是人道主义式的悲悯，其人民性指向对人民苦难的历史根源的揭示，这种揭示不再是阶级斗争和暴力革命的意义上的表达，只是有限的艺术表现。就这种情况，当然也可以说是中国的作家没有能力，也不可能去深究"人民苦难"的根源。很显然，"描写人民"这是现实主义的惯用语，但"人民被边缘化"却是一个新的难题，这并不是人们乐于读出的主题。"人民的苦难"是一个现代性的革命历史主题，它无法成为一个现实主题，这使"人民性"的当代性只能适可而止，它必然向美学方面转化。作家并不想真正，也不可能真正从历史与阶级意识的角度来揭示人民的命运，这一切与其说是自觉地转向人民性立场，不如说是因为艺术上的转向使这批作家与这样的社会思潮相遇，与这样的现实境况相遇。他们获得了这种文学表现的现实资源，他们可以在应对现实的同时，完成艺术上的深化。也就是说，人民性不再是自觉建构的意识形态，而是文学性创新压力下寻求自我突破的一种现实捷径。

在先锋派之后，在主流文学场域中领风骚的作家被命名为"晚生代"，他们承继了先锋派开启的传统，同时也改变了其方向。他们向着现实化的领域挺进，抹去了先锋派的形式主义特征。显然，在艺术上这无疑是一种后撤，这种后撤从文学本身发展的历史来说，是一种退步，但在对现实的表现上，他们呈现出一种崭新的经验。因为先锋派无力表现现实，现在他们面对当代变动的现实，把变动的价值观表现出来，就获得文学创新意义上的合法性。但这种新奇的现实经验很快就日常化了，晚生代依然需要在思想和艺术上体现出独特性。在对现实的表现上，不再停留在表象式的新奇效果上，而是要在深化的意义上表现。晚生代对现实表象的表现与对人性欲望的表现构成一种历史内化。在这一点上，晚生代的书写具有历史合法性，也具有美学上的合法性。因为，对人性欲望的表达，晚生代们开启了中国文学从未达到过的人性的真实性和人性的深度性。过去是在集体性的历史愿望上被书写的"人民性"（人民意志），现在，却变成个人的欲望，这种欲望被现实激发，也反抗现实，成为人性存在之证明。但晚生代真正生不逢时，正当晚生代以其独一无二的对人性欲望的书写时，遭遇到了"美女作家群"，她们直接写作自己身体的欲望，直接用身体写作。中国文学史上再也没有什么对人性的揭示像她们那样真实和彻底，她们对人性的书写使晚生代相形见绌。在中国消费社会猛然兴起的时期，更年轻的美女作家群体把直接经验带入文学叙事，把内心情感和身体欲望的表现卷进文学叙事。这种文学话语迅速成为 90 年代中后期直至新世纪之初一段时期文坛的亮丽风景，这使这批还带着历史记忆和现代性愿望的作家变得边缘化。晚生代的历史贡献顷刻间化为乌为。晚生代在文学上的对手不再是先锋派，而是美女作家群。面对这样的对手，晚生代试图站在历史前列已经底气不足，只有后撤，只有回到传统中，回到现代性的现实主义美学氛围中。

这种文学上的人民性的强化，确实是经历着从文学本身的应对策略到意识形态的转变，但意识形态的立场显然并不是这批作家真正能够立足的基地，他们还是要寻求在艺术表现创新意义上的合法性。

也就是说，他们为反抗在新兴的文学潮流中被边缘化，他们要寻找自己的话语表达策略，他们不相信资本和市场，消费和时尚已经成为当代生活的主流，他们要看到另一面。而中国改革的多面性，中国当下社会的复杂与矛盾的错位，给他们的视野提供了这种可能性。这些居住在边缘省份的作家们（鬼子、熊正良、荆歌、东西、杨映川等），他们的目光投向了更沉重的那些场景。显然，这种场景是中国主流文学所熟悉和热衷的。中国文学场中的主导意识与中国当下经济高速发展的社会现实存在着比较明显的脱节。在经济领域或消费领域，资本与高科技大量席卷中国的城市生活，而中国文学场中的主导意识还保持着五六十年代的理念和表象记忆。

这批作家本来是出于自身的文学话语的合法性危机而寻求现实主义的护卫，没想到却与主流意识形态不谋而合，他们的话语策略正适合了中国主流刊物所认同的那种美学原则。这使他们的作品可以获得很高的认同度，也可获得各种奖项。正因为此，那些描写时尚的作品，那些关于中产阶级的情感和生活愿望的作品，在主流刊物和重要的文学活动场所，不再占据显著的位置。在当下的文学场域中，新生的中产阶级无法在文学的体制中找到合法性的根基，它是一个外来的非法闯入者，只带着当下的鲜活经验，也无法形成有效的文学表意策略，无法形成有效的美学氛围。它们与"新新中国"的现实图景相匹配，却无法被文学场域中的主导传统接纳。而那些更激进的关于内心情感和欲望的话语，怪模怪样，总是与各种"宝贝""胸口"等身体话语联系，不断触犯边界，以被禁的形式在消费主义的场所招摇，它们进入不了主流的场域，也无法发展出更激进和锐利的先锋性话语。

于是晚生代越过新兴的消费社会的欲望和身体走向了苦难之路，以其力量和完整性，以其深度性和悲悯情怀，重新唤起文学最后的道义和责任。晚生代本来是逃离的一代，从历史中胜利逃逸的一代，结果把自己重新囚禁于历史中，囚禁于现代性的美学牢笼中，以其悲壮的历史形象来获得现实的合法性，当然更主要的是文学性与历史建构的合法性。于是，人民性的"苦难主题"就这样成为思想深化和艺术创新的表征。

正因为此，这里的"人民性"被放置在文学场域中，被文学本身的多种力量所渗透和支配。"人民性"不是真正的唯一的出发点，没有纯粹的起点，也不是终极目标，它只是应对文学现实的情境建构艺术性表达的一个起点和资源库。在小说叙事话语的进展中，小说叙事必然为当代多种因素所支配，"人民性"及其携带的苦难的意识，也总是为艺术上的追寻所改变或遗忘，因此，这种"人民性"可以称之为"后人民性"。"后"曾经是一个令人仇视的而现在只是一个被遗忘的前缀，"后现代性"一度被看成是"反现代性"，这使"后"具有"反"的意思，这显然是误解。"后"的复杂含义这里就不多做解释，但"后"在这里只是表示对"人民性"的修正或改变，比"人民性"多了一点别的意味。一种"不可能的"、未完成的"人民性"，而从美学表达的意义上来看则是"超额完成"的人民性。

对"人民性"的需求与超出，这显然是思想与艺术的双重矛盾的表现。

就思想方面而言，它也存在着二重性：一方面，它有着真实的现实经验，也被现实的思潮所影响，要对此作出反应，而这种反应则体现了对现实主义精神传统的承继，在现代性的思想氛围内，它找到最坚实深厚的存在根基；另一方面，也不可能对民众承受生活艰难进行更深的表达，只能罗列一些现象，只能点到为止，在其真正的描写中，这些苦难的根源大都变成是人物性格和心理怪戾的结果。因此，它或者转向艺术描写，或者转向适应消费社会阅读趣味的欲望化叙事，它不得不从"人民性"中逃离出来。

在艺术方面，也带有二重性：一方面，对"人民性"及其苦难意识的表现，作家回到现代性的审美意识中去，回到现实主义的艺术传统中，而这一点容易为当今中国的主流美学规范认可，作家也容易驾驭小说叙事。这种现代性的艺术特征，以其整体性、不断推进的叙事时间、向着高潮和极端的发展的线性模式，都是主流的美学规范。在不能进行现实批判性的表达的时候，作家们转向了性格和心理刻画。也正是利用性格和心理来掩盖更深刻的社会现实本质的时候，转向了对性格和心理的过分扭曲，把人物的性格和心理推向极端。本来是进行社会现实发掘的表现，却转向艺术上对人物性格和心理进行淋漓尽致的刻画。这是思想性向艺术性的逃离，是艺术对思想的遮蔽，但艺术却获得了意外的收获。这些作品因此在艺术上都显示了少有的力度，人物的性格和命运的刻画都做得非常充分，某种意义上达到了现代性的现实主义小说叙事的艺术高度。然而，这样的高度并不能使这些作家心安理得，毕竟当代中国小说经历过先锋派形式主义实验，晚生代作家群也不能心甘情愿臣服于现实主义旧有的窠臼。因此，他们在艺术表现上寻求摆脱，寻求更多的可能性表达。正是对人民性在艺术表现形式上的超出，这些作家也挣脱了现代性的美学牢笼，他们力图从囚禁中脱身（先把自己装进牢笼，然后寻求脱身）。因而开始寻求艺术表现上的技巧，例如，前面提到的熊正良的小说，杨映川的小说等等，利用这些技巧，他们从现代性的美学深度和完整性中逃脱出来。结尾处的突然开启，是典型的脱身术，在线性的叙事中，最后突然打开另一扇门，使其他的可能性展现出来。而最后吸引人们的，是艺术上的技巧，最后这些小说成就自身的独特性而超出其他小说的地方，也是艺术上的技巧。令人惊异的是，"人民性"的书写，最后却是形式主义的胜利——并且是一些小形式，一些突然降临的变异和转折所依赖的技巧。

这就是说，现代性的思想意识和审美意识并不能真正规训晚生代们。在对"人民性"及其苦难主题、在对底层民众的悲悯关切的思想意识中，这批作家完成了对现代性的思想范式和美学范式的臣服和归顺；但是，他们不能，也不可能把"人民性"进行到底，试图依靠"人民性"来建构当代文学的思想意识不过是一个妥协的方案，而在历史的际遇中，这个方案还被无情打上了含混的印记。而实际上，在当代复杂的文学语境中，现代性思想与美学范式并不能使他们心安理得。特别是近年来，他们试图找到破解现代性的整体性和线性极致化的秘方，这使他们有可能开始探索更丰富多元的艺术手法。也许，这才是更真实地表达了中国小说叙事寻求后现代表现方法的内在之路。现在的脱身术还显得太巧妙，有如魔术般的精巧，但并不是真正地进入历史，也不是真正地把历史从文本中解救出来。如何在文本与历史之间找到一种更全面的修辞性互动，也就是更全面的表现力，这是应该考虑得更深层的美学难题。从这里才可能真正开启进入与出来的美学通道。总之，在审美的脱身术的技法中，现代性的美学只是一个幻觉，只是一个过渡和替代，而中国当下的现实则具有真实性，真正进入当下，而又能以文学的方式走出来——是否有一种更有力的后现代表意策略？例如，更深刻的批判性、更宽广的世界视野、更有当代性的意识或更具有修辞性的反讽？这才显示了这代人的自觉和超越。